KNAUR

*Über den Autor:*
Thomas Perry, geboren 1947 in Tonawanda, New York, studierte Englische Literatur an der Cornell University und der University of Rochester. Seitdem hat er weit über zwanzig Kriminalromane und Thriller geschrieben und gilt in den USA als einer der ganz Großen seines Metiers. Bereits für seinen ersten Roman, *Abrechnung in Las Vegas* (1982), wurde er mit dem renommierten Edgar-Allan-Poe-Award, dem wichtigsten Krimi-Preis der USA, ausgezeichnet.

Thomas Perry

# Panther jagd

THRILLER

Aus dem amerikanischen Englisch
von Alexandra Baisch

KNAUR

Die amerikanische Originalausgabe erschien 2016
unter dem Titel »Forty Thieves« bei Mysterious Press, New York.

**Besuchen Sie uns im Internet:**
**www.knaur.de**

Aus Verantwortung für die Umwelt hat sich die Verlagsgruppe Droemer Knaur zu einer nachhaltigen Buchproduktion verpflichtet. Der bewusste Umgang mit unseren Ressourcen, der Schutz unseres Klimas und der Natur gehören zu unseren obersten Unternehmenszielen. Gemeinsam mit unseren Partnern und Lieferanten setzen wir uns für eine klimaneutrale Buchproduktion ein, die den Erwerb von Klimazertifikaten zur Kompensation des $CO_2$-Ausstoßes einschließt. Weitere Informationen finden Sie unter: www.klimaneutralerverlag.de

MIX
Papier aus verantwortungsvollen Quellen
FSC www.fsc.org
FSC® C014496

Deutsche Erstausgabe August 2022
Knaur Taschenbuch

Redaktion: Peter Hammans
Covergestaltung: Sabine Schröder
Coverabbildung: Collage von Sabine Schröder unter Verwendung von Motiven von Plainpicture, iStock und Shutterstock.com
Satz: Adobe InDesign im Verlag
Druck und Bindung: GGP Media GmbH, Pößneck
ISBN 978-3-426-52690-3

2 4 5 3 1

*Für meine Frau Jo*

# 1

Der Mann floss in der Dunkelheit dahin, das Wasser wiegte ihn und spülte ihn durch den Betonkanal, zunächst langsam, dann immer schneller, während die Stunden verrannen und der starke Frühlingsregen ein paar Meter weiter oben auf den Asphalt klatschte, ehe er in die Gullys floss und die Strömung dort anschwellen ließ. Hin und wieder drängte der ansteigende Strom den Mann gegen die Betonwände des Kanals oder ließ ihn daran entlangschrammen. Aber die Gewalt der talwärts fließenden Wassermassen war zu heftig, als dass er lange an einer Stelle hängen blieb. Und dann war sie wiederum doch nicht stark genug.

Es war nach Mitternacht, als Bill Carmody mit seinem weißen Truck von den Stadtwerken gute fünfzig Meter vor der Kreuzung stehen blieb und durch die regenüberströmte Windschutzscheibe auf den kleinen See hinausstarrte, der sich an der Kreuzung bildete. Die Straßen hier in der Gegend waren im Dachprofil errichtet, fielen zum Bordstein hin ab, sodass der Regen in die Gullys entlang des Rinnsteins floss.

Seit zwei Tagen regnete es unablässig, und es sah ganz danach aus, als ob sich auch am dritten Tag daran nichts ändern würde. Es war ungewöhnlich viel Regenwasser, das gerade aus den Hügeln hinunterfloss. Südkalifornien wurde nicht oft von solch heftigen Unwettern heimgesucht. Der Winter war ausnahmsweise sehr nass gewesen, und dieses Unwetter war das heftigste, das sie bislang gehabt hatten. Carmody zog seine Kappe auf, klappte den Kragen seines gelben Regenmantels hoch und stieg aus. Dann stapfte er zum hinteren Teil des

Trucks, öffnete den eingebauten Gerätekasten und holte eine Harke und einen Drahtkorb heraus. Genau genommen war das kein Job für einen Vorarbeiter, doch hätten sie einen Mann gewollt, der einfach nur herumstand, wenn er ein Problem sah, statt selbst aktiv zu werden, dann hätten sie nicht Carmody eingestellt.

Er stapfte durch immer tieferes Wasser bis zur Kreuzung. Das grelle Licht von zwei Scheinwerfern tauchte auf, dann sah er den SUV auf die Querstraße zudonnern. Seine Reifen ließen das Wasser zu beiden Seiten vier Meter weit aufspritzen wie bei einem Schnellboot, und dahinter bildete sich eine Art Heckwelle. Das Wasser reichte bis zu den Radkappen. Somit wusste Carmody, dass es in der Mitte der Straße mindestens fünfundzwanzig Zentimeter tief war. Er winkte dem Fahrer zu, damit dieser langsamer wurde, doch entweder sah der ihn nicht, oder es war ihm egal.

Es war jedenfalls zu spät, um der Fontäne auszuweichen, also drehte Carmody dem SUV den Rücken zu, ließ das Wasser gegen seinen Regenmantel klatschen und daran abperlen.

Der Wind wehte unablässig mit weit über zwanzig Stundenkilometern, und als er bei der Straßenecke ankam, klatschten ihm die Tropfen frontal ins Gesicht. Er zog den Schild seiner Kappe tiefer ins Gesicht und benutzte die Harke, um den Schutt über dem Regengitter beiseitezuschaffen, das im Rinnstein eingelassen war. Doch er spürte, dass das nicht weiterhalf. Er hatte erwartet, einen Sog des Abfließens zu spüren. Er ertastete Äste und Blätter, doch das Wasser dümpelte ungerührt vor sich hin. Er ging quer über die Straße zum nächsten Gitter und von dort weiter zum nächsten und zum übernächsten. Er machte kehrt, holte sein Stemmeisen und eine Taschenlampe aus dem Truck, ging damit zum ersten Gitter zurück und trat auf die Betonplatte, die auf dem Grasstreifen darüber angebracht war. Er stemmte den Kanaldeckel auf. Der Schmutzfänger war voller Wasser. Er fuhr mit seiner Harke am inneren Gitter entlang, fand aber nichts, was es blockierte. Stattdessen quoll das Wasser aus dem Gullydeckel hervor und floss auf die Straße.

Er trug den Korb, die Harke und das Stemmeisen zurück zum Truck, stieg ein, holte sein Handy hervor und drückte auf die Anruftaste.

»Stadtwerke.«

»Carmody hier. An der Kreuzung von Interlaken und Grimes in North Hollywood haben wir einen vollständig blockierten Regenwasserkanal. Das Wasser steht erst etwa dreißig Zentimeter tief, aber es steigt weiter. Es sprudelt aus den Entwässerungsrohren heraus.«

»Wie willst du vorgehen, Bill?«

»Ich habe die Schmutzfänger kontrolliert, jetzt können wir nur noch die Straße aufreißen und nachsehen, was den Hauptkanal blockiert. Für den Anfang brauchen wir einen Presslufthammer und einen Baggerlader.«

»Wann soll es losgehen?«

»Entweder wir machen es sofort, oder wir warten, bis das Wasser so hoch steht, dass es irgendein Haus flutet.«

Eine Stunde später hob ein Baggerlader die letzte Ladung triefenden Schlamm und aufgebrochenen Zement aus dem engen Graben, den er ausgehoben hatte, und kippte alles wenige Meter davon entfernt auf den bereits aufgetürmten Haufen Schutt. Als der Fahrer die Maschine um 180 Grad drehte, um seine Schaufel erneut eintauchen zu lassen, stieß Carmody einen lauten Pfiff aus und wedelte mit den Armen über dem Kopf.

»Moment«, rief er. »Lass uns nachsehen.«

Er und zwei seiner Männer wateten zu der Stelle, an der der Baggerlader den Straßenbelag aufgerissen hatte, kratzten mit ihren Schaufeln ein paar Asphaltbrocken weg und legten einen Haufen Unkraut, Zweige und Blätter frei. Sie spähten nach unten, zogen mehrere Armvoll Grünzeug aus dem Loch, stapften damit zum Truck und warfen es auf die Pritsche.

Das Knattern des Baggerladermotors verstummte, und plötzlich war es ganz still. Carmody drehte sich um. Der Baggerfahrer stand vor seinem Sitz und starrte am Ausleger seines Baggerladers ins Loch. Er zeigte hinein. »Verdammt, eine Leiche! Das ist ein Mensch!«

* * *

Officer Stearns trat näher an die menschliche Gestalt heran, die auf dem nassen Asphalt lag. Das ließ ihn nie kalt. Höchst selten war es ein hundertjähriger Mann, der glücklich und zufrieden gelebt hatte und dessen Seele sanft und nicht unvorhergesehen entschlafen war. Vielmehr handelte es sich immer um eine Geschichte von Verlust und Tragik, deren tatsächliche Details erst zu einem späteren Zeitpunkt vervollständigt wurden, die aber von Anfang an offenkundig waren. Er sah sich die Leiche genauer an. Es handelte sich um einen Afroamerikaner, etwa Anfang vierzig, bekleidet mit einem Sportsakko und einer schicken Hose. Er hatte keine Schuhe mehr an, aber das musste nichts heißen, weil Tote diese gerne mal verloren, wenn sie unsanft angefasst wurden.

Das Unsanft-angefasst-Werden war das Eigenartige. Die Arbeiter der Stadtwerke hatten den Mann soeben aus einem verstopften Regenwasserkanal herausgezogen, zusammen mit einem Haufen Blätter, Zweige und Gras von der Größe eines Heuballens. Ihnen zufolge gab es keine Erklärung dafür, wie er dort hineingekommen war oder wie weit das Wasser ihn in der Kanalisation mitgerissen haben könnte, ehe er hier hängen blieb.

Stearns blieb innerhalb der gelben Polizeiabgrenzung stehen und beobachtete die Leute von der Gerichtsmedizin und der Kripo, während es langsam hell wurde. Neugierige Gaffer würden erst dann auftauchen, wenn es nicht mehr regnete. Stearns dachte an das Opfer. Der Mann hatte braune, glatte Haut, war schlank, der Haarschnitt modern. Sollte er irgendwelche Verletzungen haben, so waren diese für Stearn nicht ersichtlich, aber das musste nichts heißen. In wenigen Stunden würde sich der Gerichtsmediziner über ihn beugen, sich jeden Quadratzentimeter von ihm genauestens ansehen, auch die inneren Organe. Stearns sah zu, wie das Team des Gerichtsmediziners die Leiche in eine Hülle packte, dann auf die Bahre legte und sie in den Transporter schob.

Es ließ sich nicht einfach sagen, was diesem Mann zugestoßen war, aber Stearns war durchaus geneigt, ein paar Vermutungen anzustellen. Das war kein Selbstmord. Vielleicht nahm man eine Überdosis oder vergiftete sich, aber man würde sich nicht in einen Regenwasserkanal stürzen, um unterirdisch flussabwärts getrieben zu werden, bis man eine Blockade verursachte. Das war allerdings auch alles, was Stearns mit einer gewissen Sicherheit mutmaßen konnte. Wenn es sich nicht um einen jener Fälle handelte, in denen der Erzfeind des Typen vor der Menge im Stadion der Dodgers geschworen hatte, dass er diesen Mann umbringen werde, oder seine Frau letzte Woche eine Lebensversicherung über fünf Millionen Dollar auf ihn abgeschlossen hatte, würden die Kripobeamten sich hier ziemlich reinhängen müssen, und sie könnten von Glück sagen, wenn sie herausfänden, wie er hierhergekommen war.

Stearns war erleichtert, als die Leute von der Gerichtsmedizin schließlich die Tür ihres Transporters schlossen. Er stand nicht gerne in der Nähe einer Leiche herum. Er konnte dieses

Gefühl des Verlusts und der Traurigkeit nicht ausstehen, was vermutlich der offensichtlichen Diskrepanz zwischen einem lebenden, denkenden Menschen und dem leblosen Überrest in dem Haufen Zweige zuzuschreiben war, den die Arbeiter aus dem Kanal gezogen hatten.

Die Leute von der Gerichtsmedizin mussten die Unmenge Pflanzen und Müll entwirren, in der dieser Mann festgesteckt hatte. Jedes Stück, das sie freibekamen, wurde untersucht und dann wenige Meter entfernt unter einem aufgespannten Behelfsdach auf eine Plane gelegt. Hin und wieder nahm ein Spurensicherer einen Beweisbeutel und packte etwas ein. Stearns entdeckte keinerlei Aufregung, geschweige denn Begeisterung, keinen Hinweis darauf, dass jemand etwas für wichtig genug erachtete, um es einem Kollegen zu zeigen. Vielleicht sammelten sie Pflanzen ein, weil sie typische Beispiele von Pflanzen haben wollten, die den Mann auf seinem Weg begleitet hatten. Vielleicht waren sie aber auch genauso verloren wie er, und es war das Einzige, was sie tun konnten.

* * *

Ein Jahr und einen Tag später sah Professor Daniel Millikan aus dem hohen Fenster des Hörsaals, um sich zu vergewissern, dass es noch immer nicht aufgehört hatte zu regnen. Dann schweifte sein Blick über die ernst dreinblickenden Studenten im ersten Jahr des Aufbaustudiums. Er kam zum Ende seiner Vorlesung, hatte es jedoch nicht eilig, sich in die nasse Welt hinauszubegeben.

Er war seit drei Jahren Gastprofessor an der Luskin School of Public Affairs an der UCLA – ein langer Gastaufenthalt. Die anderen Dozenten für Strafrecht – in dem großen Institut gab es insgesamt nur fünf – waren alle Wissenschaftler. Dan

Millikan war ein ehemaliger Cop. Vom Erscheinungsbild her unterschied er sich nicht sehr von den anderen Professoren. Er war nicht hoch aufgeschossen, eine gepflegte, etwa einen Meter achtzig große Erscheinung, über fünfzig, mit kurzen, grauen Haaren. Für gewöhnlich trug er graue oder dunkelblaue Sakkos und hellblaue Hemden, dazu eine Krawatte mit einfachem Knoten.

Er hatte seinen Teil an Forschungsarbeit geleistet und genug Artikel geschrieben, um regelmäßig als Speaker auf Konferenzen eingeladen zu werden. Seine eigentliche Karriere bestand aus den fünfundzwanzig Jahren, die er mit fiesen Betrunkenen, Kleinkriminellen, Drogendealern und Gangmitgliedern zugebracht hatte. Er hatte gelernt, wie schnell sich die ganze Denkart eines Mannes darauf ausrichten konnte, einen gewalttätigen Verdächtigen zu Boden zu bringen, wenn er sich dazu gezwungen sah. Er hatte gelernt, eine Lüge vorherzusehen, noch ehe ein Verdächtiger sie aussprach – manchmal sogar noch, ehe der Verdächtige das Bedürfnis verspürte, sich etwas auszudenken, um diesen Teil seiner Geschichte zu füllen. Millikan hatte sein Wissen über Forensik bei jedem Fall erweitert, während diese Wissenschaft ständig Fortschritte machte und perfektioniert wurde, bis sie Bestandteil der Polizeipraxis war. Die letzten zehn Jahre hatte er bei der Mordkommission gearbeitet, wo er Experte für all die schrecklichen Dinge wurde, die Menschen einander zufügen. Nach fünfundzwanzig Jahren ließ er sich in den Ruhestand versetzen und schrieb noch am selben Tag die Bewerbung für die Universität.

Millikan stand vorne im Raum, aufrecht, nicht länger hinter dem Podium, weil er für die letzten Minuten seiner Vorlesung keine Notizen oder Quellenangaben benötigte. Er hatte in seiner Vorlesung bereits die Ursprünge und die Entwicklung der Gesetze für Durchsuchungen und Beschlagnahme abgehandelt. Jetzt war der Moment gekommen, in dem seine Studenten Fragen zu allem stellen konnten, was sie wissen wollten. Er nickte einem Studenten in der zweiten Reihe zu. Ihm fiel der Name wieder ein. »Mr Terrano?«

»Wenn Sie das Haus eines Mordopfers durchsuchen, das auf dem Boden liegt, wonach suchen Sie dann als Erstes?«

»Nach Stellen, wo ich hintreten kann.«

Kurzes Gelächter erscholl, aber Millikan fuhr fort.

»Natürlich findet sich häufig Blut oder anderes organisches Gewebe am Tatort. Am allerwichtigsten ist es, dass Sie den Tatort nicht verunreinigen. Sie haben nur eine einzige Chance, ihn zu schützen, und sollten sicherstellen, dass nichts verloren geht oder beschädigt wird und Sie auch keine neuen Spuren hineintragen. Wir leben auf einem Planeten, auf dem es unmöglich ist, sich zu bewegen, ohne eine Spur von Partikeln und organischen Verbindungen zu hinterlassen. Der Mörder hat etwas von sich am Tatort zurückgelassen, genau wie ihm Partikel von dort anhaften, wenn er ihn verlässt. Allerdings muss Ihnen bewusst sein, dass es sich mit Ihnen genauso verhält.«

»Und das Zweite, wonach Sie suchen?«

»Nach nichts.«

Ein Dutzend Hände schoss in die Höhe, doch er ignorierte sie vorerst. »Sie suchen nach nichts Bestimmtem. Ein paar Minuten stehen Sie einfach ruhig da und sehen sich um. Fangen Sie nicht damit an, Theorien über den Tatort, den Fall oder etwas anderes zu wälzen. Lassen Sie Ihren Blick über den Boden, die Wände, die Decke, die Fenster und über alles andere wandern, was Sie sonst noch sehen können. Achten Sie auf das, was Sie hören und riechen. Ich nehme mal an, wir sprechen hier über einen Fall, bei dem keine zwanzig Zeugen herumstehen, die bereits gesagt haben: ›Wir haben gesehen, wie ihr Ehemann sie erschossen hat.‹«

»Nein, ich dachte eher an einen etwas andersgearteten Fall.«

»Okay. Nachdem Sie sich die Zeit gelassen haben, sich jeden Zentimeter anzusehen, gehen Sie sorgfältig und langsam durch den Raum, achten dabei auf alle Details. Ihre Aufmerksamkeit wird vom Mordopfer und dem Bereich um es herum angezogen, und Sie werden feststellen, dass Sie dabei Dinge notieren, die sich langsam zu einer Geschichte zusammenfügen.«

Eine Frau zu seiner Linken sagte: »Todesursache?«

»Genau, solche Dinge. Aber ich verrate Ihnen etwas. Die meisten Morde sind erste Morde. Amateure scheinen niemals Schwierigkeiten zu haben, bis zu dem Punkt zu gelangen, an dem das Opfer tot auf dem Boden liegt. Das Verbrechen wird als ›vorsätzlich‹ eingestuft, weil der Mörder in der Absicht dorthin kam, das Opfer zu töten. Aber das Verbrechen passt nicht zur gemeinhin verbreiteten Bedeutung des Wortes. Im Vorfeld wurde nämlich nicht viel nachgedacht. Die Überlegungen der meisten Mörder scheinen nur bis zu dem Punkt zu gehen, zu dem sie ihren Feind umgebracht haben, aber anscheinend sind sie oft nicht in der Lage, an das zu denken, was danach kommt.«

Ein anderer Student weiter vorne fragte: »Warum nicht?«

»Sie haben den Mord aus Hass, Eifersucht, Gier, Furcht oder Neid begangen. Und unvermittelt stehen sie in einem Raum mit einer Leiche. Die Hälfte von ihnen hat nicht darüber nachgedacht, was sie damit anstellen will. Also stehen sie da, müssen aber schnell handeln. Manche versuchen, den Tatort so aussehen zu lassen, als wäre es Selbstmord oder ein Überfall gewesen. Andere versuchen es damit, die Leiche in eine Plane, eine Decke oder eine Tasche zu packen und in ein

Auto zu verladen, dann kommen sie zurück und machen sauber. Alles, was sie machen, lässt sich nachweisen, und es vergrößert noch dazu die Wahrscheinlichkeit, dass sie dabei gesehen werden und ihre eigene Kleidung, ihr Auto und so weiter kontaminieren.«

»Was unterscheidet sie von einem Profi?«

»Ein Profi hat schon zuvor gemordet. Er weiß, dass ein Körper etwa fünf Liter Blut enthält und sich Blut nicht einfach wegwischen lässt, also versucht er das gar nicht erst. Er weiß im Vorfeld, dass er ein Alibi benötigt, einen Weg, wie er ungesehen verschwinden kann, einen Ort, um die Waffe loszuwerden, und eine Möglichkeit, wie er eine große Distanz zwischen sich und den Tatort bringen kann, ehe die Leiche gefunden wird. Außerdem wird er nichts am Tatort zurücklassen, was eine Verbindung zu ihm herstellt – keine Gegenstände, Fingerabdrücke oder DNA.«

»Wie bekommt man so jemanden zu fassen?«

»Man folgt den Spuren, die man hat, und hofft, dass man mehr Glück hat als er. Wenn er niemals Pech hat, fängt man ihn nicht.«

In der Ferne erklangen die Glocken der Powell Library. »Denken Sie daran, die Kapitel siebzehn bis zwanzig in dem Buch von Rosenberg zu lesen und an Ihren Aufsätzen zu arbeiten. Bis Freitag.« Er trat hinter das Podium, nahm die Mappe mit den Notizen für seine Vorlesung und verließ den Saal.

Millikan ging den überfüllten Gang hinunter, musste sich hin und wieder zwischen den Strömen junger Menschen hindurchquetschen, die aus ihrem Vorlesungsraum herauskamen oder auf dem Weg zum nächsten waren. In seinem Büro angekommen, steckte er die Mappe in seinen Aktenschrank vor die letzte Vorlesungsmappe und schob gerade die Schublade zu, als es an der Tür klopfte.

Seine Sprechstunde fing erst in eineinhalb Stunden an, die Sprechzeiten standen auf dem ausgedruckten Unterrichtsprogramm, waren auch online einzusehen sowie neben der Tür aufgeführt. Wer auch immer das war, ihm stand ganz offensichtlich keine rosige Zukunft als Ermittler bevor. Er ging zur Tür und öffnete sie.

Der Mann auf dem Gang war ungefähr einen Meter neunzig groß und schlank. Er trug einen perfekt sitzenden dunkelgrauen Anzug, eine Krawatte mit dunkelblauem Muster und kleinen runden Symbolen, die Millikan ohne Lesebrille nicht erkennen konnte. Der Mann lächelte und hielt ihm die Hand hin. »Professor Millikan, ich bin David Hemphill.«

Millikan schüttelte die dargebotene Hand. Nichts an Hemphills Händedruck ließ auf irgendeinen Makel schließen. Er war fest und angenehm, ein kurzes Schütteln und Loslassen.

»Es tut mir leid, so unangekündigt hereinzuschneien. Haben Sie einen kurzen Moment?«, fragte Hemphill.

»Kommen Sie rein.« Millikan deutete auf die drei Ledersessel, die vor seinem Schreibtisch standen.

»Danke«, sagte Hemphill und nahm Platz. »Ich habe gesehen, dass Ihre Sprechstunde erst später anfängt. Wahrscheinlich möchten Sie sich gerne etwas zu essen holen, also halte ich Sie nicht lange auf. Ich brauche den Rat eines Experten, und mir wurde von drei Leuten gesagt, da solle ich Sie fragen.«

»Legen Sie los.«

»Es geht um einen Mord, der schon etwas über ein Jahr zurückliegt. Die Polizei hat damals sofort mit den Ermittlungen begonnen, die ziemlich lange angedauert haben. Aber jetzt haben sie sich eingestanden, dass sie keine Fortschritte mehr machen. Seit mehreren Monaten ist keine neue Spur aufgetaucht. Es gibt keine neuen Hinweise, denen sie nachgehen könnten.«

»Das tut mir leid«, sagte Millikan. »Da kann ich Ihnen nicht weiterhelfen. Ich bin schon seit Jahren im Ruhestand und unterrichte jetzt, und meine akademischen Pflichten beschäftigen mich voll und ganz.«

»Verstehe«, sagte Hemphill. »Ich wurde schon vorgewarnt, dass Sie vermutlich nicht in Erwägung ziehen würden, in diesen Fall verwickelt zu werden. Aber vielleicht könnten Sie mich an jemand anderen verweisen.«

Millikan ließ sich nichts anmerken, aber er wollte etwas mehr erfahren. »War das Opfer ein Freund von Ihnen?«

»Nein«, sagte Hemphill. »Ich habe den Mann nie getroffen. Wir haben beide für dieselbe Firma gearbeitet, für Intercelleron, aber in unterschiedlichen Bereichen. Er hieß James Ballantine. Das ist also nichts Persönliches. Ich komme auf Wunsch unseres Vorstands. Weil er einer von uns war, haben sie die Ermittlungen von Anfang an verfolgt. Jetzt würden sie diese gerne fortführen.«

»Ballantine. Das sagt mir etwas, aber ich weiß nicht genau, weshalb ...«

»Er war der Mann, der während des Sturms im letzten Frühjahr in einem Regenwasserkanal gefunden wurde.«

»Ach, sicher doch«, sagte Millikan. Er erinnerte sich an die Zeitungsmeldungen über den Fall. »Ich habe damals davon gelesen.« Er überlegte kurz, stellte die Frage dann aber trotzdem. »Was ist mit der Familie des Opfers?«

»Der Vorstand hat beschlossen, im Namen der Ehefrau aktiv zu werden, aber vertraulich, ohne sie zum jetzigen Zeitpunkt zu involvieren. Sie hat zwei Kinder, die sie allein großzieht. Die Firma fand, dass es nicht fair wäre, sie mit hineinzuziehen.«

Millikan nickte. »Sie machen also gewissermaßen das Richtige.«

»Gewissermaßen?«

»Indem Sie sie nicht in eine teure Ermittlung verwickeln oder ihr falsche Hoffnungen machen.«

»Ich weiß nicht, ob sie falsch sind. Sind sie das?«

»Die Polizei von Los Angeles hat mit einer ganzen Menge an Morden zu tun, weshalb sie auch über die besten Kripobeamten weltweit verfügt. Eine unabhängige Mordermittlung ist gut. Doch letztlich ist dieser Fall in den Händen der Mordkommission des LAPD. Sie sind die Einzigen, die Zeugen einbestellen oder Festnahmen durchführen können. Nur sie besitzen das ganze physische Beweismaterial, das es gibt, alle Fotos vom Tatort und jeden Bericht, und so weiter und so fort. Um ehrlich zu sein: Sie sind gut in allem, außer im Teilen.«

»Mir ist klar, weshalb Sie eine Privatermittlung als unwahrscheinliche Lösung erachten.«

»Und mir ist klar, dass Sie es dennoch versuchen wollen«, sagte Millikan.

»Das ist nicht meine Entscheidung«, erwiderte Hemphill. »Der Vorstand hat das entschieden und daraufhin die Finanzierung und alles Weitere geklärt.«

»Was übersehe ich hier? Sie sagten, es sei nichts Persönliches. Erwarten Sie einen Prozess? Ist etwas verschwunden, für das er verantwortlich war?«

»Das weiß ich ehrlich gesagt nicht«, sagte Hemphill. »Es würde mich allerdings nicht sonderlich überraschen, wenn das auch dem Vorstand nicht bekannt wäre. Ich denke, sie versuchen einfach, das Richtige zu tun, aber keiner von ihnen weiß tatsächlich, wie. Vermutlich ist ihnen einfach nur klar, dass sie nicht untätig sein können.« Millikan schwieg einen Moment.

Hemphill sagte: »Ich weiß, dass ich mehr von Ihrer Zeit beansprucht habe, als ich sollte. Wenn Sie mir jemanden empfehlen könnten – ein Name würde schon reichen –, dann verspreche ich, Sie nicht länger zu belästigen.«

»Okay«, sagte Millikan. »Ich sage Ihnen jetzt, was die anderen Leute, die Sie konsultiert haben, bereits hätten sagen sollen. Es gibt etwa ein Dutzend Agenturen mit kompetenten Teams, die erfahren und gut ausgebildet sind. Die werden die grundlegende Ermittlungsarbeit machen und das alles. Da bekommen Sie für Ihr Geld einen ziemlich professionellen und hübsch ausgedruckten Bericht, der beweist, dass sie ihren Job gemacht und jeden Stein umgedreht haben. Man kann das aber auch überspringen und gleich mit dem letzten Schritt beginnen.«

»Mit dem letzten Schritt?«

»Ja, nämlich die Agentur anheuern, die einen Fall wie diesen auch schon mal gelöst hat – Fälle, bei denen die Spuren erkaltet sind, Zeit verstrichen ist und kein Hinweis jemals zu etwas geführt hat. Solche Fälle sind deren Spezialität. Sie sind die letzte Anlaufstelle, wenn es darum geht, herauszufinden, was einem Opfer zugestoßen ist, oder aber um jemanden freizubekommen. Es handelt sich um ein Paar, die wie ich ehemalige Cops sind.«

»Wie heißt die Agentur?«

»Abels. Wenn Sie das machen wollen, dann bekommen Sie dort die Hilfe, die Sie benötigen.«

Hemphill zog ein kleines schwarzes Notizbuch und einen silbernen Stift aus seiner Manteltasche. Er notierte »Abel's«.

Millikan bemerkte es. »Ohne Apostroph. Der Name steht für mehr als einen Abel.«

# 2

Der beste Moment eines Abends im Galaxy Club war der süße Moment nach ein Uhr morgens, aber bevor der Barkeeper die letzte Runde ausrief. Der Barkeeper hier war eine attraktive Frau um die fünfzig mit scharfen, hellwachen blauen Augen und einer Haarfarbe, die nach etwas Wilderem und Hellerem als Platinblond aussah. Tatsächlich war es ein natürlicher Grauton. Mit dem gestrickten Top und der Jeans sah sie von Weitem deutlich jünger aus. Sie hatte einen kräftigen, athletischen Körper, ihre Hände waren hingegen zierlich, mit manikürten Nägeln. Ihre grauen Haare hatte sie zu einem langen, tief sitzenden Pferdeschwanz nach hinten gebunden, der bei jeder Bewegung leicht mitwippte.

Um ein Uhr kamen noch immer Leute von einem späten Abendessen, irgendwelchen Shows oder aus anderen Bars, in denen sie ihre Zeit gar nicht erst hätten vergeuden sollen, ins Galaxy. Sobald jemand kam, schritt die Barkeeperin am Tresen entlang, nahm deren Bestellung auf und das Geld entgegen, befüllte verzierte Gläser, wischte über die spiegelblanke Holzoberfläche, ehe der durchdringende Blick ihrer blauen Augen zum nächsten Gast wanderte. »Was kann ich Ihnen bringen?«

Der clevere Gast antwortete rasch, schätzte die Atmosphäre in der Bar korrekt so ein, dass er wohl nur kurz Gelegenheit zum Bestellen hatte, weil eine lange Wartezeit bis zur nächsten folgen dürfte. Im ersten Fall nahm die Barkeeperin seine Bestellung entgegen, nickte und bereitete den Drink zu, anderenfalls wartete sie kurz und sagte dann: »Bin gleich wieder da.« Während sie sich weiter am Tresen entlangarbeitete, würde der Gast sich damit abfinden müssen, dass er auf die nächste Runde warten musste.

Am hinteren Ende der Bar saß ein breitschultriger Mann in grauem Sakko und makellos weißem Hemd. Er schien um die fünfzig zu sein, allein unterwegs, und beobachtete den Strom der Leute, die ins Galaxy hinein- und wieder hinausschwappten, ohne sich sonderlich für irgendjemanden zu interessieren. Immer mal wieder nahm er einen Schluck aus einem schmalen, eiskalten Glas mit einer Limettenscheibe und klarem, sprudelndem Inhalt.

Bestimmt stellten Gäste, die an der Bar darauf warteten, bedient zu werden, das ein oder andere Mal Mutmaßungen über ihn an. Er war etwa einen Meter achtzig groß, vermittelte aber durchaus den Eindruck, dass seine Größe nicht alles war – dass ihn vielmehr eine Stärke, eine Härte auszeichnete. Manche Profi-Football-Spieler besaßen diese Eigenschaft, doch konnte man den Kerl den ganzen Abend lang anstarren und würde sein Gesicht trotzdem nicht wiedererkennen. Mit Sicherheit arbeitete er nicht im Galaxy, weil er den ganzen Abend trank, was wiederum bedeutete, dass er auch kein Cop sein konnte. Vom Alter und der Beschreibung her entsprach er der Sorte Mann, die auf der Suche nach einer jüngeren Frau, die mit Geld zu ködern war, ins Galaxy kam. An diesem Abend waren etliche solcher Frauen im Club, doch bedachte er sie kaum mal mit einem Blick. Er war weder freundlich noch feindselig, auch nicht schüchtern oder betrunken. Er war einfach nur da, bestimmt kein Teil des Inventars, aber er hatte es auch nicht eilig, sich zu verdrücken.

Um halb zwei wanderte sein Blick zur Barkeeperin und verharrte dort, bis sie ihn im Spiegel hinter sich zufällig entdeckte, als sie nach einer Wodkaflasche griff.

Sie ließ sich nichts anmerken, doch als sie sich zur Bar umdrehte, um das Glas vollzuschenken, wanderte ihr Blick flüchtig zu dem Mann am Ende der Bar. Den Bruchteil einer Sekunde später sah sie zu der Person hinüber, die er ansah, reichte dem Gast seinen Drink und nahm das Geld entgegen.

Der Mann, der die Bar soeben betreten hatte, war so um die fünfunddreißig, vierzig Jahre alt. Er trug eine braun-gelbe Brille mit Gläsern, die gerade so dunkel waren, dass seine Blicke halbwegs verborgen blieben, dazu ein schwarzes Sportsakko und Jeans. Drei Schritte hinter ihm folgten zwei jüngere Männer, die auch weiterhin hinter ihm blieben und die Menge aufmerksam musterten. Er nahm einen Tisch ins Visier, an dem vier junge Frauen saßen, die fast jeden Abend im Galaxy anzutreffen waren, wo sie auf jemanden warteten, der ihnen für ihre Karriere von Nutzen sein konnte.

Sie hatten ihn vermutlich schon gesehen, bevor er die Tür aufgedrückt hatte. Alle vier standen auf und hasteten zu ihm, verkörperten naive Mädchen, die ganz unverhohlen von seinem zufälligen Eintreffen bezaubert waren, weil es ihnen erlaubte, bestimmte Posen einzunehmen und Geräusche von sich zu geben, durch die andere Menschen auf sie aufmerksam wurden. Er umarmte jede von ihnen flüchtig und begleitete sie dann zu ihrem Tisch. Das Lächeln der Frauen war ehrlich, weil er Alex Rinosa war, der Musikproduzent. Er hatte Geld und Drogen, außerdem öffneten sich für ihn Türen, die den meisten Menschen verschlossen blieben, und er konnte dorthin mitnehmen, wen er wollte.

Die beiden Bodyguards holten sich zwei Extrastühle von den Nachbartischen, dann verfiel die Gruppe in lautstarkes Geplänkel, gezwungenes Gelächter und nervöses Geschnatter. Einen kurzen Augenblick später wandte sich Rinosa verwundert zur Bar um, weil noch kein Kellner bei ihm war. Allerdings sah er auch keinen. Er trug seinen beiden Bodyguards auf, drei Flaschen Cristal und ein paar Gläser zu besorgen.

* * *

Die beiden gingen zur Bar, bauten sich dort auf und zogen ein paar Hundertdollarscheine aus den Taschen, um klarzustellen, dass die Aufmerksamkeit unverzüglich ihnen zu gelten hatte. Doch sie mussten sich gedulden, bis die Barkeeperin sich zu ihnen vorarbeitete.

Als sie bei ihnen ankam, sagte einer der beiden: »Bring uns drei Flaschen Cristal und sieben Gläser. Schreib's an.«

»Nach halb zwei kann ich nichts mehr anschreiben, Cristal kostet hier siebenhundert die Flasche, und ein Kellner ist gerade nicht da. Die müsst ihr selber zum Tisch bringen.«

»Bei zweitausendeinhundert? Bist du eine …«

»Vorsicht«, sagte sie. Ihr Blick war stahlhart und standfest. »Wenn ich euch für betrunken halte, darf ich euch gar nicht bedienen.«

Der andere Mann lächelte. »Ja, Ma'am.« Er blätterte die Hundertdollarscheine auf den Tresen. Die Barkeeperin brachte sie zur Kasse, stellte ein Tablett mit sieben Champagnergläsern vor den Männern ab und kniete sich hin, um drei Flaschen aus dem kleinen Kühlschrank unter der Bar zu holen.

Die beiden Männer verließen den Tresen mit ihren Drinks, und sie machte mit ihrer Runde weiter, fing bei dem Mann am Ende der Bar an.

»Hörte sich gut an«, meinte er.

»Danke«, erwiderte sie. »Ich schaffe gern klare Verhältnisse.« Sie nahm ein frisches Glas, gab Eis hinein, hielt es unter einen

Zapfhahn, wo sie es mit Tonic füllte, kippte dann kurz eine Ginflasche darüber, deren Flaschenausgießer sie jedoch mit dem Nagel ihres schlanken Fingers elegant verschlossen hielt.

»Achte einfach nur darauf, welches Glas Rinosa gehört, dann haben wir das hier bald hinter uns«, sagte er.

»Schon dabei«, meinte sie und steckte eine frische Limettenscheibe an sein Glas, ehe sie es wieder vor ihn hinstellte. Dann ging sie weiter.

Um zehn vor zwei betätigte die Barkeeperin einen Notschalter neben der Kasse, stellte die Musik kurzzeitig ab, verkündete über ein Mikrofon: »Letzte Runde. Letzte Runde, wer noch was zu trinken bestellen will.« Und schaltete die Musik wieder ein.

Eine letzte Gruppe Gäste machte sich für einen Absacker auf den Weg zur Bar, darunter auch einer der Bodyguards. Er blätterte weitere sieben Hundertdollarscheine auf den Tresen, bekam dafür eine Flasche und ging mit ihr zurück zum Tisch.

Um zwei Uhr tauchte der Manager des Galaxy, ein großer, schlaksiger Mann mit grauen Haaren, aus seinem Büro im hinteren Bereich des Gebäudes auf, begleitet von zwei kräftigen Männern in schwarzen Windjacken, auf denen in weißen Buchstaben SECURITY stand.

Die Sicherheitsmänner flankierten ihn, während er den Notschalter betätigte und verkündete: »Guten Abend, meine Herrschaften. Wir müssen jetzt schließen. Das Galaxy schließt. Ich muss Sie alle bitten, auszutrinken und sich zum Ausgang zu begeben. Sollte jemand ein Taxi benötigen, dann rufen wir Ihnen gerne eines. Haben Sie ansonsten vielen Dank, dass Sie heute Abend hier gewesen sind. Hoffentlich dürfen wir Sie bald wieder bei uns begrüßen. Schönen Abend noch.«

Die Barkeeperin zog die Lade aus der Kasse, die der Manager und einer der Sicherheitsmänner an sich nahmen. Der andere

Sicherheitsmann beobachtete, wie die Menschen nach draußen strömten. Zwei weitere standen, die Leute ebenfalls im Blick, an der Tür, einer drinnen, der andere draußen.

Die Barkeeperin lief mit einem großen Tablett von Tisch zu Tisch und sammelte die Gläser ein. Als sie zu dem Tisch kam, an dem Rinosa, die vier Frauen und die Bodyguards saßen, standen diese gerade auf, um sich auf den Weg zu machen. Sie nahm ein paar Gläser, dann griff sie nach dem, aus dem Rinosa getrunken hatte.

Eine Hand schoss nach vorne und packte sie am Handgelenk. Es war Rinosa.

»Sie lassen mich besser los«, forderte die Barkeeperin.

»Entschuldigung«, sagte er. »Aber mein Glas nehme ich mit.«

»Wie bitte?« Sie sah ihn an, als wäre er wahnsinnig und als hätte sie auch keinerlei Verständnis für Wahnsinnige.

»Mein Glas. Ich will es haben. Für zweitausendachthundert steht mir doch ein kleines Souvenir zu, oder nicht?«

»Nein. Ich muss für die Gläser zahlen. Und danke auch für das Trinkgeld.«

»Das war ein Versehen.« Er lächelte.

Während er noch sprach, kam der Mann vom Ende der Bar bei ihnen vorbei, anscheinend auf dem Weg zur Toilette. Völlig unerwartet rempelte er einen der beiden Bodyguards an, wobei sein Fuß zwischen den Bodyguard und Rinosa gelangte.

Der Mann fiel genau in dem Moment auf Rinosa, als die Barkeeperin ihren Arm mit einer kreisförmigen Bewegung freibekam. Sowie sich der Griff um ihr Handgelenk lockerte, vervollständigte sie den Kreis und verpasste Rinosa einen Schlag gegen die Kehle.

Die beiden Bodyguards bekamen nichts davon mit, weil sie mit dem Mann beschäftigt waren, der sie angerempelt hatte. Sie hechteten von zwei Seiten auf ihn zu. Der Mann packte den Kopf des Bodyguards, der vor ihm stand, riss ihn nach unten, während sein Knie nach oben schoss, und schleuderte ihn mit dem Gesicht nach unten auf den Boden. Unmittelbar darauf stieß er seinen Ellbogen nach hinten ins Gesicht des zweiten Angreifers, sodass dieser nach hinten torkelte. Dann drehte er sich ganz um und schlug dem Mann, während er fiel, zweimal ins Gesicht.

Anschließend wandte er sich zu Rinosa um, der sich, bestürzt über den Schlag der Barkeeperin, beide Hände an die Kehle presste. Der Mann verpasste Rinosa einen linken Haken gegen die Nase, sofort strömte Blut heraus. Er sagte: »Oh, Entschuldigung. Ich dachte, Sie wären einer von den Typen.« Er zog ein sauberes weißes Taschendurch hervor und tupfte das Blut grob ab, das aus Rinosas Nase strömte, während Rinosa versuchte, sich abzuwenden, und heiser rief: »Lassen Sie mich in Ruhe! Verschwinden Sie!«

Die Barkeeperin rief: »Security!«, und zeigte auf die beiden am Boden liegenden Männer und Rinosa. »Die drei!«

Wie ein Unwetter stürmten die Sicherheitsleute in ihren schwarzen Jacken über die Tanzfläche und zerrten die drei verprügelten Männer nach draußen. Die Opfer hatten ihre Sinne inzwischen wieder genug beieinander, um sich lautstark zu wehren, kamen jedoch gegen die breitschultrigen, kräftigen Security-Leute nicht an.

Drei Minuten später trat die Barkeeperin durch die Stahltür im hinteren Bereich des Gebäudes nach draußen und stieg in das wartende Auto. Es fuhr los, weg vom Gebäude, und beschleunigte.

Die Barkeeperin drehte sich im Sitz um und sah durch das Heckfenster auf die Straße. »Sieht leer aus«, sagte sie. »Geht's dir gut?«

Der Mann am Steuer sagte: »Mir? Mich hat niemand am Handgelenk gepackt. Ich dachte nur, wenn ich sie schon ablenken muss, bis du das Glas mit Rinosas DNA hast, dann kann ich uns auch gleich noch eine Blutprobe besorgen.«

»Ich hoffe, du hast dich nicht damit eingesaut, Sid«, sagte sie. »Ich mag dieses Sportsakko. Es hat Stunden gedauert, bis ich mich dafür entschieden hatte.«

»Ich habe gar nichts abbekommen. Ich habe das Taschentuch direkt in einen Plastikbeutel gesteckt und meine Hände mit antibakteriellen Tüchern sauber gemacht.«

Sie öffnete ihre Handtasche und zog den Plastikbeutel mit dem Champagnerglas hervor. »Und hier ist meine Trophäe. Morgen früh ist das Labor offen, und wir können die DNA testen lassen. Dann wird Manny Escobar innerhalb kürzester Zeit für unschuldig erklärt und aus dem Gefängnis entlassen. Vielleicht schon Ende nächster Woche.«

»Eher Ende nächsten Monats«, sagte er. »Und auch nur dann, wenn das Labor superschnell macht.«

»Ach, egal, wir haben es geschafft«, freute sie sich. »Und Rinosas DNA – absolut legal beschafft, als er zwei Privatermittler in einer Bar angegriffen hat – wird zu der DNA passen, die die Polizei bei der Leiche gefunden hat.« Sie beugte sich zu ihm hinüber und küsste ihn auf die Wange. »Was bist du doch für ein harter alter Kerl, stimmt's?«

»Wow, danke, Veronica«, sagte er. »Ich hätte nicht gedacht, dass dir das aufgefallen ist.«

»Natürlich. Wäre ich nicht so beschäftigt damit gewesen, Beweismaterial sicherzustellen, dann hätte ich gebrüllt: ›Erschießt ihn nicht. Noch steckt ein bisschen Leben in ihm.‹«

»Ich war auch stolz auf dich«, sagte Sid. »Ungelogen. Aber ich muss sagen, dass die Drinks ein bisschen schwach waren.«

»Wenn wir zu Hause sind, kannst du uns beiden gleich einen richtigen mixen, während ich mir ein Fußbad gönne.« Sie seufzte. »Verdammt, Gewinnen ist einfach geil. Wir verdienen zwar nichts, wenn wir das Labor erst bezahlt haben, trotzdem ist so ein Sieg einfach ein Genuss.«

»Gewinnen ist herrlich«, stimmte er ihr zu.

* * *

Die Morgensonne strahlte durch die Fenster herein, als Sid Abel seinen Kaffee trank. Das Telefon auf der anderen Seite des Zimmers klingelte. Einmal, zweimal. Sid warf einen Blick über seine Zeitung hinweg zum Telefon und dann zu Ronnie, die an ihrem Schreibtisch saß und auf ihren Computer starrte.

»Wer ist dran?«, fragte sie.

»Das heißt wohl, dass ich dran bin«, sagte er, stand auf und ging zum Schreibtisch, um den Anruf entgegenzunehmen.

»Du solltest wirklich als Detektiv arbeiten.«

»Abel Privatermittlungen, Sid Abel am Apparat.«

Es meldete sich ein Mann: »Mr Abel, David Hemphill hier.«

»Was können wir für Sie tun, Mr Hemphill?«, fragte er und notierte dabei gleichzeitig den Namen auf dem Block neben dem Telefon.

»Ich arbeite für die Intercelleron Corporation in Woodland Hills. Einer unserer Mitarbeiter wurde vor etwas über einem Jahr ermordet. Ich würde gerne mit Ihnen besprechen, ob ich Ihre Detektei damit beauftragen kann, sich diesen Fall etwas genauer anzusehen.«

»Alles klar«, sagte Sid. »Haben Sie heute irgendwann eine Stunde Zeit?«

»Das lässt sich einrichten. Wenn Sie zu Intercelleron kommen möchten …«

»Lieber nicht«, sagte Sid. »Wenn wir uns dort zu einem späteren Zeitpunkt noch umsehen müssen, ist es besser, wenn wir dort noch keine bekannten Gesichter sind. Können Sie sich heute zum Mittagessen im Restaurant Merinal in der Grand Avenue mit uns treffen, um halb eins?«

»Ja«, sagte Hemphill. »Ich werde dort sein.«

»Woran erkenne ich Sie?«

»Ich trage einen dunkelblauen Anzug und eine rote Krawatte, bin eins neunzig groß.«

»Dann bis um halb eins.«

* * *

»Augen auf«, sagte Sid. »Lass die Augen auf. Nicht blinzeln, wenn du zuschlägst.«

»Sie sind offen, wenn ich zuschlage«, sagte Ronnie. »Ich blinzle, wenn *du* mich triffst. Autsch.«

»Und auch nicht zurückzucken.« Er ging auf sie zu, überzog sie mit einer schnellen Abfolge von leichten Faustschlägen. »Denk an deine nächste Gelegenheit, es mir heimzuzahlen. Hier geht es nicht darum, dass ich dich schlagen kann.«

»Doch, natürlich, wenn du mich schlägst.«

Sie wich einem Faustschlag aus, hieb mit ihrer Linken heftig gegen seine Brust und zielte mit der Rechten auf sein Gesicht, doch er parierte ihren Schlag mit dem Unterarm.

»Gut«, sagte er. »Jetzt hast du gezeigt, dass du mich schlagen willst.«

Wieder schlug sie zu, dieses Mal traf ihre Faust seine Schulter.

»Wieder gut.«

»Gut, weil ich dein hässliches Dumpfbackengesicht nicht getroffen habe?«

»Gut, weil du hinsiehst, weil du das Ganze in einen Kampf verwandelst. Weich aus, duck dich weg, sieh zu, dass meine Schläge dich nicht wie bislang treffen können, aber such auch immer nach einer Möglichkeit, mich zu attackieren.«

Sie sah seinen nächsten Schlag kommen, drehte den Kopf leicht zur Seite, sodass seine Faust über ihre Schulter hinwegzielte, schlug mit der Linken gegen seinen Kopf, während sie sich mit dem rechten Fuß abdrückte. Der Schlag zielte auf seinen Wangenknochen, und er bewegte den Kopf nach rechts, weg davon – direkt in ihren rechten Haken hinein. Dem nächsten Schlag wich er aus.

»Großartig«, sagte er und überzog sie mit einer Reihe schneller Schläge. »Deine Augen waren die ganze Zeit über weit offen, und die Schläge waren gut.«

»Danke, du gönnerhafter Angeber.«

»Wenn du das nicht magst, dann mach was dagegen.«

Sie ging zu einem schnellen Gegenangriff über, ihre Arme bewegten sich beim Vortreten, sie zielte mit der Linken in Höhe seiner Augen, um ihn abzulenken, während sie seinem Körper mit der Rechten heftige Schläge verpasste.

Er verteidigte sich gegen ihren Angriff, ohne seinerseits Schläge auszuteilen, ließ sie spüren, wie ihre Schläge trafen, beobachtete, wie sie nach Möglichkeiten suchte, ihren Vorteil auszubauen.

Als die Klingel des Timers ertönte, ließ sie die Arme hängen, trat zu ihm und lehnte sich an ihn.

»Das war richtig gut«, sagte er.

»Meine Arme sind total müde. Ich glaube nicht, dass ich sie noch mal heben kann, nicht mal dann, wenn es unbedingt sein müsste.«

»Und auch das ist gut«, sagte er. »Wenn du kämpfst, musst du alle Kraft einsetzen, die dir zur Verfügung steht. Nichts davon aufsparen. Es ist nicht so, als könntest du deine Energie zu einem späteren Zeitpunkt besser einsetzen.«

Sie lächelte und sah zu ihm auf. »Denk später mal daran, dass du das gesagt hast.«

»Einschüchterungstaktiken sind nicht notwendig.« Er zog seine Trainingshandschuhe aus und knotete dann ihren rechten Boxhandschuh auf, damit sie den anderen selbst aufmachen konnte.

»Das war echt ein ziemlich guter Kampf«, sagte sie.

»Ich kämpfe doch nicht mit meiner Frau. Das war ein Work-out.«

»Lass uns hochgehen und duschen. Wir haben einen Termin mit Mr Hemphill.« Sie richtete sich auf und küsste ihn auf die Wange.

Gemeinsam traten sie von der dicken Trainingsmatte, hängten ihre Handschuhe auf und brachten ihre Schuhe in die Abstellkammer, ehe sie zur Treppe gingen.

Beim Hochgehen meinte sie: »Danke, dass du mein Trainings-Dummy bist.«

»Mir gefällt der Ausdruck Sparringspartner, ehrlich gesagt, besser.«

»Kann ich mir vorstellen.«

* * *

David Hemphill kam im Parkhaus an, fand einen Parkplatz auf dem Dach und stieg aus dem Lincoln Town Car, das die Firma für ihn leaste. Zwei Reihen weiter gingen die beiden Vordertüren eines anderen Autos auf, und ein Pärchen stieg aus. Hemphill sah nicht direkt zu ihnen hin, behielt sie jedoch im Augenwinkel, als er sich zum Rücksitz hinüberbeugte, um sich seine Anzugjacke zu holen und anzuziehen. Beide trugen Geschäftskleidung, doch von dort aus, wo er sich befand, konnte er nicht mehr erkennen. Ihr Blick schien auf ihn gerichtet zu sein, aber er machte sich wegen seines Aussehens keine Gedanken. Sein Erscheinungsbild gehörte zu seinen Vorzügen.

David Hemphill sah aus wie der Botschafter eines bedeutenden Landes. Er trug konservative Anzüge in Blau, Grau oder Schwarz, perfekt gebügelte Hemden, und seine Krawatten wurden von dezenten Spangen gehalten. Äußerst selten benutzte er Slang oder drückte sich ungeschliffen aus. Aufgrund seines Erscheinungsbildes hatte die Firma ihn häufig als Repräsentanten in Meetings geschickt, in denen Diskretion und Takt, aber kein technisches Wissen und keine strategische Expertise vonnöten waren. Tatsächlich war er nur ein Bürokrat, der sich aufgrund seiner langen Zugehörigkeit etwas über dem Mittelfeld platziert hatte. Er hatte die Personalverantwortung für eine einzige Abteilung inne. So lautete der Titel in seiner Personalakte: Leiter der Personalabteilung, Forschungsabteilung. Nicht erwähnt wurde in der Personalakte seine ausgeprägte Fähigkeit, wahrzunehmen, wann immer etwas in seiner Umgebung nicht so war, wie er es erwartet hatte, und dieses zufällige Eintreffen von zwei Menschen hatte ihn wachsam werden lassen. Er stand an der offenen Tür seines Autos und gab vor, auf dem Sitz noch etwas zu suchen, das ihm heruntergefallen war, während er tatsächlich darauf wartete, welche Richtung der Mann und die Frau einschlagen würden. Sie kamen direkt auf ihn zu. Kurzzeitig kam ihm der Gedanke, dass es nicht unbedingt besonders sicher war, sich in eine Mordermittlung verwickeln zu lassen. Und er fragte sich, was er wohl tun würde, falls sich das als unerfreuliches Zusammentreffen entpuppen sollte.

»Mr Hemphill?«, sagte die Frau.

»Ja.«

»Ich bin Veronica Abel.« Sie lächelte flüchtig und reichte ihm die Hand. »Das hier ist Sid Abel.«

Auch er reichte ihm die Hand, seine war deutlich breiter und kräftiger, aber sein Händedruck war von derselben Intensität und Dauer wie bei seiner Frau. Das Paar ähnelte der Sorte von Highschool-Lehrern, die alles mindestens schon fünfmal gesehen hatte und die das bereits beim ersten Mal nicht sonderlich aus der Ruhe gebracht hatte.

Die Frau, Veronica, sprach weiter. »Wir haben gesehen, dass es im Restaurant ziemlich voll und laut ist, also haben wir ein anderes in der übernächsten Straße gewählt.«

Der Mann, Sid, sagte: »Die Treppe ist da drüben.« Hemphill folgte ihnen. Sie hatten ihm, genau genommen, keine Wahl gelassen, aber er war sich nicht im Klaren darüber, ob er sich daran wirklich stören sollte.

Das alternativ gewählte Restaurant war eine Offenbarung. Es hieß Anthony's und war alt, mit dunklen Holzpaneelen und einem Tresen versehen, der sich über die gesamte Länge des fünfundzwanzig Meter langen Saals erstreckte. Viele Leute hatten sich zum Mittagessen dort eingefunden, aber für Hemphill sah es ganz so aus, als bestünde die Kundschaft zur Hälfte aus Männern, die sich leise unterhielten und immer wieder den Blick hoben, um sich zu vergewissern, dass niemand zu nahe bei ihnen stand, um etwas von ihrer Unterhaltung mitzubekommen, und die Paare verhielten sich genauso. Ein großer Mann mit rasiertem Schädel sah sie hereinkommen und sagte: »Ronnie, Sid, ich setze euch da drüben hin«, und führte sie zu einem Separee an der Wand ganz hinten.

Sie nahmen Platz, und Hemphill mutmaßte, dass die Abels gar nicht vorgehabt hatten, ihn im Merinal zu treffen. Dieser Ortswechsel in letzter Minute hatte einfach nur verhindert, dass irgendjemand aus seinem Büro im Vorfeld wusste, wo das Meeting stattfinden würde. Hatten sie bereits irgendwelche Verdächtige? Kurz darauf tauchte ein Kellner bei ihnen auf und reichte ihnen die Karte. Als er sich entfernt hatte, wandte sich Ronnie Abel an ihn: »Okay, würden Sie uns mal Ihr Problem erklären?«

»Es geht um einen meiner Kollegen bei der Intercelleron Corporation. Besser gesagt, es geht um seine Ermordung.«

»Sie sagten, er sei vor einem Jahr ermordet worden?«, hakte Sid nach.

»Ja, es liegt jetzt etwas über ein Jahr zurück. Seine Leiche wurde am 6. März während eines Wolkenbruchs gefunden. Es war der letzte Starkregen des Jahres. Innerhalb kürzester Zeit sind gewaltige Regenmassen niedergegangen. Ich weiß nicht, ob Sie sich daran erinnern. In North Hollywood hatte sich an der Kreuzung von Interlaken und Grimes ein kleiner Teich gebildet, und es ist ihnen nicht gelungen, die Kanalisation freizubekommen. Sie mussten den Kanal aufmachen und einen Pfropfen aus Blättern und Müll entfernen. Und in dieser ganzen Schweinerei steckte die Leiche von James Ballantine.«

»Was wurde als offizielle Todesursache angegeben?«

»Der Gerichtsmediziner, der die Autopsie durchgeführt hat, fand zwei Kugeln in Mr Ballantines Kopf. Aber ich soll Ihnen das alles sicherlich nicht aus dem Gedächtnis aufsagen. Ich habe eine dicke Mappe dazu im Auto. Darin habe ich alle Informationen zusammengetragen, die die Ermittler der Firma mitgeteilt haben, ebenso Kopien von Zeitungsartikeln, Versicherungsgutachten und so weiter.« Er zog ein Blatt aus der Innentasche seines Jacketts. »Ein paar Dinge habe ich mitgebracht. Das ist die Kopie eines Artikels aus der *Los Angeles Times,* der einen ganz guten Überblick verschafft. Der ist zwei Tage danach veröffentlicht worden.«

Er legte den Ausdruck auf den Tisch. Die Abels warfen einen kurzen Blick auf das zu Beginn des Artikels abgedruckte Foto von James Ballantine. Ronnie nahm den Artikel und überflog ihn.

»Ich nehme mal an, dass Sie deshalb hier sind, weil ein Jahr verstrichen ist und Sie den Eindruck haben, dass die Polizei keine Fortschritte mehr macht«, fuhr Sid fort.

»Das ist nicht nur unser Eindruck«, sagte Hemphill. »Nach ein paar Monaten ist der Ermittler in diesem Fall – sein Name war Kapp – bei einem Autounfall ums Leben gekommen. Andere Ermittler haben diesen Fall zusätzlich aufgebürdet bekommen, aber es kam zu keinen nennenswerten Fortschritten. Unlängst hat ein Leutnant von der Polizei mit dem Direktor unserer Firma gesprochen und ihn wissen lassen, dass die Polizei keine weiteren Anhaltspunkte hat, denen sie nachgehen kann, und dass ihnen jetzt nichts anderes übrig bleibt, als darauf zu warten, dass sich zufällig etwas ändert.«

»Welchem Revier gehörte Detective Kapp an?«, fragte Sid. »Dem von North Hollywood?«

»Ja.«

Sid sah Veronica an, doch die sagte nichts. Stattdessen wandte sie sich zu Hemphill um. »Wer ist jetzt mit dem Fall befasst?«

»Der Name des Ermittlers lautet Fuentes. Miguel Fuentes.«

»Ich habe eine Zeit lang mit ihm gearbeitet«, sagte Veronica. »Er ist ziemlich gut. Hat er Ihnen gesagt, dass sich nichts mehr tut?«

»Ich habe nicht mit ihm geredet. Was ich Ihnen hier mitteile, kommt vom Vorstand.«

»Was ist Ihr Job bei Intercelleron?«, fragte Ronnie.

»Ich bin Personalleiter in der Forschungsabteilung.«

»Stellt Ihre Firma Forschungen für die Regierung an?«, fragte Sid.

»Hin und wieder, aber es ist nicht die Art von …«

»Haben manche Mitarbeiter bei Ihnen Sicherheitsfreigaben?«, fragte Sid weiter.

»Manche ja, aber nicht jeder. Ich zum Beispiel habe keine.«

Ronnie fuhr fort: »Sind direkt nach der Ermordung Regierungsermittler bei Ihnen gewesen? Das FBI oder das Militär?«

»Ganz zu Beginn waren zwei Ermittler da, die sich umgesehen und mit ein paar Leuten gesprochen haben. Ich gehörte nicht dazu, und ungefähr einen Tag später waren die Ermittler auch schon wieder weg. Meiner Meinung nach haben sie keinen Hinweis darauf gefunden, dass Mr Ballantines Tod irgendetwas mit seiner Arbeit zu tun hatte.«

»Was können Sie uns über seinen Job sagen?«

»Er war Wissenschaftler. Hatte einen Doktor in Chemie von der University of California in Berkeley. Er hatte ein paar Jahre als Professor in Indiana unterrichtet, ehe er zu Intercelleron wechselte. Seit etwa viereinhalb Jahren war er in der Firma. Ich weiß nicht viel über seine Projekte, weil ich kein Wissenschaftler bin. Mir wurde gesagt, dass er versuchte, Verbindungen zu synthetisieren, die als Zusatzstoffe genutzt werden sollten, um Nahrungsmittel nahrhafter zu machen. Also nichts, was ihn direkt mit dem Militär in Verbindung bringt.«

»Warum will Ihr Vorstand dann jetzt externe Ermittler einschalten?«, fragte Veronica.

»Das ist interessant«, sagte Hemphill. »Professor Millikan, der Mann, der Sie empfohlen hat, hat mich dasselbe gefragt.«

»Und was haben Sie ihm gesagt?«

»Dass ich davon ausgehe, dass sie das selbst nicht so genau wissen. Sie haben das Gefühl, es wäre falsch, wenn der Mord an einem ihrer Mitarbeiter nicht aufgeklärt würde. Seit er mich das gefragt hat, denke ich häufiger darüber nach. Vermutlich wollen die Menschen nicht glauben, dass etwas zufällig passiert, dass jemand geboren werden, das Erwachsenenalter erreichen und mit viel Aufwand und Geld ausgebildet werden kann, nur um dann einfach so zu sterben. Meiner Meinung nach sind Menschen, die eine hohe Bildung genossen und Erfolg haben, für diese Angst anfälliger als andere.« Er lächelte. »Das ist wahrscheinlich nicht die Antwort, die Sie hören wollen, aber es stimmt. Menschen wie diese Vorstandsmitglieder wollen nicht wahrhaben, dass ihr Leben von der Zufallsbegegnung mit irgendeinem Wahnsinnigen oder einem Kleinkriminellen abhängen kann, oder dass ihr eigener hoher Rang in der Welt so etwas Simplem wie Glück zuzuschreiben ist. Die Antworten sollen einen Sinn ergeben – und zwar einen ganz bestimmten, den sie als angenehm empfinden.«

Ronnie sagte: »Wir sind in der Lage, eine qualifizierte Mordermittlung durchzuführen, auch bei einem ungelösten Fall. Aber wir können weder Ihnen noch Ihrem Vorstand garantieren, dass der Mord einen Sinn ergibt. Die meisten Morde bewirken nichts, was nicht auch auf einfacherem Wege hätte erreicht werden können.«

»Denke ich mir«, sagte Hemphill. »Der Vorstand hätte gerne alles – die Identität des Mörders, seine Methoden, Motive und einen Beweis für seine Schuld. Aber natürlich sind wir für alles dankbar, was Sie herausfinden.«

»Wir möchten klarstellen, dass es Grenzen gibt für die Dienste, die wir anbieten. Sollten wir den Mörder finden, werden wir das Recht nicht vollstrecken. Ich hoffe, Sie finden die richtigen Worte, um Ihrem Vorstand das klarzumachen«, ergänzte Sid.

»Das versteht sich von selbst«, sagte Hemphill.

»Sie wären überrascht, wie selten das der Fall ist«, sagte Ronnie. »Wir sammeln und liefern Informationen, mehr nicht. Handelt es sich um Informationen, die die Polizei haben sollte, geben wir sie selbstverständlich weiter.«

»Der Vorstand möchte, dass ich die Kosten für Ihre Dienste mit Ihnen abspreche.«

Sid zog ein paar zusammengefaltete Blätter aus der Innentasche seines Jacketts und reichte sie Hemphill über den Tisch hinweg. »Das hier ist unser Standardvertrag. Wir verlangen eine tägliche Gebühr, sieben Tage die Woche, zuzüglich aufgeschlüsselter Ausgaben. Wir arbeiten immer nur an einem Fall. Müssen wir verreisen oder weitere Experten anheuern, entstehen zusätzliche Kosten.«

»Das gebe ich so an die Vorstandsmitglieder weiter. Aber ich bin mir sicher, dass sie einverstanden sein werden. Wenn sie einmal eine Entscheidung getroffen haben, sind sie ziemlich ungeduldig. Sie hören bald wieder von mir.«

Veronica lächelte ihn nachsichtig, fast schon mütterlich an. »Keine Eile. Wir nutzen die Zeit, um zu entscheiden, ob wir für Ihren Vorstand arbeiten wollen.«

# 3

Sid und Ronnie Abel gingen für ihre Schießübungen gerne zu einem kleinen Schießstand in einem Industriegebiet in der Nähe des Flughafens. Für gewöhnlich war es dort nicht sehr voll, außerdem gab es genug Parkplätze auf der Straße, weil es eine der Gegenden war, in der man sein Auto nach Einbruch der Dunkelheit besser nicht stehen ließ. Ronnie stellte das Auto ab, während Sid sein Handy einsteckte.

»Was hast du über sie herausgefunden?«, fragte Ronnie.

»Nicht viel. Die Firma ist etwa vierzig Jahre alt, das ist ganz ordentlich.«

»Okay. Wenn sie während all der Jahre nicht bei illegalen oder moralisch verwerflichen Sachen erwischt wurden, dann besteht auch durchaus die Möglichkeit, dass sie in nichts dergleichen verwickelt sind.«

»Außerdem haben sie keine Insolvenz angemeldet, also sind ihre Schecks vermutlich gedeckt.«

»Das wäre zur Abwechslung mal ganz nett.«

Ronnie ging in das Gebäude voran. Sie blieben am Schalter im Vorzimmer stehen, zahlten bei dem jungen Mann mit Brille und dem langen gelockten Haar für den Eintritt und zwei Schachteln Munition und gaben ihm ihre Ausweise. Sie legten ihre Glock 17 auf der Ablage in der kleinen Tür ab, damit der Schießstandbeauftragte sie sich ansehen konnte. Sobald sie drinnen waren, würden sie die Waffen zurückbekommen. Ronnie drückte die Stahltür mit der Schulter auf. »Sonst noch was?«

»Das letzte Telefonat war mit Winters drüben bei UBS. Ich habe mich bei ihm nach ihnen erkundigt, und er rät uns dazu, zu investieren.«

»Schön.« Sie nahmen ihre Pistolen entgegen und gingen zum großen Arbeitstisch, wo sie Kopfhörer und Sicherheitsbrillen bekamen. Ronnie brachte zwei neue Papierzielscheiben zu einem leeren Stand, klemmte sie an die Fahrdrähte, dann betätigte sie den Knopf der Seilscheibe, um sie zur Sechs-Meter-Marke zurückfahren zu lassen.

Als Polizisten waren sie beide regelmäßige Bonus Shooter gewesen und hatten so vom Regelwerk ihrer Dienststelle profitiert, laut der Polizisten, die einmal pro Monat Ergebnisse mit Scharfschützenniveau und darüber ablieferten, eine kleine Gehaltserhöhung erhielten.

Um sich jeden Monat mit einer Glock 17 zu qualifizieren, musste man die Standardprüfung mit vierzig Treffern in einem festgelegten Zeitrahmen und über eine Entfernung von sechs, neun, vierzehn und dreiundzwanzig Metern absolvieren. Das bestmögliche Ergebnis war vierhundert Punkte, wofür alle Schüsse in den Zehnerkreis gehen mussten. *Expert* war ein Resultat von 380, *Sharpshooter* von 340 und *Marksman* von 300 Punkten. Die Glock 17 war leicht, einfach, zuverlässig und auf diese Entfernung sehr genau, aber sie war nicht für den Wettkampf vorgesehen. Sie war eine Kampfwaffe, mit der sie beide über viele Jahre hinweg trainiert hatten und die sie seit vielen Jahren bei sich trugen. Sie steckten volle Magazine in ihre Pistolen, luden durch und legten je zwei volle Magazine auf die Ablage an der Schusslinie.

Ronnie ging zu ihrer Bahn, stellte die Uhr und fragte: »Kann's losgehen?«

Sie absolvierten ihre erste Viererabfolge in drei Sekunden. Den Rest ihres Trainings verbrachten sie, ohne miteinander zu sprechen – abfeuern, Zielscheiben auswechseln, Distanzen anpassen, erneut durchladen, schon kam das nächste Set, bis sie mit dreiundzwanzig Metern beim siebten angekommen waren. Nach den absolvierten vierzig Runden ließen sie ihre Pistolen mit offenem Verschluss auf dem Tresen liegen, zogen die Kopfhörer herunter und hängten sie sich um den Hals. Dann gingen sie ihre Zielscheiben durch.

»Wie ist es bei dir gelaufen?«, fragte Sid.

»Sieht nach dreihundertachtzig aus«, sagte Ronnie. »Und du?«

»Dreihundertsechzig.«

»Gar nicht übel«, meinte sie. »Wäre ich ein Mann, wäre es mir peinlich, dass meine Frau so viel besser abschneidet als ich, aber Treffsicherheit ist vermutlich nicht so wahnsinnig wichtig.«

»Eine zynische Verwendung meines mutmaßlichen Sexismus gegen mich? Davon auszugehen, ich wäre sexistisch, wäre für sich genommen schon sexistisch, und das passt so gar nicht zu dir.«

Sie lächelte ihn an. »Wenn du damit zufrieden bist, dass deine Schießkünste ausreichen, um uns in einem Kampf zu retten, dann bin ich auch zufrieden.«

»Wie du weißt, knallt man den Typen ab, solange jeder Schuss innerhalb der Körperkontur auf der Zielscheibe ist.«

»Ein Schuss innerhalb des Zehnerkreises bedeutet, er hat nicht überlebt, um noch einmal auf deine wunderbare Frau zu schießen oder wieder auf die Beine zu kommen, um uns auf Schmerzensgeld zu verklagen.«

»Sehr menschlich von dir, das so auszudrücken.«

Sie zuckte mit den Schultern und steckte die Pistole in das Holster unter der Jacke. »Mich interessiert einzig und allein deine Zufriedenheit, und die hängt ganz von dir ab. Hier steht nicht meine Männlichkeit auf dem Spiel.« Sie ging auf die Stahltür zu.

»Wohin gehst du?«

»Die Straße runter zu diesem Coffeeshop. Ich halte dir einen Platz frei. Ich gehe mal davon aus, dass du so lange hier sein wirst, bis du eine Munitionsschachtel zum Üben rausgehauen hast, und dass du dann versuchst, ein besseres Ergebnis zu erzielen. Bis später.«

Sobald sie die Tür hinter sich geschlossen hatte, stellte sich Sid wieder an die Schusslinie. Er bestückte drei Magazine mit insgesamt vierzig Schuss, stellte die Uhr und absolvierte die Requalifizierungssequenz erneut. Dieses Mal erzielte er 383 Punkte. Er steckte ein neues Magazin hinein, dann schob er die Pistole in das Holster, das er unter der Jacke trug, faltete seine Zielscheibe zusammen und nahm sie mit.

Als er beim Coffeeshop ankam, saß Ronnie an einem Tisch beim Fenster, tippte etwas in ihr Handy und schob es dann mit den Fingern über den Bildschirm. Er sah, dass sie zwei Tassen Kaffee bestellt hatte und dass eine davon vor einem leeren Stuhl stand. Er setzte sich neben sie und nahm einen Schluck.

»Was machst du da?«, fragte er.

»Hemphill hat angerufen und gesagt, dass sie den Vertrag unterschrieben haben. Sie schicken ihn zu.«

»Und das da?« Er zeigte auf ihr Handydisplay.

»Ich spiele mit einer Anzeige herum. Ich dachte, es wäre vielleicht eine gute Idee, eine Belohnung für einen Hinweis auszuschreiben, der zu einer Festnahme oder Verurteilung in diesem Fall führt.«

Sid zuckte mit den Schultern. »Warum nicht? Es liegt ein Jahr zurück, und bislang hat niemand etwas gesagt.«

»Du hältst es also für reine Zeitverschwendung?«

»Nein, ich halte es für eine großartige Idee«, sagte Sid. »Diese Summe werden wir niemals bezahlen müssen.«

»Was hältst du von zehntausend?«

»Mach fünfundzwanzigtausend«, sagte er. »Das ist auffälliger, und wir können es uns problemlos leisten, eine solch hohe Summe nicht zu bezahlen.«

Ronnie tippte etwas in ihr Handy ein, dann betätigte sie eine Taste, woraufhin ein elektronisches Zischen zu hören war. »So, erledigt. Das wird morgen veröffentlicht.« Sie steckte ihr Handy in die Tasche. »Wie ist es dir beim Förderschießen gegangen?«

Er reichte ihr seine Zielscheibe, die sie eingehend betrachtete. »Gar nicht mal übel. Das sieht mir nach etwa dreihundertachtzig aus.« Sie legte die Zielscheibe weg.

»Dreihundertdreiundachtzig.«

»Genau, etwa dreihundertachtzig.«

»Nein, das ist deine Punktzahl. Meine ist dreihundertdreiundachtzig.«

Mit einem amüsierten Leuchten in den Augen sah sie ihn an. »Wunderbar, Sid. Sollten wir mal in einen Schusswechsel geraten, dann hoffen wir besser, dass er lange genug anhält. Damit du dich warmgeschossen hast.«

# 4

Das ist die Gegend, in der sie ihn gefunden haben«, sagte Ronnie. »Es ist hübsch hier. Sieh dir nur diese großen alten Bäume an. Amerikanische Platane, Kampfer- und Amberbaum, Aleppo-Kiefer.«

»Genau das hatte ich erwartet«, sagte Sid. »Wahrscheinlich haben ihre Zweige, Blätter und Nadeln die Kanalisation blockiert.«

»Der Bericht, den wir von Hemphill haben, scheint deine Theorie zu untermauern. Der erste Polizist am Tatort war ein Kerl namens Stearns. Laut ihm hatte sich die Vegetation mit der Leiche verfangen, als die Arbeiter der Stadtwerke sie gefunden haben.«

Sid brachte den schwarzen BMW am Randstein zum Stehen. »Wo ist der Schacht, in dem sie ihn gefunden haben?«

»Laut Karte haben sie den da drüben bei der Ecke aufgerissen, an der nordwestlichen Seite.« Sie gingen zu besagter Ecke und starrten durch den Regenwassereinlauf nach unten. Er war seitlich am Randstein eingelassen, verdeckt von einem Metallgitter. Vom Randstein bis zum Bürgersteig erstreckte sich eine Betonplatte mit einem Gullydeckel in der Mitte.

»Ich glaube nicht, dass ich diese Dinger je zuvor so genau inspiziert habe«, sagte Sid.

Ronnie sah auf das ausgedruckte Blatt, das sie dabeihatte. »Hier steht, dank dieser Einlaufgitter wird vermieden, dass jedes Jahr über dreihundertachtzig Tonnen Müll in den Los Angeles River fließen. Es gibt zwölftausend solcher Dinger mit einem Metallfilter für Verbindungsrohre, CPS genannt, für

Connected Pipe Screens. Die ganz schicken haben sogar welche mit automatisch einfahrbarem Filter, ARS genannt, für Automatic Retractable Screens.«

»Warum musst du das immer machen?«

»Alles mit Kürzeln versehen?«

»Ja. Als wäre dir nicht klar, wofür der erste Buchstabe eines jeden Wortes steht, als würden diese Anfangsbuchstaben aber wichtig sein.«

»Das ist eine Amtsdruckschrift, auch ADS genannt.«

»Vielen Dank auch«, sagte er.

»Ziemlich beeindruckend jedenfalls, dieses System.« Sie las vor. »›Selbst am trockensten Tag gehen so viele Millionen Liter Wasser durch die Rasensprenger, dass damit das Rose Bowl Stadion gefüllt werden könnte. Und wenn es regnet, kann die Wassermenge bis zu zehn Milliarden Liter betragen. Die Regenwasserleitungen sind vollständig vom Abwassersystem abgetrennt. Dieses Wasser wird direkt dem Meer zugeführt.‹«

»Wann haben sie das System errichtet?«

»In den Dreißiger- und Vierzigerjahren, wie die meisten im East Valley. Diese Filter und das ganze Zeug sind aber sehr viel neuer.«

Sid blieb stehen und sah die Straße hinunter. »Langsam, aber sicher werde ich das Gefühl nicht los, dass das hier kein Tatort sein kann. Er wurde hier nicht umgebracht und dann in den Regenkanal gesteckt. Dann hätte jemand mitbekommen können, wie er ermordet wurde, oder hätte zumindest die Schüsse gehört. Die Filter, ob sie nun einfahrbar waren oder nicht, hätten verhindert, dass etwas von der Größe eines Menschen in das Hauptabflussrohr geschoben wird.«

»Vielleicht hat man ihn etwas weiter oben ins Kanalsystem gesteckt, und dann wurde er bis hierher gespült, wo es nicht mehr weiterging.«

»Kann schon sein, dass sie gehofft haben, er würde bis zum Fluss mitgeführt und von dort ins Meer gespült«, meinte Sid.

»Wir müssen herausfinden, wo er reingekommen sein könnte. Wo hat er gewohnt?«

Ronnie blätterte durch die Ausdrucke. »12860 Cambridge Road in Woodland Hills, in Apartment 6.«

»Also knapp zwanzig Kilometer westlich von hier. Dann kommt das nicht infrage.«

Während sie zum Auto zurückgingen, sagte Veronica: »Er muss irgendwo flussaufwärts an einem Zugangspunkt abgeladen worden sein. Gut möglich, dass er bereits einen, vielleicht auch zwei Tage vor dem Starkregen ermordet wurde. Als das Unwetter dann einsetzte, fand er sich unvermittelt in einem Hochdruckbecken wieder, in dem jegliche äußerliche Blutspuren, Haare und Fasern abgewaschen wurden, und während er weitertrieb, blieb eine Unmenge Zeug an ihm hängen.«

»So langsam verstehe ich, weshalb die Kripo hier keinen Schritt vorankam.« Sid trat auf die Betonplatte auf dem Bürgersteig, kniete sich hin, zog einen großen Schraubenzieher aus der Manteltasche, steckte das Ende in eines der Löcher des Gullydeckels, hob diesen leicht an und spähte hinein.

»Was machst du da?«

»Ein Gefühl für die Machart dieser Teile bekommen.« Mühsam hob er den Deckel an und zog ihn auf den Beton.

»Ich habe gelesen, dass diese Gullydeckel etwa siebzig Kilo wiegen, deshalb werden sie hin und wieder von Schrottsammlern geklaut – das ist nämlich ziemlich viel Eisen.«

»Leicht ist so einer nicht, aber ein Mann bekommt ihn allein auf.« Er sah nach unten, Ronnie starrte über seine Schulter hinunter in das Loch im Beton. Sie holte eine kleine LED-Taschenlampe aus ihrer Handtasche und leuchtete in den

Gullyschacht hinein. Unten erkannten sie ein kleines Becken aus Beton mit einer Grundfläche von etwa zwei mal zwei Metern, und eine gitterbewehrte Öffnung zum darunterliegenden Kanal.

»Weiter unten kommt ein weiteres Gitter, ehe das Wasser in den Straßenablauf fließt. Selbst wenn man eine Leiche durch den Gullyschacht schiebt, würde sie nicht bis nach unten in den Regenwasserkanal gelangen. Sie würde einfach nur dort unten herumdümpeln. Ich nehme mal an, dass es auch genau darum geht – also nicht, was Leichen betrifft, sondern um zu verhindern, dass irgendwelches Zeug den Hauptwasserkanal verstopft.«

»Wo ist James Ballantine dann ins Kanalsystem gelangt?«, überlegte Sid.

»Wir sollten wohl mal bei den Stadtwerken vorbeischauen.«

Zwei Stunden später waren sie im Büro der Stadtwerke und sprachen mit einem Vorarbeiter namens Alan Weiss. Er holte einen dicken Ordner aus dem Regal in seinem Büro und sagte: »An den Fall kann ich mich sehr gut erinnern. Wir haben der Polizei geholfen, genau das herauszufinden. Ein Detective von der Abteilung, die für North Hollywood zuständig ist, war hier. Detective Kapp. Wir haben das für ihn nachgesehen. Im Wasserversorgungssystem kommt es häufig zu Brüchen – drei bis vier täglich. Bei den Straßengullys passiert das nicht oft. Ich kann Ihnen zeigen, was wir gefunden haben.«

Die Abels folgten ihm in ein kleines Büro, wo er den Ordner ablegte. Er blätterte ihn durch, holte eine Karte heraus und klappte sie auf. »Hier. Das hier haben wir gefunden. In den Wochen davor ist nichts in diesem Kanalsystem aufgerissen worden. Durch die Auffangbecken und die Gitter über den Abflüssen gibt es nur selten einen Grund dafür. Die Rohre selbst halten schon seit achtzig Jahren.«

Ronnie zeigte auf etwas. »Was sind das für rote Markierungen?«

»Fortschritt. Jeder dieser Punkte steht für einen Ort, an dem ein Bauunternehmer ein neues Gebiet erschlossen hat. Das ist nur da oben im Norden des Valley, in den Vorhügeln, noch möglich.«

»Neue Straßen heißt neue Abflussschächte«, sagte Sid. »Dann sind also zum damaligen Zeitpunkt neue hinzugekommen?«

»Genau«, sagte Weiss. »Sie wurden nicht alle gleichzeitig angeschlossen, aber als wir die Berichte für Detective Kapp durchgegangen sind, haben wir herausgefunden, dass in der Woche, in der sich der Mord ereignete, an drei Stellen neue Straßen erschlossen wurden. Und unter diesen Straßen verliefen natürlich die Abflussrohre, die ans System angeschlossen wurden.«

»Und wenn jemand eine Leiche in einen offenen Abschnitt des Ablaufs gesteckt hätte – aus hinreichend großer Entfernung, sodass die Arbeiter es nicht sehen. Glauben Sie, der Abschnitt könnte wieder zubetoniert worden sein, ohne dass es jemandem aufgefallen wäre?«, fragte Sid.

»Das ist meiner Meinung nach das wahrscheinlichste Szenario«, sagte Weiss. »Werden einem Kanal weitere Abschnitte hinzugefügt, dann gräbt man nur ein paar Meter auf, um eine Verbindung zu schaffen, mehr nicht.«

»Haben Sie eine Theorie, welcher Abschnitt das gewesen sein könnte?«, fragte Ronnie.

»Ich nicht. Aber Detective Kapp hatte eine. Dieser hier, der südlichste.«

»Hat er gesagt, weshalb?«

»Weil diese Stelle der am nächsten war, wo Mr Ballantine hängen geblieben ist. Gleichzeitig liegt sie an Wohngebieten. Ihm zufolge war die Wahrscheinlichkeit, dass der Mörder daran vorbeigefahren sein und die Baustelle entdeckt haben könnte, hier am größten. Egal ob Mr Ballantine dorthin gelockt oder dorthin transportiert wurde, je näher der Ort läge, umso einfacher wäre der Vorgang. Und für den Fall, dass sich die Leiche irgendwo verhaken sollte – was ja dann tatsächlich passiert ist –, ist die Theorie, dass sie über eine längere Strecke mitgeführt wurde, immer weniger wahrscheinlich.«

»Das klingt logisch«, sagte Ronnie. »Aber wenn Sie einen Mord begehen, noch dazu mit einer Schusswaffe, würden Sie dann nicht eher nach einem abgelegenen Ort suchen?«

Weiss lächelte. »Damit kenne ich mich nicht sonderlich gut aus, aber das wäre wohl anzunehmen.«

Sid notierte sich die genaue Lage der Gullys, die vor einem Jahr offen gewesen waren. »Vielen Dank, Mr Weiss. Sie waren eine große Hilfe.« Zwei Minuten später hatten die Abels das Gebäude verlassen und gingen zu ihrem Wagen.

Ronnie sagte: »Und, was denkst du?«

»Der Mörder hat eine Stelle gefunden, wo vor einem Jahr ein Abflussrohr offen war«, sagte Sid. »Welche Baustelle, war purer Zufall. Er hat sicherlich nicht von allen drei Baustellen gewusst und sich dann eine ausgesucht. Wahrscheinlich hat er nur eine gesehen und diese dann benutzt.«

»Wir sollten uns die drei Stellen mal ansehen und überlegen, ob wir zwischen einer von ihnen und James Ballantine eine Verbindung finden.«

»Wir müssen mehr über Ballantine herausfinden, bevor wir das machen«, sagte Sid. »Ich würde jetzt gerne nach Hause gehen, um die Infos durchzugehen, die Hemphill uns mitgegeben hat.«

Sie fuhren nach Hause und setzten sich an ihre Schreibtische im ehemaligen Spielezimmer. Sid löste die Schnur um das dicke Bündel, das Hemphill ihnen mitgegeben hatte. Es bestand aus ein paar Mappen, von denen die meisten kopierte Artikel enthielten. Sie teilten den Stapel untereinander auf und machten sich an die Arbeit.

Es gab Mappen mit Zeitungsausschnitten, eine Kopie von James Ballantines Personalakte, Mailverkehr.

Sie lasen ein paar Blätter durch, dann hielt Ronnie ein Blatt hoch. »Ich bin überrascht, dass sie das Material hier zu einem noch nicht abgeschlossenen Fall bekommen haben. Sogar der Autopsiebericht wird zitiert.«

»Da hatte wohl jemand in der Firma ziemlich überzeugende Argumente. Was steht drin?«

»Todesursache waren zwei Schüsse in den Hinterkopf, beide von einer Waffe mit Kaliber .22, long rifle, 36 grains, mit Kupferummantelung. Die Patronen schwirrten im Schädel herum und richteten dort Schaden an, traten aber nicht aus.«

»Interessant. Das ist die billigste, frei verkäufliche Munition, dazu die am weitesten verbreitete und vermutlich auch die leiseste. Sie wird für halb automatische Pistolen, Revolver und Gewehre in allen möglichen Ausführungen verwendet. Er war tot, ehe er im Wasser war, oder?«

»Ja. Kein Wasser in der Lunge. Sie haben den genauen Todeszeitpunkt nicht bestimmen können, weil er so lange im Wasser lag. Vielleicht war er schon tagelang tot, ehe er mitgespült wurde.« Sie verstummte. »Wie klingt das für dich?«

Sid zuckte mit den Schultern. »Hätte er nur einen Schuss abbekommen, könnte das Ganze ein Unfall gewesen sein. Hätten sie ihn zuerst zusammengeschlagen, würde ich auf Raubüberfall tippen. Aber das hier – zwei Kugeln in den Hinterkopf. Da wollte ihn jemand effizient aus dem Weg schaffen und verschwinden lassen.«

»Also vielleicht ein Feind aus dem persönlichen Umfeld. Oder aber ein Profi.«

»Hast du in den Mappen, die du durchgesehen hast, etwas gefunden, das auf irgendwelche Feinde schließen lässt?«

»Hier ist eine Notiz des Firmenchefs, in der steht, was Detective Kapp ihm von seinen Ermittlungen berichtete.« Sie durchsuchte die Blätter, bis sie die Notiz gefunden hatte. »Da ist sie ja. Die Notiz stammt vom 8. Juni, als die Ermittlung schon ein paar Monate lief. Jeder, den die Polizei befragte, gab an, Ballantine sei ein ruhiger, anständiger Mann gewesen, der sich mit allen auf der Arbeit verstanden hätte, aber nicht viel mit seinen Kollegen zu tun gehabt habe, mit Ausnahme von offiziellen Veranstaltungen – Firmenkonferenzen, Weihnachtsfeier und so. Kein Hinweis auf Drogen, Alkohol oder Spielsucht. Hat sich nur selten krankgemeldet.« Ronnie zuckte mit den Schultern. »Aber es hilft einem natürlich, wenn man nette Dinge über einen Toten sagt, damit man nicht auf der Liste der Verdächtigen landet.«

»Lass uns da dranbleiben«, sagte Sid. »Das alles sind Informationen, die wir uns nicht mehr beschaffen müssen. Hier muss etwas dabei sein, das die Leute von der Kripo übersehen haben.«

Sie durchforsteten die Unterlagen, bis sie auch den kleinsten Papierschnipsel von Hemphill gelesen hatten. Um 23 Uhr gingen sie in die Küche, wo Sid ihnen ein Glas Scotch on Ice einschenkte, dann machten sie es sich im Wohnzimmer bequem. Ronnie schaltete den Fernseher ein, die Lokalnachrichten, die leise liefen, während sie sich weiter unterhielten. »Hast du heute was von Mitch oder Janice gehört?«

»Mitch hat mir getextet. Er wollte wissen, was er Nancy zum Hochzeitstag schenken soll.«

»Einen neuen Ehemann, der weiß, was sie will.«

»Wie nett von dir, Sid. Du sprichst hier von unserem Sohn. Und Janice wollte wissen, ob wir für Thanksgiving nach Chicago fliegen können.«

»Wer zum Teufel weiß schon, was er in acht Monaten anstellen wird? Was für ein Leben wäre das denn?«

»Das Problem kenne ich nicht«, sagte Ronnie. »In den letzten dreißig Jahren habe ich mich immer danach gesehnt, dass mir mal langweilig wird. Ich weiß nur nicht, ob ich dafür und für trockenen Truthahn über dreitausend Kilometer zurücklegen will.«

»Wie nett von dir, Veronica. Du sprichst hier von unserer Tochter.«

Beide wussten, dass sie hinfahren würden, dass Sid die Flugtickets am nächsten Tag buchen würde, ehe der Preis bis zur Urlaubszeit Monat für Monat unaufhaltsam stieg. Sollte er es vergessen, würde sie ihn daran erinnern. Mit dem Glas in der Hand stand er auf und machte einen Schritt auf die Bar zu.

»Du trinkst besser nicht zu viel, wenn du noch ein bisschen Spaß haben willst.«

Er stellte das Glas auf dem Untersetzer ab und setzte sich neben sie auf die Couch. »Ich will dich einfach nicht hetzen.«

»Tust du doch nicht.« Sie küsste ihn auf die Wange, stand auf und ging den Gang zum Schlafzimmer hinunter.

Am Nachmittag des nächsten Tages fuhren sie über den Freeway 170 nach Norden, in den nördlichen Teil des San Fernando Valley. Fernab des Stadtzentrums, hinter den Hügeln mit den Villen der Reichen oder Optimistischen, gab es Enklaven der Armut, denen es jetzt nicht viel besser ging als vor dem Zweiten Weltkrieg. Sie waren nur voller geworden. Dahinter kamen die alten Gebäude, die zwar keine kleinen Ranches mehr waren, aber über genug Land verfügten, um dort ein paar Pferde unterzustellen und sie weiden zu lassen. Immer mehr Land war einzelnen Gemeinden zugeteilt worden, die es eigentlich gar nicht gebraucht hätten, doch die Bevölkerung nahm ständig weiter zu und vereinnahmte den freien Raum. Ronnie starrte auf das Bild des Kanalsystems, das sie im Büro der Stadtwerke gemacht hatte, dann rief sie die GPS-Karte für ihren aktuellen Standort auf.

»Eine der Straßen weiter vorne ist der Cobblestone Way«, sagte sie. »Halt die Augen nach dem Straßenschild offen und fahr nicht so schnell.«

»So langsam bildet sich aber eine Schlange hinter mir.«

Ronnie drehte sich auf ihrem Sitz um und starrte auf die halb leere Straße hinter ihnen. »Da ist ganz genau ein Auto, und das ist einen Kilometer hinter uns.«

»Na klar, weil er nicht auffahren will. Hier ist auch schon Cobblestone. Wie gut, dass ich so schnell unterwegs war.« Sid bog ab, und sie fuhren langsam über die Seitenstraße weiter. Fast alles waren Neubauten, alle zweistöckig auf Parzellen, die nahezu vollständig vom Haus eingenommen wurden. Da gab es eine toskanische Miniaturvilla, ein Cape-Cod-Haus mit Dachschindeln, ein anderes im spanischen und eines im Tudorstil. Sie brauchten nicht lange, um festzustellen, dass alle denselben Grundriss hatten, aber verschiedene Materialien für das Dach, die Seitenwände und die Fenster verwendet worden waren, um den Eindruck unterschiedlicher Stilrichtungen zu erwecken. Die nächste Reihe war nach demselben Muster errichtet, allerdings waren die Häuser spiegelbildlich aufgebaut, sodass die Garage auf der linken, die Eingangstür auf der rechten Seite war.

»Das hier ist die erste Möglichkeit«, sagte Ronnie. »Vor einem Jahr war noch nichts von alldem da. Die Gullys wurden am 15. März eingelassen und die letzte Betonschicht am 2. April aufgetragen. Als man James Ballantine im Regenwasserkanal von North Hollywood fand, wäre das eine der möglichen Stellen gewesen, ihn abzuladen. Er war am 4. März auf der Arbeit und wurde am 6. März gefunden. Also muss es sich am oder kurz vor dem 5. März ereignet haben.«

»Okay«, sagte Sid. »Dann stelle ich mir dieses Viertel mal am 5. März vor. Es hat stark geregnet, und das schon seit ein paar Tagen, mal mehr, mal weniger heftig. Sollte der Holzrahmen für die Häuser bis zu diesem Tag noch nicht gestanden haben, hätte kein Zimmermann an diesen Tagen dort gearbeitet – viel zu nass.«

Eingehend betrachtete Ronnie die Karte der Kanalisation. »Okay. Detective Kapp denkt, dass der Ort hier als Tatort infrage kommt.«

»An der nächsten Ecke gibt es aber ein paar ältere Häuser, die sicherlich schon vor einem Jahr da standen. Wenn er hier in den Gully gesteckt wurde, war er sicherlich schon tot, also hat niemand irgendwelche Schüsse gehört, und wahrscheinlich ist es nachts passiert, also hat niemand etwas gesehen.«

Sie sahen sich ein weiteres Viertel im nördlichen Teil des Valley an, in den Ausläufern, unterhalb des Bergmassivs. Mit wenigen Unterschieden war es dem ersten sehr ähnlich.

»Das hier ist ein bisschen neuer«, sagte Ronnie. »Wenn man sich diese Gegend hier vor einem Jahr vorstellt, dann kommt sie durchaus infrage. Hier in der Nähe lebt niemand, der den Schuss einer kleinkalibrigen Waffe hören könnte, und vermutlich kommt hier auch keiner vorbei, der sieht, wie man eine Leiche zum Abflussrohr zieht. Allerdings liegt diese Stelle nicht auf dem Weg nach irgendwohin, man stolpert nicht mal eben zufällig darüber.«

Als sie zum dritten Bauprojekt kamen, wurde es langsam dunkel. Es lag am weitesten im Norden und etwas höher als die anderen, aber noch immer nicht hoch genug, um einem aufzufallen, es sei denn, der Beobachter hätte dabei die

Fließrichtung des Wassers im Sinn gehabt. Hier gab es zwei Straßen, die den anderen ähnelten, und viele Häuser waren bereits bewohnt, nur wenige hatten noch das Schild eines Maklers auf dem Rasen stehen. Darüber hinaus gab es drei weitere Straßen in unterschiedlich fortgeschrittenen Baustadien, sowie eine, die als Kiesweg ein leeres Feld querte. Auf der einen Seite hatte man eine Reihe Fundamente ausgegraben und den Beton gegossen, noch immer eingefasst von einem Holzrahmen. Am hinteren Ende dann zwei Häuser, deren Holzständeraufbau fast fertiggestellt war. Sie wirkten wie skelettartig aufragende Überreste von etwas, das angefangen und dann aufgegeben wurde. Straßenlampen gab es hier noch keine, somit lag die Straße im Dunkeln da.

»So langsam kommen wir der Sache näher«, sagte Sid. »Das hier wäre doch ein guter Ort, um jemanden umzubringen.«

»Oder auch, um eine Leiche loszuwerden.«

Sid hielt an. »Hier gibt es keine Kameras oder Zäune, wie es sie manchmal auf Baustellen gibt. Vermutlich gibt es hier noch nichts, was geschützt werden müsste. Nichts, was man klauen könnte.«

»Es sei denn, man würde das Bauholz auseinanderreißen, das sie hier zusammengenagelt haben«, meinte Ronnie.

»Ist wohl viel zu aufwendig für Diebe. Okay, dann lass uns das mal genauer unter die Lupe nehmen, solange wir noch etwas sehen. Dieser Typ beschließt also, James Ballantine umzubringen.«

»Oder wird dafür angeheuert.«

»Er geht davon aus, dass es ganz praktisch wäre, das in einem wenig bewohnten Gebiet nördlich der Stadt zu machen, an einem Ort, wo eine Schusswaffe zum Einsatz kommen kann, ohne die Nachbarschaft zu alarmieren, weil noch niemand dort lebt. Er fährt also mit Ballantine hier hoch, um sich die zum Verkauf stehenden Parzellen anzusehen, oder aber er bringt ihn hierher, möglicherweise betäubt oder gefesselt. Irgendwann schießt er ihm zweimal mit einer Pistole, Kaliber .22, in den Hinterkopf. In der Mitte der Straße ist ein Graben, in den ein dickes Betonrohr als Hauptkanal für abfließendes Regenwasser eingelassen ist. Das Rohr ist groß genug, um eine Leiche zu fassen, und der Anfang des Rohres ist mit dem bereits existierenden Teil der Regenwasserkanalisation verbunden. Das Opfer wird also so weit wie möglich zum fertiggestellten Teil des Kanalsystems getrieben. Es regnet gerade sehr viel, also hofft der Mörder, dass der nächste Regenguss nicht lange auf sich warten lassen wird und die Leiche weiter flussabwärts treibt, vielleicht sogar bis zum Meer. Vielleicht ist er aber auch erst zur Tat geschritten, nachdem der Regenguss eingesetzt hatte. Er sieht, wie der Regen in den Gully strömt, und ihm wird klar, dass er eine Lösung für das Problem mit der Leiche hat.«

»Für mich sieht das nicht nach einem Gelegenheitsverbrechen aus«, widersprach Ronnie. »Dafür ist das viel zu perfekt – kein Licht, niemand, der in der Nähe wohnt, noch dazu die Möglichkeit, sich aller Indizien auf der Leiche zu entledigen und diese dabei gleichzeitig so weit wie möglich von hier wegzuschaffen. Für gewöhnlich treffen all diese Dinge nicht allein durch glückliche Fügung zusammen.«

»Stimmt«, räumte Sid ein. »Der Täter wusste also, dass bei diesem Bauprojekt auch neue Straßen gebaut und Rohre verlegt werden, die dann mit dem Hauptkanalisationssystem verbunden sind. Er hätte irgendwann nachts dort vorbeikommen und sich alles genauer ansehen können. Mit der Online-Wettervorhersage konnte er sich darüber informieren, wann ein guter Tag dafür wäre, eine Leiche in den Gully zu verfrachten. Noch dazu würde ein heftiger Regensturm auch Indizien wie Fußabdrücke und Reifen- oder Schleifspuren an der Stelle wegwaschen, wo er die Leiche über den Boden ziehen musste. Also war es vermutlich geplant.«

»Genau. Die Patronen vom Kaliber .22 könnten darauf hindeuten, dass er sich mit dem Opfer hier getroffen hat und ganz genau wusste, was er vorhatte. Ein Profi könnte eine solche Patrone benutzt haben, weil sie relativ leise ist, das Opfer aber dennoch tötet, ob man ihm nun in den Kopf oder ins Herz schießt. Niemand bringt einfach so eine kleine Pistole zu einer Schießerei mit. Er muss gewusst haben, was es hier brauchte.«

»Ja«, meinte Sid. »Ist ›er‹ eine Frau?«

»Vielleicht«, sagte Ronnie. »Bei einer zierlichen Person lässt sich eine Pistole viel einfacher verstecken als eine größere Waffe. Außerdem findet eine Frau Wege, wie sie sehr nahe an jemanden herankommen kann.«

»Andere Möglichkeiten?«

»Dutzende. Vielleicht hat er oder sie sich als Immobilienmakler, Architekt oder Bauunternehmer ausgegeben und gesagt: ›Ich fahre Sie herum, dann können Sie sich die Parzellen in Ruhe ansehen.‹ So gibt es kein zweites Auto, das irgendwelche Fragen aufwerfen könnte. Vielleicht wurde er an einem Ort erschossen, der noch abgeschiedener ist, und die Leiche nur auf dem Heimweg bei der Baustelle abgeladen. Es besteht aber auch die Möglichkeit, dass der Täter irgendein Psychopath war, der erst nur auf Flaschen gezielt hat, einen Mann an diesem abgelegenen Ort entdeckte und sich dann fragte, wie es sich wohl anfühlt, jemanden umzubringen.«

»Nicht zu vergessen die Tatsache, dass Ballantine Afroamerikaner war. Noch ist es zu früh, Rassenhass als Motiv auszuschließen.«

»Das Einzige, was wir zum jetzigen Zeitpunkt ausschließen können, sind Selbstmord und ein Unfall. Bei beiden kommt ein Schuss in den Hinterkopf nicht vor.«

Ihr fiel auf, dass Sid in den Rückspiegel starrte. »Ist was?«

»Ich bin mir nicht sicher. Weißt du noch, dass vor den letzten beiden Stopps ein Auto hinter uns war?«

»Du meinst, als du zu schnell unterwegs warst?«

»Ja. Gerade eben ist ein Auto an der Kreuzung hinten aufgetaucht und stehen geblieben. Wer auch immer da drinsitzt, scheint uns zu beobachten. Er ist dann ein Stück weiter nach vorn gefahren, sodass ich ihn nicht mehr sehen konnte, aber sehr langsam. Ich glaube, es war dasselbe Auto wie vorhin. Eine eher kleine Limousine, die Farbe irgendwas zwischen Dunkelgrau und staubigem Schwarz.«

»An der Kreuzung zu dieser Straße?«

»Ja. Vielleicht ist er nur außer Sichtweite stehen geblieben.«

»Warum sollte jemand bei Nacht hierherkommen?«

»Das frage ich mich auch.« Nach einem kurzen Moment sagte er: »Vielleicht fahren sie uns schon den ganzen Nachmittag hinterher und warten auf eine Gelegenheit, uns in die Enge zu treiben.«

Sie sah sich um. »Das hier sieht nicht nach einer Ecke aus, in der ich gerne in die Enge getrieben würde.« Sie löste ihren Sicherheitsgurt.

»Wie sollen wir es angehen?«

»Lass uns von hier verschwinden, aber vorsichtig. Mach kehrt und fahr hier raus. Wir lassen die Fenster offen und haben die Pistolen schussbereit, versuchen aber, nach einem ganz normalen Pärchen auszusehen, das sich das Neubaugebiet ansieht.« Sie holte ihre Pistole hervor, löste das Magazin, um zu prüfen, ob die Waffe tatsächlich geladen war, steckte es wieder hinein und lud einmal durch, damit eine Kugel im Lauf war.

Sid fuhr an den Straßenrand, setzte zurück und machte kehrt. Langsam fuhr er über die unbefestigte Straße zurück zur Kreuzung, als hätte ihn nichts argwöhnisch werden lassen. Ronnie hielt ihre Waffe auf dem Knie, den Finger direkt neben dem Sicherungshebel.

»Mal sehen, ob wir sie finden, bislang zumindest sehe ich niemanden«, sagte sie.

»Gut.«

»Denkst du, es könnten irgendwelche Security-Leute sein?«

»Hier gibt es noch nicht viel, was bewacht werden müsste«, meinte Sid. »Falls doch, sollten sie zufrieden sein, dass wir wegfahren. Es könnte aber natürlich auch jemand von einem alten Fall sein, der darauf wartet, uns an einem Ort wie diesem dranzukriegen. Es könnte sogar Alex Rinosa sein.«

»Selbst wenn er inzwischen verhaftet worden wäre, weiß er sicherlich noch nicht, wer wir sind.«

»Für gewöhnlich nicht, aber möglich wäre es trotzdem.«

»Danke, dass du nicht sagst, es liegt an der Annonce mit der Belohnung für Hinweise zur Ermordung von Ballantine. Auch wenn es wohl genau das ist.«

Sid fuhr über den Schotterweg, blieb in der Mitte, während sie zu beiden Seiten aus dem Fenster sahen. Am Ende des Weges bog er rechts ab, in die Richtung, in die das Auto verschwunden war. Vierhundert Meter vor ihnen stand ein dunkles Auto am Straßenrand. »Es sieht ganz nach dem Auto von vorhin aus«, sagte Sid.

Er beschleunigte, doch der Fahrer fuhr ebenfalls los und gab Gas. Als Sid daraufhin schneller wurde, drückte auch der andere Fahrer auf die Tube.

»Interessant«, meinte Ronnie. »Er ist wohl nicht in Plauderstimmung.«

Sid beschleunigte weiter. »Ich jetzt aber schon.«

»Und ich erst. Sollte ein Gespräch nicht möglich sein, würde ich mich aber auch mit einem Foto seines Nummernschilds begnügen.« Sie nahm ihr Handy und machte sich bereit für ein Foto.

Langsam verringerten sie den Abstand zu dem Unbekannten. Ronnie stellte ihr Handy auf dem Armaturenbrett auf, hielt es dann aber doch für besser, es bei dieser Geschwindigkeit mit beiden Händen festzuhalten.

»Fahr näher ran«, sagte sie. »Ich will das Nummernschild abfotografieren, wenn er unter einer Straßenlampe durchfährt.«

Sie schlossen immer weiter auf. Dann sah Ronnie, wie sich sehr weit vorne der Umriss eines menschlichen Oberkörpers aus dem Beifahrerfenster streckte. »Moment mal, Sid. Das sieht aus wie …«

Sie sahen und hörten gleichzeitig ein Aufblitzen, das von dem Wagen vor ihnen kam, einen Knall wie das Geräusch eines Hammers, der gegen ihr Auto donnerte, eine Explosion von Glassplittern, die auf die Vordersitze prasselten, gleichzeitig auf Sids Hals und Brust spritzten und in seinem Gesicht brannten. Die Windschutzscheibe zierte jetzt ein Loch auf Kopfhöhe, die Scheibe darum herum war spinnennetzartig gesprungen.

Sid nahm den Fuß vom Gaspedal und ließ das Auto ausrollen, während er sachte die Bremse betätigte, um die Kontrolle über das Auto nicht zu verlieren.

Mit quietschenden Reifen jagte das dunkle Auto um die nächste Ecke, hinterließ eine kleine graue Wolke, die nach verbranntem Gummi roch.

Sid trat das Gaspedal erneut durch und jagte in die Richtung, in die das Auto verschwunden war.

»Sid!«, rief Ronnie.

»Ich weiß. Aber jetzt will ich dieses Foto wirklich haben.«

Es regte sich kein Lüftchen, sodass die Wolke von verbranntem Gummi auch dann noch über der Kreuzung schwebte, als die Abels durch sie hindurch und um die Kurve fuhren.

Kein Auto zu sehen. Sid wurde langsamer, und in gedrosseltem Tempo rollten sie über die neue Straße, eine verlassene Straße, die in einer Sackgasse endete. »Verdammt, wo sind sie hin?«

»Weiß nicht«, sagte Ronnie. »Ich kann sie nirgendwo sehen.«

»Bei den meisten Garagentoren bleibt das Licht eine Zeit lang an, nachdem die Tür betätigt wurde. Vielleicht entdeckst du ein Garagentor, bei der am Rand ein Lichtschein zu sehen ist.«

Sie fuhren weiter und hielten Ausschau nach einem Hinweis, dass ein Auto in eine Garage gefahren war, sahen jedoch kein Licht und konnten auch keine Bewegung ausmachen. Am Ende der Straße blieb Sid stehen, und sie stiegen aus.

»Er wusste, dass wir sie einholen würden. Wie ist es ihm gelungen zu verschwinden?«

»So langsam beschleicht mich das Gefühl, dass er damit seinen Lebensunterhalt verdient«, sagte Sid. »Ich nehme mir die eine Seite vor, du die andere.«

»Sei bitte supervorsichtig. Ich bin noch nicht ganz fertig mit dir.«

»Das gilt auch für dich. Wenn du irgendwas siehst, egal was, dann gib Bescheid und warte auf mich.«

Sie bezogen auf gegenüberliegenden Seiten der Straße Stellung und gingen dann langsam die stille, einsame Straße hinauf. Auf den meisten Rasenflächen standen *Verkauft*-Schilder, und die wenigen, bei denen das nicht der Fall war, schienen noch nicht fertiggestellt zu sein. Keines der Häuser machte einen bewohnten Eindruck. Mit gezückter Waffe liefen Sid und Ronnie durch die Vorgärten, hielten sich dicht an die Vorderseite der Häuser, blieben am Ende eines Hauses kurz stehen, um einen Blick um die Ecke zu werfen, und überquerten dann die Zufahrt oder den Vorgarten, um zum nächsten Haus zu gelangen. Hatte eine Garage ein Fenster, richteten sie ihre Taschenlampe darauf. Sie leuchteten die Fläche zwischen zwei Häusern ab, versuchten herauszufinden, wo man ein Auto verstecken könnte.

Etwa drei Häuser von der Kreuzung entfernt winkte Ronnie Sid mit der Taschenlampe zu sich. »Was hast du gefunden?«, flüsterte er.

»Das.« Sie leuchtete zwischen zwei Häuser. Im Lichtstrahl war zu sehen, dass der Rasen von zwei Reifenspuren platt gedrückt war. »Er hat eine Stelle gefunden, von wo aus er direkt in die nächste Straße fahren konnte. Er ist längst über alle Berge.«

Ronnie und Sid beobachteten, wie der Hubschrauber hoch über ihren Köpfen hinwegflog, wobei er auf der Suche nach dem dunklen Auto immer größere Kreise zog und seine Rotorblätter die Luft mit einem tiefen Surren erfüllten. Hin und wieder schwenkte sein Scheinwerfer über einen vielversprechenden Punkt in einer Straße in der Nähe und verharrte einen Moment an Ort und Stelle, ehe er weiterflog.

Sid sah auf die Uhr. »Das geht jetzt schon seit Stunden so. Gut möglich, dass sie bereits in Palm Springs, Santa Barbara oder Victorville sind und sich den dritten Drink genehmigen.«

Ronnie seufzte. »Es ist schon Sperrstunde. Aber vielleicht haben sie ja eine Minibar im Hotelzimmer.«

»So was hätte ich gerne hier«, meinte Sid.

Sie beobachteten die fünf Cops, die die gerade Straße vor ihnen abliefen, wobei sie den Strahl ihrer Taschenlampen im Weitergehen zwischen dem Bürgersteig, den Rinnsteinen und den unkrautüberzogenen Rändern hin und her wandern ließen.

Aus dem Funkgerät eines in der Nähe stehenden Cops war ein »Moment!« zu hören. Es folgte ein kurzes Schweigen, dann hieß es: »Ich habe was gefunden.«

Zwei Sergeants und ein Detective hasteten zu der Stelle, von der aus der Cop den Funkspruch abgesetzt hatte. Sid und Ronnie lauschten der Funkübertragung und beobachteten sie aus der Ferne. Wenige Minuten später kehrte der leitende Ermittler, ein draller, rotgesichtiger Detective namens Hebert, mit einem durchsichtigen Beweisbeutel zurück, in dem eine Messinghülse steckte. An niemanden direkt gewandt, sagte er: »Das ist eine .308 Winchester. Das muss ein verdammt beeindruckender Schuss gewesen sein, aus einem so schnell fahrenden Auto heraus. Und dann noch über eine Distanz von etwa zweihundertundsiebzig Metern.«

»Ich war in dem Moment durchaus perplex«, sagte Sid.

»Ist einem von Ihnen ein guter Grund eingefallen, weshalb die beiden Männer auf Sie geschossen haben könnten?«

»Kein *guter* Grund«, meinte Sid. »Wir wollten nahe genug an sie herankommen, um herauszufinden, wer sie sind, oder wenigstens ein Foto von ihrem Kennzeichen machen.«

»Wir haben Ihnen von dem Fall erzählt, in dem wir hier ermitteln«, fuhr Ronnie fort. »Wir wollten herausfinden, wo man vor einem Jahr, als es das Unwetter gab, ein Opfer in einem Abflusskanal ablegen konnte, sodass es in North Hollywood landete. Wir fangen gerade erst an.«

»Was meinen Sie damit?«

»Es ist nicht so, als hätten wir bereits sehr viel herausgefunden, sodass man uns deswegen umbringen müsste. Noch wissen wir gar nichts. Der ursprüngliche Kripobeamte in North Hollywood, Detective Kapp, hatte versucht herauszufinden, wo das Opfer abgeladen wurde, und wir waren hier, um herauszufinden, welche der Spuren, die er verfolgte, die richtige war.«

»Ich würde mal sagen, das hat Ihnen der Schütze soeben mitgeteilt«, bemerkte Detective Hebert. »Es ist schon nach zwei Uhr. Wir haben soweit alle Infos, die Sie uns momentan geben können. Wenn Sie beide nach Hause wollen, können Sie gehen.«

»Danke«, sagte Sid.

»Wir melden uns, wenn wir noch etwas brauchen.«

Sid und Ronnie gingen zurück zu ihrem Auto. Sid setzte sich ans Steuer und betrachtete das Loch in der Windschutzscheibe und das milchig weiße gesprungene Sicherheitsglas darum herum.

»Ich bin wach genug, um zu fahren«, sagte Ronnie. »Wenn du jetzt gleich einschläfst und uns beide umbringst, wäre es mir ein Vergnügen, das Steuer zu übernehmen.«

»Nein danke«, sagte Sid. »Ich fühle mich fit genug. Dieser Wahnsinnsadrenalinstoß kurz nach Einbruch der Dunkelheit hält mich immer noch wach, und das stundenlange Herumstehen hat mich nicht müde gemacht, nur frustriert.« Er fuhr bis zum Ende der Straße und verließ dann die Neubausiedlung in südlicher Richtung. Die Straßen am nördlichen Rand des San Fernando Valley waren dunkel und zu dieser späten Stunde nur schwach befahren. Es war zu spät für Feierfreudige auf dem Heimweg, und noch zu früh für Frühaufsteher, die zur Arbeit fuhren.

»Hast du Hebert die Theorie abgekauft, dass wir durch den Schusswechsel erfahren hätten, wo James Ballantine umgebracht worden ist?«

»Nein. Mir hat das Ganze nur klargemacht, dass wir eine neue Windschutzscheibe brauchen. Und ich komme mir ziemlich doof vor. Mir ist gar nicht in den Sinn gekommen, dass uns jemand folgen könnte.«

»Na ja, wie auch? Eigentlich sollten ja wir die anderen verfolgen. Ein Fuchs sieht sich doch auch nicht um, weil er sich vergewissern will, ob er von Hühnern verfolgt wird.«

# 5

Nicole Hoyt nahm das .308 Bolt-Action-Gewehr, das im Vergleich zu ihren ein Meter sechzig und ihren zierlichen Fingern riesig wirkte. Sie löste das Magazin aus dem Gewehr und zog den Bolzen einmal vor und zurück, damit die Kammer offen blieb. Als Nächstes vergewisserte sie sich, dass die Kammer leer war, wovon sie ausging, überprüfte es aber dennoch, weil ein Profi eben genau das tat. Es war ganz egal, wie viele Auftragsmorde man hinter sich gebracht hatte, wenn es einen zum Schluss selbst erwischte. Die Nacht war sehr lang gewesen, und sie wollte nichts dem Zufall überlassen, nur weil sie müde war.

Sie legte das Gewehr mit herausgezogenem Verschlussbolzen auf den Arbeitstisch, dann sah Eddie es gleich, wenn er es reinigen würde. Die Hoyts waren in vielerlei Hinsicht ein konservatives Pärchen. Sie waren beide auf dem Land groß geworden, wo Männer und Frauen für gewöhnlich den ihnen zugeschriebenen Platz einnahmen. Das war ein ebenso offenes Geheimnis, wie zu wissen, ob man eine Kuh oder einen Bullen vor sich hatte.

Mit ihren schlankeren, geschickteren Fingern ohne Schwielen konnte Nicole eine Waffe zwar besser auseinandernehmen, reinigen und ölen als Ed, aber Waffenreinigen war nun mal Männersache. Sie ging einkaufen und kochte, und bei Gott, sie übernahm wahrlich den Großteil des Hausputzes. Ed kümmerte sich um alles, was das Haus betraf, um die Autos, und er trug alles, was mehr als zwanzig Kilo wog.

Sie hörte, wie er von der Garage in den Vorraum kam, und ging zu ihm. »Hast du angerufen und erzählt, was passiert ist?«

»Ja. Er hat damit kein Problem.«

Sie beobachtete, wie er aus seinen Laufschuhen stieg, seine Jeans und die Boxershorts nach unten fallen ließ, mit einem Bein herausstieg und dann das andere schüttelte, bis er beides ganz loswurde. Als er sein langärmeliges T-Shirt über den Kopf zog und das kurzärmelige gleich mit auszog und beide auf den anderen Klamotten am Boden landeten, tat sie so, als hätte sie nichts gesehen. Sie trat nach vorn. »Gib mir die Klamotten, dann wasche ich sie gleich.«

Ed beugte sich nach unten, hob seine Klamotten auf und hielt sie ihr mit der linken Hand hin, damit sie noch einen Schritt auf ihn zumachen musste, um die Wäsche entgegenzunehmen. Als sie die Hände danach ausstreckte, wirbelte er um sie herum und klatschte ihr mit der freien Hand auf den Po, ehe sie ihm entkam.

»Ed, verdammt!«

»Da konnte ich nicht widerstehen, bin eben auch nur ein Mensch!«

»Du gehst gerade so als einer durch.« Sie ging in die Waschküche, warf seine Klamotten in die Waschmaschine, befüllte sie mit Waschmittel und zog auch ihre Klamotten aus, um sie gleich mitzuwaschen. An seinen würde nicht viel sein, aber an ihren waren Schmauchspuren und Schwermetallreste, weil sie den Schuss abgegeben hatte.

Nackt tapste Nicole durchs Haus, völlig unbesorgt, ob nicht jemand sie sehen konnte. Sie hatten ihr Haus nachbarsicher gemacht, ehe sie eingezogen waren. An allen Fenstern hingen dunkle Vorhänge.

Als Nicole ins Schlafzimmer kam, hörte sie, dass die Dusche bereits lief. Sie warf einen Blick hinein und betrachtete Ed einen Moment lang. Vor ein paar Tagen hatte sie in einer Frauenzeitschrift gelesen, dass der von den meisten Amerikanerinnen bevorzugte Typ Mann groß gewachsen war, wenig Körperfett hatte und einen schwarzen Pick-up-Truck fuhr. Mit anderen Worten, amerikanische Frauen gelüstete es nach Ed Hoyt. Sie hatte gelacht und überlegt, es ihm zu sagen, die Idee jedoch verworfen. Er gehörte ihr, und sie wollte seinen Versuchungen nicht noch eins draufsetzen.

Sie hätte vielleicht darüber nachgedacht, ihn dazu zu bringen, sich ihren Namen eintätowieren zu lassen, aber in ihrem Beruf war das eine dämliche Idee, und Nicole war nicht dämlich. Menschen wie sie konnten es sich nicht leisten, unnötige Identifizierungsmerkmale am Körper zu haben. Es gab andere Wege, um sicherzustellen, dass er blieb.

Sie ging zur Glastür der Dusche, machte sie auf und fragte: »Ist da noch Platz für mich?«

Er zog sie in die Dusche und wartete, bis sie nass war, dann zog er sie in seine Arme und küsste sie. Nach ein paar Minuten fühlte sie sich warm und sauber. Dann löste sie sich aus seiner Umarmung, ging auf die Knie und machte die eine Sache, mit der sie ihn ihrer Meinung nach mit ziemlicher Sicherheit davon abhalten konnte, sich nach einer anderen Frau umzusehen, die ihn mehr liebte als sie.

Danach brachte Ed sie ins Schlafzimmer und übernahm für eine ganze Weile alle ausstehenden Entscheidungen. Seine Zuwendung gab ihr das Gefühl, begehrenswert zu sein. Ed Hoyt war kein Romantiker, aber mit großem Interesse und Konzentration bei der Sache, sodass bei einer Frau keine Selbstzweifel mehr aufkamen.

Er stand auf und ging ins Badezimmer, während sie liegen blieb, erschöpft und außer Atem. Dann kam er zurück. »Ich mache mal besser das Gewehr sauber und räume es weg. Das habe ich ganz vergessen.«

»Ach verdammt, Ed, mach dir doch jetzt keinen Kopf deswegen. Bleib hier bei mir.«

Er stieß ein leises Schnauben aus, fast schon ein Lachen. »Das dauert nicht lange.« Er schlüpfte in eine Jogginghose und ein sauberes T-Shirt.

»Ich besorge uns was, das uns beim Schlafen hilft.« Sie krabbelte ans Ende des Bettes, stand auf, zog einen Pyjama an und ging in die Küche. Als sie dort ankam, hatte er den Verschlussbolzen bereits ganz herausgenommen, die Putzbürste schaute aus dem Lauf heraus. Beim Arbeiten lächelte er still vor sich hin.

Fast hätte sie ihn gefragt, weshalb er so lächelte, aber dann wurde ihr klar, dass sie das besser nicht machte. Sie dachte lieber, dass er sich an das erinnerte, was sie gerade gemacht hatten – oder was er gerade mit ihr angestellt hatte –, und dass ihn allein der Gedanke daran glücklich machte. Sollte es etwas anderes sein, dann wäre das auch okay, trotzdem war dem hoffentlich nicht so. Sex hatte für Ed Hoyt einen sehr hohen Stellenwert.

Nicole ging zum Tresen, öffnete eine Schranktür und holte eine Flasche Cognac heraus. Sie stellte sie auf den Tresen und holte zwei Gläser aus dem Küchenschrank.

Dann drehte sie sich zu Ed um. Er sah noch immer so aus wie vor neun Jahren, als sie ihn beim Ausbildungskommando im Sommercamp in Tennessee kennengelernt hatte. Männer alterten anders als Frauen. Frauen wurden weich und hier und da etwas schlaff. Männer hingegen schienen sehniger zu werden, härter, sahen immer mehr aus, als wären sie aus Holz geschnitzt. Sie bedachte sich mit einem anerkennenden Seitenblick in die Spiegelung der Glastüren des Schranks neben ihr. Noch nicht. Noch war alles ganz okay.

Sie stellte die Gläser ab, schenkte Ed zwei Finger des dunklen, bernsteinfarbenen Cognacs ein und brachte ihn zu ihm.

»Danke, Süße.« Er nahm einen kleinen Schluck.

»Das wird dich entspannen.« Dann ging sie zurück, schenkte sich halb so viel ein wie ihm und setzte sich mit ihrem Glas wieder an den Tisch.

»Du hast heute Abend einen guten Schuss abgegeben – bäng, und er kommt zum Stehen.«

Sie zuckte mit den Schultern. »Ich hoffe nur, dass der Kunde damit nicht unzufrieden ist.«

»Wir durften ihn nicht verfehlen. Hätten sie uns eingeholt, hätten wir sie umbringen müssen. So weiß keiner was.«

»Ich habe nachgedacht, vielleicht hätten wir sie ja abknallen sollen«, sagte sie.

»Gut möglich, dass wir zu einem späteren Zeitpunkt bedauern werden, es nicht getan zu haben. Erst mal möchte ich aber nichts tun, worum der Kunde uns nicht gebeten hat. Sonst denkt er noch, dass wir nicht sonderlich intelligent oder strategiebewusst vorgehen, und hält uns für verrückt oder gefährlich, und das kann zu einem großen Problem werden.«

»Damit hast du wohl recht.«

»Auch wenn wir nicht recht haben sollten, kann es uns durchaus mehr Geld einbringen, wenn wir die Dinge richtig angehen.«

Er war mit dem Reinigen der Waffe fertig, und zwanzig Minuten später schliefen sie tief und fest. Sie schliefen noch immer, als das Arbeitshandy klingelte. Nicole sprang aus dem Bett und schnappte sich das Handy, bevor es ein zweites Mal klingelte. Als sie den Bildschirm antippte, wurde die Uhrzeit angezeigt: 7 Uhr. Das Arbeitshandy war ein Handy, das allein diesem Kunden vorbehalten war, somit stellte sich die Frage nicht, wer anrief. »Hallo«, sagte sie.

»Guten Morgen.« Es war seine Stimme, so weit, so gut. »Ich rufe so früh an, weil ich weiß, dass Sie genug Zeit haben wollen, Ihren Tag zu planen. Können wir uns um neun Uhr treffen?«

»Wo?«

»Gleicher Ort.«

»Okay. Dann treffen wir uns um neun.« Sie beendete den Anruf und schaltete das Handy anschließend aus. Sie wollte nicht darüber grübeln müssen, ob der Anruf vielleicht noch nicht getrennt worden war und der Kunde ihre nächste Unterhaltung mitbekam.

Ed rollte sich neben ihr auf den Rücken, den Unterarm auf die Augen gepresst. »Habe ich da gerade neun gehört? Neun Uhr morgens?«

»Ja«, sagte sie. »Das lässt uns ganze zwei Stunden. Er will sich mit uns am selben Ort treffen.«

Langsam setzte Ed sich auf, schwang die Beine aus dem Bett, saß da und starrte auf seine Füße. »Weiß er, dass wir fast die ganze Nacht wach waren?«

»Ich werde ihm nicht sagen, was wir gemacht haben, wenn du es nicht tust.«

»Ernsthaft?«

Sie war auf dem Weg zur Tür. »Ich mache Kaffee, schlaf nicht wieder ein.«

Eineinhalb Stunden später waren sie angezogen und zum Aufbruch bereit. Ed trug Jeans und ein Hawaiihemd, das über der Waffe hing, die er bei sich hatte. Nicole hatte mehrere Outfits anprobiert und sich letztlich für ihre neue blaue Shorts, Flip-Flops und ein Tanktop mit einer übergroßen Sonnenbrille entschieden. Ihre .380 Beretta Pico Compact-Pistole steckte in einer kleinen Schultertasche. Es war wichtig, passend für den Ort angezogen zu sein, zu dem sie unterwegs waren. Während Ed auf sie wartete, stand sie zwischen zwei Spiegeln und nickte dem, was sie da in Shorts und Tanktop erblickte, anerkennend zu. Hin und wieder war es gar nicht verkehrt, wenn Ed sah, wie die Blicke eines anderen Mannes einen winzigen Augenblick zu lange auf ihr verweilten.

Beim Hinausgehen schaltete Ed die Alarmanlage ein. Im Garten hatten sie Schilder und an den Fenstern Aufkleber einer erfundenen Sicherheitsfirma, aber die Alarmanlage war echt. Sie schickte ein stummes Signal an ihre Handys, um sie über einen Einbruch zu informieren. Was danach passierte, hing ganz von ihnen ab.

Sie stiegen in das Auto, das Nicole ihr »unsichtbares Gefährt« nannte, einen Toyota Camry mit so stark getönten Scheiben, dass die Polizei ihn gerade noch nicht herauswinkte. Ein Beobachter konnte unmöglich feststellen, ob die Hoyts im Auto saßen, dafür musste er schon bis auf wenige Meter an den Kühlergrill herankommen. Das Auto war dunkelgrau, hatte fast schon das staubige Asphaltgrau eines kalifornischen Highways. Statt eines standardmäßigen Vierzylindermodells war das Auto mit einem 3,5-Liter-V6-Motor ausgestattet und somit fast so schnell wie Eds schwarzer Pick-up.

Ed fuhr zum Parkplatz am Ende der langen Zufahrtsstraße beim South Weddington Park in der Nähe der Universal Studios. Der Park bestand aus einem großen, L-förmigen Rasenstück in einem flachen Tal unterhalb des Parkplatzes der Subway Station von Lankershim Boulevard. Im breitesten, grasbewachsenen Bereich befand sich eine ovale Laufbahn, gesäumt von großen alten Bäumen, und hinter dem Parkplatz lag ein umzäuntes Baseballfeld. Ed fuhr in eine Lücke zwischen einem großen SUV, der ihr Auto gut verdeckte, und ein paar kleinen Japanern, die es schwer machten, sich an ihn zu erinnern.

Ed und Nicole blieben eine Weile sitzen und sahen zum Baseballfeld hinüber. Es war Mittwoch, der Platz würde also noch mindestens sechs Stunden ungenutzt bleiben, bis die Spieler der Little League zum Abendtraining erschienen. Vincent Boylan hatte den Park als Treffpunkt gewählt, und die Hoyts hatten zugestimmt, weil es die richtige Mischung aus Freifläche und beständigem Verkehr war, zu dem auch Fußgänger zählten. Manchmal parkten Taxi- oder Limo-Fahrer im Schatten auf diesem Parkplatz, während sie auf ihre nächste Fahrt warteten. Die Zufahrtsstraße war von Food-Trucks gesäumt, die den Arbeitern in den Studios in ein paar Stunden Essen liefern würden, doch momentan waren nur wenige Leute hier, die ihre Hunde spazieren führten oder zum Joggen hier waren.

»Da ist er ja«, sagte Ed. »Bei der überdachten Tribüne. Auf der Seite der dritten Base.«

»Ich sehe ihn. Gehen wir rüber.«

Sie stiegen aus und gingen hinter dem Backstop des Baseballfelds zur überdachten Tribüne auf der anderen Seite. Boylan saß auf einer Bank etwa auf halber Höhe der Tribüne, sodass sein Körper nicht groß genug war, um als Silhouette ganz erkennbar zu sein. Hinter ihm war ein Stück Rasen, dann folgte eine dreieinhalb Meter hohe Schallschutzwand, die den Park vom Ventura Freeway abtrennte. Entlang der Mauer stand eine lange Baumreihe, die deshalb nicht nach dem aussah, was sie in Wirklichkeit war. Boylan trug ein Kapuzenshirt, Jeans, eine Baseballmütze und sah somit auch nicht nach dem aus, was er war. Er starrte über das Infield, als hätte er gerade vor Augen, wie Spieler die Bases abliefen und Bälle schlugen. Ed und Nicole gingen zu ihm hinauf und nahmen links und rechts von ihm Platz.

Er wandte sich an Nicole. »Ist in der kleinen Handtasche Platz hierfür?« Er zog einen dicken Umschlag aus der Bauchtasche seines Sweatshirts.

»Ich mach welchen.« Der Umschlag verschwand in ihrer Handtasche. »Müssen wir nachzählen?«

»Nein. Es sind fünfzigtausend.«

»Und wofür ist es?«, wollte Ed wissen.

»Es ist eine Anzahlung für einen neuen Teil des Jobs. Wenn wir hier weggehen, will ich, dass Sie sicher sein können, dass Sie immer bezahlt werden.«

»Da war ich mir bereits sicher«, sagte Ed. »Da müsste jemand schon hirntot sein, um uns nicht zu bezahlen.«

»Sei nicht so unhöflich, Ed«, sagte Nicole. »Bedank dich einfach.«

»Danke«, sagte Ed.

Bei Ed Hoyts Gesichtsausdruck lief es Boylan eiskalt den Rücken hinunter. Das lag an den Augen, wie er meinte. Sie waren offen, blinzelten nicht, aufmerksam, veränderten sich jedoch nicht so, wie das bei Menschen für gewöhnlich der Fall war. Man konnte an ihnen nichts ablesen. »Schon in Ordnung. Ed kann das durchaus erstaunlich finden. Für gewöhnlich gebe ich keine Geldbündel raus, ehe wir darüber gesprochen haben. Aber ich wollte Sie bitten, etwas sofort zu erledigen, und ich möchte Ihnen nicht den Eindruck vermitteln, als wollte ich anschreiben lassen.«

»Was sollen wir für Sie erledigen?«, fragte Nicole.

»Der Mann und die Frau, denen Sie letzte Nacht gefolgt sind. Die Abels. Die müssen beseitigt werden.«

»Das hätten wir gestern ganz einfach erledigen können. Jetzt ist es nicht mehr ganz so einfach«, meinte Ed.

»Wir haben das Go erst vor wenigen Stunden erhalten«, sagte Boylan. »Ich habe Sie angerufen, sobald ich es erfahren habe.«

»Wissen Sie etwas über die beiden, das uns nutzen könnte?«, fragte Nicole.

»Nicht viel mehr als das, was Sie bereits wissen. Beide sind ehemalige L. A. Cops und arbeiten als zweiköpfiges Detektivbüro. Sie sind gut bekannt. Sobald der Kunde erfahren hat, wer sie sind, hat er die Abels mit auf die Liste gesetzt.«

»Das ist der Preis dafür, den man zahlt, wenn man bekannt ist«, meinte Ed.

»Es muss schnell gehen, noch bevor die beiden etwas herausfinden.«

»Was könnten sie denn herausfinden?«

»Wenn ich das wüsste, dann wäre vermutlich jemand anderer hier, der Sie anheuern würde, um mich beseitigen zu lassen«, sagte Boylan. »Ich nehme aber an, dass es etwas damit zu tun hat, wofür die Abels eine Belohnung ausgeschrieben haben. Dieser Typ, der vor einem Jahr ermordet wurde.«

»Alles klar«, sagte Ed. »Wir kümmern uns darum.« Er stand auf und ging die Tribüne hinunter.

Auch Nicole stand auf. »Wir geben Bescheid, sobald es erledigt ist.«

Als sie nach Hause kamen, sagte Ed: »Ich nehme an, die Adresse ihres Postfachs wird nach letzter Nacht nicht mehr ausreichen.« Er ging ins Wohnzimmer und rief seinen Kontaktmann in einem Boiler Room an. Dieses Callcenter war in einem riesigen Raum über einem Möbelladen eingerichtet, mit langen Tischen, an denen Männer und Frauen saßen und Kaltakquise betrieben. Sie riefen Leute an, lasen ihnen einen vorgefertigten Text vor und versuchten, sie dazu zu überreden, etwas zu kaufen. Der größte Kunde des Callcenters war ein Unternehmen, das Leute dazu brachte, Verträge über eine Küchenumgestaltung abzuschließen, sie eine Vorzahlung leisten ließ und daraufhin untertauchte. Der Geschäftsname des Unternehmens wechselte quasi monatlich, aber die Telefonakquise wurde ausnahmslos stets pünktlich bezahlt.

Der Telefonservice arbeitete mit einem Computerprogramm, das auf ein bestimmtes Gebiet und eine Vorwahl mit drei Ziffern für ein kleineres Gebiet programmiert war. Es wählte die letzten vier Ziffern der Reihe nach durch, eine nach der anderen. Wählte der Computer eine Nummer, und wurde diese durchgestellt, tauchten auf dem Display der Name und die Adresse auf, somit konnte der Berater direkt nach ebendieser Person fragen.

Ed schaltete seinen Handybrowser an und sah sich die Nummern an, die die Abels für ihre Belohnung angegeben hatten, dann rief er den Manager des Telefondienstes an. »Hey, Ron«, sagte er. »Ed Hoyt hier. Ich hätte da eine Nummer für dich.« Er las die Nummer von Abels Anzeige ab.

Nach einem Moment sagte der Leiter. »Das ist ein Handy.«

»Kannst du eine Rechnungsadresse für mich herausbekommen?«

»Klar. Gib mir zehn Minuten, dann rufe ich dich zurück.«

»Super.« Er legte auf. Ed war versucht, das Festnetz zu benutzen und einen Kontakt anzurufen, den er bei den Stadtwerken hatte, während er wartete. Einen anderen Kontakt hatte er bei einem Gasunternehmen. Hätte er am Abend zuvor das Autokennzeichen der Abels sehen können, hätte er sich auch irgendeinen Mist von wegen Unfall mit Fahrerflucht ausdenken können, um bei der Kraftfahrzeugzulassungsstelle die Adresse des Autohalters zu erfragen. Er hatte viele Möglichkeiten, an eine Adresse zu kommen, und manche davon hatte er noch nicht einmal genutzt.

# 6

Die Abels gingen in ihre Garage, in der ein Platz leer war, eine Erinnerung daran, dass der BMW beim Autohändler stand, wo die Windschutzscheibe ausgewechselt wurde. Sie stiegen in den schwarzen Volvo, den sie außerdem noch hatten, und fuhren aus dem Tor am Ende ihrer Zufahrt. Sie hatten dieses Haus im Stadtteil Van Nuys gekauft, während sie beide noch bei der Polizei waren.

Veronica hatte das Haus entdeckt, als sie in dem ruhigen, alten Viertel Streife fuhr. Sie war unzählige Male daran vorbeigefahren, bis sie während einer Nachtschicht das frisch aufgestellte Zu-verkaufen-Schild sah. Sie war immer schon neugierig auf das Haus gewesen, weil das Grundstück mit etwa eintausendvierhundert Quadratmetern deutlich größer als üblich war. Ansonsten waren das Haus oder die Nachbarschaft nichts Besonderes. Das Haus war ein weißer, im Ranchstil erbauter Bungalow, der sich scheinbar willkürlich über das Grundstück verteilte, weil man wohl immer dann, wenn es für seine Bewohner zu klein wurde, ein Zimmer angebaut hatte. Die Bäume in der Gegend waren alt, doch die meisten von ihnen waren niedrige, knorrige Magnolien, die diesen Teil des San Fernando Valley überwucherten. Sie boten wenig Schatten und warfen ihre dicken, halbbraunen lederartigen Blätter an zwölf Monaten des Jahres ab, während sie ihre weißen Blüten nur eine Woche lang behielten. Zurück blieben zapfenartige Samen mit der Größe und Form von Handgranaten. Ronnie war einfach so weit gewesen, ein eigenes Haus zu kaufen, und dieses hatte ihr gefallen.

In der ersten Pause ihrer Schicht hatte sie Sid angerufen, der damals beim Morddezernat für die Metro Division gearbeitet hatte, und ihm gesagt, es gäbe da ein Haus, das er sich ansehen müsse. Sie konnten sich erst um acht Uhr abends dort treffen, als sie beide keinen Dienst mehr hatten.

Sie waren um das Grundstück herumgelaufen, hatten dann zusammen gefrühstückt, den Makler angerufen und waren mit ihm zum Haus zurückgekehrt. Sid hatte fast die ganze Zeit über geschwiegen, weil ihm längst klar war, dass Ronnies Entscheidung bereits feststand und die Besichtigung nur noch eine Formalität war. Ein Zugeständnis an sein Bedürfnis, sich selbst davon zu überzeugen, dass er nicht einer rein emotionalen Entscheidung folgte. Für Ronnie waren Entscheidungen aus dem Bauch heraus nicht die schlechteste Grundlage dafür, sich für eine bestimmte Lebensform zu entscheiden – jedenfalls war es eindeutig besser, als Zahlen sprechen zu lassen –, und so ließ sie ihn sich umsehen und tat so, als würde sie ihm zuhören, wenn er etwas sagte.

Im Lauf der Jahre hatte sich das Haus nur wenig verändert. Es sah noch immer aus wie tausend andere Häuser im Zentrum des San Fernando Valley – ein kleines, gewöhnliches altes Haus mit einem zweistöckigen Anbau an der Rückseite. Nur das Grundstück um das Haus war größer. Die meisten der ersten Häuser in ihrer Straße waren vor zwei Generationen noch Orangenhaine oder Aprikosenplantagen gewesen. Damals hatte diese Gegend noch nicht zur Stadt gehört.

Nach vielen Jahren und nachdem sie zwei Kinder großgezogen hatten, mussten sie den Asphalt der aufgeplatzten, unebenen Auffahrt erneuern lassen, also hatte Ronnie etwas mit künstlichen Pflastersteinen gewählt, und Sid hatte beschlossen, dass sie sich jetzt auch ein neues Tor leisten könnten, damit er nicht jedes Mal aussteigen musste, um es zu öffnen.

Als sie in ihrem Volvo aus der Auffahrt fuhren, hörten sie, wie das Automatiktor zurückrollte und dann leise einrastete.

»Manchmal vergesse ich tatsächlich, wie sehr ich dieses Auto mag«, sagte Sid. »Ich bin so daran gewöhnt, mit dem BMW herumzufahren, aber diese Karre hier ist wie ein alter Freund.«

»Wenn du es dir verkneifen kannst, weiteren Schützen nachzujagen, sollte uns die Kiste bis in die Osborne Street bringen.«

Sie waren in nördlicher Richtung unterwegs, zur Foothill Station, wo sie sich mit Detective Hebert treffen wollten, dem verantwortlichen Ermittler für die Schießerei. Als sie dort eintrafen, holte Hebert sie in der Eingangshalle ab. »Kommen Sie rein«, sagte er. »Gehen wir in einen Vernehmungsraum, da können wir reden.«

Sid und Ronnie wechselten so rasch einen Blick, dass er es nicht mitbekam. »Alles klar«, sagte Ronnie.

»Bitte schön«, sagte er und öffnete die Tür zu dem Raum. »Sie können hier warten, ich hole uns nur schnell Kaffee.«

Sid und Ronnie betraten den Raum und nahmen auf zwei Stühlen Platz, die eigentlich den beiden Beamten vorbehalten waren, die eine Befragung durchführten. Die Videokameras waren über und hinter ihnen angebracht und auf den leeren Stuhl vor ihnen gerichtet. Sie waren überzeugt, dass Detective Hebert die Kameras und Mikros eingeschaltet hatte, um aufzunehmen, was sie sagten, also schwiegen sie.

Hebert kam mit einem uniformierten Beamten zurück, der zwei Pappbecher trug. Hebert hatte einen in der Hand und machte die Tür auf. Er bedankte sich bei dem Beamten, der die Becher abstellte und dann ging. »Ich habe Kaffeesahne, und Zucker gibt's auch.« Hebert griff in seine Jackentasche und legte ein paar fingerhutgroße Sahnedöschen und kleine Papiertütchen vor ihnen ab.

»Danke«, sagte Ronnie.

Nach einem kurzen Moment des Zögerns nahm Hebert auf dem einzigen freien Stuhl Platz und zog ihn etwas näher an den Tisch. »Dann lassen Sie uns mal über die Schießerei gestern Nacht sprechen«, sagte er. »Ich würde gerne ein paar Eindrücke durchgehen, die sich mir da aufgedrängt haben, einfach um sicherzustellen, dass wir alle Informationen haben, die wir benötigen. Was haben Sie gestern Abend nach Einbruch der Dunkelheit da oben in der Clovermeadow Lane gemacht?«

»Wir waren dort unterwegs, weil wir dem Büro der Stadtwerke einen Besuch abgestattet hatten, wo man uns mehrere Baustellen nannte, bei denen die Kanalisation am 5. März letzten Jahres aufgegraben war. Diese Stelle war die dritte und letzte für diesen Tag«, sagte Sid.

»Und das war Teil der Ermittlung, an der Sie gerade arbeiten?«

»Ganz genau«, sagte Veronica. »Damals steckte die Leiche eines Mannes namens James Ballantine in einem Regenwasserkanal unter einer Straße in North Hollywood fest. Es gab keine naheliegende Erklärung, wie er dorthin gelangt sein könnte, weil die Wasserrohre entlang den Straßen so konzipiert sind, dass nichts Größeres, wie zum Beispiel eine Leiche, in das Kanalsystem gelangen kann. Es muss also bei einem offen liegenden Rohr flussaufwärts geschehen sein.«

»Und natürlich sind Sie beide ehemalige Beamte der LAPD.« Er machte eine Pause. »Ich nehme an, Sie sind aus dem Dienst ausgestiegen, ohne dass es vorher irgendwelche Probleme gab?«

»Haben Sie das nicht überprüft?«, fragte Sid.

»Keine Probleme«, unterbrach ihn Ronnie. »Ich habe den Dienst nach zehn Jahren quittiert, Sid nach zwölf, weil wir beide uns selbstständig machen und zusammenarbeiten wollten.«

»Läuft es gut?«, erkundigte sich Hebert. »Ich meine, Ihre Namen schon mehrfach gehört zu haben.«

»Wir können nicht klagen«, sagte Sid.

»Okay, alles klar. Sie sagen also, dass Sie den Tod von James Ballantine im vergangenen März untersuchen.«

»Genau.«

»Ein Mord. Wer hat Sie damit beauftragt?«

»Mr Ballantines Arbeitgeber, die Intercelleron Corporation. Unsere Kontaktperson dort ist David Hemphill.«

»Hemphill«, wiederholte Hebert und schrieb den Namen in sein Notizheft. »Und was will diese Firma laut Mr Hemphill von Ihnen?«

»Einen unvoreingenommenen Blick auf den Fall. Der Vorstand der Firma, weil einer ihrer Angestellten umgebracht wurde, und sie sind bereit, dafür zu bezahlen, dass sich jemand weiterhin mit dem Fall beschäftigt. Wir denken, der Anlass dafür könnte sein, dass sich der Todestag jährt.«

»Das habe ich schon mal so erlebt«, sagte Hebert.

»Wir auch«, sagte Ronnie. »Zunächst bekommen die Hinterbliebenen viele Infos, dann werden die Infos spärlicher, aber sie räumen der Polizei noch eine gewisse Zeit ein, den Fall zu lösen. Ist das bis zum Ablauf dieses Zeitraums nicht geschehen, heuern sie eigene Ermittler an.«

»Erzielen Sie bei derartigen Fällen Resultate?«

»Manchmal«, sagte Sid.

»Tatsächlich? Schon mal einen Täter gefasst, der dann vor Gericht verurteilt wurde?«

»Ein paar«, sagte Sid.

»Wie viele?«, wollte Hebert wissen. »Einen?«
»Sid zählt nicht gerne mit«, sagte Ronnie.
Hebert lehnte sich in seinem Stuhl nach hinten, seine Mundwinkel wanderten zu einem Lächeln nach oben.
Aber Ronnie war noch nicht fertig. »Aber ich tue es. Seit wir das LAPD verlassen haben, hatten wir einundzwanzig Verurteilungen, etwa die Hälfte davon ausdrücklich als Mord, bei den anderen wurde wegen Totschlag oder fahrlässiger Tötung verhandelt. Vier weitere waren schuldig, wurden jedoch erschossen, als Beamte sie festnehmen wollten. Ich denke, ein paar von ihnen fallen unter die Rubrik Suizid durch Polizisten.« Sie hielt inne. »Aber natürlich nehmen wir für gewöhnlich keine Mordfälle an. Wenn wir das tun, dann arbeiten wir in der Regel für Verteidiger.«
Hebert schwieg einen Moment. »Schon mal darüber nachgedacht, wieder zur Polizei zu gehen?«
»Nein«, sagte Ronnie. »Nicht ein einziges Mal.«
»Warum nicht?«
»Wir haben noch immer viele Freunde bei der Polizei, aber …«
»Das kann ich mir gut vorstellen, bei den ganzen Verurteilungen.«
Ronnie überging den Einwurf. »Wir arbeiten gerne zusammen. Und das würde uns keine Polizeidienststelle im ganzen Land erlauben.«
»Verstehe«, sagte Hebert. »Wir können aber wohl davon ausgehen, dass Sie bei der offiziellen Ermittlung zu dieser Schießerei mit uns kooperieren werden.«
»Das tun wir immer«, sagte Sid. »Momentan haben wir nur leider nichts, was wir mit Ihnen teilen könnten. Wir haben eben erst angefangen, uns mit dem Fall Ballantine zu beschäftigen.«

»Dieser Fall wird von jemandem in der Mordkommission von North Hollywood betreut. Ich wäre schon zufrieden, wenn ich denjenigen zu fassen bekäme, der Ihre Windschutzscheibe zerschossen hat. Das ist mein Fall. Wie lautet Ihre Theorie?«

Ronnie sagte: »Wir haben online und in Zeitungen Anzeigen geschaltet, die eine Belohnung von fünfundzwanzigtausend Dollar bei Hinweisen im Fall Ballantine versprechen. Jemand ist uns gefolgt, also haben wir beschlossen, dem anderen Auto hinterherzufahren, um herauszufinden, wer uns da auf den Fersen ist. Dabei müssen wir denen wohl zu nahe gekommen sein, also haben sie geschossen.«

»Sind Sie sicher, dass es nicht daran lag, dass Sie die Stelle gefunden hatten, wo die Leiche abgelegt wurde?«

»Wir gehen nicht davon aus, dass wir etwas gefunden haben«, sagte Ronnie. »Wir waren dort, weil wir annehmen, dass eine der Straßen damals gerade gebaut wurde und der Regenwasserkanal noch offen und nicht zubetoniert gewesen sein könnte. Wir wollten uns ansehen, wie es dort aussieht. Als Ballantine ermordet wurde, war diese Straße vermutlich noch ein Feld. Die Straße, in der sich das zugetragen haben könnte, könnte ein oder zwei Straßen westlich von dort sein.«

»Sind Sie wirklich sicher, dass deshalb auf Sie geschossen wurde, weil Sie dort waren?«

»Ist sonst noch jemand da draußen angeschossen worden?«

»Soweit wir wissen, nicht«, sagte Hebert. »Das müssen wir noch prüfen. Gibt es Ihrerseits noch weitere Anmerkungen zu dem, was letzte Nacht passiert ist?«

»Momentan nicht«, sagte Sid. »Später vielleicht.«

»Dann vielen Dank fürs Kommen«, sagte Hebert. Er erhob sich und streckte ihnen die Hand hin. »Das war interessant. Melden Sie sich gerne bei Bedarf.«

»Danke«, sagte Sid. Er ergriff Heberts Hand.

Sid verließ den kleinen Raum, und während sie den Gang bis zum Eingangsbereich hinunterliefen, hörten sie, wie sich eine Tür öffnete und wieder schloss. Als sie vor dem Gebäude wieder an der frischen Luft waren, sagte Ronnie leise: »Ich mache mir keine großen Hoffnungen, dass er bereit ist, eine Info mit uns zu teilen.«

»Und ich mache mir keine große Hoffnungen, dass er überhaupt mit irgendwas aufwarten kann.«

Um 23 Uhr an diesem Abend lief Sid Abel auf dem Bürgersteig Richtung Figueroa Club. Die üblichen drei Typen standen vor dem Club und hatten ein Auge auf die Tür. Einer von ihnen sah aus wie ein Aufseher für Valet-Parking, wie er so hinter seinem schwarzen Pult stand, das mit einem Lochbrett für die Autoschlüssel versehen war. Doch Sid wusste, dass viele der Autoschlüssel an diesem Lochbrett zu keinem Auto gehörten, und dass das Brett an einer Tür befestigt war, die ein mit einer Stahlplatte versehenes Gehäuse verbarg, das eine halb automatische Schrotflinte mit kurzem Lauf enthielt. Die Türsteher wechselten sich jede Stunde ab. Die beiden anderen Männer saßen in dem Auto am Bordstein. Das taten sie, damit sie, wenn es nötig war, gleich mit Vollgas losfahren und unfreundlichen Eindringlingen das Leben entsprechend ihren Sünden schwer machen konnten.

Diese Konfiguration hatte sich in den letzten drei Jahrzehnten nicht geändert, seit der Zeit, als der Club von der Figueroa Street hierher umgezogen war. Das hier war eine üble Nachbarschaft, und der Club trug wesentlich dazu bei, dass dem so war.

»Hey«, sagte Sid zu dem Aufpasser. »Ist Jimmy Pascal heute Abend da?«

»Ich kann mal fragen«, sagte der Türsteher. »Wer will ihn sehen?«

»Sid Abel.«

»Du siehst aus wie ein Cop.«

»Bin aber keiner. Und du siehst aus wie ein Parkplatzwächter.«

»Bin aber keiner.«

Sid nahm einen Fünfzigdollarschein und reichte ihn dem Typen.

Der steckte ihn ein. »Das ist nicht viel Schotter.«

»Jimmy ist ja auch kein besonders imposanter Typ.« Er ging an dem Türsteher vorbei. »Bleib sitzen. Ich suche selbst nach ihm.«

Das Figueroa war ein Privatclub, vor vielen Jahren von einer Gruppe von Leuten gegründet, die alle am Trinken nach der Sperrstunde und an freiem Unternehmertum interessiert waren. Letzteres beinhaltete häufig auch den Austausch von Waren und Dienstleistungen, die eigentlich nicht zum Verkauf stehen sollten. Dieses Merkmal hatte der Club auch dann noch beibehalten, als viele dieser Tätigkeiten überholt, von etwas Schlimmerem ersetzt oder gar legal geworden waren.

Sid trat ein und stellte fest, dass der Club sich seit seinem Besuch vor etlichen Jahren nicht verändert hatte. Noch immer gab es den langen polierten Bartresen mit seinen Hockern und die Regale mit Flaschen vor dem großen Spiegel. Im restlichen vorderen Bereich des Raums standen runde Tische, an denen Männer und ein paar Frauen Karten spielten oder etwas tranken und plauderten. Hinter einem breiten Bogen folgte ein Raum mit drei Billardtischen und langen Bänken entlang der Wand.

Sid entdeckte Jimmy am Ende der Bar, wo er sich mit zwei Männern unterhielt. Jimmy Pascal war ein gedrungener Schwarzer von etwa zweieinhalb Zentnern. Für gewöhnlich trug er kakifarbene Shorts, ein weites Hawaii-Shirt und ein paar extrabreite Sneaker, Größe 42. Er war knapp über sechzig und erwirtschaftete sein Geld inzwischen indirekt – durch Vermittlungsgeschäfte, den Verkauf von Sachen dubioser Herkunft und das Knüpfen von Kontakten –, aber als Sid ihn vor fünfundzwanzig Jahren kennenlernte, war er ein Auftragsmörder.

Sid ging zur Bar, setzte sich auf einen Hocker, von wo aus er den großen Spiegel sehen und somit beobachten konnte, was hinter ihm geschah. Der Barmann, ein junger, kräftig wirkender Kerl mit Bart, fragte: »Sind Sie Mitglied, Sir?«

Sid holte sein Portemonnaie heraus und zog eine ramponierte Karte heraus.

Der Barmann war erstaunt. »Die ist ja schon richtig antik. So eine habe ich echt noch nie gesehen.«

Sid zuckte mit den Schultern. »Ich war nicht oft hier, seit Sie auf die Welt gekommen sind. Kann ich ein Bier haben?«

»Natürlich, Sir.« Er drehte sich zu den Zapfhähnen um. »Vom Fass haben wir …«

»Miller ist okay.«

Der Barmann nahm ein Glas, und Sid spürte die Wärme, als sich ihm ein breiter Körper von der Seite näherte.

»Hey, Sidward.«

Sein Blick wanderte nach oben in den Spiegel, und er sah Jimmy. »Hey, Jimmy, wie geht's dir?«

»So lala. Magst du das Altwerden? Ich auch nicht.«

»Verstehe schon«, sagte Sid. »Hast du ein paar Minuten?« Sein Glas Bier tauchte vor ihm auf, und er legte einen Zehner auf den Tresen.

»Nimm dein Bier mit. Hier gibt es immer irgendwelche Leute, die einem was reinmischen.«

»Ich weiß«, sagte Sid. »Ich hatte nicht vor, es zu trinken.«

Sie machten sich in den hinteren Bereich des Raumes auf, vorbei an den Billardtischen, an denen Männer, die auf irgendwas zu warten schienen, lustlos eine Partie spielten. Sie kamen an der offenen Tür zur Küche vorbei und gingen dann hinaus auf einen kleinen Parkplatz an der Rückseite des Gebäudes, wo sich Jimmy an die Kühlerhaube eines Autos lehnte. »Also?«

»Wir haben gestern Abend im nördlichen Teil des Valley an einem Fall gearbeitet. Mir ist ein Auto hinter uns aufgefallen, das viel zu lange da war. Sie haben auf uns gewartet, als wir unseren letzten Stopp machten, also fuhr ich auf sie zu, um herauszufinden, wer das ist. Das Auto hat sich vom Acker gemacht, und ich bin ihm hinterhergefahren. Ich habe aufgeschlossen, war aber immer noch knapp dreihundert Meter entfernt. Da hat der Beifahrer eine .308er Knarre aus dem Fenster gehalten und mir eine Kugel durch die Windschutzscheibe gejagt, direkt über meinem Kopf.«

»Aus dem fahrenden Auto heraus?«

»Bei mindestens einhundertundvierzig Sachen an dieser Stelle. Und aus dem Beifahrerfenster, also ein linkshändiger Schuss.« Er hielt kurz inne. »Du hast nicht zufällig was gehört, das mich auf das vorbereiten könnte, was als Nächstes kommt?«

»Vermutlich hast du recht, und es handelt sich um einen Profi«, sagte Jimmy. »Aber keine Ahnung, wer. Soweit ich weiß, hat keiner ein Kopfgeld auf dich ausgesetzt. Aber natürlich ist L. A. groß, und die wenigen Male, wenn ich im North Valley war, habe ich den Freeway genommen, um woanders hinzukommen. Viele Leute haben dich früher gehasst, aber für gewöhnlich warten die keine zehn Jahre, bis sie einen das wissen lassen. Arbeitest du gerade an irgendwas, das dieser Sorte von Leuten Sorgen machen könnte?«

»Vor ein, zwei Wochen haben wir geholfen, einen Typen namens Alex Rinosa wegen Mordes festzunehmen.«

»Den Musik-Typen? Das warst du? Ich frag mal rum, ob er jemanden angeheuert hat, aber das glaube ich nicht. Der bekommt gerade mehr Aufmerksamkeit, als ihm lieb ist, da wird er nichts versuchen, und keiner, den ich kenne, redet gerade auch nur mit ihm. Was ist sonst noch so los?«

»Wir versuchen herauszufinden, wer vor einem Jahr einen Mann umgebracht und seine Leiche in der Gegend in einen Regenwasserkanal gesteckt hat«, sagte Sid. »Aber wir haben noch nicht mal eine heiße Spur.«

»Auch darüber habe ich nichts gehört. Wie hieß der Typ?«

»James Ballantine. Er war Chemiker und hat für Intercelleron in Woodland Hills gearbeitet. Ein Schwarzer.«

»Soso, ein Chemiker?«

»Nicht die Sorte.«

»Sie sind alle von der Sorte, wenn sie wollen.«

»Es gibt bislang keinen Hinweis darauf, dass er das wollte.«

»Ich hör mich mal um. Aber meine Lauscher sind sowieso die ganze Zeit offen. Sollte mir was über dich oder ihn zu Ohren kommen, lasse ich's dich wissen.«

»Ich weiß, dass du mir keinen Gefallen schuldig bist.«

»Nein, aber wenn ich was rausfinde, bist du mir was schuldig.«

»Danke, Jimmy.« Er ging in die Gasse neben dem Parkplatz und schüttete das Bier aus. »Gute Nacht.« Dann ging er die Gasse hinunter und bog in die Straße ab, in der sein Auto stand. Er musste noch zu ein paar anderen Leuten.

* * *

Veronica sah zu, wie die Hintertür des Rehabilitationszentrums aufschwang und eine junge hispanische Frau mit einem verschnörkelten Tattoo am Hals herauskam. Ronnie stürzte nach vorn, hielt die Tür auf, bevor sie zufiel, und ging hinein.

Im Hausflur traf sie auf eine ernst dreinblickende Frau mittleren Alters ohne Make-up mit streng nach hinten gebundenen Haaren. Als sie Ronnie sah, kniff sie die Augen zusammen, und während der fünf Schritte, die sie aufeinander zuliefen, trafen ihre Blicke aufeinander, blieben hängen, und eine Veränderung fand in der Frau statt. »Es tut mir leid. Ich muss fragen«, sagte sie.

»Ich bin Tiffanys Mutter«, sagte Ronnie. Als sie ihren Führerschein hochhielt, blitzte ihr Schulterholster mit der Glock unter ihrer maßgeschneiderten Jacke kurz hervor.

»Wir hatten schon seit zwei Monaten keine Tiffany mehr hier.«

»Dann bin ich eben Marias Mutter.«

Die Frau ging weiter, war gerade irgendwohin unterwegs. Auch Ronnie lief weiter. Jedes Mal, wenn sie an einem der kleinen Zimmer des Zentrums vorbeikam, warf sie einen Blick hinein. Sie lief einen Gang hinunter, dann bog sie ab und nahm den nächsten.

»Ronnie?«

Sie drehte sich um. Ein kleines Zimmer, so ausgestattet, dass es einer Zelle oder einem Zimmer in einem billigen Motel ähnelte. Eine kleine, viel zu magere Frau mit rot gefärbten Haaren, spitzem Kinn und vorstehenden Wangenknochen kam zur Tür.

»Hallo, Liebes«, sagte Ronnie. »Könnte sein, dass du so um diese Zeit rauskommst, also habe ich ein paar Anrufe gemacht.«

»Du bist meinetwegen hier?«

»Das ist kein Ding«, sagte Ronnie. »Ich arbeite an etwas, und das hat mich zufällig hierhergeführt. Also dachte ich, ich komm vorbei und seh mal nach, wie es Elaine geht.«

Elaine zuckte mit den Schultern. »Du kannst reinkommen, wenn du willst.«

Das war es, dachte Ronnie. Nach einem Aufenthalt im Gefängnis schien ein Zimmer, in das man jemanden hineinbitten oder aus dem man jemanden auch wieder hinauswerfen konnte, ein großer Luxus zu sein. »Okay, aber nur kurz.« Ronnie betrat das kleine Zimmer, betrachtete das spärliche Mobiliar, dann nahm sie den Stuhl, der vor einem kleinen, einfachen Tisch stand, drehte ihn um und nahm Platz. »Also sag, Schätzchen, alles okay bei dir?«

Wieder zuckte Elaine mit den Schultern, und Ronnie sah, wie ihr Schlüsselbein hervorstand. »Während ich weg war, hat mein Kerl meinen ganzen Krempel verkauft und ist mit einer Frau durchgebrannt, die nicht mal halb so gut aussieht wie ich.«

Ronnie nickte. »So sind sie manchmal«, sagte sie. »Sie sagen nicht oft Nein zu der, die sie direkt vor sich haben.«

Elaine lachte bitter. »Als hätte ich einen anderen Grund gebraucht, um nicht mehr ins Gefängnis zurückzuwollen.«

»Dafür ist jeder Grund gut. Hast du Geld?«

»Nachdem er verduftet war, habe ich natürlich meine Wohnung verloren. Dort hatte ich mein Geld versteckt. Aber wir bekommen hier Essen und Kleidung, und dieses Mal bekomme ich auch einen Job.«

»Wow, das ist doch super«, sagte Ronnie. Sie tätschelte Elaines dünnen Arm und zog mit der anderen Hand ein paar Hundertdollarscheine aus der Hosentasche. Sie hielt Elaines Arm fest und drückte ihr die Scheine in die Hand. »Hier hast du ein bisschen was, um dich über Wasser zu halten, bis du deinen ersten Gehaltsscheck bekommst.« Sie sah auf die Uhr, stand auf und stellte ihren Stuhl zurück an den Tisch.

Verwirrt sah Elaine sie an. »Was willst du dafür? Ich habe dir nichts gesagt. Ich bin gerade erst rausgekommen.«

»Schon okay«, sagte Ronnie. Sie holte eine Visitenkarte aus ihrer Handtasche und reichte sie ihr. »Für den Fall, dass du meine Nummer vergessen hast. Wenn irgendwas aufploppt, von dem du denkst, dass ich es gerne wissen würde, dann vergiss mich nicht.«

»Ich werde dich nicht vergessen«, sagte Elaine. »Du hast gesagt, du wärst an einer Sache dran? Worum geht es?«

»Ein Mann wurde vor knapp einem Jahr erschossen und in einen Regenwasserkanal gestopft. Keiner weiß, weshalb. Er war Wissenschaftler, ein Schwarzer namens Ballantine. Na ja, ich muss los, Schätzchen.«

Während der Nacht machte Ronnie sechs weitere Stopps in unterschiedlichen Teilen der Stadt, redete mit Frauen, die sie von früher kannte. Es handelte sich um Kontakte, die im Lauf ihrer langen Berufsjahre entstanden waren. Zwei von ihnen waren Escortdamen, die gemeinsam unterwegs waren, weil das sicherer war, als allein zu arbeiten. Sie nahmen gerade ein spätes Abendessen in einem Coffeeshop ein, als Ronnie sie anrief, und luden sie dorthin ein. Eine weitere Frau arbeitete als Barkeeperin in einem Restaurant, das dafür bekannt war, dass Männern dort Jobs angeboten wurden, die schnell erledigt werden mussten, aber viel Geld einbrachten. Sehr spät noch fuhr Ronnie den Sepulveda Boulevard hinauf und entdeckte zwei Frauen am Straßenrand, an Stellen, an denen sie schon anschaffen gegangen waren, als Ronnie noch Cop im Valley gewesen war. Bei jedem ihrer Stopps steckte Ronnie den Frauen eine Visitenkarte und einen Hundertdollarschein zu, bat dabei um nichts Konkretes, nur darum, dass sie sich bei ihr melden sollten, falls sie über etwas stolperten, das sie interessieren könnte.

Um halb vier in der Nacht war sie wieder zu Hause, als Sid gerade mit dem Mietwagen eintraf, den er als Ersatz für den BMW genommen hatte. Er hatte seinerseits zehn Stopps absolviert und Informanten abgeklappert.

»Hat jemand was mitbekommen?«, fragte sie.

»Bislang nicht. Sie halten alle die Ohren auf.«

»Vielleicht kennen wir nicht die richtigen Leute.«

»Ist nicht ganz verkehrt, würde ich sagen. Lass uns mal lieber zusehen, dass wir etwas Schlaf bekommen.«

Am nächsten Tag fuhren sie um die Mittagszeit mit dem schwarzen Volvo aus ihrer Auffahrt. Eine Stunde später hielt ein weißer Transporter mit der Aufschrift *Los Angeles Department Of Water And Power* beim Tor, und ein mit Schutzhelm und Overall bekleideter Mann stieg aus und lud ein paar Werkzeuge ab. Der Transporter fuhr ein paar Meter weiter und parkte.

Nicole Hoyt saß im Transporter und beobachtete im Rückspiegel, wie Ed das Tor zum Haus der Abels öffnete und zum Arbeiten in die Auffahrt ging. Sie hatten sich den Ort mithilfe der Luftbildkarten, die sie online gefunden hatten, genauestens angesehen. Ed war happy gewesen, als er feststellte, dass die Auffahrt aus Pflastersteinen bestand, die alle puzzleartig zusammengesetzt waren. Gerade hebelte er die Steine heraus und fing an zu graben.

Nicole hatte orangefarbene Pylone vor und hinter dem Transporter aufgestellt. Jeder, der das Geld für ein paar Pylone ausgab, konnte sich so ziemlich jeden Blödsinn erlauben. Der Transporter war ein guter Ort, um sich darin aufzuhalten und gleichzeitig für Ed Wache zu schieben. Sie hielt nach Autos und Paketboten Ausschau, doch in diesem ruhigen Viertel waren heute nur wenige Menschen unterwegs. Während sie dasaß, dachte sie an Ed und stellte sich vor, wie er arbeitete. Er hebelte die Pflastersteine so schnell wie möglich heraus, grub einen Graben, schaufelte die Erde in Eimer und schüttete sie auf die Blumenbeete. Als Nächstes brachte er eine dünne Sperrholzplatte über dem Graben an und bedeckte sie mit den Pflastersteinen, sodass es wieder wie die restliche Einfahrt aussah.

Ed war stark und hatte eine übermenschliche Ausdauer. Hier kämpfte er jedoch gegen eine unbekannte Deadline an. Die Bewohner des Hauses konnten jeden Moment zurückkommen, und Nicole war die Einzige, die ihn warnen konnte. Kamen sie zu früh, war Nicole fest entschlossen, mit dem Transporter in sie hineinzufahren. Wenn sie beide diesen Vertrag auf die einfache, direkte Weise bei Tageslicht erledigen mussten, dann würden sie das eben tun und hoffen, verschwinden zu können, ohne dass es zu viele Augenzeugen gab.

Nicole sah auf die Uhr im Armaturenbrett. Mit jeder Sekunde, die verstrich, hoffte sie, dass Ed bald fertig sein würde. Sie versuchte, nicht auf die Uhr zu sehen, um sich zu vergewissern, dass die nächste Minute bereits angebrochen war. In Momenten wie diesen befürchtete sie immer, sie könnte ihn verlieren, und auf die Uhr zu sehen, verschlimmerte ihre Angst.

Als sie Ed kennenlernte, hatte das viele ihrer Probleme gelöst. Sie war sehr lange allein gewesen, was ihr noch nie behagt hatte. Sie war in einer Kleinstadt im Süden Arizonas groß geworden, in der es immer heiß war, ein Ort, den illegale Einwanderer möglichst rasch hinter sich ließen, weil er weder groß genug war, um unerkannt dort zu leben, noch schön genug, um dort bleiben zu wollen. Als sie noch jünger war, hatte sie Männer verbraucht wie eine Frau, die Schuhe im Ausverkauf anprobiert und jedes Mal hofft, der Nächste werde schon passen, doch nie fand sie den Richtigen. Er wollte einfach nicht auftauchen, und nichts schien sie aus ihrer Einsamkeit befreien zu können.

Als Teenager hatte sie Drogen in den üblichen Formen probiert, was dazu geführt hatte, dass sie sich häufig übergab und so starkes Herzrasen bekam, dass sie meinte, das Blut müsste ihr aus den Ohren spritzen. Außerdem bescherte es ihr ein paar hässliche Krusten an Stellen, an denen sie sich unbeholfen Drogen in die Venen gespritzt hatte. Sie hatte Drogen gemocht. Sie kombinierten offenbar zwei ihrer Lieblingsgefühle: einerseits unkontrollierbar, andererseits besinnungslos zu sein, doch drohten sie letztlich sie umzubringen, und im Vorfeld hatten sie sie zunächst geschwächt, wie ein Freund, der in Wirklichkeit ein durchtriebener, ausdauernder Feind war. Für ein Mädchen wie sie gab es nur zwei Möglichkeiten, sich Drogen zu leisten, und bei einer davon wurde sie von ihren Eltern erwischt – als sie Geld und Kreditkarten aus deren Geldbeuteln entwendete. Woraufhin die sie rausgeschmissen hatten. Zum Glück hatte sie bereits genug gestohlen, um bis nach Phoenix zu kommen.

Dort angekommen, entschied sie, dass sie wieder auf die Beine kommen musste. Während sie daran arbeitete, gesund zu werden, tauchte ihr Narzissmus wieder auf, und mit einem Mal war sie besessen von ihrem Aussehen. Sie wollte um jeden Preis hübsch sein. Sie schrieb sich in eine Kosmetikschule ein, um Expertin dafür zu werden. Die Lehrkräfte brachten ihr bei, wie man Haare schnitt, frisierte und färbte, vermittelten ihr Grundkenntnisse in Sachen Ästhetik, sodass sie auf ihre Haut achtgeben konnte, und brachten ihr Maniküre bei. Sie wurde zum Model ihrer eigenen Fähigkeiten und fungierte gewissermaßen als Bühne für die Schönheitsprodukte, die sie in der Schule mitgehen ließ. Als sie ihren Abschluss machte, verschaffte ihr Aussehen ihr einen Job, in dem es hauptsächlich ums Haare färben und Make-up für Highschool-Bälle und um Hochzeiten ging. Sie hielt drei Monate durch. Das beständige Hantieren mit Formaldehyd, Dibutylphthalat, Ammoniak und anderen Chemikalien machte sie krank.

Ihr Interesse an Männern war nie verschwunden, doch zum Schluss ihrer Drogenphase, als sie ganz dürr und abgemagert war, hatten die Männer das Interesse an ihr verloren. Sobald sie wieder besser aussah, machte sie sich daran, nach Männern Ausschau zu halten, die nicht bereits vergeben waren, mit der Absicht, sich einen guten zu angeln. Dabei sammelte sie jedoch nur weiter Erinnerungen mit Männern an, die sie nicht sonderlich mochte, ständig begleitet von einem Gefühl der Enttäuschung.

Männer waren überraschend einfach gestrickt. Ihre Motivation bestand aus Sex und Gier. Die Gierigen versuchten, sie für alles bezahlen zu lassen, was eigentlich sie hätten bezahlen sollen – Abendessen, Eintrittskarten, Flugreservierungen, Hotels. Stets waren sie am Kalkulieren und versuchten, alles und jeden zu übervorteilen, und sie war da die Naheliegendste und Einfachste.

Diejenigen, die hauptsächlich vom Sex angetrieben wurden, waren besser, weil sie ihnen etwas vorenthalten oder gewähren und sie so manipulieren konnte. Da saß sie die meiste Zeit am längeren Hebel. Der einzige Nachteil dabei war, dass diese Männer zwar gerne Sex hatten, es ihnen aber nicht sonderlich wichtig war, mit wem dieser stattfand. Ed war einer dieser Männer, doch bislang hatte sie ihn immer im Auge behalten und sicherstellen können, dass er sich freute, sie in seiner Nähe zu haben.

Sie traf Ed erst dann, als sie bei ihrer letzten Idee angelangt war. Sie hatte keinen Mann gefunden, den sie ertragen konnte und der bereit war, sie zu unterstützen, also brauchte sie einen Job. Sie hatte sich an den unterschiedlichsten versucht und war überall gescheitert. Sie hatte sich in vier verschiedenen Schulen eingeschrieben, sich drei Kirchen angeschlossen und war mit unzähligen Profilen online gewesen. Zum Schluss blieb ihr nur noch der Militärdienst. Der würde sie nicht nur mit allem Nötigen und etwas Taschengeld versorgen, dort wäre sie auch von Männern umgeben.

Aber sie wollte sich nicht einfach einer Einheit des Militärs anschließen, ohne zu wissen, was sie dort erwartete. Die Lösung war, ihre Miete nicht zu bezahlen und das Geld stattdessen aufzuwenden, um in Tennessee an einem Trainingscamp teilzunehmen. Dort rühmte man sich, Veteranen der Marines als Ausbilder in Kampf- und Überlebenstechniken sowie im Kampfsport zu haben und mit dem M4-Sturmgewehr, der Beretta-M9-Pistole und dem M249, einem leichten Maschinengewehr, zu trainieren. Nachdem sie etwas mehr darüber nachgedacht hatte, verkaufte sie ihr Auto und schrieb sich für einen achtwöchigen Kurs ein.

Nicole kam in einen Kurs mit sechsundzwanzig Männern und drei Frauen. Zunächst war sie schrecklich eingeschüchtert, doch seit ihrer Zeit mit den Drogen achtete sie sehr auf ihren Körper. Sie war gut im Laufen und bekam auch ein paar Liegestütze hin. Als sie jedoch mit dem Fitnesstraining anfingen, verlor sie jegliches Selbstvertrauen. Sie kämpfte und mühte sich ab, um vor den beiden älteren Männern um die sechzig und den drei Frauen zu bleiben. Beim Laufen spürte sie, wie ihre Lunge brannte und ihre Beine schwach wurden, während sie zusehen musste, wie die Hauptgruppe der Männer weit vorne zwischen hohen Kiefern verschwand. Standen Klimmzüge auf dem Programm, absolvierten die Männer diese anscheinend ohne Ermüdungserscheinungen. Sie bekam drei zustande, und auch nur deshalb, weil sie bis zu diesem Zeitpunkt viel Gewicht verloren hatte.

Eines Tages entdeckte sie jedoch, dass sie ein Talent besaß. Sie war eine gute Schützin. Dafür gab es eigentlich keinen Grund. Sie war keine Athletin. Der einzige Hinweis auf etwas Körperbeherrschung ließ sich an ihrer schönen Handschrift und ihrer Begabung fürs Tanzen erkennen, wobei ihr Tanzstil mehr auf der Fähigkeit beruhte, ihre Hüften kreisen zu lassen, als darauf, ihre Füße zu bewegen.

Nicole war gut. Instinktiv machte sie das, was man tun musste, um das Visier so auszurichten, dass sie ins Schwarze traf. Obwohl sie klein war, schienen die Griffe und Vorderschafte der Waffen wie gemacht für ihre Hände zu sein, und die Gewehrkolben schmiegten sich an ihre rechte Schulter. Sie hatte ein ausgezeichnetes Sehvermögen, was bislang nie ein Vorteil für sie gewesen war. Auch trug sie häufig Kontaktlinsen, um ihre Augenfarbe je nach Lust und Laune zu wechseln. Doch sie traf ins Schwarze, wann immer sie treffen wollte.

Zu Beginn der zweiten Kurswoche machte ihr Name die Runde im Lager. Nach zwei weiteren Tagen fanden sich Teilnehmer von anderen Kursen hinter der Schusslinie ein, um ihr beim Schießen zuzusehen. Nicht lange, und es waren auch Ausbilder darunter.

Irgendwann tauchte Ed Hoyt auf. Er war groß, muskulös, dabei aber kein Schrank. Er hatte dunkelbraune Haare und damals noch einen Schnurrbart. Nicole hatte einen Schnurrbart immer als Zeichen dafür erachtet, dass ein Mann sexuell enthaltsam oder zumindest nicht an Frauen interessiert war, weil so viele Schwule und Cops welche trugen. In Eds Fall stellte sich das jedoch als unrichtig heraus, und innerhalb einer Woche hatte sie ihn dazu gebracht, sich ihn abzurasieren.

Am Ende des achtwöchigen Kurses war sie bestens vorbereitet, um bei den Marines mitzumachen. Sie beherrschte all die elementaren Kampfsporttechniken, die sie ihr im Ausbildungslager beibringen würden. Sie konnte die gängigen Schusswaffen mit verbundenen Augen auseinandernehmen und wieder zusammensetzen, und sie war die beste Scharfschützin der Schule. Bei den Gefechtsübungen mit der Pistole schnitt sie gut ab, aber nicht ganz so überragend. Doch ihre geringe Körpergröße und ihre Hinterlist machten sie bei allen Versteckübungen und Run-and-Gun-Spielen, die die Schule im Wald durchführte, unschlagbar.

Dann war das Camp vorbei. Statt jedoch mit dem Bus zum nächsten Rekrutierungsbüro zu fahren, trug sie ihren Rucksack aus dem beengten Damenschlafsaal, nahm auf dem Beifahrersitz von Ed Hoyts Dodge Bighorn Pick-up Platz und wartete, bis Ed ihre Klamotten zusammen mit seinen in die Cargobox auf der Pritsche verladen und diese abgeschlossen hatte. Er fuhr nach Süden in seine Wohnung in Tampa.

Kaum waren sie bei ihm zu Hause, brachten sie das Gepäck ins Gästezimmer, schlossen die Tür ab, schalteten die Klimaanlage ein und kamen während der nächsten sechs Tage nicht aus der Wohnung heraus. Es war weniger eine Flitterwoche als vielmehr ein Wettkampf. Sie ritten einander ein, wie Trainer wilde Pferde einritten. Sie ermatteten einander, vereinigten sich wieder, kämpften und rangen, überwanden dabei jegliches Gefühl von Zurückhaltung oder Getrenntheit. War einer von ihnen wach und verspürte Lust, durfte sich der andere ihm nicht verweigern oder ihn hinhalten. Da er der

Mann war, war er zunächst der Angreifer, doch ihr Wissen, dass sie ihn aussitzen und nach mehr verlangen konnte, stachelte sie an. Und wenn sie einen Wunsch vorbrachte, spornte ihn das zur nächsten Paarung an. Nur beim Kochen hatte sie etwas an, ein altes Tarn-T-Shirt, mit dem aufgestickten Schriftzug HOYT auf der linken Brusttasche und einem schwarzen Aufnäher, auf dem 75 RANGER RGT stand. Es reichte ihr fast bis zu den Knien und bewahrte sie davor, beim Kochen Spritzer vom siedend heißen Öl abzubekommen.

Am Ende der Woche waren sie fertig. Nicole hatte noch mehr Gewicht verloren, genau wie er. Die Bettlaken mussten dringend gewaschen werden, und der Recyclingmüll war voll leerer Flaschen irgendwelcher alkoholischer Getränke. Der Restmüll quoll über mit Dosen, denn nachdem sie alles frische Gemüse aufgegessen hatten, waren sie über die Konserven hergefallen, hatten sie rasch erwärmt und zusammen aus dem Topf gegessen.

Zum Frühstücken gingen sie in ein Restaurant in Tampa Bay. Nachdem sie bestellt hatten, beugte er sich vor, die Ellbogen auf den Tisch gestützt. »Hast du mich schon satt?«

»Nein. Du mich etwa?«

»Nein. Ich habe noch nie zuvor eine Frau wie dich kennengelernt. Ich denke, wir sollten heiraten.«

»Warum? Denkst du, ich habe noch etwas für meinen zukünftigen Ehemann in petto?«

»Die ganze Woche habe ich mich gefragt, wie wohl die nächste Woche sein wird. Ich will es herausfinden.«

»Ich will niemanden heiraten, der mich betrügt.«

»Du hast mich verdorben. Eine andere Frau hätte es nicht einfach, meine Aufmerksamkeit zu behalten. Und wenn ich dich betrüge, kannst du mir gerne den Ringfinger abhacken und dir den Ring zurückholen.«

Sie wusste noch, wie er ihr unverwandt ins Gesicht gesehen hatte, als er das sagte, und sie ermahnte sich, daran zu denken, dass alle Lügner ihrem Gegenüber in die Augen sahen. Dennoch brachte sein abstoßender Vorschlag sie ins Wanken.

* * *

Das Surren ihres Handys ließ sie aufschrecken. Sie zog es aus der Hosentasche und sah in den Rückspiegel, als sie den Anruf annahm. »Ich bin noch da«, sagte sie.

»Ich bin fertig«, sagte Ed. »Komm und hol mich ab.«

Nicole sprang aus dem Transporter, stapelte die orangen Kegel ineinander und warf sie hinten in den Wagen. Dann stieg sie ein, wendete und hielt an der Einfahrt zu Abels' Haus.

Ed stand in seiner orange-gelben Stadtwerke-Jacke am Tor, neben sich Spitzhacke, Meißel, Hammer und Spaten. Er machte die hintere Tür auf, legte alles ab, ging dann zur Fahrerseite, während Nicole auf den Beifahrersitz kletterte, und fuhr los.

Nachdem er ein paarmal abgebogen war, warf er ihr einen flüchtigen Blick zu. »Willst du mir was sagen?«

Sie zuckte mit den Schultern und sagte: »Ich habe gerade gedacht, dass ich dich ganz gerne so verschwitzt sehe.«

»Wie lange kannst du diesen Gedanken frisch halten?«

»Warum? Wohin sind wir jetzt unterwegs?«

»Wir müssen den Transporter loswerden und uns für die Abels fertig machen.«

»Ach, stimmt«, sagte sie. »Dann solltest du erst noch mal an einer abgeschiedenen Stelle halten. Wir können den Sonnenschutz auf die Windschutzscheibe legen, dann kann keiner reinsehen.«

# 7

Es war nach Mitternacht, als Sid mit dem Volvo nach Hause fuhr. Veronica sagte: »Ich stolpere ja nach wie vor noch über die Frage, weshalb die beiden überhaupt ein Präzisionsgewehr im Auto hatten.«

»Weiß ich auch nicht. Vermutlich wussten sie, dass wir im Mordfall Ballantine ermitteln. Vielleicht haben sie Ballantine umgebracht und uns beobachtet, um sicherzustellen, dass wir nichts herausfinden.«

»Und rein zufällig haben sie ein Gewehr dabei, wussten, dass wir sie entdeckt und sie keine Erklärung für das Gewehr hatten, die die Polizei ihnen abkaufen würde?«, meinte sie.

»So wird es wohl kaum gewesen sein«, sagte Sid. »Da ist es wahrscheinlicher, dass sie uns schon seit dem Morgen gefolgt sind und auf die passende Gelegenheit gewartet haben, um uns zu beseitigen.«

»Und wenn es etwas mit dem Ort an sich zu tun hat, mit der Wohnsiedlung? Vielleicht haben sie Ballantine dort umgebracht, weil es da etwas gibt, das niemand sehen soll.«

»Man bringt doch niemanden um und behält den Ort, an dem man die Leiche abgelegt hat, danach ein Jahr lang im Auge, nur für den Fall, dass jemand sich dort umsieht.«

»Vermutlich traue ich ihnen zu viel zu. Gut möglich, dass sie nur deshalb das Feuer eröffnet haben, weil es sie überrascht hat, dass wir ihnen nachgesetzt sind, und sie Panik bekommen haben.«

»Stimmt«, sagte Sid. »Morgen früh fahren wir besser zurück und fangen noch mal von vorn an. Das ist schließlich ein regelrechter Mord. Wir gehen die Sache so an, wie wir es als Cops immer getan haben – mit Geschick und indem wir den richtigen Leuten die richtigen Fragen stellen. Anfangen sollten wir bei den Leuten, die das Opfer am besten kannten.«

»Als wir noch Cops waren, haben die Verdächtigen wenigstens erst dann auf uns geschossen, wenn wir näher an ihnen dran waren.«

Sie kamen zu ihrem Tor, das Sid mit der Fernbedienung öffnete. Er fuhr in die Auffahrt und betätigte die Fernbedienung erneut, damit das Tor sich wieder schloss. Dann fuhr er die lange Auffahrt hinauf zu ihrem Haus.

»Es gibt so einiges, was wir uns da ansehen müssen«, meinte Ronnie. »Wir sollten auch mit …«

Unvermittelt machte das Auto einen Satz nach vorn und sackte ab. Mit einem markerschütternden Knall krachte das Fahrgestell auf die Pflastersteine. Der vordere Teil des Autos war nach unten abgekippt und steckte fest.

Sid sagte: »Das ist eine Totfangfalle. Bleib unten und richte dich darauf ein, schnell ins Haus zu rennen.« Er löste den Gurt, nahm die Pistole und schaltete das Innenlicht aus. Dann stieß er die Fahrertür auf und schob sich nach draußen.

Ronnie wollte gerade ihre Tür öffnen, als der erste Schuss fiel. Er schlug in die Tür ein, die Ronnie sofort wieder zuzog. Sie schob sich über die Konsole zwischen den beiden vorderen Sitzen nach hinten auf den Rücksitz durch, während die Kugeln über ihr die Seitenfenster zersiebten und sie mit Glassplittern übersäten. Durch die Tür auf der anderen Seite schob sie sich nach draußen neben Sid.

Der zielte mit seiner Pistole über die Kühlerhaube in die Richtung, in der das Mündungsfeuer zu sehen gewesen war, drückte viermal ab und duckte sich dann wieder. »Es kommt vom Garten drüben beim Tor.«

Vor drei Jahren hatten die Abels einen richtig üblen Fall gehabt und die Innenseiten der Türen ihres neuen Volvos mit einen Zentimeter dicken Stahlplatten verkleiden lassen, um sich vor kleineren Geschossen zu schützen, die die Türen durchschlagen konnten. Jetzt hörten sie, wie die Kugeln durch das Blech der Autotür knallten, an den Stahlplatten abprallten und in den Spalt zwischen Tür und Stahlplatte fielen.

Ronnie setzte einen Notruf mit dem Handy ab: »Hier spricht Veronica Abel in 13551 Vista Matilija in Van Nuys. Unbekannte Angreifer beschießen uns in unserer Auffahrt.« Anschließend beugte sie sich über den Fahrersitz, nahm die Fernbedienung und öffnete das Tor zur Straße wieder.

»Machst du das, damit die Schützen abziehen oder die Polizisten reinkommen können?«

»Das ist mir ziemlich egal.«

Die Schüsse setzten wieder ein. Drei Schüsse kamen von der rechten Seite neben dem Garten, zwei weitere wurden etwa sechs Meter links davon abgesetzt und durchschlugen die Heckscheibe, Glas splitterte auf den Rücksitz.

Sid feuerte auf das Mündungsfeuer, zielte, indem er seinen Arm auf der Autotür abstützte. Ronnie kroch bis zum Kofferraum, legte sich auf den Bauch und hielt unter dem Auto Ausschau nach den Schützen.

Als die Schüsse das nächste Mal einsetzten, kam das Mündungsfeuer aus anderen Richtungen. Ein Schütze hatte sich über den Rasen Richtung Haus bewegt, der andere schoss, während er versuchte, an der Hecke entlangzurennen. Ronnie feuerte sechs Kugeln auf einen dunkleren Fleck im unbeleuchteten Garten ab, den sie für einen der Schützen hielt, dann zwei weitere auf das, was hoffentlich der zweite Schütze war. Danach kroch sie Deckung suchend hinter die gepanzerte Tür.

Jetzt feuerten beide Schützen, ihre Kugeln zerschossen die Rückseite des Autos und flogen durch den Innenraum des Kofferraums bis in die Rückwand der Sitze. Weitere Kugeln durchlöcherten die beiden hinteren Autoreifen. Das Auto sackte ab, wobei fast der gesamte Raum verloren ging, den Ronnie als Schießscharte benutzt hatte.

Ronnie lehnte den Rücken an das Hinterrad und sah, dass in den oberen Fenstern der umliegenden Häuser Licht angegangen war. »Sieht ganz so aus, als hätten wir die Nachbarn geweckt.«

»Das wurde auch langsam Zeit.« Sid warf einen Blick auf die beleuchteten Fenster auf der anderen Straßenseite, griff dann in sein Schulterholster und holte ein voll bestücktes Magazin heraus. »Hast du noch ein Ersatzmagazin?«

»Drei.« Sie zog ihre Tasche am Riemen vom Beifahrersitz. »Willst du eins?«

»Nein, aber mach dich zum Nachladen bereit.«

»Denkst du, wir sollten versuchen, bis zum Haus zu rennen?«

»Ich denke, genau darauf warten sie.«

»Ich auch. Dann lassen wir das wohl besser.«

»Sobald sie die Sirenen hören, werden sie einen letzten Versuch starten, uns umzulegen.«

»Ich bin bereit. Du auch?«

Sid lud nach. »Ja.«

»Bist du jetzt nicht dankbar, dass ich dich gestern in den Schatten gestellt und zu mehr Schießtraining verdonnert habe? Gib's zu. Ich bin eine gute Frau.«

»Bist du. Wenn du einen von den Kerlen abknallst, dann bist du sogar eine großartige Frau und Mutter des Jahres.«

»Ich glaube, ich höre Sirenen. Fertig?«

In der Ferne war das Heulen einer Polizeisirene zu hören, eine weitere kam hinzu, und dann wurden die Sirenen zu einem einzigen beständigen Heulen, das lauter wurde, je näher die Autos kamen.

Der Beschuss hatte aufgehört. Sid kroch nach vorn, wo ihn der Motorblock schützte, und spähte in den Garten. »Ich sehe sie nicht.«

Beiden wurde klar, dass ein neues Geräusch alle anderen übertönte und ausblendete – das tiefe Surren eines Hubschraubermotors. »Das ist die Erklärung«, sagte sie. »Sie haben ihn gehört und wussten, dass ihnen die Zeit ausgeht.«

Sid blieb vorne beim Auto auf dem Bauch liegen, die Pistole in der Hand, und zielte in die Richtung, in der er zuletzt das Mündungsfeuer gesehen hatte. Die Sirenen verstummten, die Straße vor dem Tor war mit einem Mal hell erleuchtet, der Baldachin aus Baumstämmen und Blättern über der Straße erstrahlte abwechselnd in Rot und Blau.

Der Hubschrauber tauchte auf und kreiste über ihnen, während drei Streifenwagen an den anderen vorbei und über die Laufschiene des Tores in die Auffahrt rasten. Eine Stimme sagte über Lautsprecher: »Legen Sie Ihre Waffen auf den Boden und entfernen Sie sich vom Auto.«

Sid und Ronnie gehorchten. Sie hielten die Hände hoch, die Finger gespreizt, die Handflächen sichtbar. Es wurde hell, als das Licht vom Hubschrauber nach unten auf sie gerichtet wurde und die auf den Streifenwagen montierten Scheinwerfer über den Garten schweiften.

In diesem Licht blitzten die goldenen Patronenhülsen auf, die von den Waffen der Angreifer am anderen Ende des Gartens ausgespuckt worden waren. Die Hülsen ihrer Glocks lagen verteilt zu ihren Füßen in der Auffahrt.

Officers hasteten zu Ronnie und Sid, während andere mit gezogener Waffe und Taschenlampen über das ganze Anwesen ausschwärmten und die dunklen Nischen entlang der Hecken und beim Brunnen erhellten. Weitere Streifenwagen fuhren vor, es hörte gar nicht mehr auf. Sie rasten die Straße weiter hinauf und bogen auf der Suche nach den Schützen in unterschiedliche Richtungen ab.

Die vier Beamten bei den Abels ließen sie nicht aus den Augen, während ein Sergeant sich mit ihnen unterhielt.

»Was ist hier passiert?«

»Sie haben einen Graben quer über unsere Einfahrt gezogen und ihn abgedeckt, damit wir ihnen, wenn wir heute Abend nach Hause kommen, in die Falle gehen. Dann haben sie angefangen zu schießen.«

»Wer sind die, und warum wollten sie Sie umbringen?«

»Wir sind Privatdetektive und arbeiten an einem Fall, der jemandem Kopfzerbrechen zu bereiten scheint. Letzte Nacht haben uns zwei Männer weiter oben im North Valley die Windschutzscheibe zerschossen, und jetzt das.«

»Haben Sie sie gesehen?«

»Kann man nicht sagen«, meinte Ronnie. »Aber beide Male waren es zwei. Wir haben das Tor geöffnet, dachten, wir würden sie sehen, wenn sie abhauen, aber sie sind nicht in diese Richtung geflüchtet. Sie haben auf uns geschossen, dann waren die Sirenen und der Hubschrauber zu hören, und dann hat das Schießen aufgehört.«

Der Sergeant betrachtete die Auffahrt eingehend und deutete dann auf die Hülsen. »Wie ich sehe, haben Sie zurückgeschossen. Besteht die Möglichkeit, dass Sie einen von ihnen erwischt haben?«

»Das bezweifle ich«, sagte Sid. »Sie haben geschossen und sich dann im Dunkeln weiterbewegt. Und wir haben immer auf die Stelle geschossen, von der die letzten Schüsse kamen. Außerdem haben sie uns nicht viel Spielraum gelassen. Ich nehme an, sie haben kleine, halb automatische Waffen benutzt – Uzis, Tec-9er oder etwas in der Richtung.«

Der Sergeant benutzte sein Funkgerät. »Wir suchen nach mindestens zwei Schützen. Vermutlich zu Fuß unterwegs. Jeder Fußgänger könnte einer von ihnen sein, also seid vorsichtig.«

Ein Cop hastete zu dem Sergeant und reichte ihm eine Kupferhülse.

Der Sergeant besah sich das Ende, dann gab er über Funk durch: »Wir haben viele Hülsen von den Schützen am Tatort, neun Millimeter. Gut möglich, dass sie eine taktische Waffe wie eine Uzi oder eine Tec-9 bei sich haben.« Mehr brauchte er nicht zu sagen, die anderen Cops wussten, was das hieß, nämlich dass die Waffe unter einem Mantel verborgen sein konnte oder aber, dass die Verdächtigen möglicherweise genau in diesem Moment aus der Ferne auf sie zielten.

Das Funkgerät des Sergeants quakte eine Reihe schneller Nachrichten, Sucheinheiten, die ihre Standorte und Laufrichtungen durchgaben. Nach einem kurzen Moment wurden von einem unsichtbaren Vorgesetzten ein paar übergeordnete Befehle durchgegeben, um ein paar der Einheiten umzuleiten. Der Sergeant fragte die Abels: »Besteht die Möglichkeit, dass sie in Ihr Haus eingedrungen sind?«

»Schon möglich«, sagte Sid. »Wir haben nicht gesehen, dass sie von hier weggegangen sind. Wir haben das Eingangstor geöffnet, damit sie verschwinden können, wenn wir das Feuer eröffnen, aber da sind sie nicht vorbeigekommen.«

»Okay«, sagte der Sergeant. »Würden Sie mir Ihre Schlüssel geben?«

»Sie sind am Schlüsselbund, der im Zündschloss steckt.«

»Bleiben Sie hier.« Er holte die Schlüssel aus dem Auto, rief sechs Officer zusammen, die sich rund um das Haus verteilten. Ein Sturmtrupp von sechs weiteren Beamten tauchte auf, drei von ihnen hatten Repetiergewehre dabei.

Innerhalb kürzester Zeit waren sie an der Eingangstür, und während sie ein Zimmer absuchten, schalteten sie dort das Licht ein und gingen weiter ins nächste Zimmer. Der Sergeant schwieg, während das Team seine Fortschritte durchgab.

Fünf Minuten später erklärte das Team, alle Zimmer wären sauber, und räumte das Haus wieder. »Sie waren nicht in Ihrem Haus«, teilte der Sergeant den Abels mit.

»Cops!«, sagte Sid da.

»Was meinen Sie damit?«, fragte der Sergeant.

»Die einzigen Leute, die wir gesehen haben, sind Cops. So haben die Schützen das Grundstück verlassen«, sagte er. »Sie müssen sich als Cops verkleidet haben.«

»Sid hat recht«, meinte Ronnie. »Sie wussten, dass die Polizei innerhalb weniger Minuten mit viel Manpower aufkreuzen würde, wenn sie mitten in einem Wohngebiet Schüsse abgaben. Nach ein paar weiteren Minuten würden Polizeikräfte in alle möglichen Richtungen unterwegs sein. Sie mussten es nur abwarten und dann hinter ihnen hergehen.«

Der Sergeant gab das über Funk weiter. »Die Schützen haben den Garten möglicherweise als Polizisten verkleidet verlassen. Seht euch die Gesichter an. Ebenso die Marken und die Ausrüstung. Geht all das durch, wenn ihr euch einem anderen Team nähert. Ich wiederhole. Die Verdächtigen tragen möglicherweise eine Polizeiuniform.«

Etwa fünf Kilometer entfernt saßen Ed und Nicole Hoyt in einer kleinen Seitenstraße hinter einer Reihe geschlossener Restaurants und Läden in der Nordham Street in Northridge. Nicole zog ein graues Sweatshirt über ihre schwarze kurzärmelige Polizeiuniform und reichte Ed sein kariertes Flanellhemd. Er zog es sich über den Kopf und knöpfte dann die beiden oberen Knöpfe zu. Nicole schaltete den Funkscanner auf die Frequenz 506.975. Es knackste, dann sagte eine Männerstimme: »One zebra twenty-six. Wir waren gestern Morgen bei einem Raubüberfall bei Springfield Cleaners. Sie waren der Meinung, dass ein paar Uniformen zu den entwendeten Gegenständen gehörten.«

»Verstanden«, sagte eine andere Stimme. »Gibt es Überwachungsvideos?«

»Fehlanzeige«, sagte der Cop. »Die Ermittler wollten die Überwachungskameras von anderen Läden durchgehen, die vielleicht etwas aufgezeichnet haben.«

»Wir wissen, dass sie keine Aufzeichnungen von uns finden werden«, sagte Nicole. »An dem Abend war es draußen stockdunkel, außerdem hatten wir Skimasken auf.«

Ed startete den Motor und fuhr überaus langsam die Straße hinunter zur nächsten Kreuzung. »Auch wenn sie uns nicht schnappen, ist es heute Abend beschissen gelaufen.«

»Ich weiß«, sagte Nicole. »Ich verstehe wirklich nicht, wieso sie noch am Leben sind. Wir müssen doch mindestens sechzig Kugeln in ihr Auto gejagt haben.«

»Wir haben viel Glas zerschossen, aber die Schüsse sind nicht durch die Türen gegangen.«

»Warum nicht?«

»Abel hat wohl Stahlplatten in die Türverkleidung einbauen lassen. Denn genau da hätten sie sterben müssen – gleich zu Beginn, als sie noch im Auto saßen und die Köpfe eingezogen hatten.«

»Bist du dir sicher, dass es sich um Stahlplatten handelt?«

»Ziemlich sicher. Sie hätten eigentlich versuchen müssen, wegzulaufen. Stattdessen sind sie hinter dem Auto geblieben, weil sie wussten, dass ihre Türen gepanzert sind. Wir hätten vorher mehr über sie herausfinden müssen, dann hätten wir gewusst, dass bei ihnen mit so etwas zu rechnen war.«

Sie war klug genug, ihn nicht zu drängen, nun rasch zu klären, was sie als Nächstes unternehmen sollten, um die beiden ins Jenseits zu befördern. Wenn er schlecht gelaunt war, neigte Ed Hoyt dazu, dichtzumachen.

# 8

Die Polizei befragte die Abels getrennt voneinander. Da beide früher solche Befragungen selbst durchgeführt hatten, überraschte es sie nicht sonderlich, dass dieser Vorgang fast den ganzen Tag dauerte. Die Ermittler bei ihnen wechselten sich ab, während andere Cops den Tatort durchforsteten, die Nachbarschaft abklapperten und sich die Überwachungsvideos ansahen. Es kam zu langen Verzögerungen, während die Beamten die Geschichten der Abels überprüften, bei den Einheiten nachfragten, die im Fall Ballantine und beim Schusswechsel in North Valley ermittelten, und mit den Leuten von Intercelleron redeten.

Andere Beamte überprüften den Fall von Alex Rinosa, schlossen ihn jedoch als Verdächtigen aus. Er war nicht auf Kaution freigekommen, weil bei ihm Fluchtgefahr bestand, somit hatte er bislang nur mit seinem Anwalt, einem ehemaligen Bundesrichter, geredet, der keine vorherige Verbindung zu Rinosa hatte und niemals zugestimmt hätte, als eine Art Mittelsmann zu fungieren.

Es war Abend, als die Beamten die Abels zurück nach Hause brachten, wo die Türen abgeschlossen waren, aber noch immer alle Lichter brannten. Auch das zerschossene Auto stand immer noch da, wartete darauf, auf das Polizeigelände abgeschleppt zu werden, wo die Kriminaltechniker es untersuchen, dabei aber ganz bestimmt nichts herausfinden würden, was nicht ohnehin mit bloßem Auge zu erkennen war. Das Polizeigelände war nur ein Zwischenstopp auf dem Weg zum Schrottplatz.

Sid schloss das Eingangstor. Dann gingen sie die Auffahrt zu Fuß bis zur Eingangstür hinauf. Sie schlossen die Tür ab und liefen durch alle Räume, um sicherzustellen, dass niemand dort eingedrungen war, seitdem die Polizei sie durchsucht hatte. Als sie alles abgeklappert hatten, blieb Ronnie stehen.

»Ich weiß, das klingt bescheuert, aber würde es dir was ausmachen, heute Abend unten im Keller zu schlafen?«

»Habe ich was Dummes gesagt?«

»Nein, du Blödmann. Wir beide. Wir können die Matratze runtertragen und unten dann die Stahltüren abschließen.«

»Die Cops sagten, sie würden unser Haus die nächsten paar Tage im Auge behalten.«

»Du weißt doch, was das heißt. Sie haben nicht genug Beamte und können nicht mehr tun als ein paarmal pro Nacht bei uns vorbeifahren und schnell herkommen, wenn ein Notruf von uns bei ihnen eingeht.«

»Du weißt, dass wir oben sehr wahrscheinlich in Sicherheit sind, wenn wir die Türen abschließen und die Alarmanlage einschalten.«

»Wahrscheinlich. Aber das sagt schon alles.«

»Mir macht es nichts aus, eine Nacht hier unten zu schlafen, wenn du dich damit besser fühlst.«

»Danke, Sid.«

»Dann richten wir aber besser mal alles her«, meinte er. »Wir haben uns den ganzen Tag und die ganze Nacht um die Ohren geschlagen, und ich habe bestimmt schon bald keine Lust mehr, Matratzen durch die Gegend zu schleppen.«

»Okay.« Sie hakte sich bei ihm ein, und zusammen gingen sie ins Gästezimmer, das einst Janice' Kinderzimmer gewesen war. Ronnie nahm Kissen und Decken und trug sie nach unten in die Küche, legte sie neben die Tür, die in den Keller führte. Zu zweit schleppten sie die Matratze von Janice' Bett die Treppe hinunter.

Kurz darauf hatten sie ihr Bett für die Nacht gemacht. Ronnie starrte es einen Moment lang an und sah sich dann im Keller um. Auf der anderen Seite befand sich eine Betontreppe, die zu einer Falltür in Höhe des Erdgeschosses führte. Der vorherige Besitzer hatte unten an den Stufen eine Stahltür anbringen lassen, um den Keller einbruchsicher zu machen, also sah sie nur diese. Der restliche Keller bestand aus schwach beleuchteten Betonwänden. Es gab einen Heißwasserkessel, ein paar Rohre, eine Sumpfpumpe und eine Werkbank.

»Ziemlich düster, was?«, meinte sie. »Wie in einem Kerker.«

»Der Charme von einst. Solange wir die Augen zum Schlafen zuhaben, wird es uns nicht stören.«

»Wir ziehen uns besser bequeme Klamotten an und nehmen die Pistolen und die Munition mit nach unten.«

»Muss ich bewaffnet sein, wenn ich schlafe?«

»Natürlich. Ein Team von Killern hätte uns gestern Abend fast erwischt. Selbst wenn du ein zu dickes Fell hast, um zu sterben, sollte dir doch daran liegen, dass sich deine Frau sicher fühlt. Tu mir den Gefallen.«

Er seufzte. »Na gut.«

Sie gingen nach oben, zogen Jeans, T-Shirts und Turnschuhe an und holten ihre Pistolen, Holster und frisch geladenen Extramagazine. Dann liefen sie das ganze Haus noch einmal ab, um zu prüfen, ob auch wirklich alles abgeschlossen war, und zogen sich danach in den Keller zurück.

Ronnie legte ihre beiden Pistolen am Kopfende ihres improvisierten Bettes auf den Boden und legte sich neben ihren Mann.

»Das ist tatsächlich ziemlich bequem«, sagte sie.

Er antwortete nicht. Sie waren den ganzen Tag mit ihren Ermittlungen beschäftigt gewesen, dann in einen Hinterhalt geraten und beschossen worden, und schließlich hatten sie den Rest der Nacht und einen Teil des Tages auf einem Polizeirevier verbracht. Jetzt waren sie zu Hause, im Keller, hinter einer Stahltür, die eigentlich für Geschäftsgebäude gedacht war. Die Nacht war ruhig.

Ronnie rutschte näher heran und schmiegte sich an Sid. »Danke, dass du da mitspielst«, sagte sie. »Es fühlt sich für mich gut an, dass wir hier unten verbarrikadiert sind und uns eine Nacht lang keiner etwas tun kann.«

»Yep«, sagte Sid. »Morgen reden wir darüber, wie wir den Keller umbauen können. Sollten wir häufiger hier schlafen, dann müssen wir es uns etwas gemütlich machen. Oder wenigstens mal Staub wischen.«

Sie schwiegen eine Weile, dann sagte sie: »Sid?«

Er seufzte. »Ich gehe ja schon nachsehen.« Er stand auf und ging quer durch den Keller zur Stahltür in der Betonwand, entriegelte sie und stieg die Treppe hinauf. Über ihm war die Falltür. Er entriegelte auch sie, drückte sie ein paar Zentimeter hoch und sah hinaus, ließ den Blick kurz über den vom Mondlicht erhellten Garten schweifen. Dann zog er die Tür wieder zu, verriegelte sie, kam die Treppe herunter, verriegelte die Stahltür und legte sich zurück ins Bett.

Ronnies Augen waren geschlossen, und ihre Brust hob und senkte sich im tiefen, gemächlichen Rhythmus des Schlafs. Sid betrachtete sie einen Moment lang, ging zum Schalter, schaltete das Licht aus, tauchte den Raum in Dunkelheit und schob sich schließlich neben sie ins Bett.

Er dachte weiterhin über die Ereignisse der letzten Nacht nach, ging in Gedanken alles noch einmal durch. Die Schützen mussten schon viele Stunden zuvor den Plan gefasst haben, dass sie sie umbringen und als Polizisten verkleidet von hier verschwinden würden. Als er über die in der Reinigung gestohlenen Polizeiuniformen nachdachte, verwirrte ihn das, gleichzeitig brachte es jedoch die Erinnerung an den Tag zurück, an dem er Ronnie kennengelernt hatte.

Sie waren inzwischen mehr als dreißig Jahre verheiratet. Zunächst hatte er sich schwer damit getan, ihre Zuneigung ernst zu nehmen. Er hatte sich gefragt, ob sie eine dieser karriereorientierten Frauen war, die eine Beziehung in der Annahme eingingen, dass sie ohnehin schon bald wieder Geschichte wäre, womit sich ihr emotionales Engagement in Grenzen hielt. Amelia, die Schwester seiner Mutter, war so ungefähr fünf Mal verheiratet gewesen und schien weder freudig erregt darüber zu sein, wenn sich eine Beziehung anbahnte, noch sonderlich traurig, wenn sie eine beendete. Ein Mann war nichts weiter als einer von vielen Gebrauchsgegenständen, und sie hielt inne, um ein paar von ihnen auszuprobieren, bevor sie sich wieder etwas anderem zuwandte, das sie mehr interessierte.

Ronnie war anders gewesen. Sie hatten sich bei der Sondereinheit kennengelernt, die man geschaffen hatte, um eine Gang in Los Angeles aufzulösen, die mit verschreibungspflichtigen Medikamenten dealte, die sie bei einer Reihe von Entführungen und Einbrüchen in den Staaten im Osten ergattert hatte. Er hatte sich von Anfang an zu Sergeant Veronica Hall hingezogen gefühlt – es war schwierig, den Blick von ihren glänzenden braunen Haaren, den großen, intelligenten blauen Augen und der unglaublich glatten Haut abzuwenden, wenn sie mal nicht hersah. Er war mit einem anderen Ermittler bei diesem Treffen, der unerwartet aufbrechen musste und dafür ihren gemeinsamen Wagen nahm. Also hatte Ronnie ihm angeboten, ihn zu fahren.

Auf dem Weg dorthin hatten sie sich ungezwungen unterhalten und Themen gefunden, die sie zum Lachen brachten. Als sie an einer Ampel hielten, ertappte er sie dabei, wie sie den Moment nutzte und mitten im Satz den Blick von seinem löste, um nachzusehen, ob er einen Ring an der linken Hand trug. Sein Puls beschleunigte sich. Sie schien Interesse zu haben. Vielleicht aber auch nicht, doch als Nächstes sagte sie: »Macht es dir was aus, wenn wir unterwegs noch einen kurzen Stopp einlegen? Ich habe ein paar Uniformen beim Schneider.«

»Beim Schneider?«, sagte er. »Du lässt deine Uniform beim Schneider machen? Ich will damit nicht sagen, dass du nicht etwa großartig aussiehst, aber nimmst du das Geld dafür aus der Asservatenkammer oder so?«

»Ich lasse nur ein paar kleine Änderungen machen«, sagte sie. »Das ist ein notwendiges Übel. Die Uniformen von Frauen müssen an manchen Stellen etwas abgenäht und an anderen etwas ausgelassen werden, sonst sitzen sie nicht richtig.«

»Heißt das etwa, dass alles heutzutage immer noch so gemacht wird?«

»Nur bei denjenigen, die nicht wie Männer gebaut sind. Also bei Frauen, den weiblichen Beamten.«

»Das ist nicht fair. Du solltest dich beschweren.«

Sie lachte. »Du musst meinetwegen nicht heulen. Die Welt ist fast perfekt. Es gibt mittlerweile Schutzwesten, die Frauen passen, zumindest so halbwegs. Und wenn ich denselben Dienstgrad hätte wie du und denselben Titel, würde ich genauso viel verdienen wie du. Und solltest du mich begrapschen, könnte ich dich suspendieren und vermutlich sogar feuern lassen. Das ist doch genug Fortschritt für ein Leben.«

»Ich werde ausreichend Abstand halten, keine Sorge.«

»Sehr vorausschauend von dir«, sagte sie und blieb vor einem kleinen Laden stehen. »Bin gleich wieder da.«

Er sah zu, wie sie hineineilte, der Frau am Tresen eine Kreditkarte reichte, einen Beleg abzeichnete, ein paar Uniformen an Bügeln entgegennahm und wieder nach draußen kam. Sie packte die Uniformen in den Kofferraum, nahm wieder hinter dem Steuer Platz, reihte sich in den Verkehr ein und fuhr weiter zum Hauptquartier der Polizei. »Tut mir leid«, sagte sie. »Deine Frau holt vermutlich die Uniformen für dich von der Reinigung, für die seltenen Gelegenheiten, zu denen ein Ermittler so was braucht.« Vielleicht hatte sie durchaus Interesse, war sich aber nicht sicher, ob er verheiratet war. Viele verheiratete Cops trugen im Dienst keinen Ring.

»Interessanter Gedanke«, sagte er. »Das füge ich der Sammlung von Fantasien über meine zukünftige Frau hinzu.« Er verspürte so etwas wie Stolz darauf, diesen Hinweis in ihre Unterhaltung gestreut zu haben.

»Ich hoffe, die anderen sind besser«, meinte sie nur.

»Sind sie, aber sie können sich nicht alle nur um ein Thema drehen, sonst wirke ich oberflächlich.«

»Dann musst du mir die anderen bei Gelegenheit mal mitteilen«, sagte sie. »Wir sind da.«

Er bedankte sich bei ihr, stieg aus und ging ins Hauptquartier. Sobald er drinnen war und sah, wie sie weiterfuhr, bedauerte er, sich nicht auf einen Kaffee mit ihr verabredet, sie nach ihrer Telefonnummer gefragt oder ihr ein eindeutiges Signal gegeben zu haben, dass er sie wiedersehen wollte.

Das löste sich jedoch ein paar Tage später beim nächsten Treffen der Arbeitsgruppe von allein auf. Er nahm im Konferenzraum Platz, und gleich darauf kam sie herein und setzte sich neben ihn. Das ganze Meeting über fragte er sich, wie er den Vorschlag anbringen konnte, sich allein mit ihr zu treffen. Nach dem Meeting ließen sich beide schrecklich viel Zeit, um Unterlagen in Ordner einzuräumen und in Aktentaschen zu stecken, während die anderen bereits den Raum verließen. Als es sicher schien, sagte er: »Ich würde mich gerne kurz mit dir unterhalten.« Doch sie drückte ihm stattdessen ihre Visitenkarte in die Hand und sagte: »Dann ruf mich an.«

Er nickte, ging nach draußen und machte ein paar Schritte, um nachzudenken. Sie hatte die Visitenkarte bereits in der Hand gehabt, ehe er sie angesprochen hatte. Kurz bevor er sie einsteckte, hatte er gesehen, dass es sich um die Standardvisitenkarte der Polizei handelte, aber er hatte auch gesehen, dass ihre persönliche Nummer in einer sauberen, engen Handschrift darauf stand.

Etwa eine Stunde, nachdem sein Dienst zu Ende war, rief er die handschriftliche Nummer an. »Das klingt nach dem annehmbarsten Junggesellen der Polizei«, sagte sie.

»Stimmt. Und ich bin diesen Zustand leid. Ich rufe an, um dich zu fragen, ob du mich heiraten willst.«

»Wir sollten wohl besser mit etwas Unverfänglicherem anfangen. Wie wäre es mit Kino und einem Abendessen? Wenn wir uns während des Essens nicht grün sind, dann sparen wir uns den Film.«

»Das klingt vernünftig. Was für Filme magst du?«

»Das ist mir egal. Ich sehe mir alles an, Hauptsache, es kommen keine Bullen oder liebenswerten Ganoven vor. Es ist mir egal, wenn sich britische Schauspieler mit einem Schwert plattmachen, Hauptsache, es ist nicht wie im Job.«

»Und beim Essen, gibt es da was, was du nicht magst?«

»Überrasch mich. Sollte es mir nicht gefallen, dann hab ich schon was, worüber ich meckern kann, und muss mir nicht das Hirn zermartern, um dämlichen Small Talk zu machen.«

»Dann nehme ich ein Lokal, das beim Gesundheitsamt auf der Warnliste steht.«

»Da wird es dann wohl kurzfristig noch Tische geben.«

»Noch dazu billig. Gibst du mir deine Adresse, dann hole ich dich ab?«

»Okay. 5-9-9-5 Montevideo in Sherman Oaks, Apartment B, wie in Bravo.«

»Ich kenne das Gebäude. Lehmbrauner Stuck oben und Holzbraun unten. Ich hatte einen Mord in der Wohnung links ganz hinten.«

»Das ist Apartment D«, sagte sie. »So bleibt die Miete niedrig. Wäre das nicht passiert, hätte ich selbst jemanden umbringen müssen.«

»Also ist es vielleicht ganz gut, dass wir den Fall nicht gelöst haben. Ich hole dich um halb sieben ab.«

Sie gingen zum Abendessen und waren so vertieft in ihre Unterhaltung, dass sie den Film ganz vergaßen und danach zu ihr nach Hause gingen. Sie redeten von dem Moment an, als sie bei ihr ankamen, bis um zwei Uhr früh. Zur Verabschiedung sagte sie: »Danke, Sid. Das war das beste erste Date, das ich jemals hatte.« Sie beobachtete ihn, wie er nickte, doch er erwiderte nichts. Also fügte sie hinzu: »Das hat ziemlich viel Spaß gemacht, finde ich. Willst du mich denn nicht küssen?«

»Ich dachte, du würdest schon einen Weg finden, mich wissen zu lassen, ob das eine gute Idee ist. Als wir uns kennengelernt haben, bist du auf das Thema der unerwünschten Annäherung zu sprechen gekommen.«

»Wir haben uns die ganze Nacht heiser geredet. Und da sind dir die vier Worte nicht eingefallen?«

Er nahm sie in den Arm und küsste sie lange und zärtlich. Als er sich von ihr löste, stand sie noch immer mit geschlossenen Augen in der Tür, den Kopf nach oben ihm zugewandt. Einen Augenblick später öffnete sie die Augen. »Es ist wohl besser, wenn du jetzt gehst.«

»Hat es dir nicht gefallen?«

»Im Gegenteil. Wir sehen uns.« Sie schloss die Tür.

Als Sid an diesem Abend neben ihr im Bett lag, dachte er einen Moment lang darüber nach, was für ein Glück er gehabt hatte, dass sein Vorgesetzter ihn vor Jahren dieser Arbeitsgruppe zugeteilt hatte. Dann wanderten seine Gedanken wieder zu den Ereignissen der letzten Nacht.

Trotz seiner Erschöpfung fiel es ihm schwer, die Situation, in der sie steckten, nicht immer wieder aufs Neue durchzukauen. Ronnie und er hatten noch keine Fortschritte im Mordfall Ballantine gemacht. Sie hatten gerade mal die Informationen gesichtet, die die Polizei direkt nach dem Verbrechen zusammengetragen hatte. Doch jetzt waren irgendwo zwei potenzielle Mörder unterwegs, die Sid und Ronnie tot sehen wollten, und ihr letzter Versuch hätte sie auch umgebracht, hätten sie nicht so unverschämtes Glück gehabt. Nur höchst selten benutzten sie den gepanzerten Volvo für die Arbeit. Letzten Abend war das nur deshalb so gewesen, weil eine Kugel vorher die Windschutzscheibe des BMW zertrümmert hatte. Noch immer hatte er die Schützen nicht gesehen oder ihre Stimmen gehört, nicht einmal die Automarke hatte er erkannt. Er ermahnte sich, dass wach liegen ihn keinen Schritt weiterbrachte. Er musste schlafen. Nur wenn sie den Mordfall lösten, konnten sie diese Mörder loswerden. Doch dazu mussten sie rausgehen und Leute befragen, aber rausgehen bedeutete, sich den Mördern auszusetzen. Nachdem er dieses Gedankenchaos oft genug gewälzt hatte, schlief er endlich ein.

# 9

Nicole Hoyt hoffte, dass diese Aktion von dem Erfolg gekrönt wäre, den sie und Ed verdient hatten. Sie sah die ruhig daliegende, nächtliche Straße hinauf und hinunter, etwa alle dreißig Meter warfen die Straßenlaternen kleine Lichtflecke auf die Bürgersteige. Niemand war zu sehen, und die einzigen Autos waren entlang des Bordsteins geparkt. Schon vor Stunden waren die Lichter in den Häusern ausgegangen. Sie sah, wie Ed auf dem Grasstreifen am Bordstein kniete. Er griff in die kleine Betonöffnung im Grasstreifen und drehte den Schraubenschlüssel im Uhrzeigersinn, um die Wasserversorgung zum Haus zu unterbinden. Dann brachte er die Abdeckung wieder an und stand auf.

Zusammen liefen sie an der hohen Hecke an der Vorderseite des Gartens entlang. Ed half Nicole hoch, sodass sie in den Maschendrahtzaun greifen konnte, der im Blätterwerk der Hecke verborgen war. Sie zog sich daran auf die andere Seite und rutschte mit Blätterrascheln und dem leisen Knacken von Ästen nach unten. Sie kam sich vor, als wäre sie ein Geist, der durch eine Wand schritt.

Sie wartete, bis Ed ihr den Zwanzig-Liter-Kanister, den er mitgebracht hatte, über den Zaun reichte, dann kletterte auch er auf die andere Seite. Seine Überquerung der Hecke war lauter als ihre, dauerte jedoch nicht lange. Kurz kauerten sie sich neben die Hecke, um sich zu vergewissern, dass niemand sie gehört hatte, dann liefen sie die Auffahrt zur Vorderseite des Hauses hinauf. Als Ed vor ein paar Tagen hier war, um die Autofalle zu graben, war ihm ein altes Bleiglasfenster aufgefallen. Fast überall im Haus waren die Fenster erneuert worden, Doppelfenster mit Sicherheitsglas, die man mit einem Hammer nicht kaputt bekam. Aber die Abels mussten wohl eine kleine Schwäche für die alte Scheibe haben, denn dieses Fenster hatten sie nicht erneuert, als sie das Haus renovierten. Mit dem Messer pulte Ed den Bleirahmen heraus, löste erst eine Glasscheibe, dann eine weitere, bis die Lücke so groß war, dass Nicole hindurchpasste. Er hievte sie hoch, durch das Fenster, und reichte ihr den Zwanzig-Liter-Kanister.

Nicole wartete einen Moment, bis sich ihre Augen an die Dunkelheit gewöhnt hatten und die Geräusche verklungen waren, die sie gemacht hatte. Dann ging sie leichtfüßig in die Mitte des Hauses, von wo sie zur Treppe des zweistöckigen Anbaus gelangte. Oben war ein langer, mittig gelegener Gang mit Schlafzimmern zu beiden Seiten. Durch das lange Oberlicht, durch das das Mondlicht hereinschien und sich auf dem polierten Holzboden spiegelte, wurde die Dunkelheit etwas gemildert. Sie ging etwa fünf Meter weiter, sah in die Zimmer, an denen sie vorbeikam, und blieb schließlich stehen. Weiter traute sie sich nicht zu gehen. Wenn sie noch länger nach dem Zimmer suchte, in dem die Abels schliefen, weckte sie die beiden womöglich. Sie schraubte den Kanister auf, goss einen Schwall davon auf den Holzboden und sah zu, wie sich das Benzin in den Riefen über den Gang verteilte, während sie zur Treppe zurückging, die ins Wohnzimmer führte.

Sie tränkte den Teppich im Wohnzimmer, weil das der Weg wäre, den jemand nehmen würde, der versuchte, das Haus zu verlassen. Als Nächstes ging sie im Erdgeschoss von einem Zimmer zum nächsten, wobei sie immer einen Strahl Benzin gegen die Außenwände spritzte. Als sie damit fertig war, hatte sie noch etwas Benzin übrig, das sie zum einen als Pfütze unter den Gasofen schüttete, zum anderen vor der Hintertür und dann noch vor der Eingangstür verteilte. Da der Grund für das Feuer völlig offensichtlich sein würde, ließ sie den aufgeschraubten Benzinkanister auf dem Couchtisch im Wohnzimmer stehen.

Mithilfe eines Stuhls kletterte sie aus dem bleiverglasten Fenster nach draußen, streckte Ed den erhobenen Daumen hin und entfernte sich über den Rasen. Bei der durchlöcherten Karosserie von Abels Volvo blieb sie stehen und sah hinein. Schweigend musste sie einräumen, dass Ed recht gehabt hatte. In der Außenseite jeder Tür waren Dutzende Kugeleinschläge, doch keine der Kugeln schien ein Loch in die Innenseite der Tür gerissen zu haben.

Nicole ging die Auffahrt hinunter bis zum Tor, sah dort in beide Richtungen der Straße. Noch immer war es ruhig im Viertel. In den Fenstern der Häuser war kein Licht zu sehen, und es ging kein Lüftchen, das einzige Geräusch war ein auf dem Boulevard in der Ferne vorbeirauschendes Auto.

Zufrieden drehte sie sich zum Haus um, wo Ed vor dem Bleiglasfenster stand und aufmerksam in ihre Richtung sah. Sie winkte ihm zu, dann sah sie, wie er sich neben das Fenster stellte, ein Streichholz anzündete und es durch die Öffnung im Fenster warf. Das Streichholz schaffte es gar nicht ganz ins Haus, weil sich die Benzindämpfe bereits entzündeten, ehe es durch die Öffnung flog. Ein Geräusch, ein lauter Verpuffungsknall, schon züngelte eine hellorange leuchtende Flamme mit einem blauen Schimmer auf und schoss nach draußen, verzog sich aber umgehend wieder nach drinnen.

Das Haus brannte sofort. Die Flammen züngelten durch die Zimmer und über die Böden und krochen an den Wänden nach oben zur Decke. Mit jeder Sekunde wurde es drinnen heller.

Ed rannte zu Nicole in der Auffahrt, während das Feuer hinter ihm immer größer wurde und die Flammen die Fenster erhellten. Sie wusste, dass die Flammen momentan hauptsächlich aus Benzin bestanden, doch schon in ein paar Minuten würden auch das Holz und die Stoffe brennen, und während die Flammen den Wohnzimmerboden in einen Feuersee verwandelten, würden andere durch den Gang, der nicht zu sehen war, zu den hinten gelegenen Schlafzimmern wandern.

Zusammen mit Ed kauerte sie sich auf der Innenseite des Zauns in den Schatten der Hecke. Sie holten ihre MP5-Sturmgewehre unter der Jacke hervor, schoben den Schaft hinein, spannten den Hebel und schalteten auf Automatik. Dann beobachteten sie die Türen und Fenster des Hauses. Wenige Sekunden später schienen der Alarm und die Rauchmelder gleichzeitig anzugehen.

* * *

Wie ein Kreischen in der Nacht weckte Sid der laute, schrille Feueralarm. Er setzte sich auf, streckte die Hand nach Ronnie aus und vergewisserte sich, dass sie da war. Sie drückte kurz seinen Arm und ließ ihn dann los.

Sid stand auf, ging zur Wand, tastete nach dem Lichtschalter, schaltete das Licht ein, stapfte die Treppe hinauf und streckte die Hand vorsichtig nach dem Türgriff aus. »Das Metall ist heiß. Vermutlich brennt es im Haus.«

»Bist du sicher? Ich rieche keinen Rauch.«

»Rauch steigt auf, er ist noch nicht hier unten angekommen.«

»Wir sollten uns besser anziehen«, sagte sie und nahm die gefalteten Klamotten von der Werkbank, warf ihm seine zu.

Er zog seine Jeans an, schlüpfte in Turnschuhe und T-Shirt, steckte seine Pistole in den Gürtel und die Extramagazine in seine Hosentaschen. Dann reichte er Ronnie ihre Pistole und Extramagazine.

Sie steckte die Munition ein. »Wahrscheinlich brauchen wir die gar nicht. Es könnte was ganz Normales sein. Ein Kurzschluss. Ich war erschlagen, vielleicht habe ich die Kaffeemaschine eingeschaltet gelassen.«

»Wir müssen hier raus.«

Sie sah nach oben zur Treppe. »Da können wir nicht raus«, meinte sie. »Wir müssen den Weg durch den Garten nehmen.«

Sie gingen quer durch den Keller zur Stahltür, als das Licht erlosch. Der Feueralarm war zusammen mit dem Licht verstummt. Die Ruhe war angenehm, Sid machte die Tür auf. Sie bewegten sich hinaus, zogen sie hinter sich zu und gingen die Betonstufen bis zur Falltür nach oben. Ronnie entriegelte sie.

* * *

Nicole Hoyt hatte die Türen und Fenster im Blick, während das Feuer loderte, doch niemand kam heraus. Der Feueralarm war verstummt, als das Feuer immer heftiger wurde, aber anscheinend war er laut genug gewesen, um ein paar Nachbarn zu wecken. In den Häusern entlang der Straße ging Licht an, und Nicole wusste, dass die Nachbarn die Feuerwehr riefen. Sie wartete, bis auch Ed das begriff, dann wurde ihr klar, dass ihm das schon längst bewusst war. Im Feuerschein sah sie, wie seine Kiefermuskeln arbeiteten. Sie hatten vorgehabt, lange genug hierzubleiben, um die Abels zu erschießen, wenn sie aus dem Haus flüchteten, aber immer mehr Zeit verstrich. Erneut sah er die Straße hinauf zu den Häusern.

»Das war's«, murmelte er. »Wir müssen hier weg.« Er erhob sich.

Sie gingen auf die wenige Meter entfernte Hecke zu, packten ihre Waffe unter die Jacke und schoben das Blattwerk auseinander. Sie erklommen den Maschendrahtzaun und sprangen auf der anderen Seite herunter.

Zusammen trabten sie um die Ecke zu ihrem geparkten Auto. Sie stiegen ein, und Ed fuhr von der Wohnsiedlung auf den Boulevard, dann weiter zum Parkplatz in der Seitenstraße bei den Bürogebäuden, den sie gewählt hatten. Sie stiegen aus und gingen zum hinteren Teil des Gebäudes.

Ed hatte schon vor Stunden einen Weg in das Gebäude vorbereitet. Mit einer Brechstange hatte er die Schutzgarnitur des Schlosses gelöst und einen leicht elastischen Keil hineingetrieben, um die Tür aufzubekommen. Als Nächstes hatte er den Schnäpper nach unten gedrückt und festgeklebt, damit die Tür präpariert war und sie problemlos hineinkamen. Ohne Schwierigkeiten öffnete er jetzt die Tür und zog das Klebeband vom Schloss. Dann hasteten sie zum Aufzug im Erdgeschoss und fuhren in die höchste Etage, gelangten über die Treppe zur Zugangstür für das Dach.

Von dort starrten sie in die ruhige Straße hinunter, die jetzt vom wabernden, zuckenden Licht der Flammen erhellt wurde. Beide holten ihr Gewehr hervor und behielten das Haus der Abels im Auge. Nach einem Moment sagte Nicole: »Ich sehe das Haus und einen Teil des Gartens dank des Feuers ganz gut, aber noch immer niemanden, der herauskommt.«

»Ich auch nicht«, sagte Ed. »Wenn man versucht, jemanden nachts auszuräuchern, dann ersticken sie häufig am Rauch, ehe sie aufwachen.« Schweigend beobachtete er das Haus eine weitere Minute, dann sagte er: »Außerdem brennen alle Häuser unterschiedlich ab. Manchmal kanalisiert der Raum in der Mitte, mit dem offen gestalteten Wohnzimmer die Hitze bis zu einem Höchstpunkt, und dann brennt alles wie ein wildes Höllenfeuer. Sie könnten jetzt schon gut durchgebraten sein.«

»Sollen wir mal testen?«

»Unbedingt. Mach dich bereit.« Ed legte seine MP5 an und zielte auf den Schatten eines großen Baumes im Garten der Abels.

* * *

Die Stille wurde von einem Schuss zerrissen, und Sid sah, wie etwa fünf Meter vor ihnen Dreck aufspritzte. Sie gingen in Deckung. »Schieß nicht zurück!«, rief er Ronnie zu.

»Ich kann gar nicht. Ich sehe sie nicht.«

»Sie sehen uns auch nicht. Sie versuchen, uns in einen Schusswechsel zu verwickeln, damit sie Mündungsfeuer ausmachen können.«

Ein paar Sekunden später ertönte ein weiterer Schuss. Dieses Mal schlug die Kugel im Schatten eines Baumes auf der linken Seite des Gartens ein.

»Dieses Mal habe ich was aufblitzen sehen«, rief Ronnie. »Sie sind auf dem Dach des Bürogebäudes auf der anderen Seite des Boulevards.«

»Okay«, sagte Sid. »Hast du dein Handy da?«

»Ja. Ich gebe Bescheid.«

Während Ronnie die 9-1-1 wählte, überlegte sich Sid einen Weg zum Bürogebäude. In diesem Teil der Stadt untersagten die Bauvorschriften Bürogebäude, die mehr als vier Geschosse hatten, also befanden sich die Schützen in etwa achtzehn Metern Höhe. Vermutlich war ihre Sicht durch die oberen Äste der hohen Bäume in der Nachbarschaft beeinträchtigt, aber auch durch ein paar der neueren Häuser, lauter zweistöckige Minivillen, die so groß waren, dass sie fast das gesamte Grundstück einnahmen. Noch dazu standen sie alle sehr eng.

»Ich habe es gemeldet«, meinte Ronnie.

»Wenn wir es aus dem Garten schaffen, können wir das Bürogebäude erreichen, ohne dass sie auf uns schießen können.«

»Wir treffen uns auf der hinteren Seite vom Haus der Fogels.«

Sid ging zu einer Stelle, wo er außer Sichtweite der Schützen war, hinter der Hecke auf der rechten Seite des Gartens. Er sah, wie Ronnie aus dem Schatten auftauchte, an ihrem brennenden Haus entlangrannte und dann in der Hecke verschwand. Es sah aus, als wäre sie eins mit der Hecke geworden, aber er wusste, dass sie zwischen dem blättrigen Gebüsch nach dem Maschendrahtzaun griff und sich daran hochzog.

Beim nächsten Schuss platzte Rinde von einem Baum, dort, wo Ronnie gerade noch gestanden hatte. Sid zog sich in den Bereich am vorderen Zaun zurück, bewegte sich seitlich vorwärts, damit er sich nicht vom Blattwerk abhob und für die Schützen auf dem Dach des Bürogebäudes kein menschlicher Umriss zu erkennen war. Er wusste, dass er einen winzigen Moment lang zu sehen sein würde, wenn er beim Eisentor ankam.

Am Rand des Tores kauerte er sich neben den elektrischen Motor. Aus der Ferne hörte er die Sirenen von Feuerwehr und Polizei und wusste, dass jetzt sein Moment gekommen war. Die Schützen wären kurzzeitig abgelenkt, würden nach den Rettungsfahrzeugen Ausschau halten. Er betätigte den manuellen Schalter, um die Batterie des Motors einzuschalten, und als das Tor zur Seite rollte, duckte er sich nach unten und verschwand nach draußen.

Er hatte acht Schritte über den Gehsteig hinter sich, ehe die Schüsse einsetzten. Es war Feuer aus automatischen Waffen, ein Einschlag ließ den Gehsteig hinter ihm aufplatzen. Dann wurde neu ausgerichtet, und der Schuss schlug vor ihm ein, aber die Einschüsse blieben links von ihm. Anscheinend erhaschte der Schütze nur einen flüchtigen Blick auf ihn, und die Wipfel der Magnolien entlang der Straße boten ihm für das restliche Stück Deckung.

Die Feuerwehr war nicht mehr weit entfernt, und ihre Sirenen brachten die Hunde entlang der Strecke zum Kläffen. Sid und Ronnie rannten durch die dunkle Passage zwischen zwei Häusern zur nächsten Straße. Dreißig Meter dahinter tauchte auch schon der Boulevard auf.

Sid und Ronnie bogen zum Bürogebäude ab, hasteten am beleuchteten Boulevard entlang, vorbei an geschlossenen Läden und Coffeeshops. Sie steckten ihre Waffen hinten in den Hosenbund, unter ihre T-Shirts und gingen eilig weiter. »Achte auf jeden, der in unsere Richtung kommt und etwas bei sich trägt, und sieh in jedes Auto. Gut möglich, dass sie hoffen, uns hier erschießen zu können«, sagte Sid.

»Mach ich.«

Sie kamen zum Haupteingang des Bürogebäudes, fanden ihn verschlossen vor, also gingen sie nach hinten. Auf der Rückseite des Gebäudes befand sich ein Sträßchen mit einem Eingang zu einem ebenerdigen Parkplatz. Der Eingang war für die Nacht mit einem Stahlgitter gesichert, doch um den restlichen Parkplatz war weiter nichts als eine gut einen Meter hohe Betonmauer.

Die Abels kletterten über die Mauer und duckten sich sofort, um unbemerkt zu bleiben. Geduckt rannten sie zum Gebäude und fanden die Tür zur Treppe. Sid fuhr mit der Hand über den Rand der Abdeckung des Schlosses. »Da war jemand mit dem Brecheisen dran«, sagte er. »Das Blech ist nach außen gebogen.«

»Sieht so aus, als wäre das der einzige Weg nach drinnen. Ich hasse Türen, wenn sie der einzige Weg nach drinnen sind.«

»Geht mir genauso«, sagte er. Er zog an der Tür, doch sie ging nicht auf, also griff er in seine Jacke, klappte das Taschenmesser an seinem Schlüsselbund auf und schob es in den Schlitz zwischen der Tür und dem Türpfosten, der zuvor durch die Abdeckung nicht zugänglich war, drückte das Schnappschloss nach hinten und zog die Tür auf.

Sie traten ein, schlossen geräuschlos die Tür hinter sich und stiegen die Treppe hinauf, wie sie es im Training gelernt hatten: Einer zielte mit der Waffe nach oben, zwischen die Brüstung, während der andere die Treppe hinaufging, wo er dann auf dem Treppenabsatz wartete und den anderen deckte. Auch dabei machten sie so wenig Lärm wie möglich und achteten auf Geräusche über ihnen im Gebäude.

Rasch erklommen Sid und Ronnie die Treppe und entdeckten schließlich die Tür zum Dach. Sie stand offen und gab den Blick auf den sternenübersäten Himmel frei. Sie traten aufs Dach und spähten über die Visiere ihrer Pistolen, die sie mit beiden Händen umklammerten.

Menschenleer lag das Dach da. Sid rannte am Dach entlang, bis zu einem etwas höher gelegenen Teil, in dem sich eine zweite Tür befand. Sid stieß die Tür auf, ging die Treppe ein Stück weit nach unten und kam wieder zurück. »Es gibt eine weitere Treppe, die in den hinteren Bereich des Gebäudes führt. Sie müssen die Tür da drüben aufgelassen haben, um die Aufmerksamkeit von der anderen abzulenken. Sie sind verschwunden.«

Ronnie trat an den Rand des Dachs und sah über die hüfthohe Mauer auf den Gehsteig hinunter. Als Sid sich neben sie stellte, sah er rechts von ihnen Metallhülsen liegen. Er hob eine auf. »Neun Millimeter. Dieselben wie beim letzten Mal, nur haben sie dieses Mal auf Vollautomatik geschaltet.«

»Um Himmels willen.« Ronnie warf ihm über die Schulter hinweg einen Blick zu und deutete auf etwas.

Der Brand in ihrem Haus war durch die Lücken zwischen den Bäumen zu sehen. Die Flammen verschlangen unablässig blanke, geschwärzte Balken und Haufen von halb verkohlten Trümmern. Feuerwehr- und Polizeiautos waren eingetroffen, und Feuerwehrmänner hatten Schläuche durch das Eingangstor gerollt, doch sie konnten nichts weiter tun, als die Glut herunterzukühlen. Polizeiautos blockierten die Straße, um sie zu schützen.

»Mein Haus«, sagte Ronnie. »Ich kann es einfach nicht glauben. Ich habe dieses Haus geliebt.«

»Es ist schwer, sich auszurechnen, was diese Leute eigentlich erreichen wollen.«

»Mal abgesehen davon, dass sie uns umbringen wollen? Etwas anderes fällt mir dazu nicht ein.«

# 10

Sid und Ronnie mieteten ein Auto am Flughafen in Burbank und fuhren damit zu ihrem Versicherungsagenten auf dem Riverside Drive, um ihm die Nachricht von ihrem abgebrannten Haus und ihrem Auto zu überbringen. Ihr nächster Halt galt einem Waffenladen auf dem Magnolia Boulevard, dessen Besitzer sie kannte. Sie deckten sich mit einem Vorrat von Neun-Millimeter-Munition für ihre Glock-17-Pistolen ein, kauften ein neues Reinigungsset und sechs Extramagazine. Etwas weiter die Straße herunter kauften sie sich zwei neue Laptops.

Auf dem Weg nach Westen sagte Sid: »Du denkst an das Haus, oder?«

»Du etwa nicht?«

»Willst du vorbeifahren und es dir ansehen?«

Leicht irritiert sah sie ihn an. »Das Haus gibt es nicht mehr, Sid.«

»Häuser können ersetzt werden.«

»Ich war darin über fünfundzwanzig Jahre glücklich. Wir haben es zusammen ausgesucht. Wir haben unsere Kinder darin großgezogen. Sie haben uns dort mit unseren Enkelkindern besucht, also ist es auch der Ort, mit dem sie uns verbinden. Es war kein schickes und auch kein besonders hübsches Haus, trotzdem wäre ich gerne dort gestorben.«

»Das hättest du letzte Nacht gleich so haben können.«

»Musstest du das jetzt sagen?«

»'tschuldige. Sieh es mal so: Wir beide werden uns erst besser fühlen, wenn wir die Leute drankriegen, die dafür verantwortlich sind. Als Erstes suchen wir uns ein gemütliches Hotel, damit wir einen Schlafplatz haben. Dann legen wir los.«

Sie checkten in einem Hotel in Calabasas im westlichen Teil des Valley ein, benutzten eine Kreditkarte auf Ronnies Mädchennamen, fuhren mit dem Auto zur Rückseite des Gebäudes und stellten den Wagen in der Mitte des Parkplatzes ab, sodass er nicht so einfach zu blockieren war. Sie wollten nicht direkt neben dem Gebäude bleiben. Im Notfall konnten sie ein anderes Auto aus dem Weg räumen, nicht aber eine Mauer des Hotels einreißen. Sie gingen auf ihr Zimmer und fingen an, im Internet nach einem Haus zur Miete zu suchen.

Es dauerte drei Tage, bis sie etwas Passendes gefunden hatten. Es handelte sich um ein kleines, zweistöckiges Haus, weiß und holzverschalt, in einer Straße, die als Sackgasse endete. Das Haus war möbliert, der Garten klein, hauptsächlich mit Rosen bewachsen, und er lag im Schatten von Bäumen, doch Ronnie gefiel es. Sobald sie den Mietvertrag im Büro des Immobilienmaklers unterschrieben hatten, fuhren sie in einen Elektronikladen und kauften zwei weitere Geräte. Zum einen ein wetterbeständiges Überwachungssystem mit sechs Kameras, das mit einem Computer von jedem beliebigen Ort aus überwacht und bedient werden konnte. Zum anderen eine Reihe kleiner Lochkameras, jede von ihnen mit einem batteriebetriebenen Funksender ausgestattet.

Zurück im Haus, installierten sie zuerst drei Kameras im Innenbereich. Sie richteten eine auf den Vordereingang aus, eine auf die Küchentür im hinteren Bereich und eine auf den Treppenaufgang in den ersten Stock, der zu den beiden Schlafzimmern führte. Als Nächstes installierten sie draußen drei weitere Kameras – eine an einem Ast hinter dem Haus, eine unter dem Garagendach, um die Auffahrt im Blick zu haben, und eine unter der Traufe, die zum Gehweg und dem Vorgarten zeigte. Die Kameras waren weder sonderlich groß noch auffällig, dennoch achteten die Abels peinlich genau darauf, dass man sie nur schwer entdecken konnte.

Nachdem sie mit den Außenkameras fertig waren, brachten sie sehr viel mehr Zeit damit zu, die Lochkameras innen flächendeckend zu verteilen. Sid entfernte einen Streifen der breiten Stuckleiste, fräste ein Loch an jedem Endstück ein und ließ die Linse aus einem heraussehen. Anschließend brachte er den Sender dahinter an, für den er die Wand extra etwas ausgehöhlt hatte, und befestigte die Leiste wieder. Ronnie und er brachten weitere Lochkameras an unterschiedlichen Stellen in den verschiedenen Räumen an. Eine in einer Müslischachtel auf dem Regal in der Küche; eine andere hatte ihren Transmitter in einem Lautsprecher, die Kameralinse sah aus der Stelle heraus, an der das Logo angebracht war. Andere waren in Vitrinen mit Glasfronten, Bücherregalen oder unter Möbeln angebracht. Eine in der Tastatur für die Alarmanlage. Sid klappte den Computer auf, loggte sich auf der Kontrollseite der größeren Kameras ein und sah sich jedes Bild ein weiteres Mal an. Dann wiederholte er diese Prozedur für jede Lochkamera. Sie korrigierten die Einstellungen, um eine bestmögliche Abdeckung im Inneren des Hauses zu erreichen.

Daraufhin gingen Ronnie und Sid das Haus noch einmal ab. »Nicht schlecht. Vermutlich werden sie die Überwachungskameras sehen und sie umgehend deaktivieren. Während sie damit beschäftigt sind, werden die Lochkameras ziemlich viele Einstellungen von ihnen aufzeichnen, und ein paar von ihnen werden festhalten, wie sie alles auseinandernehmen«, sagte Ronnie.

»Hoffen wir mal, dass es funktioniert«, meinte Sid. »Ein Profi dürfte nicht mehr als ein paar Tage benötigen, um herauszufinden, dass wir ein Haus gemietet haben, und dann sehen wir weiter.«

»Wir sollten mehr eigene Sachen herschaffen, damit es so aussieht, als wären wir hier eingezogen«, sagte Ronnie. »Aber natürlich haben wir nichts mehr, weil alles abgefackelt wurde, und das wissen sie auch.«

»Trotzdem sollten wir besser einkaufen gehen und heute Abend ein paar neue Klamotten und Sachen hierlassen«, sagte Sid. »Aber kauf nichts, was du gerne behalten würdest.«

Sie klapperten ein paar Läden ab, in denen sie Kleidung und Einrichtungsgegenstände auswählten. Alles musste neu, aber nicht notwendigerweise teuer sein. Dann kauften sie noch Lebensmittel und kehrten damit in das gemietete Haus in Burbank zurück. Sie hängten die Kleidung in die Schränke, packten die Klamotten, die sie getragen hatten, in den Wäschekorb, verteilten ein paar Zeitschriften im Wohnzimmer und verstauten das Essen im Kühlschrank. Als Nächstes fuhren sie zum Handyshop, damit Sid das Handy ersetzen konnte, das er bei dem Brand verloren hatte, und danach zurück ins Hotel.

Später am Abend sah Sid zu Ronnie hinüber, die auf dem Bett lag und an die Decke starrte. »Ich weiß, dass du dich noch immer mies fühlst, aber du hast einen guten Job gemacht, wie immer. Du bist eben ein Profi.«

»Was soll ich auch sonst machen? Aber ich werde mich deswegen immer mies fühlen. Ich hatte Sachen bei uns zu Hause, an die ich lieber gar nicht erst denken möchte. Unsere Hochzeitsfotos. Die Bilder vom Krankenhaus, als Mitch und Janice geboren wurden. All diese Sachen.«

Er ging zum Bett und legte sich neben sie. »Erinnerst du dich an die Party, die unsere Kinder an unserem dreißigsten Hochzeitstag organisiert haben? Wie Janice die ganzen Tischkärtchen und Dekorationen mit den alten Fotos gemacht hat? Das waren über mehrere Hundert verschiedene Fotos, darunter auch die von unserer Hochzeit. Und Babyfotos. Hat sie alles mit dem Computer gemacht. Ich bin mir ziemlich sicher, dass sie die Datei mit den Originalen, die sie dafür eingescannt hat, noch hat.«

Erstaunt sah Ronnie ihn an und setzte sich auf. Dann beugte sie sich zu ihm und küsste ihn. »Du sentimentaler alter Idiot. Du hast auch schon die ganze Zeit darüber nachgedacht.«

»Mir sind die Bilder wieder eingefallen, weil ich neulich abends darüber nachgedacht habe, wie wir zusammengekommen sind. Irgendwie hängt das alles zusammen.«

»Ich ruf Janice gleich mal an.« Sie stand auf, ging zum Tisch und nahm ihr Handy.

Ein paar Minuten später beendete sie ihren Anruf. »Sie hat sie noch.«

»Dachte ich mir.«

Ronnie sah ihn aus dem Augenwinkel an. »Und worüber genau hast du nachgedacht, als wir uns kennenlernten?«

Am nächsten Morgen wechselten sie am Flughafen von Burbank erneut den Mietwagen und fuhren zum Komplex der Intercelleron Corporation im West Valley. Als sie fast dort waren, rief Ronnie kurz an.

»Hallo, Mr Hemphill. Veronica Abel hier. Wir sind gleich da. Können Sie uns am Vordereingang treffen?« Es folgte eine kurze Pause. »Wunderbar. Dann sehen wir uns gleich.« Sie legte auf.

Kurz darauf näherten sie sich dem Hauptgebäude der Intercelleron Corporation. Es handelte sich um ein niedriges, lang gestrecktes und selbstbewusst modernes Gebäude. Es stand auf einem grünen Hügel, sodass es den Eindruck erweckte, als wäre es eigentlich noch viel größer, aber beinahe vollständig im Boden versunken. Es gab nur ein Schild, einen unauffälligen braunen Block aus Ziegelsteinen, mit einem einzigen Wort als Schriftzug, der ebenfalls so aus dem Hügel herausragte, als würde er gleich untertauchen. Als Sid vor dem Gebäude an den Bordstein fuhr, trat Hemphill aus den Glastüren am Gebäudeeingang. Sowie er bei ihnen ankam, sagte Sid: »Steigen Sie ein.«

Hemphill wirkte verwirrt, setzte sich jedoch umgehend auf die Rückbank. »Es freut mich, Sie zu sehen. Ich habe mir Sorgen um Sie gemacht. Die Polizei ist mindestens dreimal hier gewesen. Erst ein Detective Hebert, dann ein anderer Detective vom Revier in North Hollywood namens Fuentes, und dann ein weiterer aus Van Nuys. Einer erzählte, Sie seien angegriffen worden, der Nächste, dass Ihr Haus abgebrannt sei.«

»Es geht uns gut«, sagte Sid. »Allerdings scheint jemand ein außerordentliches Interesse an diesem Fall zu haben. Wie läuft es hier so? Haben Sie oder einer Ihrer Kollegen etwas Ungewöhnliches bemerkt, seit Sie uns beauftragt haben?«

»Ich glaube nicht. Aber was genau meinen Sie denn damit?«

»Hat jemand die Firma beobachtet oder ist Ihnen gefolgt?«, sagte Ronnie. »Ist jemand von der Elektrizitäts- oder der Telefongesellschaft bei Ihnen vorbeigekommen, um sich die Kabel in der Firma anzusehen? Jemand von Ihrer Versicherungsgesellschaft, oder ein Feuerwehrmann, der eine Inspektion machen wollte?«

»Oh, ich verstehe«, sagte Hemphill. »Sie denken, jemand könnte mein Büro oder mein Telefon verwanzt haben. Deshalb sind wir auch hier mit dem Auto unterwegs und sitzen nicht in meinem Büro.«

»Eine Vorsichtsmaßnahme«, sagte Sid. »Manche Vorsichtsmaßnahmen benötigen viel Arbeit und sind teuer, andere sind eher einfach. Wir fragen uns, ob es wohl eine undichte Stelle bei Ihnen gibt, weil die Versuche, uns umzubringen, angefangen haben, direkt nachdem wir uns mit Ihnen getroffen hatten.«

»Verstehe«, sagte Hemphill. »Ich erkundige mich mal beim Empfang und auch bei der Sicherheitsfirma und frage nach, ob in letzter Zeit irgendwelche Reparaturen oder Ähnliches durchgeführt wurden. Falls etwas in meinem Büro gemacht worden wäre, würden ich oder meine Assistentin es wissen.«

»Das bringt uns zur nächsten Frage«, sagte Ronnie. »Sind die Sicherheitsleute Ihrer Firma interne Angestellte, oder haben Sie einen Vertrag mit einer Sicherheitsfirma, die für Wachpersonal und Überwachung sorgt?«

»Es handelt sich um eine externe Firma, Quimbys. Das ist keine unbekannte Firma. Die haben früher schon Postkutschen bewacht.«

»Quimbys ist in der Tat ein bekannter Name, etwa so alt wie Brinks oder Pinkerton's. Aber jede Firma kann mal danebengreifen«, meinte Sid.

»Kennen Sie die Wachmänner?«, wollte Ronnie wissen.

»Kennen? Meinen Sie persönlich? Nein. Aber sie tragen alle Uniform und haben ein ID-Badge. Sie haben alle Arbeitsverträge und tragen Waffen, also gehe ich davon aus, dass sie geschult sind und ihr Hintergrund überprüft worden ist. Denken Sie etwa, dass ein falscher Wachmann James Ballantine umgebracht haben könnte?«

»Wir haben keine Ahnung, wer Mr Ballantine umgebracht hat«, sagte Ronnie. »Momentan versuchen wir einfach nur, herauszufinden, wie zwei Schützen gleich am ersten Tag, nachdem Sie uns angeheuert hatten, unseren Weg kreuzen konnten. Wenn wir das raushaben, können wir Ihnen vielleicht mehr sagen. Es käme uns sehr gelegen, wenn Sie wachsam wären und uns Bescheid geben würden, falls etwas nicht wie üblich ist.«

»So langsam macht mir das Angst«, sagte Hemphill. »Ich weiß gar nicht, worauf ich achten soll.«

»Auf alles, was Ihnen einfällt«, sagte Ronnie. »Denken Sie über Ihr Büro und Ihr Zuhause nach, suchen Sie beides gründlich ab. Gehen Sie alles durch, was in einer Steckdose steckt und dort nicht von Ihnen selbst eingesteckt wurde, alles, was Ihnen im Telefonverteiler an der Außenseite Ihres Hauses eigenartig vorkommt. Gehen Sie Ihr Viertel nach frisch zugezogenen Nachbarn durch, die eine gute Aussicht auf Ihr Haus haben, oder auf parkende Autos, die dazu dienen könnten, Sie zu beobachten.«

»Wir wollen Ihnen keine Angst einjagen«, sagte Sid. »Aber es sieht ganz danach aus, als wäre jemand nicht sonderlich erfreut über die Entscheidung Ihrer Firma, diesen Fall weiterzuverfolgen. Sollten Sie ein verdächtiges Gerät finden oder feststellen, dass Ihnen jemand folgt oder Ihnen zu viel Aufmerksamkeit schenkt, dann rufen Sie uns an. Wir kommen sofort.«

»Okay. Was kann ich sonst noch tun?«, fragte Hemphill.

»Eine Sache fehlt in Ihren Unterlagen – eine Liste aller Angestellten«, sagte Ronnie. »Wir brauchen ihre Namen, Telefonnummern und Adressen. Vielleicht können Sie uns eine Kopie des Telefonverzeichnisses Ihrer Firma zukommen lassen.«

Hemphill runzelte die Stirn. »Ich weiß nicht recht. Das verstößt gegen unsere Unternehmensrichtlinien, und was diese Verzeichnisse betrifft, sind die Verantwortlichen da ziemlich empfindlich. Wenn man mich dabei erwischt, wie ich eines aus der Firma schmuggle …«

»Okay, dann lassen Sie es lieber. Sie könnten es aber zum Beispiel auf Ihren Schreibtisch legen und mit dem Handy abfotografieren. Immer zwei Seiten auf einmal. Schicken Sie mir die Fotos aufs Handy.« Sie reichte ihm ihre Visitenkarte.

»Sonst noch was?«

»Sagen Sie niemandem, was Sie tun. Beobachten Sie die Menschen in Ihrem Umfeld, und geben Sie uns Bescheid, wenn Ihnen etwas auffällig vorkommt.«

»Aber wonach genau soll ich Ausschau halten?«

»Nach allem, was nicht so ist wie noch vor einem Monat.«

# 11

Ronnie kam aus der Dusche in ihrem Hotelzimmer und zog sich eine Jogginghose und ein T-Shirt an. Sid saß am Tisch beim Fenster und starrte auf den Computerbildschirm. »Was siehst du dir an?«

»Ich gehe gerade die Aufnahmen der Überwachungskameras durch, die wir im Haus angebracht haben.« Er drehte den Bildschirm, und sie sah, dass sechs Bilder gleichzeitig angezeigt wurden. Sid betätigte den Pfeil für den Schnellvorlauf, und die Bilder veränderten sich kaum. Auf den sechs Aufnahmen wechselte nur das Licht gleichzeitig und schnell. Die Schatten wanderten über jede Kamera, verschwanden in der Dunkelheit. Als die Sonne aufging und das Licht zum Fenster hereinschien, wurden die Aufnahmen wieder heller. Dieses Licht- und Schattenspiel setzte sich einen weiteren Tag bis in die Nacht fort.

Dann erfasste die auf dem Baum installierte Kamera Scheinwerfer, die vor dem Haus hielten und eine Sekunde später aus dem Bild verschwanden.

»Halt da mal an!«, sagte Ronnie.

Sid stoppte das Video, spulte es langsam zurück und hielt die Aufnahme an. »Sie sind stehen geblieben und dann zurückgefahren, damit man sie nicht sieht. Denkst du, sie haben die Kamera gesehen?«

»In der Dunkelheit? Da müssten sie schon verdammt gut sein.«

»Sie *sind* verdammt gut.«

Er spielte etwas am Helligkeitsregler auf dem Computer herum und fuhr das Video so weit zurück, bis das Auto am weitesten nach vorn gefahren war, dort, wo es kurz angehalten hatte. Zu sehen waren die beiden Scheinwerfer, die vordere Stoßstange und die Motorhaube. In der Windschutzscheibe waren jedoch nur die Spiegelungen der Straßenlaterne auf der anderen Straßenseite zu sehen. Sid ließ das Auto ein paarmal vor- und wieder zurückfahren.

»Vielleicht kriegt das jemand besser hin und kann ein Foto vom Fahrer hinter der Scheibe herausarbeiten.«

»Ich sehe das Toyota-Emblem auf der Motorhaube, das Ding, das nach einem T mit nach oben zeigenden Armen in einem Kreis aussieht. Das Nummernschild kann ich allerdings nicht erkennen. Du?«

»Nein. Durch das grelle Licht der Scheinwerfer wird es undeutlich.«

»Sollten sie das sein, ist das Nummernschild ohnehin mit großer Wahrscheinlichkeit gestohlen«, meinte er.

Er spielte die Aufnahme weiter ab. Ein paar Minuten änderte sich nichts auf den sechs Bildern, also spulte Sid wieder vor. Dann wurde die Aufnahme der Kamera im Baum schwarz.

»Diese eine haben sie also gefunden«, sagte Ronnie.

»Das war die Verzögerung. Sie müssen hinter ihr herumgelaufen sein, um die Kamera auszustecken, damit sie nicht gefilmt werden.«

Nacheinander wurden auch die Bilder der beiden anderen Außenkameras schwarz. Auf keinem Bildschirm war die Aufnahme einer Person zu sehen. Auf einen einzigen Streich wurden dann auch alle drei Innenkameras schwarz. »Vermutlich haben sie den Strom im Haus abgestellt.«

Sid seufzte. »Das ist okay, genau das haben wir doch erwartet, nicht wahr? Wir haben diese Kameras eingebaut, damit sie etwas finden und dann denken, sie hätten alles erwischt.«

»Ich hätte aber nicht gedacht, dass sie das alles hinkriegen, ohne ein einziges Mal von einer Kamera erfasst zu werden.«

»Lass uns mal nachsehen, wie das mit den Lochkameras funktioniert hat.« Er schloss den Link für das erste Kamerasystem, rief den Speicher des Computers auf und klickte die Kamera an, die er als Lochkamera Nummer eins gespeichert hatte. Das Bild auf dem Bildschirm war einheitlich grau mit ein paar horizontalen weißen Linien.

»Oh, Scheiße«, meinte Ronnie.

»Warte mal. Das ist die Kamera, die ich in der Tastatur der Alarmanlage installiert habe.«

»Spul die Aufnahme vor. Mal sehen, ob jemand die Klappe aufmacht.«

Sid spulte vor. Nach einer Weile wurden die horizontalen weißen Linien heller. »Da«, sagte er. »Zu dem Zeitpunkt ist jemand im Haus. Sie haben das Licht eingeschaltet.« Das Licht blieb einen Moment lang an, dann ging es wieder aus. Es blieb aus, bis die Aufnahme langsamer wurde, weil sie bei der Echtzeitaufnahme angelangt waren. »Okay, sie haben die Klappe also nicht geöffnet.«

»Das mussten sie nicht, weil sie die Alarmanlage bereits überlistet hatten. Aber ich glaube, dass wir sie trotzdem aufgezeichnet haben könnten. Wir haben gerade gesehen, dass die Lochkameras übertragen haben. Selbst wenn diese Leute alle gefunden haben, müssten sie in der Zeit zurückreisen, um nicht aufgezeichnet zu werden, während sie sie abmontieren. Jetzt, wo wir wissen, dass sie im Haus waren und das Licht eingeschaltet hatten, haben wir zumindest einen Anhaltspunkt.«

Sid wechselte zur Lochkamera Nummer zwei, die in der Küche angebracht war. Sie zeigte ein klares, helles, gut ausgeleuchtetes Bild der Hintertür, einen Teil des Tresens und einen Herd der Marke Viking. Das Bild wurde dunkel, dann heller, ein sonniger Fleck tauchte durch das Fenster im Osten auf dem Boden auf, zeigte den Schatten der Sprossenfenster. Der Schatten wanderte über den Boden, verschwand und tauchte wieder auf, doch niemals war ein menschlicher Umriss auf dem Bildschirm zu sehen.

Die dritte Lochkamera war in der Deckenleiste versteckt und zeigte ein klares Bild des Wohnzimmers. Sid spulte durch die Aufnahmen der ersten Nacht und des ersten Tages, bis es wieder Abend wurde. Es wurde immer dunkler im Wohnzimmer, bis die einzige Lichtquelle eine Tischlampe in einer Ecke des Zimmers war. Die Tischlampe erlosch, dann sahen sie, wie die Eingangstür aufging. Sid ließ die Aufnahme in normaler Geschwindigkeit ablaufen. Ein breitschultriger, muskulöser Mann trat ein. Er trug eine schwarze Jacke, eine blaue Jeans und dünne Lederhandschuhe. Auf dem Kopf hatte er eine gestrickte Sturmhaube mit einem Loch für Augen und Mund.

»Eine Sturmhaube«, sagte Ronnie. »Damit hätten wir wohl rechnen müssen. Sie hatten die Kameras draußen entdeckt, also haben sie auch im Haus welche erwartet.«

»Moment mal«, sagte Sid. »Er sieht sich die Kameras an, von denen wir erwartet hatten, dass er sie sieht. Sobald er die deaktiviert hat, zieht er die Haube vielleicht aus.«

Sie sahen zu, wie der Mann einen Stuhl heranzog, sich daraufstellte und die Kamera in der Zimmerecke herauszog.

Während er das tat, kam eine zweite Person, ebenfalls mit einer Sturmhaube, zur Eingangstür herein. Sie war kleiner als die erste Person, stellte eine schwarze Segeltuchtasche mit Werkzeug ab, ging dann ins Esszimmer und stellte sich auf den Stuhl, um die zweite Kamera herauszuziehen.

Ronnie und Sid beugten sich vor und starrten unverwandt auf das Bild auf dem Computer. Als die beiden Einbrecher von ihren Stühlen herunterstiegen und zur Treppe gingen, ging beiden dasselbe auf.

Ronnie sprach es als Erste aus. »Das ist ja eine Frau!«

»Tatsächlich.«

Ihre Blicke klebten am Bildschirm. Rasch schritt der Mann auf der Suche nach weiteren Kameras durchs Haus, fand die eine, die an der Hintertür des Hauses installiert war, und entfernte auch sie. Er suchte weiter das Haus ab, schien jedoch keine der Lochkameras zu sehen. Er ging aus der Hintertür nach draußen, gleich darauf war der Strom im Haus wieder da. Die Digitaluhr am Herd blinkte, und als der Mann hereinkam, sah er es, warf einen Blick auf seine Uhr und stellte sie.

Die Abels schalteten zur Wohnzimmerkamera um, folgten ihm. Die Tischlampe, die ausgegangen war, schaltete sich wieder ein. Die Frau nahm die Segeltuchtasche, die sie im Wohnzimmer abgestellt hatte, und folgte dem Mann nach oben in den ersten Stock.

»Können wir sie auf den Kameras oben sehen?«

Sid klickte von einer zur anderen, bis er bei der Kamera angelangt war, die den Gang im ersten Stock zeigte. Einen Moment später tauchten die Einbrecher auf. Leise gingen sie den Gang hinunter, die Frau mit der Segeltuchtasche, der Mann voraus. Er sah in jedes Zimmer, an dem sie vorbeikamen.

»Sie suchen nach dem Schlafzimmer«, sagte Ronnie.

An den Bildschirm gerichtet, sagte Sid: »Wie haltet ihr nur diese Hauben aus? Die sind heiß und jucken. Verdammt, jetzt zieht sie endlich aus!«

Doch die beiden behielten die Sturmhauben an. Sie gingen bis zum hinteren Zimmer am Ende des Ganges, dem Elternschlafzimmer, und traten hinein.

Sid starrte noch immer regungslos auf den Bildschirm.

»Und?«, sagte Ronnie. »Schalt schon zur nächsten Kamera.«

»Da drin ist keine Kamera.« Er hielt das Abspielen an.

»Was?« Erstaunt sah sie ihn an. »Du hast keine Kamera im Schlafzimmer installiert?«

»Ich hatte nur ein paar Lochkameras. Sie befinden sich im Eingangsbereich, dem Wohnzimmer, der Küche, dem Gang im ersten Stock, dem Esszimmer und der Tastatur für die Alarmanlage. Wir müssen warten, bis sie wieder rauskommen.«

Sie verpasste ihm einen leichten Schlag auf den Oberarm.

»Au! Warum schlägst du mich?«

»Weil es mir die Sprache verschlagen hat.«

Sid ließ die Aufnahme weiterlaufen und rieb sich den Arm, während sie auf den Bildschirm starrten. Erst zwei Minuten später tauchten die Einbrecher wieder im Gang auf. Sid passte die Lautstärke an, bis das schwache Quietschen der Gummisohlen der Einbrecher zu hören war, aber keiner der beiden sagte etwas. Sie kamen ganz dicht an der Kamera vorbei. »Keine Frage, das ist eine Frau«, bemerkte Sid.

»Richtig«, bestätigte Ronnie. »Fangen wir sie auf der Kamera im Wohnzimmer ein.«

»Okay«, sagte Sid. »Die Zeitangabe besagt neunzehn zweiunddreißig null eins.« Er schaltete zur Wohnzimmerkamera und betätigte den Schnellvorlauf, hielt an der entsprechenden Zeitangabe an. »Neunzehn Uhr zweiunddreißig und eine Sekunde.« Er drückte auf Wiedergabe.

Der Mann ging die Treppe als Erster hinunter. Er hielt jetzt seine Waffe in der Hand. Während die Frau nach unten ging, trat er ans vordere Fenster und sah nach draußen.

»Halt das Video noch mal an«, sagte Ronnie.

Sid drückte auf Stopp.

»Wo ist ihre Werkzeugtasche?«

»Sie hat sie nicht dabei«, sagte Sid. »Mal nachsehen, ob sie sie hatte, als sie aus dem Schlafzimmer kam.« Er schaltete zurück zur Kamera im Gang.

Als die beiden aus dem Schlafzimmer kamen, war es dort nicht sehr hell. Der Kopf der Frau war leicht nach unten gebeugt, und ihre Hände schienen mit irgendetwas beschäftigt zu sein. »Es sieht ganz so aus, als würde sie sie zusammenfalten.« Die Frau steckte die gefaltete Tasche in eine ihrer Jackentaschen.

»Was immer sie mitgebracht hat, ist jetzt in unserem Schlafzimmer«, meinte Sid.

Ed und Nicole Hoyt saßen in Eds schwarzem Pick-up auf dem Hügel über dem Forest-Lawn-Friedhof. Sie hatten eine Stelle gefunden, die perfekt in der Fluchtlinie zu der Straße in Burbank lag, wo die Abels das Haus gemietet hatten. Ed hatte ein Fernrohr mit sechzigfacher Vergrößerung auf dem Armaturenbrett seines Trucks aufgestellt, auf einem kleinen Stativ, damit es stabil war.

Er hielt Wache, saß nach vorn gebeugt da, das Kinn auf das Lenkrad gestützt, und sah konzentriert durch das Fernrohr. Er hatte die Fassade des Hauses gut im Visier, genau wie die Straße, die dort entlangführte. Es war ein angenehmer Ort – ein paar große Bäume, dunkelgrüner Rasen im Vorgarten, nicht allzu groß, sodass einem das regelmäßige Mähen nicht lästig wurde, dazu eine Nachbarschaft, die den Großteil des Tages verlassen wirkte. Das Bild in dem leistungsstarken Fernrohr hatte keinen Ton, aber er konnte sich das Zirpen der Vögel gut vorstellen. Er lehnte sich leicht zurück und sah auf die Uhr im Armaturenbrett. Mit einem Seufzer wandte er sich wieder dem Fernrohr zu.

Nicole sah von dem Spiel auf, das sie am Handy spielte. »Wir hätten früher aufstehen sollen. In der Zwischenzeit hätten sie schon fünfmal kommen und gehen können.«

»Gut möglich. Trotzdem habe ich gerade gedacht, wie froh ich doch bin, dass wir das nicht getan haben.«

Nicole lächelte. »Danke, Ed.«

»Ja. Dann hätten wir einfach nur zwei weitere Stunden hier herumgehockt.«

»Himmel, was bist du manchmal für ein Idiot.«

Er grinste sie an, dann wanderte sein Blick zurück zum Fernrohr.

Nicole fühlte sich besser. Ed konnte dem Drang nur schwer widerstehen, sich als großer Trottel aufzuführen, der Mühe hatte, sich die Schuhe richtig herum anzuziehen. Das schien ihm großen Spaß zu machen. Aber sie beobachtete ihn schon zu lange, um ihm das abzukaufen. Sie hatte mitbekommen, welch außergewöhnlichen Scharfsinn er an den Tag legen konnte, nicht zu verwechseln mit Intelligenz übrigens, und zwar, weil dafür die Fähigkeit vonnöten war, über abstrakte Dinge nachzudenken, was er anscheinend nie versuchte. Er war überaus aufmerksam. Sein Blick war fokussiert und erfasste die kleinsten Veränderungen in der sichtbaren, stofflichen Welt, die ihm etwas verraten konnten oder die er benutzen konnte – eine Schwäche, eine Verletzlichkeit, ein Nachteil. Was Tiger zu besitzen schienen – er besaß es auch.

»Da passiert was«, sagte er.

»Beim Haus?«

»Ja. Ich hoffe, du hast es richtig verdrahtet.«

»Mache ich doch immer«, sagte sie. »Das eine Mal, als es nicht funktionierte, hatte es zu lange gedauert, sodass die Telefonbatterie geschwächelt hat. Dieses Mal habe ich alles noch einmal überprüft, bevor wir gegangen sind. Die Handybatterie ist neu und voll geladen. Es wird funktionieren. Also, was siehst du?«

»Da ist gerade jemand vorgefahren und ausgestiegen. Ich bin mir ziemlich sicher, dass es Abel ist. Aber natürlich mit einem anderen Auto. Das letzte hatte ganz schön viele Löcher.«

»Geht er rein?«

»Nein. Er steht beim Auto, scheint auf jemanden zu warten.«

»Darf ich mal?«

Ed hob das Fernrohr mitsamt Stativ hoch und schob es auf ihre Seite des Armaturenbretts. Sie richtete es aus, blickte durch das Fernrohr und stellte es scharf. »Das ist Sid Abel. Sieht aber gar nicht gut aus.«

»Für mich sieht es ziemlich gut aus«, meinte Ed.

»Da fährt ein Truck hoch. Sieht aus wie ein Lieferwagen von UPS, hält vor dem Haus. Wir können nichts tun, bevor nicht dieser Typ seine Lieferung zugestellt hat und verschwunden ist. Warte. Da kommt noch was hinterher, Scheiße, Mann, ein Streifenwagen. Zwei sogar. Einer fährt um den Truck herum zum Ende des Häuserblocks, der andere hat am anderen Ende gehalten. Abel spricht mit jemandem im Truck. Das ist kein Zusteller. Und jetzt steigt jemand hinten aus. Er trägt einen dieser Schutzanzüge. Das ist das Kommando zur Bombenentschärfung.«

»Verdammt«, sagte Ed. Er war ungewöhnlich still.

»Woher wissen die das?«

»Wir müssen neulich nachts eine der Kameras übersehen haben.«

»Willst du es dir ansehen?«

»Ja.« Er nahm das Fernrohr wieder an sich, richtete es neu aus und sah hindurch.

Nach einem kurzen Moment sagte Nicole: »Was machen sie?«

»Sieht ganz so aus, als würde sich einer dafür bereit machen, ins Haus zu gehen. Sie legen ihm die Schutzausrüstung an, dauert ein paar Minuten. Das Ding wiegt so um die fünfunddreißig Kilo. Außerdem müssen Leute evakuiert werden, für den Fall, dass was schiefläuft. Sieht ganz so aus, als wären die Cops an beiden Enden der Straße ausgestiegen und würden von Tür zu Tür gehen.«

»Was sollen wir deiner Meinung nach jetzt tun?«, fragte Nicole.

»Abwarten, ob Abel ins Haus geht, um dem Typen zu zeigen, wo er nachsehen muss. Wähl den ersten Teil der Nummer. Alle Zahlen, bis auf die letzte, sei bereit. Ich halte für dich Ausschau.«

Sie gab die Vorwahl und die ersten sechs Ziffern ein und wartete.

* * *

Ronnie saß mit einem Sergeant des Entschärfungskommandos auf dem Rücksitz eines Streifenwagens. Sie waren einen ganzen Häuserblock von dem gemieteten Haus entfernt. »Eine angenehme Wohngegend«, meinte er. »War es schwierig, hier ein Haus zu finden?«

»Wir haben einen Makler engagiert, trotzdem haben wir ziemlich viel Glück gehabt. Wir wollten, dass es weit weg von dem Ort ist, an dem unser altes Haus steht, oder besser, stand. Dieses hier war möbliert zu mieten, und es war sofort frei.«

»Nicht schlecht. Mal abgesehen von dem kleinen Problem, das Sie momentan haben, wäre ich auch nicht abgeneigt, hier zu wohnen.«

»Es könnte sich als ziemlich großes Problem entpuppen«, sagte Ronnie.

»Ach, machen Sie sich nicht zu viele Sorgen. Das Bombenräumkommando wird häufig gerufen – etwa viermal täglich.

Im Schnitt handelt es sich jedoch nur bei einem Fünftel dieser Anrufe um etwas, das explodieren …«

Das Funkgerät unterbrach sie. »Team eins. Officer Rylands ist draußen. Es gibt eine Apparatur oben im Schlafzimmer.«

»Können Sie die beschreiben?«, fragte der Sergeant.

»Es handelt sich um eine Rohrbombe. Sie ist an der Rückseite des Spiegels am Schminktisch befestigt, ungefähr einen Meter zwanzig über dem Boden. Das Rohr ist etwa fünfundvierzig Zentimeter lang, hat sieben Zentimeter Durchmesser, Rohrkappen an beiden Enden, eine davon für den Draht mit Bohrloch. Darum herum ist Panzerband gewickelt, um Kugellager zu fixieren. Die Vorrichtung scheint korrekt verdrahtet zu sein und wird von einem Handy ausgelöst. Die Doppelleitung, die zu sehen ist, sieht für Rylands aus wie eine Sprengkapsel.«

»Geben Sie Ihre genaue Position durch.«

»Wir sind wieder im Transporter und setzen zurück, damit wir ausreichend Sicherheitsabstand haben, sobald Andros zum Einsatz kommt.«

»Verstanden.« Er wechselte die Frequenz zum normalen Polizeifunk und sagte: »Hier spricht das Sprengstoffräumkommando 1. Wir haben einen Code Five Edward in der 3-1-3-2 Bluff Street.«

»Verstanden, Einheit 3.«

Der Sergeant wechselte zurück zur Frequenz des Bombenräumkommandos. Ronnie wusste, dass Code Five Edward bedeutete: Sie wollten versuchen, die Bombe auf freiem Feld zu neutralisieren. Andere Einheiten, insbesondere Flugzeuge, sollten die Gegend meiden beziehungsweise umfliegen.

Sie nahm ihr Handy und wählte eine abgespeicherte Nummer. »Sid, steigst du bitte ins Auto und fährst weg?«

»Schon unterwegs«, sagte Sid.

Der Sergeant steckte das Funkgerät wieder zurück in die Halterung. »Jetzt können wir nur noch abwarten, bis die Jungs ihren Job erledigt haben.«

»Ich habe den Namen Andros gehört. Benutzen sie den Roboter?«

»Yep«, sagte der Sergeant. »Rohrbomben sind für gewöhnlich nicht allzu kompliziert, allerdings gibt es ein paar fatale Ausnahmen. Diese Bombe hier ist mit einem Handy verbunden, es könnte also knifflig werden.«

Sid Abels Auto fuhr am Streifenwagen vorbei und hielt etwa fünfzehn Meter dahinter. Sie sahen, wie der Roboter mit seinen Panzerketten und Rädern weiter unten in der Straße die Rampe vom Truck des Bombenräumkommandos herunterfuhr. Dann setzte der Transporter etwa hundertfünfzig Meter zurück. Ein Mann im Transporter dirigierte den Roboter mithilfe einer installierten Videokamera, ein Mann im Bombenschutzanzug begleitete den Roboter. Der Roboter surrte unbeirrt über die Straße, die Auffahrt hinauf bis zur Treppe, dann erklomm er langsam die drei niedrigen Stufen bis zur Veranda. Der Mann öffnete die Eingangstür und richtete den Roboter so aus, dass er die letzte Stufe ins Wohnzimmer nehmen konnte. Er schloss die Tür und trat einen Schritt zurück.

Gleich darauf schien sich die Morgenluft zu verdichten und hart zu werden, als Nächstes erreichte eine Schockwelle die Ohren, den Bauch, die Haut. Der Bombenexperte wurde zu Boden geschleudert, alle Fensterscheiben des Hauses zersprangen gleichzeitig, und ihre Splitter flogen nach draußen. Das Auto, in dem Ronnie und der Sergeant saßen, hüpfte ein paar Zentimeter hoch. Sofort war die Luft erfüllt von Trümmern, einer Mischung aus Glas, Staub und Holzstücken. Manches davon flog erst aufwärts, einen Moment später regnete dann alles auf die Gärten und Gehsteige herab. Noch ehe die letzten Teile aufgeschlagen waren, rannten zwei Beamte zu dem gestürzten Mann im Bombenschutzanzug.

Der Sergeant hatte sein Mikro wieder in der Hand. »Einheit 1, bitte Meldung.«

Nach einer kurzen Verzögerung sagte jemand: »Keine Verletzten, ich wiederhole, keine Verletzten.«

»Verstanden, Einheit 1.« Er wandte sich an Ronnie Abel. »Ihre Verdächtigen geben nicht auf. Sie müssen nah an ihnen dran sein.«

# 12

Den restlichen Vormittag und einen Großteil des Nachmittags verbrachten Sid und Ronnie auf dem Revier von North Hollywood, wo sie von einem Team aus Bundesbeamten, die für das ATF arbeiteten, das Amt für Alkohol, Tabak, Schusswaffen und Sprengstoff, und dem FBI befragt wurden. Nachdem diese sich damit zufriedengaben, dass die Abels nicht mehr wussten als das, was sie bereits vom Bombenräumkommando der Polizei erfahren hatten, gingen sie, einer nach dem anderen. Als Letzter ging ein FBI-Agent, der zu Sid und Ronnie sagte: »Ich weiß nicht, wozu ich Ihnen raten soll, außer dass Sie möglichst darauf achten sollten, wo Sie hingehen und was Sie essen, und dass Sie weiterhin regelmäßig Ihr Auto wechseln sollten. Ich habe keine Ahnung, wie wir diese Leute davon überzeugen sollen, dass Sie nicht länger ermitteln werden.«

»Schon in Ordnung. Wir hören nicht auf zu ermitteln«, sagte Ronnie. »Aber trotzdem vielen Dank.«

Wenige Minuten später befanden sich die Abels im Morddezernat. Sie saßen vor Detective Miguel Fuentes' Schreibtisch, der sich das Video ansah, das sie gerade zigmal mit den Bundesbeamten angesehen hatten. »Das ist eindeutig ein Durchbruch«, sagte Fuentes. »In diesem Business gibt es nur wenige Frauen. So wenige allerdings, dass ich spontan gar nicht weiß, was ich mit dieser Information anfangen soll.«

»Was meinen Sie damit?«, fragte Ronnie.

»Etwa zehn Prozent aller Morde werden von Frauen begangen. Für etwa drei Prozent aller Morde wird jemand angeheuert. Wie viele Frauen hier in der Gegend übernehmen Mordaufträge für Geld? Mir fällt gerade keine ein. Sind es fünf? Oder zehn?«

»Wir sind momentan nur an dieser einen interessiert«, sagte Sid. »Diese Leute haben uns lange damit auf Trab gehalten, uns zu verteidigen, sodass wir noch keine Gelegenheit hatten, unsere investigative Arbeit fortzusetzen. Wir fahren jetzt raus aus der Stadt, um jemanden zu befragen. Sollten Sie unterdessen eine Frau in der Datenbank finden, die dafür bekannt ist, solche Auftragsmorde zu erledigen, würden wir das natürlich gerne erfahren.«

»Da der Mord an Ballantine nun mein Fall geworden ist, werde ich mein Bestes tun, Sie zu unterstützen, damit Sie Ihrerseits mich unterstützen. Aber es ist immer dasselbe Problem mit den Mördern«, sagte Fuentes. »Und das wissen Sie beide. Es ist verdammt schwierig, Wiederholungstäter zu finden. Wenn wir wissen, dass sie schon einmal straffällig geworden sind, sitzen die Täter vermutlich im Gefängnis.«

»Wäre vielleicht auch eine gute Idee, uns den Namen eines gewalttätigen männlichen Straftäters zu geben, von dem man weiß, dass er mit einer Frau zusammenarbeitet«, sagte Ronnie. »Die Aufzeichnungen der Lochkamera zeigen, dass sie die schwarze Tasche mit der Bombe ins Haus gebracht hat. Sie könnten sich also eine Liste der Frauen geben lassen, die Sprengstoff benutzt haben.«

»Okay. Aber dass sie sie getragen hat, heißt nicht, dass sie die Bombe auch gebaut hat.«

»Die Wahrscheinlichkeit ist trotzdem ziemlich hoch, denke ich«, sagte Sid. »Es war eine große schwarze Rohrbombe, umlagert von Kugellagern, versehen mit einem elektronischen Zünder. Ich kann mir nicht vorstellen, dass ein Bombenbauer jemand anderen seine Bombe tragen lässt, wenn er sich mit dem Ding im selben Raum aufhält.«

»Okay. Ich werde eine gesonderte Anfrage beim ATF machen. Vielleicht gibt es irgendeinen weiblichen Treffer. Noch irgendwelche anderen Hinweise, denen wir nachgehen sollten?«

»An dem Abend, als sie uns vom Auto aus in diesem Neubaugebiet angeschossen haben – ein Schuss, kein Fehlschuss. Einen winzigen Moment zuvor haben wir gesehen, dass mit ziemlicher Sicherheit ein Mann am Steuer saß.«

»Dann war die Frau also die Scharfschützin?«

»Davon gehen wir aus«, sagte Sid. »Die anderen Male haben beide auf uns geschossen. Aber als nur einer geschossen hat, war das die Frau. Vielleicht haben Sie ja eine Frau im System, die eine herausragende Schützin ist.«

»Kann schon sein. Was ist mit den Waffen? Irgendein besonderes Merkmal?«

»Im Neubaugebiet haben sie eine .308 Winchester benutzt. Die Hülsen wurden ausgeworfen, und die Beamten haben sie auf der Straße gefunden. Von denen gibt es Tausende. In der Nacht, als sie das Feuer in unserem Haus gelegt haben, hatten sie vollautomatische Gewehre mit Neun-Millimeter-Munition. So was wie eine Uzi, eine Tec-9 oder eine MP5-Maschinenpistole.«

»Da sehe ich auch eher schwarz«, meinte Fuentes. »Ich werde mir die Liste der legalen Angriffswaffen ansehen, die nicht betroffen waren, als das kalifornische Waffenverbot in Kraft trat, aber Mörder besitzen in der Regel keine angemeldeten Waffen. Vielleicht sind wir besser dran mit einer Liste von Leuten, die gefasst wurden, als sie Sturmgewehre in den Staat gebracht haben, oder diese dauerhaft auf vollautomatisch umstellen ließen.«

»Kann nicht schaden«, meinte Ronnie.

»Welche Beschreibung passt auf die Frau?«

»Klein, schlank«, sagte Ronnie. »Etwa eins sechzig, um die fünfzig Kilo.«

»Die Haare steckten unter der Skimaske, und sie war nicht nah genug an der Kamera dran, sodass ihre Augenfarbe nicht zu erkennen war«, sagte Sid.

»Mit anderen Worten, einfach irgendeine junge Frau«, meinte Fuentes. »Ich rufe Sie an, wenn wir was finden sollten. Hoffen wir einfach, dass sich Ihre Wege so lange nicht kreuzen. Passen Sie auf sich auf!«

Nicole und Ed Hoyt saßen auf der offenen Tribünenfläche neben dem Baseballfeld im Park. Sie waren mindestens neunzig Meter von der nächsten Person entfernt. Die Einzige, die Nicole gerade sehen konnte, war eine junge Frau in Shorts und Tanktop, die mit einem großen schwarzen Labrador Retriever Gassi ging.

Sie sah flüchtig zu Ed hinüber. Auch er beobachtete die Frau. Sie wusste, dass Ed dabei etwas anderes durch den Kopf ging als ihr, aber sie machte ihm deswegen keine Vorwürfe, genauso wenig, wie sie dem Labrador einen Vorwurf für seine Gedanken machte, die vermutlich etwas erhabener waren als die von Ed. Schon viele Frauen hatten sich bei ihr darüber beschwert, wie die Männer sie angafften. Sie hatte aber nie etwas dazu gesagt, nur insgeheim gelacht. Warum wohl, verdammt noch mal, glaubten diese Frauen, schenkte ihnen wohl ein Mann sein gesamtes Vermögen und seine ganze Aufmerksamkeit – damit er jemanden hatte, der in der Kirche neben ihm saß?

Wieder sah sie Ed an. Er starrte noch immer zu der Frau hinüber, aber sie störte sich nicht daran. Auf diese Entfernung konnte Ed das Mädchen nicht besser sehen als sie. Sie blickte in die andere Richtung, zu den Bäumen an der Mauer entlang des Freeway, am Ende des Parks. Von dort aus kam Boylan in seinem Kapuzensweatshirt auf sie zu. Er musste über den Pfad neben dem betonierten Flussbett des Tujunga Wash gekommen und dann durch ein Loch im Zaun geschlüpft sein.

»So macht er das also«, sagte sie.

Ed wandte ihr den Blick zu und sah, wie Boylan näher kam. »Er ist ein Wiesel. So, wie er kommt und geht, ist er wohl schwierig auszumachen und noch schwieriger zu verfolgen. Es gibt etwa acht Möglichkeiten, wieder zu verschwinden, sobald er raus aus dem Park ist, und sein Auto könnte überall stehen.«

»Er könnte sogar die Subway nehmen«, sagte sie. »Die Red-Line-Station ist direkt hinter dem Parkplatz.«

»Oder einen Bus. Über der Subway gibt es einen Busbahnhof.«

»Wir sollten eigentlich froh sein, dass er so vorsichtig ist. Aber irgendwie bin ich nicht so richtig happy darüber«, bemerkte Nicole.

Ed zuckte mit den Schultern. »Es ist nicht schwieriger, ihn umzubringen als jeden beliebigen anderen.«

Nicole tätschelte sein Knie. Weitere Worte wären hier unnütz.

Boylan lief an den Bäumen entlang, bis er bei der Tribüne war. Unterhalb der Hoyts blieb er stehen und sah nach oben.

»Wollen Sie nichts sagen?«, fragte Nicole.

»Schon gut. Ich bin ein bisschen aufgebracht.«

»Haben wir etwa angerufen? Ich bin mir ziemlich sicher, dass Sie uns hergerufen haben«, erwiderte Ed.

»Sie scheinen nicht ganz zu verstehen, was los ist. Sie haben eine Bombe in einem Haus in Burbank hochgehen lassen. Eine Bombe. Ist Ihnen das eigentlich klar?«

»Hat doch ziemlich gut funktioniert«, meinte Ed. »In den Nachrichten hieß es, dass der Typ vom Entschärfungskommando sie nur deshalb entdeckt hat, weil die Rückseite des Spiegels staubig war und das Klebeband an einem der Drähte nicht richtig hielt. Ansonsten hätten sie die Abels mit Spachteln von der Wand kratzen können.«

»Sie zünden eine Bombe und glauben, alles bleibt beim Alten?«, entgegnete Boylan. »Die Regierung interessiert sich für Bomben. Los Angeles hat eines der besten Räumkommandos weltweit, und sie schnappen die Leute. Über Bomben wird in den Fernsehnachrichten berichtet.«

»Genau das habe ich doch gerade gesagt. Wir mussten sie zünden, weil sie einen Roboter reingeschickt haben, um sie zu entschärfen. Wir wollten ihnen nichts überlassen, was sie nachverfolgen konnten.«

»Und Sie glauben, dass Ihnen das gelungen ist?«

»Mit ziemlicher Sicherheit. Die Zündkapsel stammte aus einem Geräteschuppen von dem Straßenbauprojekt in Montana vor acht Jahren. Das Rohr und die Verschlusskappen kamen aus einem Sanitärladen, der sein Inventar wegen Geschäftsaufgabe verkauft hat, und das liegt nun schon mindestens fünf Jahre zurück. Das Handy war ein Prepaid, das ich auf einem Parkplatz aus einem Einkaufswagen geklaut habe. Es gibt keine Verbindung zu uns.«

»Wissen Sie denn nicht, dass Dynamit bei der Herstellung mit Identifizierungsmerkmalen gemischt wird?«

»Doch, wissen wir«, sagte Ed. »Aber Schwarzpulver eben nicht.«

»Sie haben Schießpulver verwendet?«

»Ganz genau«, sagte Nicole. »Wir wollten in einem Schlafzimmer zwei Menschen ausschalten, keinen Berg im Tagebau sprengen. Wir haben immer was parat.«

Boylan kochte. Sein Mund war eine schmale, gerade Linie, und seine Augen traten hervor, während er laut schnaubte. Kurz darauf schien er sich wieder im Griff zu haben. »Die Abels sind beide am Leben und unverletzt, und Sie haben jetzt schon drei Versuche hinter sich. Mir wäre es lieber gewesen, Sie hätten keinen Sprengstoff verwendet. Jetzt suchen alle nach Ihnen.«

»Wir müssen uns lediglich vor den beiden in Acht nehmen«, sagte Ed. »Das gehört wohl einfach zum Job. Aber wir verlangen keine Extragebühr für dieses Risiko.«

Nicole hielt sich die Hand vor den Mund, damit ihr Grinsen nicht allzu auffällig war, und klopfte mit der anderen Hand auf Eds Oberschenkel.

Ed verstand den Hinweis. »Wir hatten nicht vor, Sie oder Ihre Klienten in Gefahr zu bringen, und wir stellen auch sicher, dass nichts passiert. Alles andere ist unser Problem.« Er stand auf. »Wir warten ab, bis sich alles wieder etwas beruhigt hat, dann erledigen wir den Job. Wir melden uns danach bei Ihnen.«

Ed und Nicole verließen die Tribüne und gingen am Backstop des Baseballfeldes vorbei zum Parkplatz. »Dieser Boylan verwundert mich wirklich. Wir haben in diesem Jahr drei Aufträge für ihn erledigt, haben aber nur eine Handynummer und einen Namen von ihm, den er sich vermutlich ausgedacht hat«, meinte Nicole.

»Wenn du willst, können wir ihm bis nach Hause folgen.«

»Und was sagen wir, wenn er uns sieht?«

»Dass wir einen verdächtigen, dubiosen Mann gesehen haben und ihm gefolgt sind. Zum Glück waren das aber nur Sie, Boylan.«

Sie lachte. »Irgendwie bescheuert, aber mir wäre wirklich danach.« Sie kamen zu ihrem kleinen grauen Auto.

»Na dann, steig ein.«

Sie fuhren über die lange Straße zum Lankershim Boulevard und bogen erst einmal, dann ein zweites Mal nach links ab. Ed fuhr auf den Parkplatz hinter einem kleinen Restaurant und blieb stehen.

»Was ist hier?«, fragte sie.

»Wenn er mit dem Auto hier ist, hat er auf dem Parkplatz auf dieser Seite der Waschanlage geparkt, beim Freizeitpark oder bei den anderen Baseballfeldern. Wenn man wegfährt, kommt man hier vorbei. Sollte er nicht mit dem Auto hier sein, dann wissen wir auch Bescheid.«

Sie warteten. Nicole wippte mit den Füßen, hörte im Kopf ein Lied, an das sie sich gerade erinnerte. Sie sah zu den Fenstern auf der Rückseite des Restaurants hinüber, die mit Sperrholz und Brettern verstärkt waren, damit niemand einbrechen konnte. Sie fragte sich, ob die Fenster dreckig waren, ehe sie verschalt wurden, oder ob der Staub sich im Lauf der Jahre einen Weg dort hinein gebahnt hatte. Würden die Menschen ein wenig Zeit hinter den Restaurants verbringen, würde dort niemand mehr zum Essen hingehen. »Er braucht aber ganz schön lange«, bemerkte sie.

»Stimmt. Wahrscheinlich hat er Angst, wir könnten den Zorn Gottes auf ihn lenken, deshalb will er sichergehen, dass wir nicht geschnappt worden sind, als wir den Park verließen, ehe er hier langfährt.«

»Wie kommst du nur auf solches Zeug?«

»Bei der Jagd auf wild lebende Truthähne. Da musst du Geduld haben und abwarten, weil sie allem misstrauen, was sich bewegt. Jeder ist ihr Feind, weil sie gut schmecken. Boylan denkt wohl genauso.«

Sie lächelte, aber sie wusste, dass Ed es durchaus auch ernst meinte. Er war in den Appalachen aufgewachsen und dort viel unterwegs gewesen. Er war kein Hinterwäldler – das wäre viel zu selbstverständlich und seriös. Seine Leute schienen sich geradewegs von Affen zu Dieben entwickelt zu haben. Sie hatten sich nirgendwo niedergelassen, nicht direkt zumindest, und blieben immer nur so lange, bis der jeweilige Landstrich ausgebeutet war. Sie lebten an Orten, von denen sie den Eindruck hatte, dass es Hütten waren – marode Gebäude am Rande der Zivilisation, die meisten von ihnen verlassen, nachdem jemand bei dem Versuch, Land zu bebauen, das zu steinig, zu steil oder mit stacheligem Gehölz bewachsen war, pleitegegangen war. Sie nahmen es in Besitz und richteten sich dort ein, bis etwas sie zum Weiterziehen bewegte.

Er erzählte ihr, dass er sein erstes Opfer, einen Mann, in Kentucky umgebracht habe, als er ungefähr achtzehn war. Als kleiner Junge hatte er mit der Jagd angefangen, und bis zu diesem Zeitpunkt hatte er schon so ziemlich alle in der Region vertretenen Arten erlegt, die man essen oder gegen Geld eintauschen konnte – bis auf eine. Es ging um einen Priester, der es sich zur Gewohnheit gemacht hatte, sich mit ein paar Frauen aus seiner Gemeinde zu vergnügen. Einer der Ehemänner hatte das herausgefunden und seinen Namen bereits auf die Agenda gesetzt, um bei der nächsten Sitzung des Ältestenrats darüber zu sprechen. Es war ziemlich eindeutig, dass er beabsichtigte, den Priester öffentlich an den Pranger zu stellen. Und so bekam Ed seinen ersten Auftrag. Er wartete auf der Weide darauf, dass der Mann seine Milchkühe zum abendlichen Melken in den Stall trieb, brachte ihn um, trug ihn tief in den Wald und vergrub ihn dort.

Eds Talent für die Pirsch machte ihn auch in Sachen Verschleierung gut. Er wusste, dass es an der Zeit war, die Kleinstadt zu verlassen, aber direkt nach dem Verschwinden seines ersten Opfers selbst zu verschwinden, würde einen Hauptverdächtigen aus ihm machen. Also brachte er das Gerücht in Umlauf, dass er darüber nachdenke, zur Armee zu gehen. Er nahm einen Bus nach Louisville, ging in ein Rekrutierungsbüro, deckte sich mit Broschüren, Bewerbungsunterlagen und ein paar Visitenkarten der anwesenden Musterungsoffiziere ein. Dann hing er in einer örtlichen Bar ab, in der minderjährige Jungs etwas zu trinken bekamen, und sprach mit seinen Freunden über seine Pläne. Er zeigte ihnen die Broschüren, holte sich Rat bei ein paar älteren Männern, die im Krieg gedient hatten. In der Klinik der nächsten Kleinstadt ließ er sogar einen Gesundheitscheck machen. Er bat die Arzthelferin, sicherzustellen, dass er auf gesundheitliche Probleme untersucht wurde, die seinen Eintritt in die Armee verhindern könnten. Als er schließlich die Stadt verließ, war jeder in der Gegend darüber informiert, dass Ed Hoyt seinem Land dienen würde. Am letzten Sonntag in der Stadt ging er in die Kirche, wo der Priester, der ihn für den Mord angeheuert hatte, Gott darum bat, den mutigen Ed Hoyt zu segnen.

Sobald Boylan am Restaurant vorbeifuhr, ließ Ed Hoyt den Motor an, blieb aber noch einen Moment lang stehen, wartete so lange, bis Boylan auf den Lankershim Boulevard links oder rechts abbiegen würde. Boylan wählte links, und Ed und Nicole sahen, wie er mit seinem Auto nach Norden fuhr.

Noch immer übte sich Ed in Geduld. Dann fuhr er hinter einen Lkw und schlug dieselbe Richtung wie Boylan ein. Er blieb hinter dem Lkw, damit Boylan sein Auto im Rückspiegel nicht entdecken konnte, aber Ed sah ein winziges Stück Straße links und rechts vom Lkw. Solange Boylans brauner SUV weiter geradeaus fuhr, musste Ed ihn nicht sehen. Und wenn er abbog, würde Ed das mitbekommen.

Das geschah aber erst an der Oxnard Street. Dieses Mal sah Ed aus knapp zweihundert Metern Entfernung, wie Boylan abbog. Ein paar Blocks weiter bog Ed wieder links und anschließend rechts ab und tauchte weit hinter Boylan auf. »Wenn er uns jetzt sieht, dann denkt er, wir wären irgendein neues Auto. Das ist nur eines dieser dummen Dinge, von denen der menschliche Geist sich irreleiten lässt. Wie wenn Menschen nach jemandem Ausschau halten, der ihnen auflauert, dann sehen sie überall hin, nur nicht nach oben.«

»Dem Himmel sei Dank für die Dummheit des menschlichen Geistes. Die bezahlt unsere Rechnungen.«

»Amen.«

Ed reihte sich in eine Schlange von Autos ein, von denen die meisten breiter und größer als ihr Camry waren, und blieb eine Weile dort. Als Boylan links abbog und wieder Richtung Süden fuhr, folgte Ed ihm. Der Mann gab sich größte Mühe, nicht verfolgt zu werden, war aber nicht sehr gut darin. Als er den Ventura Boulevard überquerte und in ein Gebiet mit großen Häusern kam, die auf niedrigen Hügeln errichtet waren, folgten sie ihm immer noch, doch Ed wurde deutlich langsamer. »So langsam wird es brenzlig.«

Nicole wusste, was er meinte. Hier gab es weniger Stellen, an denen sie abbiegen konnten, und jede Abzweigung führte in eine schmalere Straße. Viele von ihnen schlängelten sich bergan und gingen in eine andere über, andere endeten in einer Sackgasse, und manche von ihnen führten wieder zurück. Es war ein reines Wohnviertel, und mitten am Tag waren hier nur wenige Autos unterwegs.

Ed achtete darauf, dass Boylans Auto weit genug vor ihm war, sodass er nur einen kurzen Blick auf ihn erhaschte, wenn der Mann um eine Kurve fuhr. Dann beschleunigte Ed bis zur Kurve, um noch das Rücklicht zu sehen zu bekommen, ehe das Auto wieder verschwand. Nach einer Weile sagte Ed: »Nimm dein Handy und mach ein paar Fotos.«

Nicole nahm ihr Handy. Kurz vor der nächsten Kurve wurde Ed langsamer, ließ das Fenster herunter und horchte. Er ließ das Auto fast bis zur Kurve ausrollen, blieb dann stehen und stieg aus, schloss seine Tür aber nicht ganz, um keinen Lärm zu machen. Er streckte die Hand aus, und Nicole reichte ihm das Handy durch das offene Fenster.

Wenige Minuten später kam Ed um die Kurve zurück, stieg ein und reichte ihr das Handy. Er wendete in drei Zügen in der engen Straße und fuhr auf dem Weg zurück, den sie hergekommen waren.

Nicole rief das Fotoalbum in ihrem Handy auf. Ed hatte sechs Bilder aus unterschiedlichen Winkeln gemacht. Alle Bilder zeigten ein großes, zweistöckiges Haus oben auf einer kleinen Anhöhe, umgeben von einem Dickicht aus Bäumen, wucherndem Gebüsch und von Kletterpflanzen durchranktem Unterholz. Boylans brauner SUV stand oben auf der steilen Auffahrt in der offenen Garage. »Das ist sein Haus?«

»Er ist zur Tür gegangen und hat sie mit einem Schlüssel aufgeschlossen«, sagte Ed. »Und er hat sein Auto in die Garage gefahren.«

»Hätte ich mir gerne etwas genauer angesehen.«

»So, wie sich alles entwickelt, müssen wir das vielleicht sogar tun.«

»Hast du deshalb Fotos gemacht?«

»Ganz genau. Wenn wir hier wieder hermüssen, wird es vermutlich schon dunkel sein. Da sollten wir besser wissen, wie alles angeordnet ist, nicht dass wir über etwas stolpern und noch selbst schuld sind, wenn wir dran glauben müssen.«

# 13

Sid und Ronnie Abel nahmen den Abendflug nach Houston und ließen die einstündige Taxifahrt vom Flughafen in die Stadt über sich ergehen. Sie checkten im Hotel ein und blieben auf ihrem Zimmer, um die Informationen durchzugehen, die sie für die Unterhaltung mitgebracht hatten, die für den nächsten Vormittag vorgesehen war.

Am nächsten Morgen, kurz vor zehn, saßen sie nebeneinander im Coffeeshop im Erdgeschoss ihres Hotels an einem Tisch mit Blick zur Fensterfront. In Houston war es heiß und schwül, wie auch jedes Mal zuvor, wenn sie hier gewesen waren. Stets war der Himmel von milchigem Grau überzogen, das irgendwie ein Leuchten zuließ, ohne jedoch die Sonne zu zeigen. Nach ein paar Minuten sagte Sid: »Sie kommt wohl nicht.«

»Sie wird kommen.«

Vor dem Fenster befand sich ein gepflasterter Bereich, der sich über etwa vierhundert Meter erstreckte. Am Ende lag ein trockener Brunnen, und es gab mehrere Stellen auf dem flachen, betonierten Platz, die ein kleines Dach hatten, aber keinen Schattenplatz, wo man sich hätte hinsetzen können. Zu beiden Seiten des Platzes standen riesige Gebäude, breiter, als sie hoch waren, mit identischen Fensterreihen, dazu gedacht, Licht ins Gebäude fallen zu lassen, ohne Einblick zu gewähren. Die Gebäude waren so gestaltet, dass sie nach außen zu den umgebenden Straßen zeigten, es gab also keine breiten Eingänge, nur ein paar normal breite Türen, die zu dem staubtrockenen, leeren Platz führten.

»Ich sehe mir das jetzt schon zwanzig Minuten lang an. Und ich habe genau zwei Leute gesehen, die aus einem der Gebäude gekommen sind.«

»Ich weiß«, sagte Ronnie. »Beide sind hergekommen, um sich etwas zu trinken zu holen. Ich glaube, ich habe noch nie etwas weniger Einladendes gesehen. Selbst in der Wüste gibt es wenigstens Pflanzen und Tiere.«

»Ich denke, sie versetzt uns.«

»Tut sie nicht.«

»Wollen wir wetten?«

»Klar.«

»Dann lass uns um etwas wetten, das es interessant macht.«

Ronnie saß schweigend da und blickte über den Platz.

»Und?«, sagte Sid.

»Ich denke darüber nach, was du interessant findest. Darum will ich nicht wetten.« Nach einer Pause sagte sie: »Die Örtlichkeit hier hat schon was. Sie erinnert mich an eine dieser künstlichen Städte, die eine tyrannische Regierung mitten in der Wildnis errichten lässt und wo dann nie jemand einzieht.«

»Aber hier wohnen Menschen. Ich kann verstehen, dass sie bei dieser Hitze nicht rausgehen«, sagte Sid. »Unsere Blicke richten sich gerade wohl auf einen Haufen Menschen, die weltweit in der Ölindustrie tätig sind. Wir sehen sie hinter den Scheiben nur nicht.«

»Das könnte sie sein.«

Ganz hinten, auf der anderen Seite der leeren Plaza, lief eine schlanke schwarze Frau in einem dunkelblauen Anzug zur Mitte des Platzes, Richtung Hotel. Sie unternahm nicht den Versuch, außen um den Platz herumzugehen, um in den Genuss des schmalen Schattenstreifens von einem der Gebäude zu kommen, sondern kam schnurstracks auf sie zu.

»Du hast gewonnen«, sagte Sid. »Ich dachte, sie würde uns hängen lassen.«

»Nicht, wenn sie uns mit zehnminütigem Geplauder bei einem Kaffee loswerden kann.«

»Und vielleicht denkt sie ja auch, dass eine geringe Chance besteht, dass wir den Tod ihres Mannes aufklären.«

»Ich glaube nicht, dass sie damit rechnet«, sagte Ronnie. »Du hast doch die Unterlagen gelesen, die wir von Hemphill bekommen haben. Weißt du noch, was sie sagte, als man ihr mitteilte, dass ihr Mann tot sei? ›Wie schade aber auch.‹«

Die Frau machte große, schnelle Schritte. Als sie an der Tür des Coffeeshops ankam, stand das Ehepaar Abel auf und ging auf sie zu. »Mrs Ballantine. Das ist Veronica Abel, und ich bin Sid.«

Die Frau schüttelte Ronnies Hand und dann Sids. »Selena Stubbs«, sagte sie. »Ich benutze den Namen Ballantine nicht mehr.« Sie wirkte nicht unfreundlich, aber sie lächelte auch nicht.

»Wir haben einen Tisch da drüben«, sagte Ronnie. »Was dürfen wir Ihnen zu trinken bestellen?«

Selena Stubbs' Blick schweifte so rasch durch den Raum, dass es den meisten Leuten nicht aufgefallen wäre. Ganz eindeutig schätzte sie die Möglichkeiten für eine ruhige Unterhaltung ab, die dieser Coffeeshop bot. Sie lehnte ab. »Sie haben ein Zimmer im Hotel?«

»Ja«, sagte Ronnie.

»Dann lassen Sie uns einen Eiskaffee bestellen und in Ihrem Zimmer weiterreden.«

Ronnie und Sid wechselten einen raschen Blick, doch Selena Stubbs sah nichts außer Ronnies Lächeln. »Gerne«, sagte Ronnie, und Sid stellte sich an den Tresen, wo der Barista wartete.

Sid bestellte den Kaffee und gesellte sich dann zu den beiden Frauen. »Wir wissen es wirklich sehr zu schätzen, dass Sie bereit waren, sich mit uns zu treffen. Sicherlich sind Sie sehr beschäftigt.«

Sie sah Sid an, hielt seinem Blick stand. »Hätte ich abgelehnt, hätten Sie das dann als endgültige Entscheidung betrachtet und wären zurück nach L. A. geflogen?«

»Vermutlich nicht«, meinte Ronnie.

»Genau deshalb bin ich hier.«

Sid ging zurück zum Tresen, wo der Barista die drei Plastikbecher in einen Becherhalter aus Karton stellte. Er bezahlte und nahm den Becherhalter. Selena Stubbs ging mit den Abels zum Aufzug und fuhr mit ihnen nach oben. Sie sah nur geradeaus, sah ihnen nicht ins Gesicht, um zu signalisieren, dass sie nicht beabsichtigte, mit ihnen zu plaudern, bis sie oben waren. Sie folgte Ronnie zum Zimmer und wartete, während Sid die Tür aufschloss und aufhielt.

Sie traten ein, und Sid ließ die Tür zufallen. Der Raum war geräumig. Es gab eine Couch, auf der Selena Stubbs mit Ronnie Platz nahm. Ronnie nahm Sid den Becherhalter ab, der daraufhin den Couchtisch etwas näher heranschob und sich selbst den Stuhl vom Schreibtisch holte.

Selena Stubbs sagte: »Ich habe mich schon gefragt, wie lange es dauern würde, bis sie Detectives zu mir nach Houston schicken würden.«

»Niemand hat uns geschickt«, erwiderte Ronnie. »Sollten wir Ihnen den Eindruck vermittelt haben, dass wir Polizisten sind, dann haben wir …«

»Nein, keine Sorge«, sagte Selena Stubbs und hielt beschwichtigend die Hand hoch. »Aber wir sollten offen zueinander sein, ansonsten ist das hier reine Zeitverschwendung. Ich bin mir ziemlich sicher, dass Sie alles Mögliche über mich herausgefunden haben, und ich habe ebenfalls Erkundigungen und ein paar Recherchen über Sie angestellt. Es stimmt, Sie sind keine Polizisten. Sie sind aber auch nicht wirklich keine Cops. Sie haben eine Agentur. Sie tun, was Sie immer getan haben. Nur müssen Sie jetzt keine Befehle mehr entgegennehmen. Stimmt doch, oder?«

»Niemand bezahlt für etwas, das er auch umsonst haben kann, also werden wir für gewöhnlich für Dinge angeheuert, die die Polizei nicht tut. Der Arbeitgeber Ihres Mannes hat uns damit beauftragt, seinen Tod etwas genauer in Augenschein zu nehmen.«

»Ex-Mann«, korrigierte sie Selena Stubbs. »Und ich habe zugestimmt, Sie zu treffen, weil Sie ansonsten versucht hätten, mich zu Hause aufzusuchen. Ich habe zwei Kinder, zwei Mädchen, sechs und acht Jahre alt. Ich wollte ihnen eine solche Unterhaltung ersparen.«

»Wir haben nicht die Absicht, jemanden aus der Fassung zu bringen«, sagte Ronnie. »Wir möchten Ihnen nur ein paar Fragen über Ihren Ex-Mann stellen und versuchen, zu verstehen, was ihm passiert ist.«

»Jetzt bin ich aber schockiert«, bemerkte Selena Stubbs sarkastisch. »Sie auch? Stellt das, was ihm zugestoßen ist, wirklich ein Rätsel dar? Ein Schwarzer, erschossen im Stil einer Hinrichtung, dessen Leiche man anschließend in einen Abwasserkanal gestopft hat. Echt jetzt?«

»Ein rassistischer Beweggrund ist durchaus eine Möglichkeit, aber wir wollen nicht einfach Hypothesen aufstellen«, sagte Sid. »Wir würden gerne herausfinden, wer dafür verantwortlich ist. Wenn wir mehr über Mr Ballantine erfahren, gelingt uns das vielleicht.«

»Okay. Dann tue ich mal so, als wäre die Welt anders, als sie tatsächlich ist. Fragen Sie, was Sie fragen wollen.«

»Wir haben die Anfangsstadien der polizeilichen Ermittlung zusammengestellt. Detective Kapp, der Beamte, der damals mit Ihnen geredet hat, ist bei einem Unfall ums Leben gekommen, als die Ermittlungen ein paar Monate liefen. Ein sehr guter Officer, Miguel Fuentes, hat den Fall übernommen. Aber danach gab es monatelang nichts Neues. Und wie es scheint, konnte niemand der Polizei viel über Mr Ballantine mitteilen.«

»Das sollte Ihnen vielleicht zu denken geben«, sagte Selena.

»Deshalb dachten wir, dass wir besser noch mal neu bei Ihnen anfangen«, sagte Sid. »Sie wissen am meisten.«

»Okay. Schießen Sie los.«

»Wie haben Sie sich kennengelernt?«, fragte Ronnie.

»Auf der Graduate School in Berkeley. Wir waren beide im Promotionsstudiengang für Chemie eingeschrieben«, sagte Selena. »An dem Tag, als die Universität unsere Bewerbung erhielt, war uns klar, dass man uns immer in einen Topf werfen würde – zwei schwarze Chemiestudenten, gleich alt und so weiter. Sie können sich das sicher vorstellen. Man will mit allen klarkommen, aber in dem Moment, in dem man am ersten Montag ins Labor kommt, sieht man natürlich denjenigen zuerst, der so aussieht wie man selbst, und er sieht einen genauso an.«

»Dann fühlten Sie sich von Anfang an zu ihm hingezogen?«, fragte Sid.

»Ganz und gar nicht. Ihn zu sehen, war eine echte Enttäuschung. Es kam mir vor wie eine Einschränkung, dass er da war, als müssten wir zwangsweise in Verbindung stehen. Das war noch deutlicher zu spüren als sonst, weil wir die beiden einzigen schwarzen Studenten in dieser Klasse waren«, erzählte sie. »Es war nicht so, dass ich ihn nicht mochte. Haben Sie ein Foto von ihm gesehen?«

»Ja«, sagte Ronnie. »Er sah sehr gut aus.«

»Ja, so war es«, sagte Selena. »Und er war sehr intelligent und sehr nett. Zum damaligen Zeitpunkt war ich dafür unempfänglich. Es schien einfach alles zu gut zu sein. Ich kam geradewegs von der University of Texas. Ich war neu in der Stadt, kannte niemanden, und ich war mir nicht sicher, ob ich mich auf meine Einschätzung verlassen konnte. Ich hatte immer das Gefühl, dass eine arrangierte Ehe so ähnlich sein müsste. Der andere wird einem auf dem Silbertablett serviert, und da ist diese eine Stimme in einem, die sagt: ›Moment mal. Mich hat hier keiner gefragt.‹ Also war ich höflich, blieb aber auf Abstand, was ihn betraf. Wenn mich andere Männer einluden, ging ich mit ihnen aus.«

»Wie hat er darauf reagiert?«, fragte Ronnie. »Hat sein Interesse daraufhin zugenommen?«

»Glaube ich nicht. Auch er ist mit anderen Frauen ausgegangen. Als wir schließlich zusammenkamen, war das eher überraschend. Wir waren seit geraumer Zeit Kollegen, und wir waren gern zusammen, aber immer mit Freunden. Eines Nachmittags waren alle anderen entweder beschäftigt oder gingen früh nach Hause, und so verwandelte sich der Abend, ohne dass wir es gewollt hätten, in ein Date. Von da an war es immer ein Date.«

»Wann haben Sie geheiratet?«, erkundigte sich Ronnie.

»Gut zwei Jahre nach Beginn der Graduate School. Wir hatten beide unsere Studienarbeit abgeschlossen, die Examina bestanden und mit unserem eigenen Forschungsprojekt für die Doktorarbeit begonnen. Wir wussten, dass wir über Jahre hinweg unzählige Stunden in unterschiedlichen Labors zubringen würden, aber wir konnten besser kontrollieren, welche Stunden das sein würden, also ergab eine Ehe mehr Sinn.«

»Ich nehme an, dass die Ehe zunächst gut war?«, warf Sid ein.

Selena Stubbs zuckte mit den Schultern. »Es war eine gute Ehe. Wir waren so glücklich, wie man angesichts unserer Anspannung, Erschöpfung und Ungewissheit nur sein konnte. Wir konkurrierten ja mit den anderen Doktoranden um Noten, Stipendien und Jobs, und gleichzeitig befanden wir uns auch in Konkurrenz miteinander. Aber wir brachten diese Phase hinter uns und liebten einander immer noch. Wir verteidigten unsere Doktorarbeiten im Frühjahr des fünften Jahres und machten beide den Abschluss im Juni.«

»Wow«, sagte Ronnie. »Da müssen Sie sich wie die intelligentesten Menschen auf der Welt vorgekommen sein.«

»Leider nicht einmal wie die Intelligentesten der Stadt. Alle waren klug, und in einer Universitätsstadt ist es nicht sehr wahrscheinlich, dass man der Intelligenteste ist. Aber wir waren ganz zufrieden mit uns.«

»Dennoch hatten Sie ein Problem, oder?«, hakte Sid nach. »Sie brauchten beide einen Job im selben Bereich und zur selben Zeit.«

»Es wurde sogar noch komplizierter. Unsere Spezialgebiete unterschieden sich. James hatte sich mit Komplexverbindungen befasst, die den Metabolismus der Muskelzellen betrafen. Pharmakonzerne waren an ihm interessiert, aber er fühlte sich an der Universität sehr wohl, wollte lehren und seine Forschung in der akademischen Welt fortführen, also hatte er sich für einen Posten als Hochschulassistent beworben.«

»Und Sie?«, fragte Sid.

»Das ist es, was alles kompliziert gemacht hat.« Sie sah aus dem Fenster zum Gebäude der riesigen Ölfirma am Rand des Platzes hinüber. »Mein Fachgebiet war Öl. Mein Interesse galt den Petrochemikalien, und ich hatte Forschungsergebnisse über die molekularen Marker in höheren Schichten publiziert, die auf ein Ölvorkommen darunter schließen lassen.

Firmen schickten Personaler mit dem Flieger zu mir, sobald ich die Dissertation eingereicht hatte.«

Sowohl Ronnie als auch Sid war aufgefallen, dass Selena dazu neigte, immer nur Ronnie anzusehen. Auch die Antworten waren an sie gerichtet. Ronnie hatte die Fähigkeit, eine sanfte, mütterliche Anteilnahme zu verströmen, wenn sie beruhigend auf einen Zeugen einwirken wollte. Sie wechselten rasch einen Blick, dann lehnte Sid sich zurück und wandte sich unmerklich leicht von Selena Stubbs ab. Ronnie hingegen beugte sich vor und sah ihr direkt in die Augen.

»Was passierte dann?« Ronnies blaue Augen waren voller Interesse auf sie gerichtet.

»Er bekam Jobangebote, und ich bekam Jobangebote. Mit dem einzigen Unterschied, dass ich schwanger war, er nicht. Also beschlossen wir, dass es am sinnvollsten wäre, wenn er das beste Angebot auswählte und wir zusammen nach Bloomington in Indiana zogen. Er wäre dort ein Professor, und ich würde das Baby bekommen und zugleich weiter im Gespräch bleiben, indem ich hier und da als Beraterin tätig war, hauptsächlich von zu Hause aus.«

»Hat Sie das verärgert?«

»Nein. Ich wollte Kinder und war vernarrt in sie. Etwa fünf Jahre lang waren wir richtig glücklich, dann kam das dicke Ende.«

»Was ist schiefgegangen?« In Ronnies Blick lag nun Bedauern.

»So ziemlich alles«, sagte Selena. »Als Erstes erhielt James nach dem fünften Jahr die offizielle Mitteilung, dass er keine Anstellung auf Lebenszeit erhalten würde.«

»Ich dachte, so etwas dauert sieben Jahre«, meinte Ronnie.

»Gesetzlich verhält es sich so, dass man, wenn sie einen sieben Jahre lang lehren lassen, de facto eine Anstellung auf

Lebenszeit erhalten hat. Also entscheiden sie früh und informieren einen darüber. Nach den fünf Jahren erhält man eine Beurteilung. Sie sagen einem entweder, dass man die Festanstellung bekommt, oder aber, dass man sich, während man im sechsten Jahr unterrichtet, besser nach einem anderen Job umsehen sollte.«

»Und eine solche Mitteilung hatte James erhalten?«

»Ja. Das war katastrophal, aber nicht nur für James. Ich hatte meine Karriere fünf Jahre lang nicht verfolgt. Ich war damit zufrieden, das Richtige getan zu haben. Ich hatte zwei wunderbare Kinder, die mich in meiner Entscheidung bestärkten. Aber wenn ich schon meine Karriere aufgab, dann wollte ich, dass wenigstens er die Karriere bekam, nach der er sich so sehnte.«

»Was haben Sie gemacht?«, wollte Ronnie wissen.

»Ein paar Tage lang erst mal gar nichts. Ich behielt meine Gedanken für mich, während er trauerte. Dann setzten wir uns zusammen und redeten über das, was wir als Nächstes tun würden. Da ihm die Festanstellung auf Lebenszeit verwehrt worden war, war eine akademische Laufbahn für ihn faktisch nicht mehr möglich. Also erstellten wir eine Liste von Firmen, bei denen er sich bewerben konnte. Ich half ihm, schrieb Freunde und Kollegen im ganzen Land an. Er bekam ein paar Einladungen zu Bewerbungsgesprächen.«

»Ein paar Einladungen zu Bewerbungsgesprächen klingt nicht sonderlich vielversprechend«, meinte Ronnie. »Das heißt, er bekam nicht sofort einen Job.«

»Sehr scharfsinnig von Ihnen«, sagte Selena. »Die Jobsuche hat sich fast über das gesamte sechste Jahr in Indiana hingezogen. Sowie er mit dem letzten Kurs in der Woche fertig war, packte er seine Unterlagen zusammen, stieg in ein Flugzeug und flog zu einem Bewerbungsgespräch in irgendeine Stadt.

Zurück kam er am Morgen, an dem er in der folgenden Woche seinen ersten Kurs hatte. Er war immer müde. Als er schließlich ein gutes Angebot von Intercelleron in Kalifornien bekam, war ich so erleichtert, dass ich ganz aus dem Häuschen war. Das hielt eine ganze Weile an.«

»Nur eine Weile?« Ronnie blickte sie traurig an.

»Wir arbeiteten einen Plan aus. Im Juni sollte er nach Kalifornien fahren, mit der Arbeit bei Intercelleron anfangen und ein Haus für uns finden. So würde er kein Geld verlieren, sondern sofort das bessere Gehalt beziehen, das die Firma zahlte. Ich würde mit den Kindern in Indiana bleiben, das Haus verkaufen, das wir in Bloomington hatten, unsere Sachen in Ordnung bringen, alles zusammenpacken und zu ihm ziehen.«

»Ganz schön viel.«

»Das war es«, sagte Selena. »Aber das schafft man. Das erste Problem war, dass wir unser Haus nicht verkauft bekamen. Ich annoncierte, sobald wir wussten, dass wir wegziehen würden, aber es war ein von den Käufern bestimmter Markt. Wir mussten alles aufschieben, konnten kein neues Haus kaufen und nicht umziehen. James arbeitete in Los Angeles, und es gab viele Häuser, aber erst musste das alte verkauft sein, damit wir die Anzahlung für das neue leisten konnten. Das alles zog sich mehr und mehr in die Länge, der Sommer war vorbei, und es wurde Herbst. Ging ich einkaufen, traf ich die Leute, die wir von der Universität kannten, und ich fühlte mich schlecht. Ich hatte mir versprochen, dass ich diese Menschen nie wieder sehen würde, doch da stand ich nun. ›Was macht James denn inzwischen?‹ Es war schrecklich.«

»Das kann ich mir vorstellen.«

»Alle zwei, drei Wochen flog er nach Hause, aber wenn er hier war, war er keine große Hilfe dabei, das Haus zu verkaufen. Er kam gerne her, um die Kinder zu besuchen, aber sie waren klein und gewöhnten sich etwas zu sehr daran, dass er die ganze Zeit weg war. Und er auch. Wenn er dann da war, war es, als würde er babysitten. An einem Wochenende war es ganz besonders schlimm, und als er wieder weg war, arbeitete ich einen neuen Plan aus. In der folgenden Woche packte ich all unsere Sachen zusammen und ließ sie einlagern, damit das Haus geputzt, gestrichen und geräumt auf dem Markt angeboten werden konnte. Die Kinder und ich stiegen in den Flieger und flogen zu Daddy in seine Wohnung.« Sie verstummte und schüttelte leicht den Kopf, was Ronnie und Sid automatisch als unbewusste Reaktion auf eine schlechte Erinnerung deuteten.

Die Abels geduldeten sich. Jeder von ihnen hatte schon zig Menschen befragt. Beide wussten, dass sie an einem heiklen Punkt angelangt waren. Würden sie zu intensiv nachbohren, könnte sie dichtmachen und ihnen nichts von Bedeutung oder gar etwas Persönliches mehr mitteilen. Doch sie hatte schon fast alles zu diesem Ereignis erzählt, sie würde den Rest auch noch loswerden wollen. Nach einer Minute fuhr sie fort.

»Wir fuhren zu dem Apartment, das er gemietet hatte, aber da war er nicht. Es war schon spät, und ich wollte nicht noch ein Taxi rufen, um in ein Hotel zu fahren, also bat ich die Hausverwalterin, uns in die Wohnung zu lassen. Ich hatte meinen Ausweis dabei, und kein Einbrecher bringt eine Vier- und eine Zweijährige mit. Also kamen wir rein. Er kam in dieser Nacht nicht nach Hause. Um sieben Uhr morgens tauchte er auf, um zu duschen und sich für die Arbeit umzuziehen. Er hatte es sehr eilig, sagte, er sei bei einem geselligen Beisammensein für einen Kollegen gewesen, der in Rente gehe, habe zu viel getrunken und sei deswegen über Nacht dort geblieben und nicht nach Hause gefahren. Das stimmte, und es stimmte auch wieder nicht. Er hatte getrunken, das konnte ich riechen. Aber die Party hatte mit einer anderen Frau stattgefunden, die nicht annähernd so alt war, dass sie in Rente ging. Ich musste ihn nur ansehen, und ich wusste es.«

»Das tut mir leid«, sagte Ronnie.

»Er hatte sich verändert. Es war offensichtlich so, dass alles Nette aus ihm herausgeprügelt worden war. Er hatte sein ganzes Leben aufgeopfert, um eine bestimmte Sorte Mann zu werden, aber das hatte nicht geklappt. Er wurde gefeuert – nicht so sehr von einem Job, sondern aus einem Leben. Direkt nachdem er erfahren hatte, dass er keine Anstellung auf Lebenszeit bekommen würde, hatte ich heimlich immer ein Auge darauf, ob es irgendwelche Anzeichen dafür gab, dass er sich das Leben nehmen wollte. Da hätte ich mir aber keine Sorgen machen müssen. Den Mann, den ich mal geheiratet hatte, gab es nicht mehr. Der neue James war anders.«

»Anders inwiefern?«, erkundigte sich Ronnie.

»Er hatte entschieden, dass sein gesamtes Leben ein Fehler gewesen war. Das Leben richtig zu leben hieß für ihn, sich nichts mehr vorzuenthalten. Es war also nicht nur ein unbedeutender Fehltritt, weil er betrunken gewesen war, oder eine Versuchung, der er nachgegeben hatte, weil er allein war. Es gab mindestens vier andere Frauen, die er regelmäßig sah. Er gab viel Geld für sie aus, hauptsächlich aber für sich selbst. Neue Klamotten, ein neues Auto, neue Freunde. Als ich ihn beobachtete, wurde mir klar, dass er das Interesse an den Kindern verloren hatte. Er tat, was von ihm erwartet wurde, wollte eigentlich aber keine Zeit mit ihnen verbringen.«

»Und was war mit Ihnen?«, fragte Ronnie. »Hatte er Interesse daran, die Beziehung zu retten?«

»Zu dem Zeitpunkt gab es nicht mehr viel, was zu retten gewesen wäre. Ich habe es drei Monate mit diesem neuen James ausgehalten, dann reichte ich die Scheidung ein, zog hierher nach Houston und suchte mir einen Job. Er hat nicht versucht, mich aufzuhalten, und er hat auch nicht versucht, mich später zurückzuholen. Als ich während der nächsten paar Monate für die Anwalts- und Gerichtstermine nach Los Angeles fliegen musste, redeten wir kaum miteinander. Das meiste haben die Anwälte geregelt.«

»Und danach?«, fragte Ronnie. »In der letzten Zeit zum Beispiel?«

»Ich arbeite jetzt seit etwa vier Jahren hier. James hat die Mädchen im ersten Jahr ein paarmal besucht, aber nach jedem Treffen hatten die Mädchen weniger Lust auf das nächste. Danach wurden Entschuldigungen vorgebracht, dann hörten auch die Entschuldigungen auf. Als die Polizei von Los Angeles mir mitteilte, dass er tot ist, hatte ich ihn seit drei Jahren nicht mehr gesehen. Etwas anderes als ›Wie schade aber auch‹ ist mir nicht eingefallen.«

Ronnie hatte ihre Hand auf die von Selena gelegt, und Selena zog ihre nicht weg. Einen Moment lang starrte sie auf den Teppichboden, dann straffte sie die Schultern und sah Ronnie wieder an.

»Aber ich habe genau das gemeint, was ich gesagt habe – wie schade aber auch. James hatte angefangen, anders zu leben. Er war bis spätabends aus, mal allein, mal in Gesellschaft. Er traf dabei auf die Sorte Menschen, die man bei solchen Unternehmungen trifft, und einer oder mehrere dieser Menschen haben ihn umgebracht.« Selena Stubbs erhob sich. »Viel Erfolg bei Ihren Ermittlungen. Ich gehe dann mal wieder zurück in mein Büro.«

»Danke für Ihre Hilfe«, sagte Ronnie. »Ich weiß, wie schwer es ist, darüber zu sprechen. Nur noch eine letzte Frage. Kennen Sie zufällig den Namen einer der Frauen, mit der er sich traf?«

»Ja«, sagte sie. »Gut, dass Sie mich darauf ansprechen. Ich habe eine Liste mit den Namen und Adressen für Sie erstellt, und wäre später sicher bitter enttäuscht gewesen, wenn ich vergessen hätte, sie Ihnen zu geben.« Sie griff in ihre Tasche, holte ein mit einem Dutzend Zeilen bedrucktes Blatt Papier heraus und reichte es Ronnie. »Vielleicht weiß eine von ihnen mehr als ich.«

# 14

Die Abels flogen von Houston zum Flughafen Long Beach statt zum Los Angeles International Airport oder nach Burbank und mieteten dort ihr nächstes Auto. Über den Long Beach Freeway fuhren sie nach Los Angeles und dann weiter über eine Reihe von Landstraßen zu ihrem neuen Hotel, das sie von Houston aus reserviert hatten.

Sie stellten das Auto im untersten Geschoss der Tiefgarage ab, meldeten sich an und fuhren mit dem Aufzug nach oben in ihr Zimmer.

Sie traten ein und schlossen die Tür hinter sich ab. »Ich bin ganz traurig, dass ich nicht in unser eigenes Haus, in unser Schlafzimmer zurückkehren und mich dort aufs Bett werfen kann wie sonst immer, wenn wir von einer Reise zurückkommen«, seufzte Ronnie.

Sid schlang die Arme um sie und hielt sie so eine Weile fest, während sie den Kopf an seine Schulter legte. »Das tut mir leid«, sagte Sid. »Das wird wieder so werden, das verspreche ich dir.«

»Wirklich? Ich fürchte ja, dass wir im eigenen Haus leichte Beute sind.«

»Von nun an können wir ihnen viel mehr Schwierigkeiten machen.«

»Mag sein«, sagte sie. »Aber das Haus hat mir viel bedeutet. Nicht die Gegenstände oder das Geld oder so. Es war das Gefühl. Das Haus war gewissermaßen ein Teil von mir, zumindest aber mein Gedächtnis. Wir haben einen Großteil unseres Lebens dort verbracht. Ich konnte in einem der Zimmer sitzen und mich an so vieles erinnern – Eindrücke und Geräusche von einem bestimmten Tag vor fünfundzwanzig Jahren. Es fühlt sich an, als hätte ich alles verloren.«

»Häuser sind nicht wichtig. Wir sind wichtig, und uns geht es immer noch gut. Irgendwann wird dieser Fall abgeschlossen sein, und dann bauen wir entweder ein neues Haus auf unserem Grundstück, oder wir finden ein noch hübscheres Haus und kaufen es. Die alten Erinnerungen werden zurückkommen, und wir werden neue haben.«

Sie stellte sich auf die Zehenspitzen und küsste ihn. »Vergiss das nicht. Du hast es versprochen.«

»Habe ich.«

»Okay. Vorerst leben wir in Hotels. Wenn wir uns an die Arbeit machen, können wir das vielleicht auch korrigieren. Wir müssen aufholen. Es gibt noch sehr viel mehr, was wir über James Ballantine erfahren müssen.«

»Weißt du, woran mich das erinnert?«, fragte Sid. »An diese Fälle, in denen ein ganz gewöhnlicher, gesetzestreuer Trottel eine über den Schädel gezogen bekommt, und mit einem Mal verändert sich die ganze Persönlichkeit.«

»Ich weiß«, sagte Ronnie. »Von der Universität gefeuert zu werden, scheint traumatische Auswirkungen auf sein Gehirn gehabt zu haben. Und wo wir gerade davon sprechen: Wir wissen nicht, ob er nicht tatsächlich auch einen Schlag auf den Kopf abbekommen hat. Wochenlang war er für sich allein, und er war Single. Das kann niemand wissen.«

»Wir müssen alles, was ihn betrifft, noch einmal mit neuem Blick betrachten«, erklärte Sid. »Die ganze Zeit mussten wir uns den Rücken frei halten, um am Leben zu bleiben, sodass wir keine Gelegenheit hatten, herauszufinden, wer

Ballantine wirklich war. Keiner schien wirklich etwas zu wissen.«

»Aber jetzt haben wir eine Liste von vier Frauen, die ihn richtig gut kannten.«

* * *

Um fünf Uhr morgens füllten sich die Straßen in Los Angeles bereits. Zu keiner Zeit waren sie ganz leer, doch vor dem Morgengrauen fand ein Wechsel bei den Leuten statt, wenn die letzten Nachtschwärmer zum Schlafen nach Hause fuhren, bis es sie bei Sonnenuntergang wieder nach draußen trieb, und die Tagmenschen für ihre Schicht nach draußen gingen. Sid und Ronnie hatten als Police Officers sowohl in der Tag- als auch in der Nachtschicht gearbeitet, sodass es ihnen leichtfiel zu erkennen, zu welcher der beiden Gruppen jemand gehörte. Sie fuhren durch Griffith Park und weiter in die Hügel von Los Feliz, nahmen dann eine gewundene Straße weiter hinauf, bis sie beim richtigen Haus angelangt waren. Es war modern, hoch und schmal, direkt am Rand der Straße in den Hügel gebaut. »Nettes Haus, nette Nachbarschaft«, sagte Sid. »Betucht.«

Sie fuhren noch etwa hundert Meter weiter in die Straße, hielten dann am Straßenrand und lehnten sich bequem in den Sitzen nach hinten. Die Rückspiegel richteten sie so aus, dass sie das Haus beobachten konnten, ohne aus der Ferne selbst gesehen zu werden.

»Tja, da bin ich wieder«, meinte Ronnie. »Ich sitze im Auto und beobachte die abgedunkelten Fenster der Leute, die den Schlaf bekommen, den ich selber unbedingt verdient habe.«

»Da. Dort oben ist gerade ein Licht angegangen«, bemerkte Sid.

»Eine Frühaufsteherin. Vielleicht mag ich sie ja.«

Sie beobachteten das Haus, während Kirsten Tilson aufstand, Licht in einem Milchglasfenster im hinteren Teil des Hauses machte, das ein Badezimmer zu sein schien, und sich für ihren Tag fertig machte. Um zwanzig nach sechs ging das Licht im oberen Stock aus, und unten wurden mehrere eingeschaltet. Um sieben Uhr wurden alle ausgeschaltet, das Garagentor öffnete sich.

»Behalte sie im Auge«, sagte Sid.

Die Haustür ging auf, eine Frau trat heraus und ging zur Garage. Der Unterschied zu Selena Stubbs Ballantine hätte kaum größer sein können. Sie war klein, hatte langes rotes Haar und sehr helle Haut. Sie trug High Heels, stakste darauf aber nicht so stockend oder abgehackt herum, wie das bei manchen Frauen der Fall war. Ihr knielanger Rock war dezent und stilvoll. Ronnie beobachtete, wie sie zum Auto ging. »Tja, eine ziemliche Überraschung.« Sie wartete ab, aber Sid sagte nichts. »Oder nicht?«

»Ich halte mich da zurück.«

»Wenn wir diesen Fall gelöst haben, steht dir eine großartige Karriere als Diplomat bevor.«

Die Frau stieg in ihren schwarzen Audi, vollführte eine geschickte Geste mit der linken Hand, um den Rock mit ins Auto zu streichen, und schloss die Autotür. Das Auto rollte aus der kurzen Auffahrt in die Straße und dann weiter.

Die Abels folgten ihr in gebotenem Abstand, sahen, wie sie die Auffahrt zum Hollywood Freeway nahm und sich in den Strom der Autos eingliederte, ehe sie es ihr gleichtaten.

Sie folgten ihr bis zum Gelände von Intercelleron, sahen, wie sie abbog, fuhren am Zaun entlang und dann weiter. »Sieht so aus, als hätten wir es mit einer Frau zu tun, die auch für Intercelleron arbeitet.«

»Eine Büroliebelei. Wie nett.« Ronnies Stimme war tonlos und klang nicht sonderlich begeistert. »Genau wie bei uns.«

»Wir haben nie auf dem gleichen Revier gearbeitet, geschweige denn für dieselbe Einheit«, sagte Sid.

»Ich meine nicht als Cops. Ich meine jetzt. Aber natürlich haben wir inzwischen kein Büro mehr.«

»Nur vorübergehend.« Sid hielt an, wendete und fuhr dann an den Randstein, von wo aus sie die Vorderseite des Gebäudes sehen konnten.

Ronnie nahm das Fernglas aus dem Handschuhfach und beobachtete, wie Kirsten Tilson ausstieg, den Kopf schüttelte, damit ihre Haare so fielen, wie sie es haben wollte, und dann zum Eingang des Gebäudes schlenderte, vorbei an dem uniformierten Wachmann hinter dem Tresen.

»Hast du das gesehen?«, fragte Ronnie.

»Was?«

»Der Wachmann hat sie angesehen und sich fast verbeugt. Sie muss wichtig sein.«

»Das könnte ein Problem darstellen. Kann sein, dass sie loyale Untergebene hat, an denen wir vorbeimüssen, um mit ihr zu reden.«

»Ich gehe das Telefonverzeichnis durch, damit wir wissen, mit wem wir es hier zu tun haben.« Ronnie holte ihr Handy heraus, fand die E-Mail von Hemphill und scrollte durch die Namen nach unten.

»Jetzt kommen die Ts«, sagte Ronnie. »Und da ist sie auch schon. Verdammt. Sie ist keine gewöhnliche Angestellte.«

»Was dann?«

»Sie ist ein Vorstandsmitglied.«

Nun holte Sid sein Handy heraus. »Lies mir ihre Büronummer vor.«

Ronnie las die Nummer vor, während Sid die Ziffern eintippte. Er stellte den Lautsprecher an.

»Intercelleron, Büro von Miss Tilson, Ellen Ryder am Apparat.«

»Hallo, hier ist Sid Abel. Ich würde gerne mit Miss Tilson sprechen.«

»Können Sie mir sagen, worum es geht?«

»Sie weiß, wer ich bin. *A-B-E-L.* Nun, ich bin unter anderem Teilhaber einer Firma, mit der übrigens der Vorstand für gewöhnlich regelmäßig zu tun hat.«

»Einen Moment bitte.« Dann war es still in der Leitung.

Sid hielt die Sprechmuschel zu. »Wie habe ich mich angehört?«

»Bescheuert«, sagte Ronnie. »Du hast den Satz nur so mit Füllwörtern gespickt.«

»Sie hat gefragt, worum es geht. Ich habe nur versucht, sie nicht in Verlegenheit zu bringen. Sie soll mich mögen.«

»Du Meister der Raffinesse.«

Dann war wieder ein Geräusch zu hören, zusammen mit einer anderen Frauenstimme. »Hallo, Mr Abel. Kirsten Tilson am Apparat. Was kann ich für Sie tun?«

»Mein Anruf bei Ihnen ist Teil der Ermittlungen im Mordfall James Ballantine. Wir würden uns gerne so bald wie möglich kurz mit Ihnen treffen. Es wird nicht länger als eine Stunde dauern.«

»Ehrlich gesagt, überrascht mich Ihr Anruf. Ich bin nicht das richtige Vorstandsmitglied – nicht diejenige, die sich um diese Angelegenheit kümmert. Wir haben den Geschäftsführer gebeten, sich mit der Ballantine-Geschichte zu befassen, und soweit ich weiß, hat er Mr Hemphill damit beauftragt, als Kontaktperson für die Firma zu agieren. Möchten Sie seine Nummer?«

»Nein, vielen Dank«, sagte Sid. »Wir müssen mit Ihnen persönlich sprechen. Wir haben nur ein paar Fragen zu Mr Ballantine, und es ist am besten, wenn wir das persönlich erledigen.«

»Nun ja, ich kannte Mr Ballantine, aber …«

Sid unterbrach sie. »Ja, ich weiß. Aber wir sprechen mit allen, die ihn kannten und mit ihm gearbeitet haben. Wenn Sie das gerne sofort erledigen möchten, könnten wir in zehn Minuten in Ihrem Büro sein.«

Es folgte ein Moment des Schweigens. »Mein Terminkalender hier in der Firma ist sehr voll. Ich würde mich lieber woanders als im Büro mit Ihnen treffen, dann bringen wir den Terminplan nicht durcheinander, und es irritiert die Mitarbeiter nicht.«

»Wenn Ihnen das lieber ist, könnten wir uns heute Abend bei Ihnen treffen.«

Sie war sprachlos. »Heute Abend?« Sie überlegte kurz und gab dann nach. »Ab acht hätte ich Zeit.«

»Wir werden da sein.«

»Soll ich Ihnen die Adresse durchgeben?«

»Die haben wir«, sagte Sid. »Dann bis um acht.« Er beendete den Anruf.

Ronnie sah ihn an. »Viel Spielraum hast du ihr nicht gelassen.«

»Das wollte ich auch nicht. Wir dürfen nicht zulassen, dass die Ermittlungen noch mehr ins Hintertreffen geraten. Jeden Tag sind wir mit Leuten konfrontiert, die uns umbringen wollen und dafür alle erdenklichen Wege finden.«

»Hoffen wir mal, dass sie nach dem Gespräch mit uns nicht auch eine von denen wird.«

Um acht Uhr standen Sid und Ronnie an der Eingangstür von Kirsten Tilsons Haus. Sie waren kurz nach Einbruch der Nacht angekommen und hatten am Ende der Straße geparkt, damit sie die Autos von beiden Richtungen kommen und gehen sahen. Sie beobachteten das Haus eine halbe Stunde lang, ehe sie ausstiegen und klingelten.

Als sie ihnen aufmachte, trug sie ein blau-weiß bedrucktes Kleid, das ihre roten Haare und ihre blauen Augen betonte und ihr ein feminineres, weicheres Erscheinungsbild verlieh als ihre Businesskleidung.

Die Inneneinrichtung des Hauses war modern und minimalistisch. Alles sah teuer aus. Weiße Steinpodeste von unterschiedlicher Höhe, auf denen sich jeweils ein einzelner Gegenstand befand – eine Seladonvase, die in ihrer Einfachheit wunderschön war, die kleine Bronzestatue eines Thaitänzers mit spitzem Kopfschmuck, ein Steinmörser mit Stößel. In den Bücherregalen standen alte Bücher mit Ledereinband, dazu ein paar auffallende Kuriositäten – eine helle, orangefarbene Glaskugel, die Miniatur-Daguerreotypie eines jungen Mädchens mit einer Haube und einem Kleid mit Pluderhose, eine Kamee-Brosche in einer Samtschachtel.

Sie führte sie durchs Wohnzimmer, blieb jedoch nicht bei einer der gemütlichen Ecken mit Sofas und passenden Stühlen stehen. Stattdessen ging es eine halbe Etage höher in einen Raum mit einem riesigen Fenster, das auf einen Garten mit einer weinbewachsenen Mauer hinaussah. Hier stand ein asymmetrisch polierter Wurzelholztisch aus irgendeinem dunklen, alienartig aussehenden Hartholz. Sie setzte sich an ein Ende und deutete auf die beiden Stühle daneben. »Danke, dass Sie extra hergekommen sind. Kann ich Ihnen etwas zu trinken anbieten?«

»Nein danke«, entgegnete Ronnie.

»Dann sollten wir wohl besser direkt anfangen«, sagte Miss Tilson. »Was möchten Sie wissen?«

»Alles, was Sie uns über James Ballantine sagen können, ist hilfreich«, erläuterte Sid. »Die Unterlagen zu seinem Fall bieten nicht viel, das uns weiterhilft.«

Kirsten Tilson schüttelte den Kopf, als müsste sie die Haare aus den Augen bekommen, damit sie weitermachen konnte. »Ich weiß nicht viel von ihm, wirklich. Ich glaube, wir haben ihn direkt von der Indiana University abgeworben. Das muss so etwa fünf Jahre her sein. Er machte einen netten Eindruck, aber er war Wissenschaftler.«

»Das verstehe ich jetzt nicht«, sagte Ronnie.

»Intercelleron befasst sich mit Forschung, deshalb stellen wir viele von ihnen ein. Für gewöhnlich sind sie ein bisschen schüchtern und nerdig. Sie öffnen sich nicht sonderlich, daher weiß ich nicht viel über sein Leben außerhalb der Firma.«

Sid warf Ronnie einen Blick zu, die ein Nicken andeutete. »Ein Grund, weshalb wir hier sind, ist ein Gespräch mit Mr Ballantines Ex-Frau. Sie hat uns eine Liste von Frauen gegeben, die sie Freundinnen ihres Ex-Mannes nannte.«

»Tatsächlich. Das ist ja eine Überraschung. So einen Eindruck machte er überhaupt nicht.« Mit einem Mal war ihr Mund wohl trocken geworden, denn als sie das sagte, schnalzte ihre Zunge leicht.

»Ich muss Ihnen mitteilen, dass Sie auf dieser Liste stehen.«

Kirsten Tilson versteifte sich, nur in ihrem Gesicht zeigte sich noch Regung. Während sie unterschiedliche Antworten andachte, nahm ihre Mimik nacheinander den entsprechenden Ausdruck an – schockiert, wütend, amüsiert, verwirrt. Bei dem Gemütszustand, der ihr am besten zu passen schien, verharrte sie. Hätte man sie vorgewarnt, wäre ihr vielleicht eingefallen, dass gerade zwei Menschen anwesend waren, die schon viele Leute beim Lügen ertappt hatten. Aber ihr schien überhaupt nicht aufzugehen, dass ihr Gesichtsausdruck den beiden bereits mitgeteilt hatte, dass sie sich eine Geschichte zurechtlegte. »Ich kann mir das nicht erklären. Ich habe diese Frau nie getroffen. Und ich habe ernsthafte Zweifel daran, dass ihr Ehemann ihr gesagt haben soll, ich sei seine Freundin. Denn das war ich nicht.«

»Ich gehe auch nicht davon aus, dass er ihr das gesagt hat. Nachdem die Polizei seine Wohnung nach Beweismitteln durchsucht hatte, hat sie seine Habe der Familie übergeben«, meinte Ronnie nur trocken.

»Ich dachte, er wäre geschieden.« Ihr wurde klar, dass sie etwas zu viel preisgegeben hatte. »Ich weiß gar nicht mehr, wer mir das erzählt hat. Vielleicht war er das ja auch nicht.«

»Doch, war er. Seine einzig verbliebenen Erben waren seine Kinder. Doch da die Mutter das alleinige Sorgerecht hatte, trug sie auch die Verantwortung für alles, was er besaß, ob sie das nun wollte oder nicht – sein Adressbuch, die Fotos auf seinem Handy. Videos.«

Ronnie achtete genau auf ihre Reaktion bei diesem letzten Wort. Kirsten Tilson sah aus, als hätte man sie geschlagen. Kurz wurde sie blass, lief dann rot an. Sie wirkte verlegen, starrte auf den Tisch. »Vielleicht sollte ich jemanden zu ihr schicken, der mit ihr spricht, und sie wissen lässt, dass es sich hier um ein großes Missverständnis handelt.« Sie sah die Abels an. »Könnten Sie ihr das nicht erklären?«

Auch Sid hatte gesehen, wie sie auf das Wort »Videos« reagiert hatte. »Wenn Sie wollen, können wir das gerne machen. Aber ich glaube nicht, dass sie das beeindrucken würde. Sie war da sehr klar.«

»Tja, da liegt sie falsch. Sie sagten, sie hätte Ihnen eine Liste gegeben?«

»Ja«, sagte Ronnie.

Kirsten Tilson streckte die Hand aus. »Lassen Sie mich einen Blick auf die Liste werfen. Ich kann Ihnen helfen, das ein oder andere Missverständnis auszuräumen, und Ihnen Zeit sparen.«

»Das können wir leider nicht machen«, sagte Sid. »Wir müssen die Privatsphäre der Frauen auf dieser Liste respektieren, so, wie wir auch Ihre respektieren.«

Wütend blitzte sie ihn an. »Der Vorstand hat Sie beauftragt. Sie arbeiten für uns.«

»Tut mir leid. Wir haben auch den anderen Menschen gegenüber eine Verantwortung. Bestimmt wollen die Frauen nicht, dass diese Information an die große Glocke gehängt wird. Und Sie sagten ja bereits, dass es vielleicht auch gar nicht stimmt.«

»Der Vorstand bezahlt Sie. Jede Information, für die ich Sie bezahle, gehört mir.«

»Nein, bedauere«, beharrte Sid. »Der Vorstand von Intercelleron ist ein Kunde der Abels, und wir sind ein unabhängiger Dienstleister. Der Vorstand hat Anspruch auf einen schriftlichen Bericht, sobald unsere Arbeit abgeschlossen ist. Dieser Bericht enthält keine Gerüchte, lediglich Anhaltspunkte oder Notizen von Befragungen.«

»Vielleicht sollten wir uns zu einem späteren Zeitpunkt noch einmal bei Ihnen melden. Wir folgen unterdessen anderen Spuren, und Sie entscheiden, was Sie uns mitteilen wollen.« Sie zog eine Visitenkarte aus ihrer Tasche heraus. »Hier stehen unsere Nummern.«

Sid erhob sich. »Schönen Abend, Miss Tilson. Vielen Dank für Ihre Zeit.« Er wandte sich ab und ging zur Tür, wo er auf Ronnie wartete.

Sie waren fast bei der Tür angelangt, als Kirsten Tilson ihnen hinterherrief: »Moment, warten Sie.«

Während Sid und Ronnie zum Tisch zurückgingen, sagte sie: »Genauso wie alle anderen will ich natürlich auch wissen, was mit James Ballantine passiert ist. Ich war diejenige, die den Vorstand gedrängt hat, Ermittler anzuheuern, nachdem der Polizei die Ideen ausgegangen waren.«

»Warum?«, wollte Ronnie wissen.

Einen Moment lang sah sie Ronnie einfach nur an. »Ich muss sicher sein, dass das hier absolut vertraulich bleibt. Das heißt, Sie machen sich keine Notizen und erzählen es niemandem weiter.«

»Niemals würden wir Ihre Privatsphäre missachten. Warum haben Sie den Vorstand gedrängt?«

»Weil es das Richtige war, und ich es nicht auf dem Gewissen haben wollte, dass ich seinen Tod einfach nur abgetan habe. Ich war nicht James' Freundin. Nichts dergleichen. Aber ich nehme an, dass Selena das Recht hat, mich so zu bezeichnen. Ich kannte ihn gut. Wir hatten unsere Gründe, weshalb wir es geheim hielten.«

»Was für Gründe?«

»Ich bin Vorstandsmitglied, und er war ein Angestellter der Firma. Wir haben Richtlinien, damit die Firma in Fällen sexueller Belästigung keine Prozesse führen muss. Somit stand ich eigentlich weit über ihm, ganz am oberen Ende der Hierarchie. Jeder aus der Firma, der herausgefunden hätte, dass wir uns sahen, hätte schrecklichen Ärger machen können. Zum Beispiel behaupten, dass ich eine feindselige Arbeitsatmosphäre schuf oder alle diskriminierte, die nicht mit mir schliefen. Oder was auch immer sich Anwälte so ausdenken. Der Vorstand würde sich dann selbst schützen, indem er mich rauswarf.«

»Haben Sie damals gedacht, das könnte passieren, falls jemand davon erfuhr?«, hakte Sid nach.

»Zunächst war es mir eher egal. Später kamen mir dann aber Zweifel. Jetzt nicht mehr. Mein Vater ist der Grund, weshalb ich Vorstandsmitglied bin. Er war einer der Firmengründer. Die Aktien, die er mir hinterlassen hat, haben Gewicht. Und es macht einen Riesenunterschied im Vergleich zu einem Vorstandsmitglied, von dem man sich trennen kann. Man hat mehr Macht und findet immer Wege, diese Macht in Geld umzusetzen. Es wäre wahnsinnig von mir gewesen, diese Sache mit James nicht geheim zu halten.«

»Wie haben Sie Mr Ballantine kennengelernt?«

»Die Firma hat eine Willkommensparty für James und ein paar weitere neue Angestellte veranstaltet. Sie fand auf dem Graysford Estate in Montecito statt. Kennen Sie das?«

»Ist uns bekannt«, sagte Sid.

»Die Firma nutzt es mehrmals im Jahr für wichtige Konferenzen und hin und wieder für einen derartigen Empfang. Es ist wunderschön dort, liegt etwa anderthalb Stunden von hier entfernt, somit kommt niemand nur für ein paar Minuten vorbei, um dann wieder zu verschwinden. Und es ist zu weit weg, um spätabends noch nach Hause zu fahren. Es wird erwartet, dass man vor Ort übernachtet.«

»Wer hat Sie einander vorgestellt?«, wollte Ronnie wissen.

»Niemand. Er ist mir einfach aufgefallen. Wenig verwunderlich. Er sah gut aus, war groß, gut gebaut. Und seine Augen wirkten sehr verständnisvoll und intelligent. Und dann war er natürlich auch noch Afroamerikaner.«

»Natürlich?«, hakte Sid ein.

»Tut mir leid.« Sie runzelte die Stirn. »Seine dunkle Hautfarbe war das Erste, was mir auffiel. Und es machte mich neugierig. Das gebe ich zu. Neugier zieht dich zu den Menschen hin. Es gab noch ein paar andere Dinge, die ihn besonders machten. Er war mir als brillanter Chemiker beschrieben worden, den das akademische Leben zu langweilen begonnen hatte. Doch ihn umgab eine gewisse Traurigkeit, und deshalb fühlte ich mich zu ihm hingezogen. Während ich ihn beobachtete, fiel mir auf, dass er in dieser merkwürdigen Menge, die sich da versammelt hatte, niemanden kannte.«

»Merkwürdige Menge?«, erkundigte sich Ronnie.

»Wenn man eine Gruppe Wissenschaftler zusammenbringt, kommt dabei eine vielfältige Truppe heraus – viele Inder und Ostasiaten, ein paar Europäer, Schwarze oder Lateinamerikaner. Doch das gehobene Management, die Leute, die als Gastgeber bei solchen Versammlungen fungieren, besteht aus weißen angelsächsischen Protestanten, und wenn eine Gruppe überhaupt weißer als weiß sein kann, dann sind es diese Leute. Mir wurde gesagt, dass man ihm ein Jobangebot unterbreitet habe, er sich jedoch noch nicht entschieden hätte. Ich machte mir Gedanken, wie ausgegrenzt er sich deshalb fühlen musste. Also beschloss ich, mir einen frischen Drink zu holen und ihm das Gefühl zu geben, hier erwünscht zu sein.«

»Nur ihm?«, fragte Ronnie.

»Ihm zuerst. Vor allem, weil er sich nicht unter die anderen zu mischen schien. Die meisten von ihnen waren sehr jung, kamen geradewegs von der Uni, und die meisten von ihnen gehörten zu der Sorte, die ihren Doktor in ein paar Jahren gemacht hatten, somit waren sie auch jünger. James war sechs Jahre lang Professor gewesen. Ihn umgab eine Ernsthaftigkeit, eine Reserviertheit, die ihn geheimnisvoll machte, und dann war da noch diese Traurigkeit. Er war mit Abstand der Interessanteste von allen. Und er war kein Wunderknabe; er war erwachsen. Ein Wunderkind ist nicht sonderlich interessant. Das Einzige, was daran bemerkenswert ist, kann man nicht sehen – sein Gehirn verarbeitet Informationen sehr schnell. Mit so jemandem zusammen zu sein, ist nicht lustig.«

»Ich nehme an, es ist Ihnen gelungen, dass er sich wohler fühlte«, kommentierte Ronnie. »Er hat den Job angenommen.«

»Hat er«, sagte Kirsten. »Vielleicht auch, weil ich es mit der Begrüßung etwas übertrieben habe.«

»Inwiefern?«

»Ich weiß nicht, wie viel an dieser Stelle gesagt werden muss. Wie detailliert soll es sein?«

»Wir haben einige Jahre als Cops gearbeitet. Es gibt kaum etwas, das jemand in Worte fasst und das wir nicht schon mit eigenen Augen gesehen hätten. Wir brauchen dringend Infos. Jedes Detail, das Ihnen zu James Ballantine einfällt, könnte wichtig sein, ohne dass uns das jetzt bewusst ist. Was meinen Sie also damit, dass Sie es mit der Begrüßung übertrieben haben?«

»Das kann ich nicht so einfach, in abstrakten Begriffen wiedergeben. Ich lächelte, als ich auf ihn zuging. Stellte mich vor. Sie müssen wissen, dass das größte Argument einer südkalifornischen Firma, um für sich zu werben, der Verweis auf das Wetter überall sonst auf der Welt ist. Der schönste Sommertag in Bloomington in Indiana mag vielleicht so schön aussehen wie der in Südkalifornien. Nur haben wir hier *immer* Sommer. Und das Graysford Estate ist ein Traum aus wunderschönen Farben und luxuriösem Sichgehenlassen, gepaart mit gutem Geschmack. Also fragte ich ihn, was er von alldem hielt. Und er sagte, der schönste Anblick, der sich ihm bieten würde, sei ich.«

»Was haben Sie erwidert?«

»Ich habe gelacht, konnte seine Worte aber nicht vergessen. Ich spürte, wie es in seinem Kopf arbeitete, als er mich ansah.

Er bat mich, ihn durch das Anwesen zu führen, und das tat ich. Ich zeigte ihm den Garten, und er legte mir im Gehen die Hand unten auf den Rücken. Diese Berührung war wie ein elektrischer Schlag, und dieses Gefühl hörte nicht auf – es war vermessen und gleichzeitig so natürlich, so zwanglos. Ich zeigte ihm die öffentlichen Bereiche des Graysford Estate – das lang gestreckte Esszimmer mit dem riesigen Tisch und den Kronleuchtern, die Bibliothek –, dann führte ich ihn die schmale Treppe hinauf in den dritten Stock, wo früher die Bediensteten lebten. Auf dem Weg über die dunkle Treppe nach unten überkam mich etwas. Es verschafft einem ein Glücksgefühl, wenn man feststellt, dass man sich in der Gegenwart eines Menschen wohlfühlt, bei dem man das nicht erwartet hatte. Wie ein Sieg – als hätte man den anderen für sich eingenommen. Tatsächlich verleiht es einem ein Gefühl der Macht. Und Macht beeinflusst die Menschen niemals im Guten. Als wir an meiner Suite vorbeikamen, die mal die Suite der ältesten Graysford-Tochter war, wollte ich ihm zeigen, wie groß und luxuriös sie war. Ich schloss die Tür auf, wir traten ein, und als ich die Tür hinter uns zumachen wollte, machte er einen Schritt auf mich zu. Es war ein heikler Augenblick, doch statt uns zurückzuhalten, küssten wir uns. Und eine Minute später zog er mich auch schon aus, und ich hielt ihn nicht davon ab.«

»Und daraus wurde eine Beziehung?«, fragte Sid.

»Das war der Anfang. Halten Sie mich nicht für naiv, so als hätte ich nicht gewusst, was ich da tat. Wenn hier einer der Verführer war, dann ich.«

»Hat jemand Sie hineingehen sehen oder hinterher davon erfahren?«

»Nein«, sagte sie. »Ich bin mir sicher, dass niemand davon weiß.«

»Hat jemand an diesem Event teilgenommen, der eifersüchtig gewesen sein oder sich hintergangen gefühlt haben könnte?«

»Nein. Zum damaligen Zeitpunkt war ich mit niemandem zusammen, und James kannte noch niemanden. Vor Ort anwesend waren die anderen, gerade verpflichteten Wissenschaftler, quasi lauter Teenager, dazu ein paar Vorstandsmitglieder, die alle der Generation meines Vaters angehören. Die Leute sahen, dass wir uns auf der Party miteinander unterhielten, aber mehr nicht. Später am Abend achtete ich darauf, auch mit ein paar anderen von den Neuen zu reden, und ich bin mir sicher, dass den anderen Vorstandsmitgliedern auffiel, wie gut ich dabei war. Ihnen hat schon immer gefallen, wie ich solche Situationen meistere.«

»Und was für Absichten hatten Sie mit James? Hatten Sie da so was wie Heiraten im Sinn, oder war das eher ein kurzes Techtelmechtel? War es eine Angelegenheit nur zwischen ihnen beiden?«

»Es gab so vieles, was man hier bedenken musste. Im ersten Moment habe ich mir keine Gedanken darüber gemacht«, sagte Kirsten. »Doch tags darauf, als alle nach Hause fuhren, setzten die Zweifel ein. Mir wurde klar, dass ich mich damit angreifbar gemacht hatte, und das bereitete mir Sorgen. Einen Monat lang quälte ich mich damit herum. Ich hielt mich von der Firma fern, weil ich fürchtete, ihm dort zu begegnen. Ich hatte Angst, er könnte jemandem davon erzählt haben, und wann immer ich mit einem anderen Vorstandsmitglied telefonierte, achtete ich hauptsächlich darauf, ob sich irgendein versteckter Hinweis darauf fand, ob der Tonfall anders war und sie vielleicht etwas wussten. Schließlich beschloss ich, dass ich mit James sprechen und mich vergewissern musste, dass keine Gefahr drohte. Wenn er ein anständiger Mann war, würde er nichts darüber verlauten lassen und diesen Zwischenfall für immer vergessen. Also wartete ich an einem Abend, bis es so ungefähr halb zwölf war, und habe dann bei ihm zu Hause angerufen.«

»Wie ist das gelaufen?«

Sie zuckte mit den Schultern. »Er war kein anständiger Mann. Nein, stimmt nicht. Er war viel zu gescheit und kultiviert, als dass er nicht gewusst hätte, was ich fühlte, und wie richtig das war. Er war einfach nur nicht in Stimmung, sich anständig zu verhalten. Er sagte, er wolle nicht am Telefon darüber sprechen, und bat mich, zu ihm zu kommen.«

»Sofort?«, fragte Ronnie.

»Sofort. Ich behaupte jetzt nicht, dass mir nicht klar war, was er wollte, oder dass ich blauäugig war. Ich wusste es. Als ich ihn anrief, saß ich in Sweatshirt und Pyjamahose zu Hause. Nachdem ich aufgelegt hatte, rannte ich nach oben, schminkte mich und zog ein Cocktailkleid an, dazu High Heels. Um Mitternacht fuhr ich zu ihm, rasend schnell, um ihn nicht warten zu lassen. Das war die Beziehung.«

»Was meinen Sie damit?« Ronnie wollte es genauer wissen.

»Damit meine ich, dass ich nicht seine feste Freundin war oder überhaupt seine Freundin. Wir haben uns manchmal wochenlang nicht gesehen. Hin und wieder rief einer von uns den anderen an, dann haben wir uns verabredet, irgendwo – in seiner Wohnung, in einem Hotel –, und schliefen miteinander. Wir haben einander ganz schrecklich behandelt.«

»Wie endete diese Beziehung?«

»Die Anziehungskraft war mal stärker, mal schwächer«, sagte sie. »Aber sie verebbte nie. Am Tag seines Verschwindens habe ich noch mit ihm gesprochen. Wir wollten uns irgendwann in der Woche treffen, doch es hatte heftige Wolkenbrüche gegeben, also haben wir das Treffen verschoben.«

»Wissen Sie noch, wer abgesagt hat?«

»Ich glaube, das war ich. Ich weiß noch, wie besorgt ich war, die Straßenkreuzungen in der Nähe seiner Wohnung könnten überschwemmt werden und ich dann dort feststecken und auffliegen. Ich ging davon aus, dass wir es ja an einem anderen Tag nachholen könnten, aber diesmal war es nicht so.«

»Sicherlich haben Sie oft darüber nachgedacht, was ihm zugestoßen ist«, sagte Ronnie. »Haben Sie irgendwelche Vermutungen zu diesem Mord?«

»Ein paar. Ob ich glaube zu wissen, wer es getan hat? Nein. Das weiß ich nicht. Ich bin mir sicher, dass alle der Polizei gesagt haben, was auch ich Detective Kapp gesagt habe – dass James ein wundervoller, netter Mensch war und ich mir nicht vorstellen kann, wie so etwas passieren konnte. Das war nicht unbedingt gelogen. Er konnte nett sein. Aber er konnte auch rücksichtslos und egoistisch sein. Er wollte haben, was er haben wollte, und er brachte dafür keine Geduld auf. Er war nicht sonderlich interessiert an seinem Gegenüber.« Sie hielt inne. »An mir. Ich gebe zu, dass mir das mitunter ganz gelegen kam. Nicht die Verantwortung dafür zu tragen, dass die Verbindung zum anderen hält, sich an seinen Geburtstag zu erinnern, sich seine Ansichten anhören oder höflich sein zu müssen, wenn mir nicht danach war. Das war befreiend. Gleichzeitig war ich aber auch nicht gerade stolz auf mich.«

»Hat es Sie überrascht, dass es noch andere Frauen in seinem Leben gab?«

»Ich war mir nicht sicher, aber überrascht hat es mich nicht. James war sehr gut darin, sein Leben aufzuteilen. Das erhöht die Zahl derjenigen, die ihm den Tod wünschten. Ich kann mir vorstellen, dass er ums Leben gekommen ist, weil er mit Leuten in der Kiste war, mit denen er besser nicht in die Kiste gestiegen wäre – ob eine Frau verheiratet war oder einen Freund hatte, machte ihm überhaupt nichts aus. Und da er nicht immer sehr nett war, könnte derjenige, der letztlich den Abzug betätigt hat, genauso gut auch eine Frau sein.«

# 15

Nicole Hoyt wachte im Dunkeln auf. Sie war von einem eigenartigen Gefühl befallen worden, das sie nicht genau benennen konnte, denn ihre Erinnerung reichte nur bis zu dem Moment zurück, als sie die Augen öffnete. Davor war sie in der Traumwelt gewesen – kein Albtraum, nur das übliche nächtliche Amalgam aus Frustration und Unbehagen. In ihrem Traum hatte sie irgendwo gearbeitet, aber nicht verstanden, worum es bei dem Job ging, und musste versuchen, ihre Unfähigkeit zu kaschieren, indem sie ihre Aufgaben willkürlich ausführte und den Eindruck machte, beschäftigt zu sein.

Etwas anderes musste sie geweckt haben. Mit offenen Augen lag sie da und wartete darauf, dass sich das, was sie geweckt hatte, wiederholte. Dann erinnerte sie sich wieder an das Geräusch. Sie hatte gehört, wie ein Auto in die Auffahrt gefahren und lange dort stehen geblieben war. Ihr fiel wieder ein, dass der Motor lange gebrummt und das Gebläse ein Klickgeräusch gemacht hatte. Schließlich hatte das Auto wieder zurückgesetzt und war aus der Auffahrt gefahren.

Nicole analysierte, was sie daran störte. Es kam häufig vor, dass jemand in eine Auffahrt fuhr, um kehrtzumachen. Aber dieser Wagen war zu lange stehen geblieben. Sie ging diesem Eindruck weiter nach. Der Fahrer hatte wahrscheinlich nur so getan, als müsste er kehrtmachen. Das war wie in den Momenten, wenn sie auf den Straßen von L. A. unterwegs gewesen war und gesehen hatte, wie ein Fremder den Kopf etwas zu langsam drehte. Er tat nur so, als würde er seinen Blick zufällig über sie schweifen lassen, doch sobald sie ihn sah, wusste sie, dass er sie abgecheckt und sie ihn dabei erwischt hatte. Das Auto da draußen hatte angehalten, damit jemand sich das Haus eingehend ansehen konnte.

»Ed«, flüsterte sie.

»Hmm?«

»Draußen in der Auffahrt war gerade ein Auto.«

Sie sagte das leise, aber Ed war der Typ Mann, der unverzüglich dazu in der Lage war, hellwach ein Gespräch zu führen oder sich zu verteidigen. Sie spürte, wie die Matratze schaukelte, als sich seine Muskeln anspannten und er sich bereit machte für das, was als Nächstes kam. »Ist es noch da?«

»Ich glaube, es ist weggefahren, aber es hat zu lange dagestanden.«

Eine weitere Erklärung war für Ed nicht vonnöten. Unversehens gelangte er zu der Schlussfolgerung, dass er dem nachgehen musste. Leise wie eine Schlange, die sich entrollte, stand er im Dunkeln auf. Sie wusste, dass er sich bereits die .45er mit dem aufgeschraubten Schalldämpfer geschnappt hatte, die er immer neben dem Bett liegen hatte. Er schob sich im Dunkeln aus dem Schlafzimmer, wobei nur das leise Knarzen der Holzdielen zu hören war.

Auch Nicole setzte sich auf. Sie schwang ihre Beine aus dem Bett und ging zur Wand, wo sie nach oben griff und die zweite schallgedämpfte .45er Pistole aus dem Regal nahm. Sie hielt sie quer vor ihrem Körper und folgte Ed ins Wohnzimmer. Ed hatte die Pistolen gekauft und sie mit Schalldämpfern bestückt, weil das die perfekten Waffen waren, um sich zu Hause zu verteidigen. Er hatte gesagt, dass jemand, der versuchen sollte, bei ihnen einzubrechen, das nachts tun würde. Und er wollte in der Lage sein, das Problem zu beseitigen, ohne die Nachbarn zu wecken. Außerdem waren die

Schalldämpfer auch ein wunderbarer Dämpfer für Mündungsfeuer, was ihnen einen weiteren Vorteil verschaffte. Überdies lag ein halb automatisches Benelli-Gewehr unter dem Bett, aber sie beschloss, es dort zu lassen.

Ed stand am Fenster, von dem aus man die Auffahrt überblickte, und zog den Vorhang zu. Dann ging er zur anderen Seite des Wohnzimmers und sah auch dort aus dem Fenster an der Ecke. Er entdeckte Nicole an der Tür zum Flur und ging zu ihr. »Ich sehe niemanden, aber ich habe ein dummes Gefühl, also sehe ich draußen mal nach.«

»Gib mir eine Minute, um mir etwas überzuwerfen«, sagte sie. »Und du solltest dir vielleicht auch was anziehen.«

Sie kehrten ins Schlafzimmer zurück, zogen Jeans, Shirt und Schuhe an. Ed ging durch die Hintertür in der Küche nach draußen in den Garten. Nicole blieb gute fünf Meter hinter ihm. Wenn sie nicht dicht hintereinandergingen, war die Wahrscheinlichkeit geringer, dass ihr Widersacher sie hörte. Außerdem wusste sie, dass die wenigsten Schützen gleichzeitig auf zwei so weit voneinander entfernte Menschen schießen konnten, ohne dass diese ihr Feuer erwiderten.

Sie liefen quer durch den dunklen Garten und hielten sich versteckt hinter einer Reihe von Büschen am rückwärtigen Zaun, weil das die beste Deckung war. Es fühlte sich eigenartig an, diese extra lange Pistole mit Schalldämpfer bei sich zu tragen, dennoch war Nicole froh, dass Ed darauf bestanden hatte, zwei solcher Waffen zu behalten. In der Dunkelheit gab es keinen größeren Vorteil als die Stille.

Am meisten ängstigte sie die Möglichkeit, dass es sich bei diesem Auto um das der Abels handeln könnte. Sie beide hatten in letzter Zeit niemanden sonst angegriffen oder bedroht. Auch wenn es nicht die Abels selbst waren, handelte es sich doch sehr wahrscheinlich um jemanden, der es ihretwegen auf die Hoyts abgesehen hatte – vermutlich die Polizei. Wie sie herausgefunden haben konnten, wo Ed und sie lebten, ließ sich nur schwer nachvollziehen. Jedenfalls war jemand um drei Uhr nachts hier gewesen und hatte Erkundigungen angestellt.

Nicole dachte daran, was das bedeuten konnte. Ed und sie mussten vielleicht die Flucht ergreifen. Schon allein der Umstand, ihr Zuhause verlassen und fliehen zu müssen, war beängstigend. Sie beide hatten seit jeher große Summen an unterschiedlichen Orten versteckt – hauptsächlich in Schließfächern in anderen Städten in Amerika. Außerdem besaßen sie Konten unter verschiedenen Namen – hauptsächlich weibliche Namen. Nicole erweckte bei Bankangestellten kein Misstrauen, wohingegen Ed eher zur Furcht einflößenden Sorte zählte. Allerdings könnte es sich schwierig gestalten, an das Geld zu kommen und zu verschwinden, wenn die Abels wussten, wer sie waren. Die Abels waren ehemalige Polizisten, hatten ohne jeden Zweifel die Nummern von ein paar Dienststellen in der Kurzwahl und konnten dafür sorgen, dass die Grenzen für ein Paar auf der Flucht geschlossen wurden.

Nicole ging langsam, ließ Ed etwas Vorsprung, was es schwieriger machte, sie beide zu erschießen. Doch wusste sie auch, dass ihnen der Abstand, sollte der Feind die Polizei sein, nichts nützen würde. Erfahrene Kampfschützen wussten, wie man nicht ins Kreuzfeuer geriet, außerdem würden sie deutlich in der Überzahl sein.

Im Weitergehen plante Nicole bereits ihre nächsten Schritte. Solange Ed etwa zehn Meter vor ihr blieb, machte es das Versteckspiel für sie beide einfacher. Sollte geschossen werden oder eine Zielperson auftauchen, würde Nicole die Waffe mit beiden Händen umfassen und zurückschießen. Sie hatte nur ein Magazin mit sieben Kugeln und eine im Lauf, also musste sie sich etwas zurückhalten und durfte nicht wild drauflosballern. Jeder Schuss musste sitzen, und der gedämpfte Schall sowie das gedämpfte Mündungsfeuer verschafften ihr zusätzlich etwas Zeit, ehe man sie ausfindig machen konnte.

Sie hastete von Gebüsch zu Gebüsch weiter, bis ganz zum Rand des Gartens. Ed war bereits zehn Meter weiter auf dem nächsten Grundstück, einem großen Grundstück, auf dem ein Bungalow aus den Dreißigerjahren gestanden hatte, als sie beide hierhergezogen waren. Vor ein paar Monaten war der Besitzer gestorben. Sein Sohn hatte vor, es an einen Bauunternehmer zu verkaufen, aber Ed konnte ihn mit den passenden Argumenten davon überzeugen, es besser ihm zu verkaufen. Ed hatte ein Team angeheuert, das mit einem Bulldozer durch das Haus fuhr und Holz, Ziegelsteine und Beton abtransportierte. Inzwischen war das Grundstück freigeräumt und erweiterte das Grundstück der Hoyts um ein offenes, ebenes Gelände, in dem sich ein Eindringling nicht verstecken konnte. Ed hatte noch nicht die Zeit gefunden, aus dem uneinheitlichen, unkrautbefallenen Gelände eine Erweiterung ihres eigenen Rasens zu machen. Vielleicht würde er dazu nun nicht mehr kommen.

Wieder dachte Nicole darüber nach, ihr Haus zurückzulassen, und ging gedanklich all ihre wichtigen persönlichen Gegenstände durch. Sie besaß Lladro-Statuen im Wert von mehreren Tausend Dollar. Dazu gehörten die Hochzeitsfigürchen, die Ballerina, das ängstliche japanische Mädchen und der Anwalt. Der allein hatte neu über siebenhundert Dollar gekostet. Und die Klassiker – Don Quixote, Cinderella und die anderen – waren berühmt. Porzellanfigürchen waren aber nun einmal keine Gegenstände, die sie bei einem überstürzten Aufbruch mitnehmen konnte. Und dann die Waffen. Ed und sie hatten Waffen im Wert von fünfzigtausend Dollar im ganzen Haus verteilt. Die Schusswaffen waren schwer, doch sie zurückzulassen wäre gefährlich. Ballistikexperten der Polizei hätten keinerlei Schwierigkeiten, die Waffen verschiedenen Projektilen zuzuordnen, die in den letzten paar Jahren mehrere Menschen durchlöchert hatten. Müssten Ed und sie überstürzt verschwinden, musste etwas mit all ihrem Besitz passieren.

Nicole betrat das leere Grundstück, duckte sich tief und bewegte sich entlang des gegenüberliegenden Randes. Sie konnte Ed kaum ausmachen, noch dazu blieb er hin und wieder reglos stehen. War ihr Blick einmal nicht auf ihn gerichtet, verlor sie ihn aus den Augen, bis er sich wieder bewegte. Als sie zu Bett gegangen waren, war die Mondsichel zu sehen gewesen, inzwischen musste sie jedoch hinter einer Wolke verschwunden sein, sodass ihr auch kein Mondschein weiterhalf. Sie kauerte sich hin und wartete ab, erlaubte es der Dunkelheit und der Stille, sie zu verschlucken, während sie abwartend lauschte.

Kurz darauf bewegte Ed sich weiter, doch sie spürte, dass etwas anders war. Er schob sich weiter nach vorn, richtete sich auf, hob seine Füße bei jedem Schritt, um sich nicht im Unterholz zu verheddern. Schließlich rannte er los. Er erreichte den Gehsteig, kniete sich hin und zielte nach rechts.

Nicole ließ ihn nicht aus den Augen, als auch sie losrannte. Ihr Platz war hier oben, von wo aus sie die Straße sehen und Ed Feuerschutz geben konnte.

Der Lichtkegel einer Taschenlampe tauchte Ed plötzlich in weißes Licht. Er feuerte zwei schnelle Schüsse mit seiner schallgedämpften Pistole in diese Richtung, dann noch ein weiteres Mal. Im Trainingscamp, in dem sie sich kennengelernt hatten, hatte man ihnen beigebracht, zwei Kugeln in die

Brust und dann eine in den Kopf zu feuern. Der Leuchtkegel verschwand, und noch ehe sie bei der Straße angekommen war, wusste sie, dass jemand tot war.

Sie sah die Straße hinauf und entdeckte eine hell leuchtende Taschenlampe auf dem Gehsteig. Im Schein um den Lichtkegel erkannte sie die Leiche eines ausgestreckt daliegenden Mannes.

Ed trat zu der Gestalt, die auf dem Bauch lag, kniete sich hin und betrachtete stirnrunzelnd das Gesicht des Mannes. Er tastete den Hals des Mannes nach einem Puls ab, gab dieses Unterfangen jedoch nach wenigen Sekunden auf. Schließlich drehte er den Mann um und durchsuchte seine Taschen. Aus einer holte er dessen Schlüsselbund hervor und stand auf.

Nicole kam hinzu und sah alles im Lichtkegel, den die Taschenlampe auf dem Gehsteig verströmte, darunter auch die Farbe des SUV, der wenige Meter von ihnen entfernt geparkt war. Braun. Sie beugte sich hinunter zum Gesicht des toten Mannes, warf dann Ed einen Blick zu.

»Jep«, flüsterte er. »Vincent Boylan. Keine Ahnung, was er mit dieser Aktion beabsichtigt hat, verdammt noch mal.« Ed hob die Taschenlampe auf, schaltete sie aus und nahm Boylan die Waffe aus der Hand. »Besser, du holst das Auto, während ich ihn in seines verfrachte. Dann fährst du hinter mir her.«

Nicole machte kehrt, rannte über den Gehsteig zur Hintertür ihres Hauses. Sie hastete ins Schlafzimmer, schnappte sich ihre Tasche und fischte auf dem Weg zur Garage die Schlüssel heraus. Sie fuhr mit dem grauen Camry aus der Garage, schloss das Tor mit der Fernbedienung und hielt mit ausgeschalteten Scheinwerfern hinter dem braunen SUV. Sie sah einen großen feuchten Fleck, wo Ed den Gehsteig mit dem Gartenschlauch abgespritzt haben musste.

Boylans Leiche war nicht mehr da, und Ed saß wohl auf dem Fahrersitz des braunen SUVs, denn auch er war nirgendwo mehr zu sehen. Der SUV startete und fuhr los.

Ed fuhr etwa hundert Meter bis zur ersten Kreuzung, bog links ab und fuhr noch ein paar Meter weiter, ehe er die Scheinwerfer einschaltete. Nicole tat es ihm gleich, und Ed beschleunigte. Sie wünschte, er hätte sein Handy bei sich, dann hätte sie mit ihm über das, was vorgefallen war, und das, was sie als Nächstes tun würden, reden können. Vermutlich war es ihre Schuld, dass er es nicht bei sich hatte. Sie hätte es mitbringen und ihm geben können, als sie ihre Tasche geholt hatte.

Sie folgte dem braunen SUV, als Ed aus ihrem Viertel herausfuhr, die Straße zum Freeway hinunter. Es ging Richtung Osten, und sie hoffte, er würde sie nicht an irgendeinen verlassenen Ort irgendwo in der Wüste bringen und diese Nacht in einen noch schlimmeren Albtraum verwandeln. Sie war nicht in der Stimmung dafür, Boylans Leiche in der Gegend herumzuschleppen und dabei behilflich zu sein, ein Grab für ihn auszuheben, um dann wieder nach Hause zu rasen, ehe es hell wurde.

Als sie anfing, unruhig zu werden, nahm Ed die Ausfahrt am Coldwater Canyon und fuhr nach Süden zum Valley Vista Boulevard. Er bog mehrfach auf enge Straßen ab, ehe ihr klar war, wohin er unterwegs war. Im Leerlauf hielt er in der Kurve, in der er an diesem Tag schon einmal stehen geblieben war. Sie waren fast bei Boylans Haus angekommen. Er stieg aus, kam zu ihrem Auto und bedeutete Nicole, das Fenster zu öffnen.

»Vergraben wir ihn denn nicht?«, fragte Nicole.

»Nur, wenn du seinen SUV gleich mit vergraben willst.«

»Das verstehe ich nicht«, sagte sie.

»Wir haben nicht die Zeit, etwas mit ihm anzustellen, das einen Unterschied machen würde, und es ist die einzige Möglichkeit, wie wir unsere Neugier stillen können. Komm schon. Wir stellen sein Auto in die Garage und sehen mal, was wir im Haus über ihn herausfinden können.«

»Und was ist mit seiner Leiche?«

»Wir decken sie zu und lassen sie im Kofferraum liegen. Frühestens in ein oder zwei Tagen wird man ihn finden.«

»Was, wenn er verheiratet ist? Oder eine Freundin hat?«

»Hätte er eine Frau bei sich im Bett gehabt, hätte er uns besser nicht behelligen sollen. Also los.« Er ging wieder zu Boylans SUV.

*Das ist wieder mal typisch Ed,* dachte sie. Sie schüttelte den Kopf, stieg aus dem Camry, ging zur Beifahrertür des SUV und nahm neben Ed Platz. Er fuhr weiter bis zu Boylans Haus, die Auffahrt hinauf und in die angebaute Garage hinein. Mit der Fernbedienung schloss er das Garagentor, dann stiegen sie aus. Er schaltete Boylans Taschenlampe ein und öffnete den Kofferraum mit der Leiche. Er tastete Boylans Taschen ab, bis er ein Handy gefunden hatte, und reichte es Nicole. »Steck das ein. Da ist sicherlich unsere Nummer im Speicher.«

Nicole packte das Handy in ihre Tasche und betrachtete Boylan im schwachen Licht. »Was hat er wohl deiner Meinung nach gemacht? Warum war er da und hat unser Haus ausgekundschaftet?«

»Das kann ich dir nicht sagen«, meinte Ed. »Vermutlich hat er bemerkt, dass wir ihm heute Morgen gefolgt sind, und dachte sich, lieber bringt er uns um, bevor wir ihn umbringen.«

»Verdammt, muss der bescheuert gewesen sein.«

Ed ging in die Garage hinein, fand etwas, das nach der Plane eines alten Sonnensegels aussah, brachte sie zum Auto und deckte Boylan damit zu, bevor er den Kofferraum schloss. Er nahm einen roten Lappen von der Werkbank und wischte das Lenkrad, die Türgriffe, das Handschuhfach und den Kofferraum ab.

»Los, gehen wir rein.« Er trat zur Tür, die ins Haus führte, und leuchtete mit der Taschenlampe durch das Fenster, dann schaltete er sie aus. »Kein Hinweis auf einen Rottweiler, und das Alarmsystem ist nicht eingeschaltet. Ich nehme an, du hast recht, der Kerl muss wirklich bescheuert gewesen sein.«

Er schloss die Küchentür mit Boylans Schlüssel auf. Sobald sie eingetreten waren, schloss er sie wieder ab. Sie durchquerten die Küche, gingen zum Gang, der neben der Treppe zum Haupteingang führte. An der Treppe drehte sich Ed zu Nicole um, legte einen Finger an die Lippen und zeigte nach oben.

Nicole nickte und überprüfte, ob der Schalldämpfer fest aufgeschraubt war, dann ging sie die Treppe hinauf. Sie konnte sich viel besser als Ed geräuschlos bewegen, schließlich wog sie nicht einmal halb so viel wie er. Sie setzte den Fuß jeweils direkt neben die Wand auf die Stufe, dort, wo das Holz auf das vertikale Stück Holz darunter genagelt war und deshalb nicht nachgab oder knarzte. Innerhalb kürzester Zeit war sie oben und stand in einem mit Teppichboden ausgelegten Gang. Rasch schritt sie über die weiche Oberfläche und bewegte sich flink mit nach unten gerichteter Waffe vorwärts. Sie warf einen Blick in jedes Zimmer, überprüfte, dass niemand sich dort aufhielt, und ging weiter zum nächsten.

Ein paar Türen weiter fühlte sie sich erleichtert, denn das Haus schien tatsächlich leer zu sein. Doch als sie das andere Ende des Ganges erreichte, rief eine Frauenstimme: »Vince?« Nicole erstarrte, ihr stockender Atem dröhnte ihr laut in den Ohren, und ihr Nacken war mit einem Mal ganz verschwitzt.

»Vince? Was machst du?« Die Stimme war verschlafen und nörgelig, eine junge Frauenstimme. »Vince?«

Nicole rief in ihrer sanftesten, mütterlichsten Stimme: »Keine Sorge, meine Liebe. Das Feuer wird gelöscht, aber Sie sollten sich besser anziehen.« Sie ging weiter den Gang hinunter in die Richtung, aus der die Stimme kam.

Die Frau stand in der Tür, machte gerade den Knopf einer engen Jeans zu. Sie war groß, schlank, trug ein offenes Herrenhemd über einem Tanktop und war barfuß. Als sie Nicole sah, griff sie nach etwas auf der Kommode im Zimmer und drehte sich mit einer Pistole in der Hand wieder zu ihr um.

Nicoles Waffe blitzte auf, und in diesem Bruchteil einer Sekunde sah sie langes blondes Haar, das pfirsichfarbene Tanktop und das Loch, das im Brustbein erschien. Nicole gab zwei weitere Schüsse ab, sah jedes Mal einen Ausdruck höchsten Erstaunens im Gesicht der Frau, die nach vorn zu Boden sackte und dann reglos dalag. Nicole schoss der Frau in den Kopf und ging um sie herum ins Schlafzimmer.

Auf der Treppe waren Eds schwere Schritte zu hören. Nicole sah, wie er oben ankam, die Pistole fest in beiden Händen.

»Mir geht's gut, danke der Nachfrage.«

Ed schaltete die Taschenlampe ein und leuchtete die Frau an. »Ihr nicht. Wer ist sie?«

Nicole blickte zu ihr hinunter. »Sie trägt keinen Ehering, also nehme ich mal an, dass sie nicht seine Frau ist. Mal sehen, ob ich ihre Tasche finde, dann kann ich dir mehr sagen.«

Sie nahm die Taschenlampe, trat ins Schlafzimmer, ließ ihren Blick durchs Zimmer wandern und entdeckte eine Handtasche am Türknauf des Kleiderschranks. Sie fand einen kleinen Geldbeutel darin, den sie öffnete. »Auf dem Führerschein steht Leslie Ann Kuyper, geboren am 16. Juni 1986. Ihre Stimme klang deutlich jünger. Ich nehme an, sie hat ihren Mädchennamen verwendet.«

»Mir gefällt das nicht«, meinte Ed.

»Ich weiß. Auf dieser Kreditkarte ist sie mit Leslie Boylan aufgeführt. Gefällt dir das besser?«

»Nein. Lass uns weitersuchen.«

»Irgendeine Ahnung, wonach wir suchen?«

»Nach irgendetwas, das uns sagt, wer Boylans Kunde war. Ein Adressbuch, weitere Handys, ein Computer. Und alles, worauf unser Name oder unsere Adresse steht.«

Sie reichte Ed die Taschenlampe, steckte den Geldbeutel zurück in die Handtasche und ließ sie weiter am Knauf baumeln. »Ich sehe mich hier mal um. Warum fängst du nicht im Erdgeschoss an?«

»Einverstanden.« Ed verließ das Zimmer und ging die Treppe hinunter. Sie griff in den großen, begehbaren Schrank, fand den Lichtschalter und schloss die Tür hinter sich, ehe sie das Licht anknipste, damit durch das Schlafzimmerfenster nichts zu sehen war.

Sie hatte mal irgendwo gelesen, dass Menschen, die etwas in ihrem Zuhause versteckten, Verstecke wählten, die sich unweit ihres Schlafplatzes befanden. Sie war sich nicht sicher, ob das auf die gesamte Bevölkerung zutraf, aber bislang war das bei den Leuten, für deren Beseitigung Ed und sie angeheuert worden waren, durchaus zutreffend gewesen. Für gewöhnlich handelte es sich um Leute, die ihre Wertsachen selbst schützen wollten, und sie wollten sie griffbereit haben und rasch damit verschwinden können, ehe sie von dem eingeholt wurden, was sie angestellt hatten.

Nicole öffnete die Schubladen des Einbauschranks. Sie fand ein dünnes Paar Lederhandschuhe, die wohl der toten Frau gehört hatten, und zog sie für die Suche an. Sie fing bei den untersten Schubladen an und arbeitete sich nach oben. Sie suchte nach Unterlagen, Notebooks, USB-Sticks, Disketten. Auf halber Höhe fand sie eine Schublade mit doppeltem Boden. Sie brach sie auf und fand Geld. Es war fein säuberlich in Hunderterbündeln aufgereiht, schön flach, um ein ordentliches Fundament für den falschen Boden zu bieten. Das Geld war nicht wirklich versteckt, einfach nur aufbewahrt, als wollte Boylan das Geld separat und außer Sichtweite haben. Sie steckte die Geldbündel in eine Kopfkissenhülle und stellte sie an der Tür ab, damit sie daran dachte, sie mitzunehmen. Danach fand sie eine Pistole in einer Schublade weiter oben, alles andere war nicht von Interesse. Zwar war der Schmuck der Frau ganz hübsch, aber wenn sie die Sachen zu einem Juwelier bringen würde, um sie einzuschmelzen und daraus etwas Neues machen zu lassen, würde der Juwelier die Versicherungen anrufen, um herauszufinden, ob Teile davon gestohlen waren.

Sie kehrte zurück ins Schlafzimmer, arbeitete nur mit dem Licht aus dem begehbaren Schrank. Auf Boylans Nachttisch befand sich eine weitere Pistole. Ansonsten gab es hier nichts, das ihr etwas gesagt hätte, was sie nicht bereits wusste. Sie ging ins angrenzende Schlafzimmer und von dort weiter in die darauffolgenden Räume. Lauter Gästezimmer, die nicht genutzt wurden und in denen nichts versteckt war, nicht in, hinter und auch nicht unter irgendwelchen Möbeln.

Ed sah hoch, als sie die Treppe herunterkam, und entdeckte die Kissenhülle in ihrer Hand. »Was hast du gefunden?«

»Eine Schublade voller Geld und ein paar Pistolen. Die Pistolen habe ich liegen gelassen.«

»Hast du darauf geachtet, keine Fingerabdrücke oder andere Spuren zu hinterlassen?«

Sie hielt ihre behandschuhte Hand hoch. »Ja. Und du?«

Er hielt eine Hand hoch und enthüllte einen leuchtend gelben Gummihandschuh. »Die habe ich in der Küche gefunden.«

»Noch was anderes außer Gummihandschuhen?«

»Nur einen Laptop. Den knacken wir nie. Nichts über den Kunden. Ich glaube, wir stecken in Schwierigkeiten«, sagte er. »Lass nichts hier zurück. Wir werden nicht noch mal herkommen können.«

# 16

Sid und Ronnie Abel fuhren mit dem hinteren Aufzug in die Tiefgarage ihres Hotels und stiegen in ihren neuen Mietwagen. Sid fuhr über die Rampe nach oben und auf die Seitenstraße, die zur Calabasas Road führte. Der Morgen war strahlend und heiß, und die Sonne stand schon hoch am Himmel. Als sie an einer Ampel hielten, sagte Sid: »Das gestern mit Kirsten Tilson war ein verdammt guter Bluff.«

»Du meinst das mit dem Video?«

»Genau, das meine ich.«

»Überleg doch mal. Noch bevor wir sie angerufen haben, wussten wir, dass sie eine Affäre mit Ballantine gehabt hatte. Als wir sie anriefen, behauptete sie, sie würde ihn kaum kennen, und dennoch war sie bereit, sich privat mit uns zu treffen, um zu reden. Sie muss einen ganz bestimmten Grund gehabt haben.«

»Na klar. Sie wollte nicht in Verlegenheit gebracht werden.«

»Sie steckt voller Widersprüche«, erklärte Ronnie. »Sie ist ein kleines bisschen rassistisch, aber Ballantines Hautfarbe verschaffte ihr einen angenehmen Nervenkitzel. Sie sagt, sie mochten einander nicht, dennoch trafen sie sich auch nach drei Jahren noch immer mal wieder.«

»Sie ist eine gewöhnliche Lügnerin, aber du hast dir das Sex-Tape ausgedacht«, sagte Sid. »Du bist der Champion.«

»Es ist nicht ausgedacht.«

»Nicht?«

»Wenn es kein Video ist, dann muss etwas Ähnliches existieren. Ballantine war ein sehr verschwiegener Mann. Warum sollte er seiner Ex-Frau etwas von den Frauen erzählen, die er traf? Schwer vorstellbar. Würde sie sich das anhören? Wohl kaum. Sie hatte sich von ihm scheiden lassen, die Kinder mitgenommen und war in eine andere Stadt gezogen. Sie hat gesagt, dass sie seit drei Jahren nicht miteinander gesprochen hatten. Sie muss etwas bei seinen Sachen gefunden haben, nachdem er tot war.«

»Worum auch immer es sich dabei handelt, Kirsten Tilson wusste nichts von den anderen Frauen. Sie wollte wirklich wissen, wer sonst noch auf der Liste stand.«

»Vielleicht hat sie das Gefühl, dass ihr Unrecht geschieht«, meinte Ronnie. »Vielleicht, weil sie ihn zuerst an der Angel hatte.«

»Interessante Frau.«

»Sie wäre begeistert, das zu hören«, merkte Ronnie an. »Sie findet das nämlich auch. Vergiss bitte nicht, dass du genauso alt bist wie die anderen Vorstandsmitglieder. Und ihr Vater.«

»Der ist tot.«

»Genau.« Ronnie lächelte. »Vermutlich war er ein Greis.«

»Es schmeichelt mir, dass du so eifersüchtig bist.«

»Lass uns der nächsten Freundin einen Besuch abstatten.«

Sie hatten sich mit der nächsten Frau auf der Liste in einem schattigen Park in Burbank, in der Nähe des St. Joseph Medical Center am Bob Hope Drive, verabredet. Sie fuhren die Straße entlang und hielten nach ihr Ausschau, sahen jedoch keine Frau allein im Auto sitzen, und der Park schien an diesem Morgen so gut wie leer gefegt zu sein. Ein paar junge Frauen – Mütter oder Babysitter – passten auf spielende Kleinkinder auf, und eine Gruppe Frauen in Krankenhauskleidung lief rasch einen Weg entlang. Die Abels hielten an, blieben in ihrem Mietauto sitzen und nahmen die Umgebung in Augenschein.

Nach ein paar Minuten meinte Ronnie: »Du siehst dir die Dächer der Gebäude in der Alameda Street an?«

»Ich sehe überallhin, genau wie du.«

»Ich halte Ausschau nach Linda Bourget. Du hältst Ausschau nach den Leuten, die versucht haben, uns umzubringen. Denkst du, Linda Bourget dient ihnen als Lockvogel?«

»Nein, sonst würden wir hier nicht sitzen. Aber sie hat diesen Ort als Treffpunkt gewählt, und sie ist spät dran.«

Ronnie sah nach rechts zum Park und verdrehte den Kopf, um über die Schulter blicken zu können. »Von den Dächern mal abgesehen, ist der Verkehr recht rege, und es gibt nur wenige Möglichkeiten, zu Fuß hierher oder von hier wegzukommen.«

»Das könnte sie sein. Kommt direkt vom Krankenhaus durch den Park hierher.«

Sie beobachteten, wie eine schlanke Frau um die dreißig auf sie zukam. Sie hatte langes, dunkles Haar, einen olivfarbenen Teint und trug eine Designer-Jeans, niedrige Sandalen, ein weißes Oberteil mit V-Ausschnitt und kurzen Ärmeln, dazu eine Sonnenbrille, groß genug, um einen Großteil ihres Gesichts zu verdecken. Außerdem schien sie die ganze Zeit nach unten zu sehen, den Weg zu betrachten, dem sie folgte.

Ronnie konzentrierte sich auf die Frau, die inzwischen näher gekommen war. Leise raunte sie Sid zu: »Teure Klamotten. Diese Jeans sind nicht so einfach zu bekommen. Und bezahlen kann man sie auch nicht. Die Handtasche hat auch ein paar Tausender gekostet.«

»Komm, wir gehen ihr entgegen, damit es nach einer zufälligen Begegnung aussieht.«

Sie stiegen aus, gingen in den Park und folgten dem markierten Kiesweg, sodass ihre Wege sich kreuzten. »Miss Bourget?«

Die Frau erwiderte nichts, machte jedoch kehrt und ging zusammen mit ihnen weiter. Nach ein paar Schritten sagte sie: »Sie sind die Abels?«

»Ja. Danke, dass Sie sich Zeit für uns nehmen«, entgegnete Ronnie. »Ich bin Ronnie, und das ist Sid.«

»Es ist ja nicht so, als hätte ich eine Wahl«, sagte Linda Bourget. »Ich habe damit gerechnet, dass dieser Tag irgendwann kommt, also habe ich mich schon seit Langem darauf vorbereitet. Wenn wir das hier kurz halten könnten, wäre ich Ihnen sehr verbunden. Ich bin mit meiner Schwester zum Mittagessen verabredet. Eine Schwester ist die einzige Person, bei der man wirklich darauf vertrauen kann, dass sie für einen lügen wird. Andere könnten sonst zu dem Schluss kommen, dass man doch nicht so wahnsinnig gut befreundet ist. Eine Schwester bleibt einem für immer.«

Ronnie wandte sich als Erste an sie. »Wie ich Ihnen bereits am Telefon gesagt habe, sind wir beauftragt worden, Nachforschungen im Mordfall James Ballantine anzustellen. Wir wissen nicht viel über ihn, also erkundigen wir uns bei Leuten, die ihn kannten.«

»Okay. Ich werde versuchen, so ehrlich wie möglich zu sein«, sagte Linda Bourget.

»Fangen wir doch mal mit den grundsätzlichen Dingen an«, meinte Sid. »Wann haben Sie angefangen, sich mit Mr Ballantine zu treffen?«

»Die Frage ist gar nicht so einfach, wie sie klingt«, erwiderte sie.

»Das verstehe ich nicht«, sagte Ronnie. »Als ich Sie angerufen habe und Ihnen mitteilte, dass wir mit Ihnen sprechen möchten, haben Sie doch gesagt, dass wir da bei Ihnen durchaus an die Richtige geraten seien.«

»Sind Sie auch«, holte Linda aus. »Ich warte seit einem Jahr darauf, dass jemand vorbeikommt, um mit mir über ihn zu sprechen. Ich dachte, die Polizei würde schon ein paar Tage später vorbeikommen, doch dem war nicht so. Daraus wurden Wochen und Monate. Ich hatte den Eindruck, sie hätten mittlerweile bestimmt herausgefunden, wer James umgebracht hat, und mich für unwichtig erachtet, aber so war es nicht.«

»Nein, so war es nicht«, sagte Sid. »Wir versuchen es, aber wir brauchen Ihre Hilfe.«

»Zunächst einmal, wir sind nicht zusammen gewesen«, warf Linda ein. »Wir hatten keine normale, gewöhnliche Beziehung.«

Sid und Ronnie wechselten rasch einen Blick, dann fragte Ronnie: »Inwiefern war sie anders?«

»Ich war verheiratet. Hätte man mich mit James erwischt, hätte ich meinen Ehemann und meine beiden Kinder verloren. Also haben James und ich uns heimlich getroffen.«

»Wie haben Sie sich kennengelernt?«

»James und ich saßen im Flugzeug nebeneinander, ein Nachtflug von Chicago nach Los Angeles. Ich war auf dem Rückweg von New York. Er kam aus Bloomington, Indiana, wo er unterrichtete. Wir hatten einen Zwischenstopp in Chicago, wo wir umsteigen mussten, aber die Wetterverhältnisse waren so schlecht, dass alles Verspätung hatte und unser Anschlussflug nicht auf uns wartete. Wir landeten beide am Schalter der Fluggesellschaft, wo sie uns auf den nächsten Flug umbuchten, der um halb elf am selben Abend ging. Die Zeit verstrich, und der Flughafen leerte sich etwas. Wir saßen da und unterhielten uns ein bisschen. Dann fragte er mich, ob ich Lust auf einen Drink hätte. Hatte ich, also unterhielten wir uns noch etwas länger, bis unser Flug ausgerufen wurde. Wir verabschiedeten uns und gingen zum Gate. Als ich zu meinem Sitz ging, konnte ich es kaum glauben. Wir waren beide hinten im Flugzeug – die beiden letzten Sitze – und saßen nebeneinander.«

»Das muss so ausgesehen haben, als wäre es vorherbestimmt«, meinte Ronnie.

»Ich habe diesen Gedanken verworfen, schließlich hatte ich bereits das Leben gewählt, das ich haben wollte«, sagte Linda. »Es mag verrückt klingen, aber ich liebte meinen Mann. Wir hatten zwei wunderbare Kinder, einen Jungen und ein Mädchen. Ich hatte ein großartiges Leben, genau das Leben, das ich mir als Teenager vorgestellt hatte, und ich wollte das nicht verlieren. Doch dieses eine Mal bin ich der Versuchung erlegen.«

»Wenn Sie Ihren Mann liebten, warum haben Sie es dann getan?«

»Das ist einfach so passiert. Die Umstände waren perfekt. Ich hatte meinen Mann bereits angerufen, als mein Flug zu spät in Chicago landete, um den Anschluss nach Los Angeles noch zu bekommen, und ihm gesagt, dass ich in einem Hotel in Chicago bleiben und einen Flug am nächsten Morgen nehmen würde. Der Ersatzflug war nur deshalb möglich, weil ein anderes Paar es nicht rechtzeitig zum Flieger geschafft hatte«, sagte sie. »Und James und ich hatten miteinander geredet, und wir waren uns sympathisch. Er hatte diese Fähigkeit. Er konnte einer Frau ohne den Hauch eines Zweifels, aber auch ohne dass es peinlich gewesen wäre, das Gefühl geben, dass er sie mochte. Wenn er einen ansah, konnte man nicht anders, als sich selbst so zu sehen, wie er einen sah – wunderschön.«

»Sie sind wunderschön«, sagte Ronnie. »Das kann Sie nicht sonderlich überrascht haben.«

»Danke. Aber es ging darüber hinaus. Durch ihn fühlte ich mich faszinierend. Aufregend. Dieses Gefühl hatte ich damals zu Hause nicht oft. Ich war Mutter, hatte zwei kleine Kinder und einen Mann, der ständig arbeitete. Er war Produktionsleiter bei einer Fernsehshow, verdiente ordentlich und blickte einer großartigen Zukunft entgegen. Doch sein Alltag hatte mit meinem nicht viel zu tun. James Ballantine gab mir das Gefühl, eine andere zu sein. Und so, wie wir waren, wenn wir zusammen waren, schien das Universum mir mitzuteilen, dass es okay war, wenn ich dem nachgab. Also verhielt ich mich auch wie eine andere Person.«

»Und Sie riskierten alles aus einer Laune heraus?«, fragte Ronnie erstaunt.

»Nicht aus einer Laune heraus«, widersprach Linda. »Ehe James mich anfasste, hatte ich darüber nachgedacht, was ich sagen und tun würde, sollte es dazu kommen. Das ist noch so etwas, das ich im Lauf der Zeit gelernt habe. Wir alle sind von Natur aus Sünder. Keiner musste mir sagen, wie ich das alles anzustellen hatte. Ich wusste es einfach. Ich sah nach, wann morgens der erste Flug aus Chicago in Los Angeles ankommen würde, und plante, zur passenden Uhrzeit einen Shuttle vom Hotel nach Hause zu nehmen. Ich plante alles, was ich sagen und tun würde, um vor mir zu bestehen, ehe ich mich darauf einließ. Dann ging ich mit James in das Hotel, in das er sich für sein Bewerbungsgespräch eingebucht hatte. Er ging zum Empfangstresen, meldete sich dort an, bekam seinen Zimmerschlüssel, und dort habe ich ihn dann getroffen.«

»Hat man Sie jemals erwischt?«

»Nein«, sagte sie. »Nie. Ich habe alles getan, was in meiner Macht stand, um sicherzustellen, dass ich nicht erwischt werde. James war nicht denselben Risiken ausgesetzt wie ich. Er mied Leute, die ihm deswegen Vorwürfe gemacht hätten. Man hatte ihm mitgeteilt, dass er die Universität, an der er gearbeitet hatte, verlassen müsse, und er ließ die Verbindung zu Freunden und Verwandten im Osten langsam einschlafen.

Er war noch nicht geschieden, wusste jedoch, dass das auf ihn zukommen würde.«

»Ist Ihnen das damals irgendwie eigenartig vorgekommen?«, wollte Ronnie wissen. »Vielleicht sogar selbstzerstörerisch?«

»So habe ich damals nicht gedacht«, sagte sie. »Ich hatte eher den Eindruck, dass es für mich so sicherer wäre. Niemand aus seiner Welt würde von uns erfahren und die Geschichte auffliegen lassen. Ich wollte mit dem Leben weitermachen, das ich noch immer hatte.«

»Das verstehe ich«, sagte Ronnie. »Auf diese Weise gab es weniger Leute, die etwas davon mitbekommen konnten, und es war einfacher, alles geheim zu halten.«

»Ich habe es damals nicht so richtig verstanden. Und verstehe es vielleicht immer noch nicht. Er hat sich selbst neu erfunden, und ich wusste nicht, warum. Als wir uns kennenlernten, waren wir beide Menschen, die ein Leben und eine Beziehung schützen mussten. Wir wollten einfach nur einen kurzen, aufregenden Blick in ein anderes Leben werfen – und nicht etwa in das Leben, das wir gerne gehabt hätten. Es war einfach eine Welt für sich, die keine Verantwortung, Misserfolge oder Langeweile beinhaltete. In dieser Welt waren wir wild, sexy und glamourös. Es machte Spaß, hin und wieder einen Abstecher in diese Welt zu unternehmen und danach wieder in die Realität zurückzukehren. Ich gab vor, einmal die Woche zu einem Therapeuten zu gehen, doch stattdessen traf ich mich mit James.«

»Was änderte sich dann?«

»Er veränderte sich, und ich mich auch, wenn auch langsam. Zu Hause lief es nach und nach besser für mich. In diesem einen Jahr wurden meine Kinder so viel erwachsener, und es war nicht mehr so aufreibend, mich um sie zu kümmern. Mein Mann arbeitete für eine andere Show, die vollständig im Tonstudio des Filmsets aufgenommen wurde und nicht in über dreitausend Kilometern Entfernung. Also verbrachte er mehr Zeit mit mir. Eines Morgens wachte ich auf und hatte keine Lust, James an diesem Tag zu sehen. Da wurde mir klar, dass ich nicht mehr zu ihm wollte, gar nicht mehr. Ich schämte mich und hatte Angst, und ich wusste, dass ich James sagen musste, dass es vorbei war, ehe ich alles verlor.«

»Und da wurde Ihnen klar, dass auch er sich verändert hatte?«

»Ja. Vielleicht war er auch gar nicht derjenige, der sich verändert hatte. Vielleicht war er immer derselbe, und es war nur der Moment, in dem es mir klar wurde. Ich sagte ihm, dass ich über das, was ich da gemacht hatte, nicht glücklich war, und dass ich mich nicht mehr mit ihm treffen würde.«

»Das hat ihm wahrscheinlich nicht sonderlich gefallen«, bemerkte Sid.

»Nein.«

»Wurde er wütend? War er verletzt?«

»Nein, er ließ nur nicht zu, dass es so eintrat.«

»Was meinen Sie damit?«, hakte Sid nach.

»Ich sagte ihm, dass es vorbei sei, doch er meinte, das könne nicht ich bestimmen. Ich sei dazu verpflichtet, hätte meine Entscheidung getroffen und gehöre jetzt ihm. Sollte ich die Affäre beenden, würde er dafür sorgen, dass mein Mann ein paar Videos zu sehen bekäme, die er aufgenommen habe. Er müsse nur eines davon an die E-Mail-Adresse meines Mannes schicken. Außerdem, sagte er, würde er ein Video an jeden Kollegen meines Mannes schicken und eines an alle Freunde, von denen ich ihm mal erzählt hatte. Er schien sich an alle Namen zu erinnern. Später wurde mir klar, dass er sich die

Namen von meinem Handy geholt haben musste, wenn ich bei ihm war.«

»Hat er geblufft?«, fragte Sid.

Sie atmete tief durch. »Ich wusste nichts von irgendwelchen Videos, also ging ich davon aus. Ich traf mich immer Donnerstagnachmittag um vier Uhr mit ihm, und am nächsten Donnerstag bin ich nicht hingegangen. Er rief mich an, doch ich nahm den Anruf nicht entgegen, als ich seine Nummer auf dem Display sah. Fünf Minuten später versuchte er es erneut. Ein Piepton teilte mir mit, dass ich eine Mail bekommen hatte. Ich öffnete sie, und da waren wir – James und ich – auf seinem Bett, in einem Video. Und es war nicht so, als wäre ich darauf nicht zu erkennen gewesen, als hätte es eine Frau in einem Pornofilm oder so sein können. Man konnte mein Gesicht ganz zweifelsfrei erkennen, selbst auf dem kleinen Handybildschirm.«

»Was haben Sie als Nächstes gemacht?«, fragte Ronnie.

»Ich habe das Video von meinem Handy gelöscht und ihn angerufen.«

»Was haben Sie gesagt?«

»Ich habe ihm an den Kopf geworfen, dass er widerlich und gemein sei, dass ich ihn hasse. Dann habe ich aufgelegt.«

»Wie hat er reagiert?«

»Er hat mich zurückgerufen. Sagte, er würde mich an diesem Nachmittag erwarten, wie sonst auch. Dann legte er auf.«

»Was haben Sie gemacht?« Ronnie blieb dran.

»Ich war schockiert, habe völlig erstarrt dagesessen. Ich hatte eigentlich keine Wahl. Er hatte mir meine missliche Lage bereits aufgezeigt. Er hatte einen handfesten Beweis, und er hatte mir gezeigt, dass er die Fähigkeit und die Heimtücke besaß, das Video an alle weiterzuleiten – um mein Leben zu ruinieren. Also bin ich hingegangen.«

»Linda, sind Sie in irgendeiner Weise in Ballantines Tod verwickelt?«, fragte Ronnie.

Sie schüttelte den Kopf. »Nein. Bin ich nicht. Ich bin nicht der Typ Mensch, der einen anderen umbringen könnte. Auch wenn ich mir genau das viele Nächte gewünscht habe.«

»Was haben Sie gemacht?«

»Geweint. Aber ich fand mich damit ab, ihn vorerst zu ertragen, weil mir ansonsten nichts anderes einfiel. Ich bin jeden Donnerstag hingegangen und habe gemacht, was immer er wollte. Danach bin ich wieder nach Hause zu meinen Kindern und meinem Mann gefahren. Aber während der Stunden dort war ich sein Eigentum.«

»Das tut mir leid«, sagte Ronnie. »Das muss schrecklich gewesen sein. Halten Sie es für möglich, dass jemand herausgefunden hat, was los war, und daraufhin den Entschluss fasste, ihn umzubringen? Haben Sie das jemandem erzählt?«

Sie schüttelte den Kopf. »Ich habe alles mitgemacht. Manchmal sagte er mir, ich würde irgendwann aufhören, mich deswegen schlecht zu fühlen. So ticke die Welt nun mal, das müsse ich früher oder später kapieren. Jeder versuche, sich einen Vorteil gegenüber allen anderen zu verschaffen und zu bekommen, was der andere bereits habe. Wenn er in dieser Stimmung war, war es schrecklich.«

»Wenn Sie niemandem etwas davon erzählt haben, kann es dann sein, dass er das getan hat? Dass er versucht hat, Ihren Mann zu erpressen, oder sich vor jemandem damit gebrüstet hat, der dann seinerseits beschloss, dem ein Ende zu setzen?«

Wieder schüttelte Linda den Kopf. »So ist es nicht passiert.«

»Wie ist es dann zu Ende gegangen?«

»Eines Abends, nachdem ich die Kinder ins Bett gebracht hatte, habe ich darauf gewartet, dass mein Mann nach Hause kommt. Ich habe an ihn gedacht und war der Überzeugung, dass alles, was ich tat, um mein Geheimnis zu wahren, das auch wert war. Er kam nach Hause, setzte sich. Er saß mir gegenüber und verbarg sein Gesicht in den Händen, sagte dann, er müsse mit mir reden.«

»Worüber?«

»Er hatte beschlossen, unsere Ehe zu beenden. Er hatte jemand anderen kennengelernt. Eine vierundzwanzigjährige Chefsekretärin bei der Show, bei der er arbeitete, und letztlich gab er zu, dass er schon seit einem Jahr mit ihr schlief. Immer dann, wenn er nicht nach Hause kommen konnte, war er mit ihr zusammen gewesen. Ich sagte: ›Das ist okay. Das stehen wir durch. Ich verzeihe dir, und wir fangen noch mal von vorne an.‹ Doch er sagte, das könne er nicht. Er wolle die Scheidung, und er wolle sie auch umgehend einreichen. Er werde sich hinsichtlich der Güterteilung bei der Scheidung auch nicht querstellen, weil er sich um mich kümmern wolle. Und sollte ich das volle Sorgerecht verlangen, so verstünde er das. Angela – so hieß sie – wolle ihre Karriere vorantreiben, und Kinder um sich zu haben, sei nicht Bestandteil ihres Plans. Er wolle jedoch auf keinen Fall länger mit mir zusammenbleiben.«

»Wow, das ist heftig«, sagte Ronnie.

»Aus reiner Neugier habe ich ihn dann gefragt, ob er sich an die Zeit vor einem Jahr erinnere, als ich zur Beerdigung meiner Tante in New York war und mein Flieger in Chicago Verspätung hatte. Er wusste von nichts mehr.«

»Wurde er danach misstrauisch, dass irgendetwas vorgefallen war?«

»Nein, er wurde von seinen eigenen Schuldgefühlen erdrückt und dachte, ich würde ihn das fragen, um herauszufinden, ob meine Abwesenheit dazu geführt hatte, dass er mich hinterging. Nachdem die Scheidungsunterlagen eingereicht waren, sagte ich James Ballantine, der Grund für die Scheidung sei, dass ich meinem Mann schließlich die Wahrheit gesagt hätte. Danach habe ich nie wieder etwas von ihm gehört.«

»Wissen Sie noch, wann genau das war?«

»Am fünfzehnten Mai vor zwei Jahren.«

»Wir wissen es wirklich zu schätzen, dass Sie den Mut aufgebracht haben, uns zu erzählen, was damals passiert ist. Ich wünschte, wir hätten Ihnen das ersparen können«, bedankte sich Ronnie.

»Ich war mir sicher, dass die Polizei etwas finden würde von dem, was auch immer er gegen mich in der Hand hatte, und dass sie sich bei mir nach ihm erkundigen würden.«

»Die Polizei wusste nichts von dem, was Sie uns gerade erzählt haben, sonst wären schon längst Beamte bei Ihnen gewesen«, sagte Sid. »Zahlreiche Menschen sind schon wegen deutlich weniger umgebracht worden als er.«

»Damals habe ich mit dem Gedanken gespielt, mich umzubringen. Nicht ihn«, fügte sie hinzu. »Danach, als er mich nicht mehr in der Hand hatte, fühlte ich nichts mehr. Wer auch immer ihn umgebracht hat, muss es aus einem anderen Grund heraus getan haben. Ich war damit einverstanden, mit Ihnen zu sprechen, weil ich nach seinem Tod so viel gelesen und gehört habe, was für ein toller Mensch er doch war. Ich dachte, jemand würde schon die Wahrheit sagen oder die Videos finden, und die Polizei würde kommen. Aber sie kam nicht.«

»Es gab keine nachweisliche Verbindung zwischen ihm und Ihnen«, sagte Ronnie. »Niemand, mit dem die Polizei gesprochen hat, weiß von Ihnen.«

»Es käme mir sehr entgegen, wenn Sie das alles für sich behalten könnten – dass ich darin verwickelt war. Ich habe vor einem Jahr wieder geheiratet, und …«

»Wir tun alles, was in unserer Macht steht, um Ihre Privatsphäre zu schützen«, sagte Ronnie. Sie legte ihr die Hand auf den Arm und lächelte sie beruhigend an. »Vielen Dank noch einmal.«

Als sie ein paar Minuten später zu ihrem Auto gingen, sagte Sid: »Du hast ihr nicht gesagt, wo diese ganzen Videos gelandet sind.«

»Du auch nicht.«

»Nicht meine Aufgabe. Ich habe dir bei der Befragung der Frauen die Hauptrolle überlassen. Dir scheinen sie einfach zu vertrauen.«

»Sie sehen mich und denken, sie würden mit ihrer Mutter sprechen. Aber so ist es nicht.«

# 17

Nicoles Furcht glich einer Peitsche. Sie weckte sie im Morgengrauen mit einer Erinnerung an all die Dinge, die zu erledigen sie sich zwingen musste, und diese Liste schien schier endlos zu sein. Die letzten beiden Tage hatte sie damit zugebracht, jegliche Spur von sich in ihrem Haus zu tilgen. Sich übereilt abzusetzen, war mit Schwerstarbeit verbunden. Zuerst hatte sie alle Gegenstände zusammengetragen, die belastend waren oder einen Verfolger auf Eds und ihre Spur setzen könnten. Als Nächstes hatte sie ihre kleinen, aber wertvollen Besitztümer im ganzen Haus zusammengesucht, Geld, ihren Schmuck, ein paar Kleidungsstücke, die sie schlanker oder jünger wirken ließen und die sie in einem Laden ganz bestimmt nicht noch einmal finden würde.

In die erste Fuhre packte sie, gut versteckt, ein paar Waffen und die dazugehörige Munition, dachte dabei allerdings weniger an den Preis der hochwertigen Waffen als daran, welche für ihre momentane Zwangslage nützlich sein könnten und welche eingelagert werden sollten.

Nicole wollte die Sachen aus dem Haus räumen, die gefährlich für sie waren, es aber nicht vollständig leeren. Sie entfernte keines der großen Geräte oder Möbelstücke, auch nicht billige Gegenstände wie gerahmte Drucke, Bettwäsche oder Töpfe, Pfannen oder Handtücher. Sie ließ genug Kleidung von sich und Ed dort, sodass jemand, der sie nicht gut kannte, annehmen musste, die Hoyts wären nie weggegangen.

Allerdings achtete sie sorgsam darauf, jedes Foto zu entfernen. Bei den meisten handelte es sich um Fotos von ihr und Ed, doch sie ließ auch kein anderes dort. Sie wollte nicht, dass jemand, der ihnen feindlich gesinnt war, Bilder von ihren Freunden oder Verwandten in die Finger bekam, oder von Orten, wo Ed und sie schon gewesen waren. Seit sie mit Ed arbeitete, waren sie mehrfach angeheuert worden, um jemanden aufzuspüren und zu beseitigen. Dabei hatte sie herausgefunden, dass Menschen auf der Flucht Orte vorzogen, wo sie bereits Urlaub gemacht hatten oder die sie während der Schulzeit oder ihrer Zeit beim Militär besucht hatten. Manche von ihnen waren verrückt genug zu glauben, sie könnten bei ihren Familien Zuflucht finden, und manche Verfolger waren wiederum fies genug, die Familien abzuschlachten, damit der Flüchtende sich stellte. Fotos würden einem Verfolger zeigen, wie Ed und sie aussahen, wo sie waren, wie ihre Familie aussah, und vielleicht sogar, wo sie lebten. Bisweilen fühlte sie sich versucht, falsche Fährten für die Verfolger auszulegen, aber sie hatte gelernt, dass man am besten gar keine Hinweise hinterließ.

Also ließ sie alles zurück, was notwendig war, damit das Haus bewohnt aussah. Wenn ein Verfolger drei Tage brauchte, um sicherzustellen, dass die Hoyts verschwunden waren, dann waren das drei ganze Tage Vorsprung. In drei Tagen konnte man einmal um die Welt reisen. Sie entschied sich sogar, ihre Lladro-Figürchen zu opfern, weil sie zu hübsch und zu teuer waren, als dass jemand davon ausgehen würde, sie hätte sie zurückgelassen. Sie stellte sie in einen antiken Vitrinenschrank, den Ed und sie bislang als Vorratsschrank für Wein benutzt hatten, und brachte die Weinflaschen in einem billigen Weinregal unter, das sie nie in der Küche hatte haben wollen. Dieses Unterfangen verschaffte ihr die Gelegenheit, Fingerabdrücke von der glatten, perfekten Glasoberfläche abzuwischen.

Nicole wusch alle Laken, Decken, Handtücher und Kleidung, alles, was noch in Gebrauch gewesen war, saugte alle Böden und ließ Ed den Staubsaugerbeutel austauschen. Zusammen mit den geschredderten Quittungen, Rechnungen und anderen Bankunterlagen packte sie ihn in Müllbeutel und fuhr diese zu einem knapp zehn Kilometer entfernten Container. Sie sammelte die Kreditkarten, Führerscheine und andere Ausweise ein und ersetzte sie durch die auf falsche Namen ausgestellten Dokumente, die Ed und sie für Situationen wie diese beiseitegelegt hatten.

Alles, was sie beide behalten wollten, kam in einen Lagerraum, den sie bei einer Firma in der Vineland Avenue in North Hollywood angemietet hatten. Es handelte sich um ein allein stehendes Gebäude, umgeben von einem hohen Zaun. Alle Lagerräume befanden sich im Inneren, sodass die Wahrscheinlichkeit eines Einbruchs sehr gering war. Die Firma bot bei Langzeitverträgen Vergünstigungen an, also mieteten sie den Lagerraum gleich für drei Jahre an. Nicole entfernte die Batterien aus ihren Handys, ließ auch diese im Lagerraum zurück und kaufte stattdessen Prepaid-Handys.

Sie bunkerte auch etwas von dem Geld, das sie in Boylans Haus gefunden hatte, und packte den Rest in ihr Rückzugsgepäck. Diese Reserve musste gut durchdacht sein, und genau darauf konzentrierte Ed seine Anstrengungen. Das Gepäck umfasste zwei mittelgroße Reisetaschen aus reißfestem Polyamid. Ed legte jede Tasche mit einer Lage von Hundertdollarscheinen in verschlossenen Plastikbeuteln aus. Darauf kamen eine Neun-Millimeter-Maschinenpistole von Heckler & Koch, Vollautomatik mit beweglichem Rollenverschluss, und vier voll bestückten Dreißig-Schuss-Magazinen. In eine Innentasche direkt unter dem Reißverschluss steckte er eine Sig Sauer P250 Subcompact-Pistole, Kaliber .45, halbautomatisch mit Schalldämpfer und drei vollen Magazinen. Ansonsten war die Tasche mit Kleidung gefüllt, die sie brauchten.

Ed verbrachte viel Zeit mit ihren Autos, vor allem mit dem grauen Toyota Camry, den Nicole ihr unsichtbares Gefährt nannte. Er machte einen Ölwechsel, tankte voll, kontrollierte den Luftdruck in den Reifen und lud das Rückzugsgepäck in den Kofferraum. Er hatte bereits beschlossen, dass er seinen großen schwarzen Pick-up in der Auffahrt stehen lassen würde, wenn sie verschwinden müssten. Das war in vielerlei Hinsicht ein lohnenswertes Opfer. Jeder dürfte davon ausgehen, dass er diesen Pick-up nie zurücklassen würde, weil schon ein kurzer Blick auf den Truck ausreichte, um festzustellen, wie sehr Ed ihn mochte. Der Truck war blitzsauber, hatte keine Kratzer, wurde von Profis gewartet, und sein satter, glänzender Lack war eine Augenweide. Der Truck konnte eine Menge Gewicht ziehen – Rahmen, Motor und Reifen waren groß und kräftig –, aber es war kein Nutzfahrzeug. Diesen Truck in der Auffahrt vor einer verschlossenen Garage abzustellen war, als würde man dort ein Schild aufstellen, das verkündete, der Besitzer sei zu Hause und warte nur darauf, dass man versuchte, ein Ding zu drehen.

Müssten Ed und Nicole verschwinden, wäre ein solches Fahrzeug außerdem viel zu auffällig. Noch dazu käme Nicole so nicht in Versuchung, wegen der Dinge herumzunörgeln, die sie würde zurücklassen müssen.

Als sie mit dem Aufräumen und Einlagern fertig waren, begaben sich Nicole und Ed in Wartestellung. Früher oder später würde jemand Vincent Boylan und seine Frau finden, und dann würden die Hoyts erfahren, ob sonst noch jemand – Boylans Kunden vielleicht – etwas über sie wusste und sie umbringen wollte. Boylan hatte geschworen, dass er nie jemandem etwas sagen würde, doch solche Beteuerungen waren wertlos.

In der Zeit, in der sie abwarteten, machten Nicole und Ed mit ihren Vorbereitungen weiter. Sie brachten Zeitschaltuhren an den meisten Steckdosen im Haus an. Die Schlafzimmerlampen gingen um 6.39 Uhr morgens an und um 7.27 Uhr wieder aus, ehe sie um 20.22 Uhr erneut aufleuchteten und um 0.17 Uhr erloschen. Das Radio in der Küche schaltete sich um 7.20 Uhr an, um 8.33 Uhr aus und lief dann erneut eine gewisse Zeit nach dem Mittagessen. Der große Fernseher im Wohnzimmer wurde um 20 Uhr eingeschaltet und ging um 23.30 Uhr wieder aus. Ed hatte das Thermostat für die Klimaanlage auf 22 Grad gestellt, sodass es sich dann einschaltete, wenn ein Beobachter das auch erwarten würde. Als Nicole damit fertig war, buchstäblich jedes Stück Stoff im Haus zu waschen, stellte Ed die Zeitschaltuhr für die Waschmaschine und den Trockner so ein, dass sie, nachdem die Hoyts das Haus verlassen hatten, am folgenden Tag in der richtigen Reihenfolge liefen. Jedes Zimmer hatte seinen eigenen Zeitplan, sodass Licht anging oder Geräusche zu hören waren, als wäre wie gewöhnlich jemand zu Hause.

Gegen Ende des fünften Tages erfuhren Ed und Nicole, dass man Boylan und seine Frau gefunden hatte. Die Hoyts waren davon ausgegangen, dass sie online, in der Zeitung oder aus den Nachrichten davon erfahren würden. Stattdessen sahen sie mit eigenen Augen, was passierte.

Jedes Mal nach Mitternacht zogen sie die Verdunkelungsvorhänge an den Fenstern auf, gingen hinaus und setzten sich auf die Gartenstühle in dem großen Garten hinter ihrem Anwesen, um das Haus von Weitem zu beobachten. Ihr grauer Camry war zwei Querstraßen entfernt abgestellt, das Haus abgeschlossen. Jeder von ihnen hatte eine .45er mit Schalldämpfer unter einer dünnen Jacke bei sich. Während der ersten Nächte waren sie irgendwann eingeschlafen und im Morgengrauen zu einem Hotel gefahren, um den Schlaf nachzuholen.

In der fünften Nacht kam ihnen fast sofort etwas anders vor. Ihr Haus stand am Ende einer Straße, und nach der Straßenecke kamen nur noch drei weitere Häuser. Und doch fuhr an diesem Abend zweimal ein Auto vorbei, ganz langsam, als wolle sich der Fahrer das Haus sehr genau ansehen. Danach tat sich eine ganze Weile gar nichts.

Ed und Nicole hielten ein paar Stunden Wache, dann schliefen sie ein. Als das Auto zurückkam, wachte Nicole auf. Sie sah, wie ein dunkler SUV die Straße bis zu ihrem Haus entlangfuhr. Er war so langsam unterwegs, dass ihr kein anderer praktischer Grund dafür einfiel als der, so wenig Motorengeräusch wie nur möglich zu machen.

Der SUV blieb an der Kurve vor ihrem Haus stehen, doch niemand stieg aus. Dann kam ein zweiter SUV, fuhr dieselbe Strecke und blieb hinter dem ersten SUV stehen. Nicole streckte den Arm aus und weckte Ed. Er beugte sich mit der Reglosigkeit eines Pointers nach vorn, den Blick unentwegt auf den Teil der Straße gerichtet, den er zwischen den Häusern erspähen konnte.

Die Scheinwerfer der beiden Autos erloschen. Türen wurden auf- und wieder zugemacht. Gleich darauf bewegten sich schemenhafte Silhouetten an beiden Seiten des Hauses entlang. Nicole erkannte, dass sie Waffen bei sich hatten. Kurzläufige Waffen wie Uzis oder Mac-10-Maschinenpistolen. Ihr Vorgehen erinnerte an Razzien der Polizei, aber die Autos und die Ausrüstung wirkten nicht offiziös. Ein paar Männer wurden kurzzeitig vom Licht einer Lampe über der Garage der Hoyts erfasst. Gleich darauf erlosch das Licht, sie hatten die

Birne herausgedreht. Jeder der Männer bezog Position unter jeweils einem Fenster des Hauses. Ein stummes Signal wurde von einem zum anderen weitergegeben, angefangen hinter dem Haus bei der Küchentür bis zur Vorderseite.

Nicole hatte das Küchenfenster im Blick und sah, wie ein schwaches Licht am Ende des Ganges erschien, als die Eingangstür aufschwang und die Männer hineinhasteten – einer, zwei, drei. Dann schloss sich die Eingangstür, und sie waren nicht mehr zu sehen. Ed legte seine Pistole mit dem Schalldämpfer in den Schoß, blieb aber, wo er war, und Nicole tat es ihm gleich.

Im Haus war das Aufblitzen von Taschenlampen zu sehen, als die Männer durch das Wohnzimmer gingen. Lichtstrahlen verschwanden und tauchten dann hinten im Schlafzimmer wieder auf, wanderten über Wände und Decken und von dort weiter. Die Männer gingen die Zimmer durch, vergewisserten sich, dass ihnen dort niemand auflauerte oder sich in einem Schrank versteckt hatte. Nicole verfolgte ihr Vordringen, indem sie die Männer unter den Fenstern draußen beobachtete, die mit erhobenen Waffen an die Scheibe traten, wenn das Durchsuchungsteam zu ihnen vorrückte.

Nach wenigen Minuten wurde draußen von einem zum anderen durch Winken der Rückzug signalisiert. Sie gingen einer nach dem anderen den Weg zurück, den sie gekommen waren. Die Männer stiegen in den zweiten SUV, der zurücksetzte, kehrtmachte und sich langsam vom Haus entfernte.

Die drei Männer, die das Haus durchsucht hatten, blieben jedoch. Der Strahl ihrer Taschenlampen war zu sehen, als sie von Zimmer zu Zimmer gingen, dieses Mal nicht auf der Suche nach den Hoyts. Vielmehr durchsuchten sie das, was sich im Haus befand.

Nicole beugte sich zu Ed vor, ihre Lippen dicht an seinem Ohr. »Ich würde mich gerne verziehen.«

Er flüsterte zurück. »Ich würde gerne aus diesem Bundesstaat abhauen. Aber ich sollte wohl besser vorher noch ein Foto vom Nummernschild dieses Autos machen, damit wir herausfinden können, wer diese Typen sind. Wir treffen uns am Auto.«

Ed kletterte über den Zaun in den angrenzenden Garten und machte sich nach vorn zur Straße auf, blieb dabei, so gut es ging, in Deckung. Kurz verharrte er und sah zu seinem Haus hinüber. Der SUV stand ohne Fahrer davor. Im Haus waren die drei Männer noch immer damit beschäftigt, alles zu durchwühlen, doch ihm war klar, dass sie vermutlich nicht mehr lange dafür brauchen würden. Nicole und er hatten alles mitgenommen, was sich zu stehlen lohnte, und ebenso alles, was dazu beitragen konnte, herauszufinden, wohin sie gegangen waren.

Ed ging näher heran, versuchte, mit dem Handy ein Foto von dem SUV zu machen. Als er sich das Foto ansah, stellte er fest, dass es zu dunkel und das Nummernschild nicht zu erkennen war. In diesem Bereich der Straße gab es keine Straßenbeleuchtung, in den benachbarten Häusern war es dunkel, und der Mond war hinter Wolken verborgen. Er trat auf den Gehsteig und trabte los. Solange die Männer beschäftigt waren, würden sie ihn nicht sehen.

Er behielt die Eingangstür des Hauses im Blick, um sicherzugehen, dass die Männer nicht herauskamen. Dann war er nah genug, um das Nummernschild lesen zu können. Er rief die Notizfunktion auf, eine Tastatur erschien, und er gab die lange Nummer ein. Er wusste, dass das Nummernschild vermutlich gestohlen war, also trat er an die Windschutzscheibe des SUV und nutzte das schwache Licht des Displays, um das Typenschild mit der Fahrzeug-Identifizierungsnummer zu beleuchten und auch diese lange Ziffernfolge in sein Notizbuch zu tippen.

Die Eingangstür schwang auf, ein Mann tauchte auf den Eingangsstufen auf, sah Ed und richtete seine kurzläufige Maschinenpistole auf ihn.

Es kostete Ed nur den Bruchteil einer Sekunde, das Zögern des Mannes zu erkennen. Er wollte eigentlich nicht auf ein Gefährt schießen, das ihn nach Hause bringen sollte. Ed legte seine Pistole mit Schalldämpfer direkt unten an der Windschutzscheibe auf der Motorhaube auf und schoss dem Mann in die Brust. Er wartete nicht, bis der Mann hinfiel. Stattdessen duckte er sich und rannte, um die zwei Sekunden Vorteil zu nutzen, die ihm die vorübergehende Verwirrung der beiden anderen Männer verschaffen würde.

Als Ed hinten am SUV war, rannte er weiter, statt stehen zu bleiben und auf sie zu schießen.

Der zweite Mann zielte mit seiner schallgedämpften Maschinenpistole bereits auf die Stelle, an der er Ed erwartete, einen Fußbreit hinter dem SUV, und als er feuerte, zischte seine Kugel an der Stelle vorbei, wo Ed eben noch gewesen war.

Ed schaffte es bis zur Ecke seines Hauses in die Nähe der Auffahrt, doch statt weiterzurennen, wie das die Männer jetzt erwarteten, blieb er stehen, warf sich auf den Bauch, zielte mit seiner Waffe um die Ecke und schoss den zweiten Mann nieder, als der von den Stufen sprang, um Ed zu verfolgen. Die Kugel traf den Mann im Oberkörper, direkt unterhalb des Brustbeins. Als seine Füße auf dem Boden aufkamen, gaben seine Beine einfach unter ihm nach, und er fiel der Länge nach auf den Rasen des Vorgartens.

Der dritte Mann war schnell im Denken. Ihm war sofort klar, dass er nichts gewinnen konnte, wenn er blieb, wo er war. Er sprang von der obersten Stufe herunter und sprintete zum SUV.

Ed feuerte, wurde jedoch von einem mehrfach aufblitzenden Mündungsfeuer an der anderen Hausecke abgelenkt. Aus Eds Blickwinkel sah es aus, als würde der Mann in den Boden hineinrennen. Seine Knie beugten sich, die Beine wirkten mit einem Mal kürzer, bis er mit dem Gesicht auf dem Boden aufschlug. Nicole kam hinter der Hausecke hervor und blieb bei jedem der drei Männer stehen, um ihm eine Kugel in den Kopf zu schießen. Schließlich kam sie zu Ed. »Alles okay?«

»So weit schon«, sagte er. »Und bei dir?«

»So weit schon. Aber wir lassen die drei Kerle besser nicht auf dem Rasen liegen.«

Sie luden die drei Leichen in den SUV. Dann schloss Nicole die Eingangstür zum Haus ab und schaltete den Rasensprenger ein, damit das Blut versickerte. Ed setzte sich ans Steuer des SUV und ließ Nicole zwei Ecken weiter bei ihrem grauen Camry aussteigen.

Von dort fuhren sie ein paar Kilometer in ein benachbartes Viertel von Van Nuys, wo es Straßenzüge voller alter Wohnblöcke gab. Ed hielt nach einem Gebäude mit vielen »Zu vermieten«-Schildern Ausschau, fuhr die Auffahrt zu dem Parkplatz hinter dem Haus hinauf und sah, dass zu dieser späten Stunde vier Parkplätze leer waren. Das mussten die Plätze der leeren Wohnungen sein. Er stellte den SUV auf einem davon ab, brachte einen Moment damit zu, den drei Leichen die Portemonnaies und Handys abzunehmen, dann ging er zu Fuß die Auffahrt hinunter zur Straße, wo Nicole im Camry auf ihn wartete. Er stieg auf der Beifahrerseite ein, und Nicole fuhr los.

Ed durchsuchte die Geldbeutel der drei Toten. »Der Führerschein hier wurde in Kern County ausgestellt.«

»Steht auch ein Name drauf?«

»Wolkonski.«

»Also ein Russe«, murmelte sie. »Was ist mit den anderen?«

»Gregorin. Malikow. Keine Polacken. Alles Russen, vermute ich. Damit wissen wir allerdings nicht sicher, ob Boylan ein Mittelsmann für russische Gangster war oder ob derjenige, mit dem er arbeitete, rein zufällig ein paar Russen kannte. Vielleicht gehören diese Typen hier auch zu einer Gang.«

»Tja, jedenfalls sind es ganz eindeutig keine Hochzeitsplaner.«

»Du weißt, was ich meine. Typen mit Verbindungen, nicht einfach nur Typen mit einem russischen Namen.«

»Ich glaube nicht, dass es sonderlich wichtig ist, wer sie sind. Sorgen machen müssen wir uns nur wegen dem Typen, der sie angeheuert hat. Er denkt wahrscheinlich, dass Boylan uns gesagt hat, wer er ist, und er hat Angst vor uns. Er hat einen Haufen Kohle und kann einfach immer weiter Leute anheuern, bis einer von denen uns irgendwann kaltmacht.«

Einen Moment saß Ed still da, starrte nach draußen. »Du hast recht. Aber wir haben ihre Handys. Da sehen wir, welche Nummern sie angerufen haben, wo sie waren, alles. Die Handys sind die Verbindung zu dem Typen, der uns alle angeheuert hat – Boylan, uns und diese Russen.«

# 18

Die Abels saßen mit aufgezogenen Vorhängen am Tisch in ihrem Hotelzimmer und warteten auf den Kaffee, der gerade in einer kleinen, vom Hotel gestellten Maschine durchlief. Der Himmel draußen war noch immer dunkel. In einer halben Stunde würden die oberen Stockwerke des Gebäudes im orangefarbenen Licht der Morgendämmerung erstrahlen, während die unteren noch immer im Schatten lagen. Ein fauchendes, spritzendes Geräusch ertönte, und Ronnie ging zur Kaffeemaschine und schenkte zwei Tassen ein.

Sie nahm einen Schluck, brachte die Tassen zum Tisch, setzte sich neben Sid und küsste ihn auf die Wange. »Wir sollten uns wohl besser fertig machen, wenn wir herausfinden wollen, was uns Ballantines nächste Freundin zu sagen hat. Sie hat einen Termin um neun Uhr, also will sie uns sehen, ehe sie losmuss.«

Sid warf einen Blick auf die Akte auf dem Tisch. »Emily Prosser.« Er trank einen Schluck Kaffee und stellte die Tasse dann wieder ab. Er wirkte nicht sehr glücklich.

»Ist irgendwas?«, erkundigte sich Ronnie.

»Eigentlich nicht. Ich habe nur nachgedacht.«

»Du bist nicht sonderlich erpicht darauf, eine weitere Freundin zu befragen, was? Und ich dachte, es würde dich interessieren, was diese Frauen für pikante Details über ihr Sexleben zu erzählen haben.«

»Man hätte sie alle schon vor einem Jahr befragen sollen, als ihre Erinnerung noch frisch war. Hätte Kapp sich sofort an

Ballantines Frau gewandt und nachgehakt, hätte sie ihm vielleicht von ihnen erzählt.«

»Ich kenne Kapp von früher, als ich in North Hollywood gearbeitet habe. Hast du ihn mal kennengelernt?«

»Ich glaube nicht«, sagte Sid.

»Es wäre nicht gut gewesen, wenn er diese Frauen befragt hätte. Sie hätten ihm bestimmt nichts erzählt.«

»Meinst du?«

Sie nickte. »Er war in Ordnung, aber er ist eben keine Frau, und er ist nicht der Typ Mann, mit dem Frauen offen geredet hätten. Er war ein harter Bulle, auf seinen Job konzentriert, und nicht gerade eine Leuchte. Sie hätten von Anfang an gespürt, dass sie ihm nichts Persönliches erzählen mussten, dass es ausreichte, alles einfach nur auszusitzen. Und er verströmte nicht genug vorgespielte Sympathie, als dass sie ihm ihre verletzliche Seite gezeigt hätten.«

»Da bin ich aber froh, dich und nicht ihn geheiratet zu haben«, frotzelte Sid.

»Das kann ich gut nachvollziehen. Selbst jetzt sehe ich noch besser aus als Kapp. Und solange du mich hast, musst du nicht selbst einfühlsam oder clever sein.«

Als Ronnie in der Dusche stand, dachte sie über Sid nach. Während seiner Karriere als Polizist hatte er mit allen möglichen Leuten brenzlige Situationen durchgestanden. Jedes Mal, wenn er weitergezogen war, hatten es so ziemlich alle bedauert, dass er ging. Er war tough – sehr viel härter, als Kapp es gewesen war. Doch er hatte sich für die Polizei entschieden, weil er glaubte, die Menschen wären es wert, sein Leben für sie zu riskieren. Zwölf Jahre später hatte er seinem Revier mit so ziemlich derselben Überzeugung den Rücken gekehrt, nur eben ungefähr ein Jahrhundert gealtert und mit deutlich heruntergeschraubten Erwartungen.

Ihre waren vermutlich noch geringer. Zu sehen, was Menschen einander antaten, war ein Schock für sie gewesen. Und Sid hatte Ronnies wunder Punkt, nämlich ihr Geschlecht, bei der Polizei nicht gekümmert. Jede Frau musste immer wieder neu unter Beweis stellen, dass sie, obwohl sie nicht so groß oder kräftig wie ihre männlichen Kollegen war, dennoch einen guten Job machen konnte. Sie wurde richtig gut darin, verzweifelten Menschen auszureden, Dinge zu tun, die ihnen Schmerzen und Leid zufügen würden. Sie strengte sich an, eine der Besten zu sein, wenn es darum ging, polizeiliche Mittel – Gesetze, ihre Waffe, Handschellen und Schlagstock – einzusetzen, um eine Eskalation zu vermeiden. Später dann, als Detective, erlangte sie ein enzyklopädisches Wissen, was erkennungsdienstliche Methoden und die Psychologie von Verdächtigen, Zeugen und Opfern anging.

Außerdem hatte sie dafür gesorgt, dass sich kein Cop, der mit ihr zusammenarbeitete, jemals fragen musste, wie sie sich wohl in einem Kampf verhalten würde. Zunächst war sie durch ein paar mehr eingetretene Türen gegangen, als notwendig gewesen wäre, damit sich diese Frage niemandem überhaupt erst aufdrängte. Als Sid und sie beide so gut waren, wie sie nur werden konnten, und sich einen Ruf als die Besten unter den Besten erarbeitet hatten, kündigten sie und quittierten den Polizeidienst.

Nachdem sie sich über Jahre hinweg nur wenige Stunden zwischen dem Ende seiner und dem Beginn ihrer Schicht gesehen hatten, wollten sie nun zusammenarbeiten. Seitdem waren sie glücklich und hatten es sogar geschafft, zwei Kinder großzuziehen. Die Kinder waren so gar nicht das Abbild ihrer Eltern, auch waren Sid und sie häufig anderer Meinung als ihre

Kinder, aber die Kids waren in Ordnung. Sid und sie hatten viele Fälle gemeinsam gelöst, obwohl sie von den meisten erst dann in Kenntnis gesetzt wurden, nachdem diese quasi abgeschlossen waren – als man sie bereits totgeritten und aufgrund von fehlenden Ermittlungsfortschritten eingestellt hatte.

Der Mord an James Ballantine war ein solcher Fall. Er hatte sich als gefährlich erwiesen, sobald sie begonnen hatten, sich damit zu befassen, doch die Gefahr hatte zu nichts geführt. Jetzt erst stellte Ronnie kleinere Erfolge fest. Ballantine war zunächst ein kniffliges Opfer gewesen – makellose Vergangenheit, keine Laster, keine wunden Punkte, keine Feinde, keine Freunde. Doch jetzt hatten Sid und sie eine Bruchstelle gefunden, einen Zugang. Und dieser Zugang führte über die Frauen.

Emily Prosser öffnete die Tür zu ihrer Wohnung, kaum dass Sid geklopft hatte. Sie war eine groß gewachsene, schlanke Frau mit asiatischen Zügen und langem, glatten schwarzen Haar. »Hallo«, sagte sie. »Sie müssen Mr und Mrs Abel sein.«

»Richtig. Und Sie sind Miss …« – Sids Blick fiel auf die Ringe an ihrer linken Hand – »… Mrs Prosser?«

»Mrs Emily Lin Prosser«, sagte sie. Sie hob die linke Hand, damit die Ringe gut zu sehen waren, und lächelte. »Sie scheinen mir ganz eindeutig Detectives zu sein, alle Achtung.«

»Dabei sind wir noch gar nicht richtig wach«, meinte Ronnie. »Später am Tag sind wir fitter. Vielen Dank, dass Sie sich die Zeit für ein Treffen nehmen.«

»Ja, vielen Dank dafür«, pflichtete Sid ihr bei.

»Kommen Sie rein. Ich habe Kaffee gemacht. Möchten Sie einen?«

»Das wäre klasse«, sagte Ronnie. »Kann ich Ihnen behilflich sein?«

»Hier entlang.«

Ronnie und Emily Prosser gingen in die Küche, und Sid nutzte die Gelegenheit, sich so lange etwas im Wohnzimmer umzusehen. Das Zimmer wurde von einem hohen Bücherregal dominiert, in dem die Art Bücher stand, die keine Deko war. Es waren großformatige Lehrbücher aus verschiedenen Gebieten von Wissenschaft und Ingenieurswesen, einige Regalmeter waren mit Büchern in unterschiedlichen Sprachen gefüllt, auf anderen standen bedeutende Romane, die meisten davon aus dem 19. und 20. Jahrhundert.

Auf einem Regalbrett standen, sorgfältig ausgerichtet, Ausgaben verschiedener Kunstzeitschriften, auf einem anderen Schmuckkästchen mit Computerdisketten. Alles in dieser großen Wohnung wirkte unprätentiös und schien von praktischem Nutzen zu sein. Alles war in Gebrauch, alles war dazu gedacht, einem viel beschäftigten, aktiven Geist zu dienen. In einer Ecke stand ein blitzblank polierter kleiner Flügel mit aufgeschlagener Partitur, auf der mit Bleistift Anmerkungen gemacht worden waren.

Die beiden Frauen kamen mit dem Kaffee zurück ins Wohnzimmer, und gemeinsam nahmen sie alle an dem großen Couchtisch Platz. »Sie würden also gern über James Ballantine sprechen«, begann Emily Prosser.

»Ja«, sagte Ronnie. »Das war ein schwieriger Fall für die Polizei, und jetzt hat die Intercelleron Corporation uns beauftragt, erneut einen Blick darauf zu werfen. Der Beamte, der als Chefermittler tätig war, Detective Kapp, ist wenige Monate nach Beginn der Ermittlungen gestorben. Wir haben uns ein paar seiner Notizen, die Akten und die Berichte über den Fall angesehen, und jetzt versuchen wir, die Lücken zu füllen.«

»Und ich bin eine der Lücken?«

»Detective Kapp ist hier ganz klassisch vorgegangen. Wenn jemand ermordet wird, muss die Polizei mit dem Verbrechen als solchem anfangen – mit der aktuellen Beweislage, dem Tatort, der Leiche. Im vorliegenden Fall war die Beweislage sehr schwach. Das Opfer hat sehr lange im Wasser gelegen, der eigentliche Tatort wurde nie entdeckt, und alles, was gemeinsam mit dem Opfer im Wasser landete, war schon längst weitergespült worden. Die zweite Informationsquelle sind Zeugen. Hier gab es jedoch keine. Die dritte Quelle sind die Menschen, die das Opfer kannten. Für gewöhnlich wissen Freunde, Familie und Kollegen Dinge, die weiterhelfen. Genau an diesem Punkt sind wir gerade angelangt.«

»Wir haben die Notizen der Befragungen durchgesehen, die Detective Kapp durchgeführt hat«, sagte Ronnie. »Ganz ehrlich, er fand sie nicht besonders hilfreich, und uns ging es genauso. Allen Befragten zufolge scheint Mr Ballantine ein begabter Chemiker, ein netter Mann und ein verlässlicher Angestellter gewesen zu sein. Wir stellen also zunächst ein paar Fragen, um eine Vorstellung davon zu bekommen, weshalb jemand einen solchen Mann umbringen lässt.«

Emily Prosser runzelte die Stirn. »Was diese Leute ausgesagt haben, stimmt so weit. James war in der Tat begabt, sympathisch und angenehm. Und er machte seinen Job so, wie es von ihm verlangt wurde.«

»Trotzdem bin ich etwas verwundert«, warf Sid ein. »Wir alle sind doch umgeben von Menschen, von denen die einen uns mögen, während die anderen uns nicht so gut leiden können. Menschliche Gefühle können sehr stark sein – Neid, Wut und in diesem Fall vielleicht Rassismus. Außerdem war er Single in einem Umfeld, in dem auch Frauen arbeiteten, verheiratete und unverheiratete. Ist es Ihrer Meinung nach möglich, dass er Eifersucht geweckt haben könnte?«

Emily Prosser zuckte mit den Schultern und schüttelte den Kopf. »Er hat nichts dergleichen erwähnt.«

»Darf ich fragen, wie gut Sie ihn kannten?«, erkundigte sich Ronnie.

»Ich war ihm vermutlich näher als sonst jemand«, sagte Emily Prosser. »Er war seit etwa drei Jahren bei Intercelleron, als wir uns kennenlernten. Er hatte nicht das, was ich als enge Männerfreundschaft bezeichnen würde, aber er sagte, alle seien nett, und er käme gut mit allen klar. Außerdem hatte er keine Beziehung zu einer Frau, bevor ich auftauchte.«

Ronnies Gesicht war nichts anzumerken, dennoch ergriff sie sofort das Wort, um Sid zu verstehen zu geben, dass sie diese Behauptung möglichst schnell umschiffen wollte. »Was ist mit Verwandten? Hatte er Familie hier in der Nähe?«

»Nein. Er stammte aus dem Mittleren Westen. Hörte man James zu, konnte man meinen, dass niemand jemals von dort weggehen würde.«

»War er jemals verheiratet?«

»Ja. Er war kurzzeitig verheiratet, als er seinen Doktor machte. Ihm zufolge war das eine jener Ehen, die zustande kommen, bevor die beiden Beteiligten reif genug dafür sind, und sie endete fast automatisch dann, als beide erwachsen wurden und sich auseinanderentwickelten.«

»Kinder?«

»Gott sei Dank nicht. Sie wären bestimmt schrecklich unglücklich.«

»Wissen Sie, wie seine Frau hieß?«

»Ich glaube nicht, dass er ihren Namen jemals erwähnt hat«, sagte Emily. »Falls doch, dann beiläufig, und ich habe ihn vergessen.«

»Wie lange sind Sie mit ihm zusammen gewesen?«

»Von dem Zeitpunkt, als ich ihn bei Intercelleron kennengelernt habe, bis zu seinem Tod. Also etwa zwei Jahre. Aber wir standen uns viel näher, als es den Anschein hatte.«

»Worin besteht Ihre Aufgabe bei Intercelleron?«, wollte Sid wissen. »Haben Sie eng zusammengearbeitet?«

»Nein«, erwiderte sie. »Ich bin Architektin und Innendesignerin. Meine Aufgabe war es, die Büros, Labore und Gemeinschaftsräume umzugestalten. Ich habe mir die Räumlichkeiten zunächst ein paar Tage lang angesehen und Zeichnungen angefertigt, und James sprach mich direkt an. Er versuchte gerade, seinen eigenen Wohnbereich möglichst ideal zu gestalten. Er wusste, dass er etwas über Design lernen musste. So war er nun einmal. Nichts, nicht einmal seine eigenen Grenzen, war ein dauerhaftes Hindernis. Wenn ihm aufging, dass er eine neue Sprache, einen speziellen Fertigungsprozess oder ein Dutzend Computerprogramme erlernen musste, um den nächsten Schritt tun zu können, dann machte er das.«

»Er hat seine Wohnung umgestaltet?«, fragte Ronnie.

»Nein, er hat über sein Haus nachgedacht.«

»Er hatte ein Haus?«

»Er wollte eines bauen. Er suchte nach dem richtigen Bauplatz dafür. Das gefiel mir. Häufig kommen Leute zu mir und bitten mich, ihr Besitztum in etwas ganz anderes zu verwandeln. Sie wollen, dass ich ihren ansehnlichen kalifornischen Bungalow in ein französisches Schloss oder ein spanisches Lehmziegelhaus verwandele. Ihnen ist nicht klar, dass man die natürliche Umgebung respektieren muss. Bei ihm war das nicht so. Er wusste, dass er erst das richtige Baugrundstück finden und dann das errichten musste, was die Umgebung ergänzte. Ansonsten müsste man ein Dutzend Bulldozer kommen lassen, um die Eigenart des Landstrichs und aller Lebewesen dort zu zerstören und den Erdboden zu deformieren, um Platz für etwas zu schaffen, das an dieser Stelle nichts zu suchen hat.«

»Sind Sie jemals mit ihm unterwegs gewesen, um sich Grundstücke anzusehen?«, fragte Sid.

»Ein paarmal, als er dachte, er hätte das richtige Grundstück gefunden. Ich erinnere mich an eines am Strand und an eines auf einem Hügel, oberhalb von Echo Park.«

»Wie lange war er schon auf der Suche nach dem richtigen Grundstück?«

»Vermutlich sein ganzes Leben lang. Er hatte nie zuvor ein Haus besessen.«

»Interessant«, bemerkte Ronnie. »Sie waren etwa zwei Jahre mit ihm zusammen, und in der ganzen Zeit hat er nie den richtigen Bauplatz gefunden.« Als würde ihr das zufällig gerade einfallen, fügte sie hinzu: »Hat er sich in der Zeit mit anderen Frauen getroffen?«

»Nein. Er sagte, dass er keine Beziehung hatte, seit er bei Intercelleron arbeitete, und bei uns beiden wurde es ziemlich schnell ernst.«

»Heirat nicht ausgeschlossen?«

»Ich weiß es nicht«, sagte sie. »Hätte er mich gefragt, hätte ich seinen Entschluss akzeptiert. Er war wirklich klug, ich hätte seinem Urteil vertraut.«

»Ach ja?«

»Ja. Manche Leute verwenden den Ausdruck, jemand besitze eine alte Seele. Ich glaube nicht sprichwörtlich daran, aber ich verstehe, weshalb sie dieses Bild verwenden. Er war so. Er wirkte zu klug, als dass er eine solche Entwicklung in weniger als vierzig Jahren durchgemacht haben könnte.«

»Ich weiß nicht, wie ich Sie das am geschicktesten fragen soll«, sagte Ronnie, »aber haben Sie …«

»… mit ihm geschlafen? Natürlich. Wir waren verliebt. Als er starb, wäre ich selbst fast gestorben, aber ich wusste, dass er enttäuscht von mir gewesen wäre, wenn ich so gedacht hätte.

Er war der Überzeugung, dass man alles so akzeptieren muss, wie es kommt, aus jedem Tag das Beste machen muss.«

»Haben Sie je über Finanzen gesprochen?«, warf Sid ein.

»Geld? Nein. Das war für keinen von uns ein sonderlich interessantes Thema. Er arbeitete für eine gute Firma, und ich finde meine Firma auch ganz gut, immerhin bin ich die einzige weibliche Angestellte. Vermutlich hätten wir darüber gesprochen, wenn wir uns entschlossen hätten zu heiraten. Aber warum sich sonst damit aufhalten?«

»Wie sieht es umgekehrt aus? Hat er sich jemals nach Ihrer Firma erkundigt?«

»Nicht mehr als ein ›Wie war dein Tag heute?‹. Wahrscheinlich ist meine Antwort immer länger ausgefallen, als er es wollte, weil ich immer viel zu ausschweifend wurde. Ich habe ihm immer alles über die Projekte erzählt, die mich gerade beschäftigten. Aber er war da ganz knuffig.«

Ronnie warf einen Blick auf die Uhr. »Wir lassen Sie bald in Ruhe. Nur eines noch: Sie haben geheiratet. Ich gehe davon aus, dass das nach seinem Tod geschah?«

»Ja. Die Hochzeit ist jetzt etwa zwei Monate her. Das Leben hat mir den passenden Mann gebracht. Ich war nicht auf der Suche, habe nicht auf ihn gewartet, aber da war er. Also habe ich ihn akzeptiert. Vielleicht hat James mir das beigebracht.«

»Sie machen einen ziemlich glücklichen Eindruck.«

»Sehr glücklich. Man muss sich weiterentwickeln, wenn die Zeit reif dafür ist.«

»Ja«, sagte Ronnie.

»Tja«, meinte Emily. Sie warf einen Blick auf die Uhr und stand auf. »Ich hoffe, ich habe Ihnen gesagt, was Sie wissen müssen. Falls nicht, melden Sie sich einfach, dann können wir uns weiter unterhalten. Doch jetzt habe ich einen Termin mit einem Kunden, tut mir leid.«

Sid und Ronnie standen auf. »Völlig in Ordnung. Vielleicht kommen wir auf Ihr Angebot zurück, aber für den Moment genügt uns das. Vielen Dank«, sagte Ronnie.

Auf dem Rückweg zu ihrem Wagen sagte Ronnie: »Ballantine hat für sie ganz eindeutig die Bullshit-Maschine vorfahren lassen.«

»Er hat sie auf etwas vorbereitet«, meinte Sid. »Vermutlich ist er gerade rechtzeitig ermordet worden, sodass ihr nichts passiert ist.«

»Da er es geflissentlich vermieden hat, über Geld zu sprechen, ist es ihm vermutlich genau darum gegangen«, brachte Ronnie es auf den Punkt.

# 19

Ronnie hörte gelegentliches Rascheln, als Selena Stubbs am anderen Ende der Leitung Unterlagen von einem Stapel auf den nächsten legte. Hin und wieder hörte sie auch, wie Selena einen Stapel hochhob und ihn, um alle Blätter perfekt auszurichten, mehrfach auf den Tisch prallen ließ. »Als James an der University of Indiana gefeuert wurde, hatte er keinen Cent Einkommen mehr. Mit dem Job in Kalifornien ging es dann wieder aufwärts.«

»Darf ich nach der Summe fragen?«

»Ich glaube, es war in etwa doppelt so viel wie davor. Ich glaube, mich zu erinnern, wie er mal etwas sagte, wie dass er jetzt doppelt so viel verdiene, aber das war nur ein grober Anhaltspunkt. Wir sprechen hier nämlich nicht über Unsummen. Assistenzprofessoren verdienen nicht viel. Aber das Einkommen im neuen Job machte einen Unterschied. Wir mussten davon das Haus in Bloomington unterhalten, wo die Kinder und ich lebten, dazu James' Wohnung in L. A., und an beiden Orten Autos und Versicherungen. Außerdem haben auch James' Reisen quer durch das Land alle ein bis zwei Wochen viel Geld verschlungen. Durch unsere acht Jahre Studienkredit, die Hypothek und die ganzen Ausgaben in dem Jahr, als er für Bewerbungsgespräche quer durchs Land reiste, waren wir bereits hoch verschuldet.«

»Wir müssen ein Gefühl für seine Situation nach der Scheidung bekommen, als er in Los Angeles arbeitete und lebte. Glauben Sie, dass er in dieser Zeit Geld ansparen konnte?«

»Darüber muss ich nicht lange nachdenken«, sagte Selena Stubbs. »Ich weiß es. Bis unsere Scheidung durch war, hatte ich den Überblick über unsere Ausgaben und Einnahmen. Am Ende des ersten Jahres hatten wir mehr ausgegeben, als er verdient hatte. Die Schulden waren angewachsen, die Kreditkarten stark belastet. Wir mussten schrecklich viel Zinsen zahlen.«

»Wie sah es im zweiten Jahr aus?«

»Da habe ich mich nicht mehr um seine Buchhaltung gekümmert«, sagte sie. »Doch ich würde mal davon ausgehen, dass es keine rasche Veränderung gegeben hat. Er machte Fortschritte, holte den Zahlungsverzug für seine Studentenkredite auf und versuchte, die Kreditkartenrechnungen abzubezahlen. Da blieb nicht viel übrig, um noch zu sparen. Außerdem musste James die Scheidungsanwälte bezahlen, und er versuchte, für den gerichtlich vereinbarten Unterhalt der Kinder aufzukommen. Wir hatten das Haus in Bloomington noch immer nicht verkauft, und als der Verlust zu groß wurde, überschrieb er es einfach mir, sodass ich den Verkauf an der Backe hatte. Er drängte auf einen schnellen Deal, weil er damit aus der Verantwortung gewesen wäre.«

»Und darauf haben Sie sich eingelassen?«

»Ja. Zu diesem Zeitpunkt war er schon der neue James. Ihm war inzwischen aufgegangen, dass ihm nichts passieren würde, falls er nicht mehr für den Unterhalt der Kinder aufkam, also wollte er die Zahlungen einstellen.«

»Es gibt Menschen, deren Job es ist …«

»Es war ein Scheidungsurteil aus Indiana, die Klägerin war nach Texas gezogen, der Angeklagte nach Kalifornien. Hätte ich ihn vor Gericht gebracht, hätte er argumentiert, dass er nicht so viel bezahlen könne. Es war tatsächlich nicht viel

Geld, über das wir noch hätten prozessieren können. Seine Schulden waren noch immer nicht beglichen. Er hatte sich ein nettes Auto gekauft, aber auch das musste er noch abstottern. Zu diesem Zeitpunkt wohnte ich schon hier in Houston und verdiente ganz gut in der Ölbranche. Es fühlte sich für mich besser an, frei von irgendwelchen Abhängigkeiten oder auch Erwartungen zu sein. Genau das wollte er auch, also habe ich mitgezogen.«

»Kann es sein, dass er Geld vor Ihnen versteckt hat?«

»Seit ich ihn zuletzt gesehen hatte, vor drei Jahren, lebte er in Los Angeles. Sollte er heimlich viel Geld gemacht haben, so weiß ich nicht, was er damit angestellt hat. Als er starb, waren etwas über siebzehntausend Dollar auf seinem Konto, und so etwas in der Größenordnung hatte ich auch erwartet.«

»Was ist mit den Schulden?«

»Es waren weniger als zuvor, aber abbezahlt waren sie nicht. Ich musste sein gesamtes Geld nehmen und sogar noch etwas von meinem eigenen drauflegen, um alles zu begleichen. Und dann noch die ganzen Frauen, da ist von seinem Gehalt wohl nicht viel übrig geblieben.«

»Wissen Sie zufällig, weshalb er ein Haus kaufen wollte?«

»Mit siebzehntausend Dollar, in Los Angeles? Ich kann mir nicht vorstellen, dass er ohne eine entsprechende Anzahlung einen Kredit von einer Bank bekommen hätte. Vielleicht wollte ja eine seiner Freundinnen dafür aufkommen.«

»Sein neues Auto haben Sie schon erwähnt«, sagte Ronnie. »Wissen Sie mehr darüber? Eine alte Zulassung oder so was in der Art?«

»Nicht viel. Ich musste das Auto verkaufen, also habe ich alle Unterlagen bekommen. Ich kann sie nachher einscannen und Ihnen zumailen.«

»Danke«, sagte Ronnie. »Sie erinnern mich gerade noch an etwas anderes, das ich Sie fragen wollte. Wie haben Sie die Liste der Frauen erstellt, mit denen er sich traf? Hat James Ihnen davon erzählt, oder hatte er ein Adressbuch oder so etwas?«

»Tut mir leid, das ist eine Frage, die ich nicht beantworten werde.«

»Können Sie mir sagen, weshalb?«

»Über dieses Thema werde ich kein Wort verlieren.«

»Okay«, gab Ronnie sich geschlagen.

»Hier. Ich habe die Unterlagen zum Auto gefunden. Es war ein Lexus. Da ist auch ein Foto dabei. Ich habe es online zum Verkauf angeboten. Wollen Sie das Foto auch haben?«

»Das wäre wunderbar, vielen Dank.«

»Gerne. Ich schicke es an Ihre Mailadresse. Sonst noch etwas?«

»Nein. Haben Sie vielen Dank«, sagte Ronnie. »Wir werden uns Mühe geben, Sie nicht noch einmal zu behelligen.«

»Unter uns, darüber mache ich mir inzwischen keine Gedanken mehr«, erklärte Selena. »Ich hoffe sehr, dass Sie herausfinden, was ihm zugestoßen ist, und dass der Schuldige es noch bedauern wird.«

Ronnie legte auf und wandte sich zu Sid um. »Es handelt sich ganz eindeutig um Videos. Vermutlich wie jenes, das er Linda Bourget gezeigt hat.«

»Bist du dir da sicher?«

»Ja«, versicherte sie. »Sie hat sich ganz bestimmt zumindest ein paar von ihnen angesehen, um sicherzugehen, und vermutlich hätte sie sich anschließend am liebsten selbst umgebracht. Und dieses Gefühl dürfte wahrscheinlich noch eine Weile angehalten haben. Dazu wird sie nichts sagen. Außerdem war da auch kein Geld zu holen.«

»Was ist mit seinem Auto?«

»Sie hat es verkauft, aber sie musste den Kredit abbezahlen, den er aufgenommen hatte, um es sich leisten zu können. Also auch da kein Geld.« Sie dachte einen Moment lang nach. »Wir sollten bei der Polizei nachfragen, ob sie wissen, wo das Auto zuletzt genutzt wurde.«

Detective Miguel Fuentes sah zu, wie das Foto langsam auf seinem Computerbildschirm erschien. »Da ist es. Hier sind alle Nummernschilderfassungen von Ballantines Lexus im Jahr vor seiner Ermordung.«

»Wie viele Treffer?«, fragte Sid.

»Sechsundzwanzig. Die Datenbank hat im Schnitt zweiundzwanzig Treffer für jedes der sieben Millionen angemeldeten Autos in Los Angeles County. Natürlich ist das nur eine Stichprobe. Die Geräte in den Streifenwagen laufen kontinuierlich und erfassen neue Nummernschilder, während sie auf der Suche nach denen von gestohlenen Autos sind. Eigenartigerweise gibt es Nummernschilder, die häufig gesichtet werden, und andere, die quasi nicht auftauchen.«

»Seine Ex-Frau sagt, sie habe das Auto nach seinem Tod verkauft«, erklärte Ronnie. »Wissen Sie, welche Untersuchung Detective Kapp durchgeführt hat, ehe er das Auto freigegeben hat?«

»Ich habe keinen Bericht darüber gesehen«, erwiderte Fuentes. »Es wurde nicht an einem Tatort oder so gefunden, und wäre da etwas aufgetaucht, würden wir das wissen. Aber Kapp war kein Anfänger. Ich bin mir sicher, dass er die Forensiker losgeschickt hat, um sich das Auto anzusehen, ehe er es zum Verkauf freigab.«

Sid und Ronnie wechselten einen Blick. »Wissen Sie, wem es jetzt gehört?«

»Ich kann die Fahrzeugidentifikationsnummer aufrufen und dem nachgehen.«

Einen Moment später sagte er: »Es ist in Nevada, Clark County.«

»Ein Durchbruch«, sagte Ronnie. »Wenn wir sterben, fahren unsere Autos nach Las Vegas, um ihr Dasein im Jenseits zu fristen.«

»Können Sie uns Namen und Adresse des neuen Besitzers ausdrucken, und dann noch mal die Karte von Los Angeles aufrufen?«, fragte Sid.

»Klar«, meinte Fuentes. Er druckte die Zulassung von Nevada aus, dann tauchte erneut die Karte von Los Angeles auf dem Bildschirm auf.

»Hast du was gesehen?«, fragte Ronnie.

»Können Sie die auch ausdrucken?«, bat Sid.

Fuentes ging auf »Drucken«, und Sid nahm die beiden Ausdrucke an sich. Er reichte Ronnie die Karte von Los Angeles County und zeigte auf eine Stelle am nördlichen Ende des San Fernando Valley.

»Was ist los?«, wollte Fuentes wissen.

»Ein Nummernschild-Tracker hat den Lexus letzten März etwa einen Block entfernt von einer der im Bau befindlichen Wohnsiedlungen gesichtet, kurz vor Ballantines Tod«, ließ ihn Ronnie wissen.

»Was sagt uns das?«

»Nichts Eindeutiges«, erklärte Sid. »Ich glaube allerdings, dass es unsere Theorie über den Tatort untermauert.«

»Dort befand sich ein Loch im Boden, das es seit einem Jahr nicht mehr gibt. Es ist zubetoniert worden«, meinte Ronnie nur.

»Danke, Miguel«, sagte Sid. »Wir melden uns.«

»Wohin machen Sie sich denn auf?«, fragte Fuentes.

»Wir werden uns wohl noch ein paar andere Ecken ansehen, wo Ballantines Auto gesichtet wurde.«

Als sie draußen waren, fragte Ronnie: »Werden wir das wirklich tun?«

»Natürlich nicht«, meinte Sid. »Aber es gibt keinen Grund, ihm zu verraten, dass die einzige Spur, die wir gerade verfolgen, die ist, die wir von ihm haben.«

# 20

Es war Vormittag. So viel war Nicole klar. Sie lag im Hotelzimmer, die dunklen Vorhänge vor dem breiten Fenster von beiden Seiten zugezogen, damit sie sich in der Mitte überlappten, und mit zwei Stühlen gegen die Scheibe gedrückt, sodass kein Streifen Sonnenlicht in das abgedunkelte Zimmer vordrang.

Nicole hörte, wie der Wagen des Zimmermädchens über den mit Teppichboden versehenen Gang rumpelte, dann ein lautes Pochen an der Tür eines Zimmers unweit ihres eigenen. »Housekeeping.« Zum dritten Mal hörte Nicole den vorbeirumpelnden Wagen, gefolgt von der Stimme. Ihre finsteren, wütenden Gedanken galten den Menschen, die es nicht für nötig hielten, das BITTE-NICHT-STÖREN-Schild an ihre Tür zu hängen. Dann wurde ihr klar, dass Ed und sie gut und gerne die Einzigen sein konnten, die noch auf ihrem Zimmer waren. Vielleicht hingen an den Türen keine Schilder, weil die Leute bereits ausgecheckt hatten. Sie verbrachte dennoch ein paar Sekunden damit, sie zu verabscheuen, dann rollte sie sich auf die Seite und schloss die Augen.

Ein paar Minuten lag sie so da. Wieder war das Rumpeln des Wagens zu hören, dann wurde eine weitere Tür geöffnet, schwere Schritte gingen den Gang hinunter und zogen zwei Rollkoffer hinter sich her. Dazu die gedämpfte Unterhaltung zweier Männer. Unbeschwerte, sorglose Männer. Ein beruhigendes Geräusch.

Nicole öffnete die Augen, warf einen Blick auf den Hotelwecker auf dem Nachttisch. Die roten Zahlen verkündeten

10:43 Uhr. Es war spät, trotzdem hatte sie nicht genug Schlaf abbekommen. Ed und sie waren die ganze Nacht wach gewesen.

Früher einmal hatte Nicole als Zimmermädchen gearbeitet, und sie hatte es gehasst. Sie wollte nicht auf dieser Frau herumhacken, die die mühsame, ärgerliche und mitunter auch beschämende Erfahrung durchlebte, der sie sich einst stellen musste. Sie war versucht, die Tür zu öffnen, um einen Blick auf sie zu erhaschen, tat es aber nicht.

Sie sah Ed an. Er lag da wie ein großes Tier, schlief ungeachtet der Geräusche weiter, weil sie in seinem Gehirn nichts auslösten. Sie standen nicht mit dem Lärmen eines anderen Tiers in Verbindung, das ihm Schaden zufügen konnte, also blendete sein Gehirn sie einfach aus.

Nicole drehte sich auf den Rücken und betrachtete die raue weiße Decke, konnte jedoch außer der roten Leuchte des Feuermelders nichts ausmachen. Inzwischen wusste die Gang, die ihr Haus gestürmt hatte, sicherlich, dass die drei, die sie dort zurückgelassen hatten, tot waren. Machte ihnen das Angst? Nein. Die Kerle gehörten nicht zu der Sorte Mann, die Angst hatte, sie jedoch hatten diese Typen in Angst und Schrecken versetzt. Beim Einsammeln der Waffen der drei Toten hatte sie festgestellt, dass es sich um identische tschechoslowakische Skorpion-Maschinenpistolen handelte. Wer benutzte solche Waffen?

Sie waren eigenartig diszipliniert und austauschbar gewesen, als besäßen sie kein Ich. Wie Insekten. In einer Rotte neigten Menschen dazu, so zu agieren, doch die Gruppe brach auseinander, sobald die große Menge nicht mehr von Nutzen war. Diese Männer waren gekommen und hatten ihre Positionen eingenommen, als hätten sie ähnliche Häuser schon Hunderte Male zuvor gestürmt. Und nachdem sie festgestellt hatten, dass die Hoyts nicht zu Hause waren und dort auf sie warteten, hatten sie sich gemeinsam und geräuschlos wieder entfernt, ohne jemandes Aufmerksamkeit zu erregen. Drei waren bereits im Haus und hatten sich dort umgesehen, also war es am effizientesten, sie weiter das Haus durchsuchen zu lassen, während die anderen – ja, was genau eigentlich machten? Zum Bienenstock zurückkehrten?

»Wieso bist du schon wach?«, fragte Ed.

»Die Anspannung.«

»Oh.« Er setzte sich auf und rieb sich die Augen.

»Diese Typen letzte Nacht, die wussten, wer wir sind. Die hat man geschickt, um uns umzubringen.«

»Ist mir klar«, sagte Ed. »Die ganze Zeit über hatten wir befürchtet, dass Boylan dem Kunden mitgeteilt haben könnte, wer wir sind, und jetzt wissen wir, dass dem so war. Willst du zurückgehen und ihn ein zweites Mal umbringen?«

»Der Gedanke ist mir durchaus gekommen«, meinte Nicole. »Wenn wir das nur könnten. Oder es ungeschehen machen könnten.«

»Wir sind so besser dran als vorher, weil wir die Zeit nutzen konnten, um uns auf die Schützen vorzubereiten. Wir haben nicht einfach nur vor dem Fernseher gesessen und gehofft, dass schon alles gut gehen würde. Wir wissen jetzt, dass es nicht so war, aber wir sind rechtzeitig abgehauen.«

»Und das nennst du besser dran?«

»Wir sind jedenfalls nicht tot«, sagte er. »Das ist schon mal nicht schlecht. Und wenn ich so darüber nachdenke, na ja, ich habe jetzt nicht gezählt, aber was wir da so Pi mal Daumen an Kohle eingeheimst und mitgenommen haben … also ich würde mal sagen, wir haben da in einer Nacht mehr Geld bei Boylan abgesahnt, als wir jemals für den Job bekommen hätten.«

»Wir haben das Geld gestohlen«, merkte Nicole an.

»Na und? Was glaubst du, wo der Typ es herhatte? Durch ehrliche, harte Arbeit verdient?«

»Das ist mir doch überhaupt nicht wichtig. Ich denke nur, dass wir da keinen sehr cleveren Deal gemacht haben. Wir haben einen Raubmord begangen.«

»Das war Notwehr, der Raubüberfall«, korrigierte sie Ed. »Und Boylan umzubringen, war kein Mord.«

»Rechtliche Details können uns egal sein. Wir sind in einer schlechten Ausgangsposition. Was sollen wir jetzt machen?«

»Ich habe meinen abgefeimten Masterplan noch nicht ausgeheckt«, entgegnete Ed. »Wir sehen erst mal zu, dass wir schwer ausfindig zu machen sind. Dann bringen wir in Erfahrung, wer der Auftraggeber ist, damit wir ihn beseitigen können.«

Nicole setzte sich auf, verschränkte die Arme und überlegte. Je länger sie über Eds Vorschlag nachdachte, desto weniger hatte sie daran auszusetzen. Natürlich würden sie versuchen müssen, nicht von dieser Insekten-Squad gefunden zu werden. Das war gewissermaßen ein Automatismus. Man zieht den Kopf ein, wenn man mit Steinen beworfen wird. Der andere Teil, den Auftraggeber ausfindig zu machen und auszuschalten, war keineswegs zwingend. Bislang war sie davon ausgegangen, dass Ed und sie heute über den ersten einer ganzen Reihe von Interstate Highways verschwinden würden. Eds Plan würde sie zwar daran hindern, sofort unterzutauchen, schien jedoch eine dauerhafte Lösung zu versprechen.

»Dann werden wir das wohl so machen«, pflichtete sie ihm bei. Sie glitt aus dem Bett und schaltete die Nachttischlampe ein. »Wenn du pinkeln willst, ehe ich duschen gehe, wäre das jetzt ein guter Moment.«

Er schob die Decke beiseite. »Danke, mach ich das doch glatt.«

Er ging ins Badezimmer, und als er wieder herauskam, trafen sie an der Tür aufeinander. Sie küsste ihn flüchtig auf die Wange. »Bin froh, dass du so ein abgebrühter Kerl bist«, sagte sie. »Das gibt mir gleich ein besseres Gefühl.«

»Mir auch«, sagte er. »Ich hab keinen Druck mehr auf der Blase.«

Sie ging ins Badezimmer, schloss die Tür, und gleich darauf hörte Ed das Rauschen der Dusche. Er griff in seine Tasche und holte Kleidung heraus. Er brauchte etwas Dunkles und ein weites Hemd, unter dem er seine Waffe verstecken konnte.

# 21

Wonach suchst du?«, fragte Sid.

»Nach Freundinnen.« Ronnie sah nicht vom Computerbildschirm auf, der auf dem Tisch ihres Hotelzimmers stand. »Ich gehe der Geschichte mit dem Geld nach. Ich will herausfinden, ob eine von Ballantines Freundinnen genug Geld hatte, um ihm ein Haus zu kaufen. Mit Emily Prosser fange ich an.«

Er ging zum Schreibtisch und klappte den zweiten Laptop auf. »Ich seh mal nach, welche Baugenehmigungen mit ihrem Namen als Architektin seit dem Umgestaltungsauftrag bei Intercelleron erteilt worden sind.«

»Gut, und ich überprüfe ihre Kreditwürdigkeit. Falls jemand fragen sollte: Sie hat sich für ein Darlehen bei der Agentur Abels beworben.«

»Ich werde auch überprüfen, ob irgendwelche Immobilien auf ihren Namen steuerlich geltend gemacht werden.«

Sie waren sehr geübt darin, leicht zugängliche Datenbanken zu nutzen, um sich Informationen über andere Menschen zu beschaffen, und setzten die entsprechenden Hebel sofort in Bewegung. Auf manche Informationen mussten sie etwas warten, und Sid nutzte diese Zeit, um sich eingehender mit den Daten auseinanderzusetzen, die die Polizei mithilfe von Nummernschild-Scannern von James Ballantines Auto erhoben hatte. Nachdem Sid die Strecke von Ballantines Wohnung zu Intercelleron ausgearbeitet hatte, wie auch die kürzeste und geeignetste Strecke zum Supermarkt, ließ sich die Hälfte dieser Sichtungen erklären. Die anderen schienen zunächst eher zufallsbedingt zu sein. Als Ronnie ihn rief, ließ er die Karten und Notizen auf dem Bett liegen und ging zu ihr.

»Da haben wir's«, sagte sie. »Betreffend Emily Prosser. Fangen wir mit den Baugenehmigungen und Sicherheitsbescheinigungen an.« Sie öffnete die Datei.

Sid überflog die Liste. »Nicht viel. Da ist die Genehmigung für das Intercelleron-Projekt. Danach gibt es nur zwei weitere Projekte, und bei beiden ging es darum, ein Einfamilienhaus umzubauen, dazwischen liegt ein Jahr. Sehen wir uns mal ihre Kreditkartenabrechnungen an.«

Ronnie schloss das Dossier über Baugenehmigungen und Sicherheitsbescheinigungen und öffnete die entsprechende Datei. »Ups, gar nicht gut. Vier Kreditkarten gecancelt, zwei offen. Ganz schön viele Zahlungen, und eine der beiden, die noch offen sind, ist die Art Karte, auf die man Geld überweist, das man sich selbst leiht, um seine Kreditkartenzahlungen am Laufen zu halten.«

»Lass uns mal nachsehen, ob sie irgendwelche Immobilien besitzt.«

Ronnie öffnete die Antwort der Baubehörden. »Nichts gefunden. Auch nicht in Orange County.«

»Emily wollte ihm also sein Traumhaus nicht kaufen«, sagte Sid. »Es muss tatsächlich Liebe gewesen sein.«

Ronnie wandte sich um, um ihn anzusehen. »Das spricht für sich. Finde mal lieber heraus, was die Sichtungen des Nummernschildes zu bedeuten haben.«

Sid ging zurück zu seinem Schreibtisch und rief die Karten wieder auf. Nach etwa zwanzig Minuten sah er auf. »Veronica?«

»Was?«

»Wo ist die Liste mit den Freundinnen?«

»Auf jedem elektronischen Gerät deiner Wahl. Ich habe es in meine Notizen zu diesem Fall getippt und dir die Liste auch als E-Mail geschickt. Tut mir leid, dass ich alles so direkt vor deiner Nase verstecke.«

»Stehen da auch die Adressen?«

»Ja.«

Er durchsuchte seine E-Mails, fand die von Ronnie und öffnete sie. Danach markierte er eine Adresse auf der Straßenkarte von Los Angeles und nahm sich die Karte mit den Nummernschild-Sichtungen.

»Mira Cepic.«

»Ja. Den Namen habe ich nicht vergessen. Steht als letzter auf der Liste.«

»Cepic wohnt ganz in der Nähe der Stelle, wo Ballantine in die Kanalisation geworfen wurde. Drei Blocks entfernt.«

Ronnie kam zu ihm, sah ihm über die Schulter auf die Straßenkarte, wo er auf die Markierung zeigte, die er bei Mira Cepics Adresse gemacht hatte. »Sie wohnt im Wintergarden Way.« Er zeigte auf einen Punkt drei Häuserblocks weiter oben. »Und hier ist Clovermeadow Lane.«

Ronnie ging wieder zu ihrem Laptop. »Lass uns den Hintergrund abchecken, ehe wir uns eingehender damit befassen. Ich werde eine Bonitätsprüfung für sie machen. Du suchst nach Vermögenswerten in Mira Cepics Namen.«

»Ich suche nach allen mit diesem Nachnamen. Vielleicht finden wir einen Ehemann oder Verwandten – wenn es denn einen gibt.«

»Gut. Ich finde, wir sollten einen kompletten Hintergrundcheck von einer Privatdetektei machen lassen.«

»Da hätten wir mal einen Nutzen davon, dass wir sie die ganze Zeit schon bezahlen, nur um auf ihrer Kundenliste zu stehen.«

Während sie die nächsten Schritte angingen, schwiegen beide. Nach ein paar Minuten sagte Sid: »Ich habe so langsam den Eindruck, dass Mira Cepic nicht hier geboren wurde. Ich finde nichts zu Schulen oder Arbeitgebern.«

»Warum nicht die Regierung ein bisschen aufmischen?«

»Okay. Ich füge eine Anfrage hinzu, damit die Privatdetektei alles auch auf einen eventuellen kriminellen Hintergrund hin abklärt. Kriminelle haben in der Regel eine Sozialversicherungsnummer.«

»Gut«, sagte Ronnie. »Sobald wir die Nummer haben, werde ich mal eine Zeit lang Mira sein und einen Antrag auf Klärung meines Einwanderungsstatus bei der Einwanderungs- und Ausländerbehörde stellen.«

»Könnte ein paar Tage dauern. Sieh einfach zu, dass du unseren Anwalt auf Stand-by hast.«

»Immer doch.«

Ed Hoyt hatte drei Handys nebeneinander abgelegt. Er schaltete alle drei ein und drückte auf das Symbol eines kleinen Telefons auf dem Bildschirm des ersten, dann des zweiten und schließlich des dritten. Er sah von einem zum anderen.

»Bereit.« Nicole hatte Stift und Notizblock des Hotels in der Hand.

»Ich sehe ein paar Nummern, von denen aus alle drei Russen angerufen worden sind.« Er las sie zusammen mit dem jeweiligen Datum vor, und Nicole notierte sie.

Danach ging Ed die Telefonliste durch und fand sechs weitere Nummern, die alle drei Handys angerufen hatten oder von denen sie angerufen worden waren. Zwölf weitere Nummern wurden auf zweien der Handys angezeigt. Dann schaltete er die drei Handys wieder aus. »Wir können die Batterie ein bisschen schonen«, murmelte er.

Nicole ging ihre Liste durch: »Alle drei haben an dem Tag Anrufe von dieser Nummer erhalten, als sie uns bei unserem Haus auflauerten. Die anderen wirken etwas zufälliger. Ein paar Anrufe fanden am selben Tag statt, die anderen eine Woche später oder so.«

»Okay, dann könnte die Nummer, die sie alle angerufen hat, der Kopf der Gruppe sein«, meinte Ed. »Derjenige, der die anderen mobilisiert und zu uns geschickt hat, damit sie uns auf den Pelz rücken.«

»Weißt du, was außerdem noch ganz interessant ist?«, merkte Nicole an. »Diese drei hier haben einander anscheinend nicht angerufen. Zumindest so gut wie nie.«

»Was hat das deiner Meinung nach zu bedeuten?«

»Dass sie ohne Handy miteinander gesprochen haben«, sagte sie. »Möglicherweise haben sie zusammengewohnt.«

»Gut möglich.«

»Was sollen wir jetzt unternehmen?«, fragte Nicole.

»Fangen wir mit den Rechnungsadressen an, die zu diesen ganzen Nummern gehören. Ich rufe Ron beim Telefonsupport an, er soll damit loslegen.«

Er holte sein Handy heraus und rief seinen Freund Ron bei der Telemarketinggesellschaft an.

Sid und Ronnie Abel fuhren von ihrem Hotel nach Osten zum Ventura Boulevard, dann über den Laurel Canyon nach Norden, zum Victory Boulevard und weiter bis zum Mietwagenservice am Flughafen von Burbank, wo sie ein neues Auto mieteten und ihre mitgebrachte Ausrüstung in den Kofferraum luden. Weiter ging es nach Norden und Westen zu den Bauvorhaben, die sie aufgesucht hatten, nachdem sie den Fall von James Ballantine übernommen hatten.

Sie fuhren direkt zu den Straßen mit den Neubauten bei der Baustelle, wo jemand aus einem Auto heraus ihre Windschutzscheibe zerschossen hatte.

»Bei Tageslicht sieht es hier ganz anders aus«, sagte Ronnie.

»Bei Tageslicht sieht immer alles anders aus«, meinte Sid.

»Ich weiß. Aber als wir das letzte Mal hier waren, wirkte es trostlos und öde. Es sah so aus, als wären keine Menschen da und als würden auch nie welche da sein.«

»Nicht mehr lange. Sieh dir die Baustelle jetzt mal an. Die errichten diese Häuser ratzfatz.«

Als sie bei der Kreuzung mit der Schotterpiste eintrafen, wurde Sid langsamer und sah sich um. Die wenigen skelettartigen Gebäudekonstruktionen waren größer geworden und inzwischen mit Holz verschalt. Material zum Dachdecken stapelte sich auf den Dächern, und zwei weitere Fundamente waren in den letzten Tagen gegossen worden.

Sie kamen an der Stelle in der Renfrew Street vorbei, wo die dunkle Limousine an jenem Abend gestanden hatte und der Fahrer, sobald er die Abels gesehen hatte, mit Vollgas abgehauen war. Heute fuhr Sid die Strecke ab, die sie in der Nacht, als sie der dunklen Limousine gefolgt waren, genommen hatten. Er bog rechts ab auf die Clovermeadow Lane, die Anliegerstraße, in der man gerade einen Regenwasserkanal aufgerissen hatte, als Ballantine ermordet wurde. Er ließ das Auto bergab rollen. Unterdessen wanderte sein Blick zu den Häusern.

»Interessant«, meinte Sid. »Die Ecke hier hat sich wohl schnell verkauft.«

Jedes Haus schien bewohnt zu sein. Zu sehen waren Kinder, Mütter auf den Veranden und Terrassen, die ihre Sprösslinge im Auge behielten, und ein junger Mann, der die Straße entlangjoggte.

»Das sind ja auch ziemlich große Häuser«, bemerkte Ronnie. »Die sind vermutlich ganz schön teuer.«

»Genug gesehen?«

»Ja.«

Sid hielt an, wendete und fuhr denselben Weg wieder zurück. An der Ecke bog er rechts ab.

Ronnie warf einen Blick auf ihr Handy. »Die Adresse lautet 9-7-6-5 Wintergarden Way. Es ist die dritte Straße.«

Sie kamen an zwei Straßen vorbei, die fast identisch mit der Clovermeadow Lane waren, lauter zweistöckige Häuser, und auch diese waren bis auf ein paar kleinere Abweichungen ebenfalls identisch. Wintergarden war etwas älter und abwechslungsreicher, als wären die meisten Bauplätze bereits mit Häusern belegt gewesen, ehe der Bauunternehmer mit dem immer gleichen Muster auf den Plan trat.

Sie bogen in die Straße ein und fuhren langsam weiter, gingen die Hausnummern durch, bis sie bei der Nummer 9765 angekommen waren. Das Haus ähnelte den anderen in dieser Gegend, war zweistöckig mit angrenzender Doppelgarage, und hatte einen winzigen grünen Rasen und ein Blumenbeet vor dem Haus.

Ronnie fotografierte das Haus mit dem Handy, anschließend die ganze Häuserreihe.

Die Abels fuhren bis zum Ende des Wintergarden Way und bogen dann ab in die nächste Straße namens Callalily Street. Sie fuhren diese entlang und betrachteten die Häuser, die hinter Mira Cepics Zuhause standen. »Es sieht nicht so aus, als wäre es leicht, von dieser Seite aus einen Blick auf ihr Haus zu werfen«, sagte Ronnie.

»Sollen wir versuchen, das Gespräch mit ihr jetzt zu führen, wo wir schon mal hier sind?«, fragte Sid. »Ihr Haus sieht bewohnt aus. Vielleicht ist sie gerade da.«

»Noch nicht«, sagte Ronnie. »Wir warten besser ab, bis der Hintergrundcheck abgeschlossen ist. Alles, was wir über Ballantine erfahren haben und was stimmte, kam von den Frauen in seinem Leben. Womöglich bekommen wir nur einmal eine Chance bei dieser Frau, und sie ist die Letzte auf der Liste. Da hätte ich gerne jeden Schnipsel Information, den wir im Vorfeld ergattern können. Das brauchen wir vielleicht als Druckmittel.«

»Dann holen wir uns was zu essen, kommen wieder, wenn es dunkel ist, und sehen uns dann noch mal um.«

Gegen halb zehn, als es schon seit einer Stunde dunkel war, kehrten Sid und Ronnie in das Viertel zurück. Sie stellten ihren gemieteten blauen Accord einen Häuserblock nördlich der Schotterstraße ab. Ronnie nahm ihre Glock, überprüfte das Magazin abermals, setzte es wieder ein und steckte die Pistole zurück in das Schulterhalfter unter ihrer Jacke.

Sid tat es ihr gleich und steckte die Pistole in das Halfter am Gürtel unter seinem Blazer.

Sie sah ihn an. »Für gewöhnlich machst du das nicht. Nur ich. Bist du nervös?«

»Nicht mehr als sonst«, sagte er. »Aber ich habe noch nicht vergessen, was das letzte Mal passiert ist, als wir im Dunkeln hier waren und diese Kerle auf uns geschossen haben.« Er nahm seine kleine Digitalkamera heraus, vergewisserte sich, dass der Blitz ausgeschaltet und die Kamera geladen war, steckte sie dann in seine Tasche zurück.

Sie stiegen aus und liefen los.

Wieder war es ein warmer Abend. Kurz vor Sonnenuntergang hatte der Wind etwas aufgefrischt, doch sowie die Sonne am Horizont verschwunden war, hatte der Wind sich gelegt, und nun wehte kein Lüftchen mehr. Es fühlte sich an, als wäre die ganze Welt ein einziges riesiges Zimmer. Der letzte Frühlingsregen schien sich endgültig verabschiedet zu haben, und der nächste Regentag war wohl erst im November zu erwarten, in acht Monaten. Bei diesem Gedanken fiel Sid ein, dass letztes Jahr El Niño geherrscht hatte und die Regensaison zu dieser Zeit alles andere als beendet war. Nachdem James Ballantines Leiche gefunden worden war, hatte es eine Zeit lang jeden zweiten Tag immer mal wieder geregnet.

Im Vorbeigehen sahen sich Ronnie und Sid die jeweiligen Häuser an. Diese Wohngegend glich tausend anderen in der Stadt. Manche Autos standen in offenen Garagen, andere in den Auffahrten, weil die Garagen vermutlich dafür genutzt wurden, Unmengen von hauptsächlich nutzlosem Zeug aufzubewahren, das die Menschen ansammelten. Dabei musste Sid daran denken, dass Ronnie und er sich darüber nun keine Gedanken mehr machen mussten. Ihr Haus war bis auf die Grundmauern niedergebrannt, dann plattgemacht und in Kipplastern abtransportiert worden.

In den Fenstern eines Hauses war Licht, ein paar Kinder starrten auf Computer, in einem anderen Bereich warfen Fernseher flackerndes bläuliches Licht an die weiße Decke. Eine Frau kam aus der Küche, hatte ein Kleinkind im Schlafanzug auf dem Arm. Sid und Ronnie überquerten die Straße an einer unbeleuchteten Stelle, damit jemand, der sich zufällig in seiner Garage aufhielt, nicht auf sie aufmerksam wurde. Unbemerkt gingen die Abels weiter, wie vorüberziehende Schatten.

Sie umgingen die Renfrew Street, traten nicht in die Lichtkegel der letzten Straßenlampen. Eine Minute später waren sie am Rand eines breiten, von Unkraut und Gebüsch überwucherten Feldes angelangt, das die Schotterstraße zweiteilte. Sie bewegten sich langsam vorwärts, achteten darauf, wo sie ihre Füße hinsetzten, blieben hin und wieder neben einem Gebüsch oder kleinen Bäumchen stehen, um die nächsten hundert Schritte vor ihnen eingehend zu betrachten. Hinter der Schotterstraße erkannten sie die Lampen der Straße, durch die sie am Morgen gefahren waren.

Wenige Minuten später gingen sie durch die Clovermeadow Lane, die erste Straße mit bewohnten Häusern. Gegen zehn Uhr waren sie in der Callalily Street, der Straße hinter Mira Cepics Haus. Sie schlenderten dort entlang wie ein älteres Pärchen auf seinem Abendspaziergang. Außer ihnen war niemand zu Fuß unterwegs. Ronnie wusste, dass ihre grauen Haare sie beide schon bei vielen Gelegenheiten vor argwöhnischen Blicken geschützt hatten, und das konnte auch heute wieder gut so sein. Vor ein paar Jahren hatte ihre Tochter Janice gemeint, sie solle vielleicht lieber anfangen, ihre Haare zu färben, statt immer mehr zu ergrauen. »Hast du auch nur den Hauch einer Ahnung, was graue Haare in unserem Job wert sind?«, hatte Ronnie ihr entgegnet. »Frauen mittleren Alters sind unsichtbar. Männer sehen uns schlicht und ergreifend nicht mehr.«

Sie gingen die Callalily Street entlang, vorbei an einem Haus, dann am nächsten, bis direkt hinter Mira Cepics Haus. Die Stelle sah perfekt aus. In den Fenstern war kein Licht zu sehen. Mit unverändertem Tempo liefen die Abels weiter, bogen einfach nur ab und gingen über den Vorgarten zu dem Grasstreifen, der am Haus entlangführte.

Je näher sie dem anderen Ende des Gartens kamen, umso langsamer wurden sie. Kein Futternapf, kein Hundespielzeug im Garten, es kam auch kein Zaun, also schlichen sie einfach weiter, bis zu einer Stelle zwischen diesem und dem Nachbarhaus, wo sie in Deckung gehen und alles beobachten konnten. Das Haus verfügte über einen Kamin, der von der Seite weit genug nach vorn ragte, um Ronnie zu verdecken, und direkt gegenüber stand ein kleiner Metallschuppen, der für Gartengeräte vorgesehen war. Dahinter ging Sid in Deckung.

Die Rückseite von Mira Cepics Haus war nur noch gute fünf Meter entfernt. Im Küchenfenster brannte Licht, und ein sanfter Schein drang aus einem anderen Fenster im hinteren Bereich, vermutlich das Schlafzimmer, wo die Vorhänge zugezogen waren. Ein paar Meter weiter war ein kleines Fenster mit Strukturglas, sicherlich das Badezimmer des Elternschlafzimmers.

Ronnie beobachtete das Haus, während Sid seine Digitalkamera zückte und einschaltete. Die Kamera verfügte über einen Vierfach-Zoom, er richtete sie aus und stellte das Bild scharf.

Sie warteten einen Moment, doch in der Küche rührte sich nichts. Sid bedeutete Ronnie, zu bleiben, wo sie war, und bewegte sich vorsichtig vorwärts. Er erreichte ein Fenster, schob den Kopf so dicht heran, dass er von einer Ecke aus ins Innere spähen konnte.

Mira Cepic war im Wohnzimmer, saß vor einem Fernseher mit Full HD und einer Bildschirmdiagonalen von etwa eineinhalb Metern. Sie war um die vierzig, hatte blondes, schulterlanges Haar, hervorstehende Wangenknochen, und ein schmales, kantiges Gesicht wie eine Marathonläuferin oder ein ehemaliges Model. Obwohl sie kein Make-up trug und ihre Haare nicht gekämmt waren, war nicht zu übersehen, wie hübsch ihr Gesicht tatsächlich war. Sie trug ein ärmelloses Oberteil, und ihre Arme wirkten schlank und sehnig.

Sid war sich darüber im Klaren, wie überaus empfindlich das menschliche Auge auf Bewegung reagiert. Sollte sie aus dem Augenwinkel heraus eine Bewegung wahrnehmen, würde dieser Sinneseindruck nicht nur an ihr Gehirn weitergeleitet, sie würde auch nicht umhinkönnen, sich in diese Richtung umzudrehen. Er brauchte mindestens eine Minute, um die Kamera nah genug in die Fensterecke zu manövrieren, sodass die Linse die Frau erfasste. Er machte drei Fotos. Dabei stellte er fest, dass sie sich eine Fernsehshow über junge Frauen ansah, die Hochzeitskleider anprobierten. Langsam führte er die Kamera wieder nach unten und zog sich ebenso langsam von dort zurück. Er ging zu Ronnie, die ihn fragend ansah, woraufhin er nickte.

Sie waren gerade dabei, zurück zur Callalily Street zu gehen, als sie spürten, dass sich etwas veränderte. Leise Geräusche drangen aus Mira Cepics Haus nach draußen. Dann tauchte die Frau in der Küche auf. Sie ging am Fenster vorbei zum Kühlschrank, wo sie sich ein Bier holte, anschließend dann ein Glas aus dem Küchenschrank nahm.

Wieder machte Sid Fotos von Mira Cepic. Sie blickte zum hinteren Fenster hinaus, als sie die Flasche aufmachte, dann wandte sie sich ab. Kurz darauf wurde das Licht in der Küche ausgeschaltet. Sid und Ronnie warteten ein paar Minuten, bevor sie zur Callalily Street zurückkehrten und dann weiter in Richtung Süden zur Renfrew Street gingen, zurück zu der Stelle, wo sie ihren Mietwagen abgestellt hatten.

»Wir hatten einen guten Blick auf sie«, meinte Ronnie. »Und erst die Fotos. Ich habe mit dem Handy auch ein paar Fotos gemacht.«

»Was hältst du von ihr?«

»Ich will erst alle Informationen zusammentragen, die unsere Spur zutage gefördert hat, ehe ich mich festlege.«

»Dann hast du also auch kein gutes Gefühl?«

»Ich denke, dass sie sich vermutlich ordentlich zurechtmachen kann, wenn ihr der Sinn danach steht. Mein erster Eindruck ist aber, dass sie etwas hart wirkt.«

»Vielleicht ist der Zeitpunkt gekommen, um mit den offiziellen Ermittlern zu kooperieren«, sagte Sid.

»Lass uns diese Fotos an Miguel Fuentes in North Hollywood schicken. Vielleicht kann er damit etwas anfangen.«

Ed und Nicole Hoyt beobachteten die Renfrew Street eine halbe Stunde lang, begegneten den Abels jedoch nicht mehr, nachdem diese zum anderen Ende des Feldes gegangen und dann eine andere Straße hinuntergelaufen waren. »Für heute sind sie vermutlich verschwunden. Was sie wohl hier in der Gegend machen? Glaubst du, sie haben das Haus von dieser Mira Cepic gefunden?«, wollte Nicole wissen.

»Wie sollen sie eine Freundin von einem der toten Russen ausfindig machen? Sie wissen doch gar nichts von den Russen, ganz zu schweigen davon, wen die vom Handy aus angerufen haben. Wahrscheinlich sind die Abels noch immer damit beschäftigt, herauszufinden, wo Ballantine in die Kanalisation geworfen wurde. Es nervt mich wirklich, dass wir diese Gelegenheit gerade nicht nutzen konnten. Sie waren auf offenem Feld, hätten sich nicht großartig verstecken können.«

»Dasselbe gilt für uns. Aber selbst wenn wir nicht an einem Ort wären, wo wir uns die Leute durch Schüsse auf den Hals hetzen würden, wozu wäre das gut?«, meinte Nicole.

»Wir hatten zwei Gelegenheiten bei ihrem Haus, aber nichts, was wir unternommen haben, hat ihnen eine Kugel verpasst«, sagte Ed. »Außerdem haben wir noch eine Bombe hochgehen lassen und einen Roboter gekillt. Das ist echt frustrierend.«

»Boylan hat uns für diesen Job angeheuert, und jetzt ist er tot. Wir haben sehr viel mehr Geld aus seinem Haus herausgeholt, als er uns für die Abels bezahlt hätte«, erwiderte Nicole. »Ich denke mal, dass wir einen ordentlichen Vorsprung vor ihnen haben. Und wenn wir jetzt noch den Typ auftreiben, der wiederum Boylan angeheuert hat, wird unser Vorsprung noch größer.«

»Stimmt, das haben wir ganz gut hinbekommen«, sagte er. »Aber wir können auf Dauer unseren Lebensunterhalt nicht damit verdienen, die Leute umzubringen, die uns anheuern.«

»Warum nicht?«, raunzte sie.

»Wie meinst du das?«

»Warum wäre Geld, das wir auf diese Weise verdienen, so viel schlimmer? Geld ist Geld, Punkt.«

Ed schmunzelte. »Eine lustige Vorstellung. Man bringt jemanden dazu, einen anzuheuern, um Leute umzubringen. Stattdessen bringt man aber den Auftraggeber um. Dann nimmt man sich das Geld, das als Honorar vereinbart war, und dazu auch noch die Kohle, die sonst noch da ist.«

»Genau das sollten wir machen«, befand Nicole. »Im Ernst. Wenn man von jemandem für einen Mord angeheuert wird, dann deshalb, weil er selbst nicht in der Lage ist, einen Auftragsmord durchzuführen, ist doch klar. Mit anderen Worten: Er ist schwach. Außerdem weiß man, dass er mindestens so viel Geld hat, wie als Bezahlung vereinbart worden ist, denn einen Killer anzuheuern und ihn dann nicht zu bezahlen, würde nicht einmal einem Schwachsinnigen einfallen. Außerdem hat so jemand immer mehr Geld, mindestens noch mal so viel wie das, was er für einen Mord zu zahlen bereit ist. Bringt man also ihn statt seiner Feinde um, kann man doppelt so viel abkassieren.«

»Scheiße, Mann, Nicole.« Er starrte hinaus in die Nacht. »Ich muss zugeben, dass mir bei einem solchen Job immer am meisten Kopfzerbrechen bereitet, dass unser Auftraggeber gefasst werden könnte, weil er ja wohl tatsächlich Grund hat, die Zielperson zu hassen – wodurch er in den Augen der Polizei zum Verdächtigen wird. Und dass er uns dann verpfeifen könnte, wenn die Polizei anfängt, von der Todesstrafe und solchem Zeug zu reden.«

»Stimmt«, sagte sie. »Ganz eindeutig ist unser Klient die größte Gefahr.«

»Dann sollten wir mal über unsere neue Geschäftsidee nachdenken. Aber erst, wenn wir herausgekriegt haben, wer uns diese Typen auf den Hals gehetzt hat.«

»Genau. Ist schon eigenartig. Er hatte doch diese Insekten-Typen. Warum dann überhaupt noch Boylan anheuern?«

»Oder uns?«, meinte Ed.

# 22

Als es Morgen wurde, gingen Sid und Ronnie aus ihrem Zimmer nach unten, nahmen das Frühstück in einem Separee im hinteren Bereich des Hotelrestaurants ein, wo es weniger wahrscheinlich war, dass man sie entdeckte. Anschließend fuhren sie mit dem Aufzug in die Tiefgarage.

Auf dem Weg zum Auto blieb Sid unvermittelt stehen. »Stimmt was nicht?«

»Ach, da steht er ja«, murmelte Sid. »Einen Moment lang hatte ich völlig vergessen, dass wir ja einen neuen Mietwagen haben. Den grauen dort.« Er drückte auf die Fernbedienung, und das Auto reagierte mit einem »Biep«.

Beim Einsteigen sagte er: »Dieser Fall geht mir so langsam an die Nieren.«

»Mir auch«, pflichtete Ronnie ihm bei. »Die Firma behauptet, sie wolle es lediglich deshalb herausfinden, weil man es nicht ertragen könne, James Ballantine im Stich zu lassen. Dabei kannten sie ihn kaum. Seine Ex-Frau, die sich vermutlich ab und an tatsächlich mit Rassisten herumschlagen musste, ist ganz offensichtlich davon überzeugt, dass er von Rassisten umgebracht wurde. Sobald Freundin Nummer eins erfährt, dass es noch andere Frauen gab, versucht sie, die Mutmaßung zu lancieren, dass eine von ihnen ihn umgebracht haben muss. Die verheiratete Freundin sagt, er habe sie erpresst, damit sie weiterhin Sex mit ihm hatte, und das erhöht die Wahrscheinlichkeit, dass jemand ihn umgebracht hat, weil er es nicht anders verdient hatte. Und die Freundin, die behauptet, ihn am besten gekannt zu haben, hatte selbst nach zwei Jahren keine blasse Ahnung, was mit ihm los war.«

»Und alles, was die Überprüfung seiner nächsten Freundin ergeben hat, ist Müll. Mira Cepic hätte genauso gut erst vorgestern vom Planeten Neptun hier eintreffen können. Jobs? Schulausbildung? Heirat? Zuletzt bekannte Adressen? Nichts, rein gar nichts.«

»Es steht immer noch der Check hinsichtlich einer kriminellen Vergangenheit aus. Außerdem warten wir noch auf die Rückmeldung der Behörde zum Einwanderungsstatus«, sagte Ronnie. »Sie muss in einem anderen Land aufgewachsen sein. Das finden wir schon noch heraus.«

»Wenn wir darauf zu lange warten müssen, erreichen die Leute, die uns umbringen wollen, ihr Ziel vielleicht doch noch.«

»Ja«, meinte sie. »Irgendwie bekomme ich diese Leute einfach nicht aus dem Kopf. Insbesondere dann, wenn ich mich danach sehne, irgendwann in unserem eigenen Bett zu schlafen. Denn dann fällt mir wieder ein, dass wir gerade weder ein Zuhause noch ein Bett haben.«

»Lass uns bei Miguel Fuentes in North Hollywood vorbeischauen. Vielleicht hat er was Neues rausgekriegt, seit wir ihm die Fotos und die Hintergrundinfos zu Mira Cepic geschickt haben.«

»Oder vielleicht auch, weshalb es keine Hintergrundinfos gibt. Komm, wir rufen ihn an, bevor wir bei ihm reinschneien«, sagte Ronnie. »Dann hat er vielleicht noch genug Zeit, in der Datenbank nach ihr zu suchen.«

»Mach ich«, antwortete Sid. Er holte sein Handy heraus und wählte die Nummer des Reviers in North Hollywood. »Können Sie mich bitte zu Detective Miguel Fuentes durchstellen? Sid Abel am Apparat.«

Dann war Fuentes' Stimme zu hören. »Sid?«

»Hallo, Miguel. Wir bereiten uns gerade darauf vor, uns mit Mira Cepic zu unterhalten, und haben uns gefragt, ob …«

»Großartiges Timing«, sagte Fuentes. »Ich wollte mich gerade melden. Können wir uns in einer Stunde in der First Street treffen?«

»Im Polizeipräsidium?«

»Ja. Die Fotos, die Sie mir geschickt haben, sind mir ins Auge gesprungen. Habe sie gleich an das Dezernat für Schwerverbrechen weitergeleitet. Einer unserer Detectives meinte, das Gesicht käme ihm bekannt vor, also hat er Interpol das Foto geschickt. Der Mann von Interpol wird in einer Stunde hier sein.«

»Wir auch«, sagte Sid.

»Oh, und Sid?«

»Ja?«

»Ich muss das wahrscheinlich nicht extra sagen, aber halten Sie sich vom Wintergarden Way fern«, betonte Fuentes. »Interpol in Washington hatte die Fotos noch keine zwei Minuten, da haben sie schon zurückgerufen.«

Captain Albright war eine Frau von Mitte fünfzig mit blonden Haaren, die sie vorschriftsmäßig mit Haarknoten trug. Ihr Jackett war aufgeknöpft, sodass jeder sehen konnte, dass sie eine .45 im Schulterholster stecken hatte. Sie streckte den Arm aus und deutete auf den Mann im grauen Anzug, der den Konferenzraum zusammen mit ihr betreten hatte. »Das ist Agent John Roche. Er gehört zum US National Central Bureau von Interpol.«

Ihr Blick schweifte über den großen Konferenztisch. »Und das ist Detective Miguel Fuentes vom Morddezernat in North Hollywood. Lieutenant Dennis Cole, Dezernat für Schwerverbrechen. Sergeant Daniel Trevolino, Schwerverbrechen. Außerdem sind Sidney und Veronica Abel heute bei uns. Sie sind die Privatermittler, die die Fotos gemacht haben. Beide sind ehemalige Detectives der Polizei von Los Angeles, Sie können in ihrer Gegenwart offen über alles sprechen.« Sie sah sich um, als gäbe es im Raum irgendwelche Schlupfwinkel. »Detective Hebert ist nicht da. Hat jemand von ihm gehört?«

Lieutenant Cole sagte: »Er steckt im Verkehr fest.«

»Dann informieren wir ihn später«, sagte sie. An ihrem Gesichtsausdruck war ein leichtes Missfallen abzulesen. »Agent Roche ist hier, um uns über diese Fotos zu informieren.« Sie nickte Roche zu. »Agent Roche?«

»Danke, Captain«, sagte Roche. »Sergeant Trevolino hat diese Fotos letzte Nacht an unser Büro in Washington geschickt, und zwei unserer Agenten haben die Frau sofort erkannt.« Er machte eine kurze Pause, ließ seinen Blick über die Anwesenden wandern. »Meine Damen und Herren, Sie haben einen Panther-Befall.«

Er schien zufrieden mit seiner Wortwahl, und noch zufriedener, als die anderen damit nichts anzufangen wussten und ihn weiterhin erwartungsvoll ansahen. »So hat die Polizei in Europa sie getauft – Pink Panthers, nach dem alten Film. Es handelt sich um Diamantendiebe. Die Londoner Polizei hat mal ein paar von ihnen geschnappt, als sie Diamanten in einem Tiegel Gesichtscreme transportierten, ein Trick, der in besagtem Film vorkam, und die Presse hat das aufgegriffen. Es ist ein unglücklicher Name, weil er die Menschen davon abhält, diese Räuber ernst zu nehmen.«

»Dann sind die Leute also aus London?«, wollte Lieutenant Cole wissen.

»Nein«, sagte Roche. »Sie kommen hauptsächlich aus dem

ehemaligen Jugoslawien. Im Lauf der Jahre haben unterschiedliche europäische Polizeibehörden einhundertneunundachtzig Mitglieder der Bande festgenommen. Darunter Serben, Montenegriner und Bosnier. Ein paar von ihnen kamen anderswoher in Osteuropa.«

»Das sind verdammt viele für einen Ring von Juwelendieben«, meinte Cole.

»Eine weitere Besonderheit«, verkündete Roche. »Es sind niemals nur Männer. Immer sind auch Frauen darunter. Lassen Sie mich erklären, wie diese Diebstähle ablaufen.«

Er griff in seine Aktentasche und holte einen Ordner heraus. Ronnie und Sid sahen, dass er ausgedruckte Fotos enthielt. »Als Erstes betritt eine Frau den Juwelierladen. Sie wirkt wie eine Ausländerin, trägt Designerklamotten. Ist attraktiv. Manchmal trägt sie das ein oder andere hochkarätige Schmuckstück. Nichts Protziges, aber ausreichend, um dem Juwelier zu signalisieren, dass es sich um ein hochwertiges Stück handelt. Für gewöhnlich ist sie allein. Wird sie von einem Mann begleitet, agiert er wie jemand, der ihr jeden Wunsch erfüllen kann, trägt auch die entsprechende Kleidung.«

Roche klappte die Akte auf und holte eines der Fotos heraus, die Sid gemacht hatte. Er reichte es Captain Albright zu seiner Linken, die es sich ansah, ehe sie es ihrerseits weiterreichte. Roche fuhr fort: »Die Dame auf diesem Foto ist Mira Cepic, und sie ist eine dieser Frauen. Ursprünglich kommt sie aus Rumänien, Kind serbischer Eltern, die vermutlich kurz nach ihrer Geburt verschwunden sind. Anscheinend wuchs sie in einem Waisenhaus in Bukarest auf. Das ist wichtig, denn die Regierung Ceaușescu hat einige dieser Kinder ausgewählt und sie für die Securitate, die rumänische Geheimpolizei, rekrutiert. Über ihre Zeit in Rumänien wissen wir nicht viel – Schulausbildung, Pflegeeltern und ähnliche Dinge sind in dem Bericht nicht enthalten, was aber wiederum typisch bei den Kindern wäre, die die Regierung unter ihre Fittiche nahm. Irgendwann, nachdem Ceaușescu 1989 gestürzt worden war, muss sie allem Anschein nach in Serbien gelebt haben. Sie wurde 2008 in der Schweiz, in Bern, mit einem serbischen Pass festgenommen, nach einem Diamantenraub, ein weiteres Mal 2012 in London, wo sie einen serbischen und einen kanadischen Pass bei sich hatte. Beide Male wurde sie wegen Diebstahls angeklagt, kam später jedoch frei.«

»Warum haben sie sie laufen lassen?«, erkundigte sich Lieutenant Cole.

»Es war schwer zu beweisen, dass sie keine Zuschauerin oder ein Opfer war, weil ihr Job nicht eindeutig ist. Die Frau kundschaftet den Laden beim ersten Besuch aus, beim zweiten stehen ihr dann die Türen offen. Am ersten Tag kommt die Frau, um sich die Auslagen anzusehen, die Schaufenster, die Sicherheit, Alarmsysteme, die automatischen Schlösser et cetera. Gleichzeitig schätzt sie den Wert der Diamanten ein, die sie zu sehen bekommt. Wenn möglich, fotografiert sie alles mit dem Handy oder mit einer kleinen Kamera. Dann verschwindet sie wieder. Am nächsten Tag oder eine Woche später taucht die Frau erneut auf. Weil sie schon einmal da war, erkennen die Verkäufer sie. Sie wissen noch, dass sie reich und in der Absicht gekommen ist, etwas zu kaufen. Sie bekommen die Tür fast nicht schnell genug für sie auf. Sobald sie das Geschäft betritt, folgt ihr ein Mann dichtauf. Er ist bewaffnet, hält den Wachmann in Schach und macht die Tür auf. Drei weitere Männer kommen hinzu. Umgehend zerschlagen sie die Schaukästen und stecken die Diamanten blitzschnell in Beutel. Für gewöhnlich dauert das alles nicht länger als eine Minute. Ihr Rekord liegt bei unter dreißig Sekunden. Dann verschwinden sie wieder.«

»Wo haben sie außer in Bern und London sonst noch zugeschlagen?«, fragte Lieutenant Cole.

»Insgesamt gehen etwa zweihundert Überfälle auf ihr Konto. Paris, Saint-Tropez, Tokio, Dubai, Biarritz, Monte Carlo. Jeder Ort, an dem es hochkarätige Diamanten in großer Zahl gibt, für gewöhnlich in edlen Boutiquen. Sie nehmen sich Geschäfte vor, die sie mit Diamanten im Wert von drei bis fünf Millionen Dollar wieder verlassen.«

»Nur Diamanten?«, fragte Fuentes. »Sonst nichts?«

»Bislang, ja«, sagte Agent Roche. »Ich gehe davon aus, dass wir über zwei Generationen von Dieben sprechen. Die ursprüngliche Gruppe tauchte um 1993 auf. Alles Veteranen aus dem Bosnienkrieg, die meisten von ihnen aus serbischen Spezialeinheiten. Wir nehmen an, dass sie die Diamanten geraubt haben, weil sie jemanden hatten, der sie weiterverkaufen konnte. Es gab da einen Großhändler für Diamanten in Antwerpen, der gestohlene Steine aufkaufte, ihnen einen neuen Schliff verpasste und sie zusammen mit gefälschten Papieren weiterreichte, in denen stand, dass die Steine in den vergangenen zwei Jahren in Sierra Leone gefunden worden waren. Sie verteilten sich rasch unter den Händlern. Ein altmodisches Verbrechen, das irgendwann aus der Mode war.«

»Warum ist das jetzt wieder en vogue?«, fragte Fuentes.

»Weil die Regierungs- und Polizeibehörden besser darin wurden, elektronische Geldtransfers zu verfolgen, insbesondere grenzüberschreitende. Das ist großartig, heißt aber auch, dass wir uns wieder mit den Diamantendieben herumschlagen müssen.«

Captain Albright sagte: »Von wie vielen Menschen sprechen wir hier? Wie viele umfasst die ganze Bande?«

»Bislang hat Interpol mithilfe von DNA, Fingerabdrücken und Fotos achthundert Personen identifiziert, wenn man die Raubüberfälle in den Neunzigerjahren mit einrechnet.«

»*Achthundert* Leute?«

»Das stimmt so nicht ganz. Die Organisation ist nicht so pyramidenförmig hierarchisch strukturiert wie die Mafia oder die Drogenkartelle. Es gibt kein Oberkommando und kein Überwachungsteam. Es scheint sich um autonome Gruppen zu handeln, die zuschlagen und dann wieder abtauchen. Zu jedem beliebigen Zeitpunkt schwankt die Zahl der Panther also zwischen zweihundert und null. Alle scheinen sie nach derselben Methode zu verfahren. In Dubai gelangten sie in eine Boutique, indem sie mit zwei Audi S8 in die Ladenfront gefahren sind, in Genf entkamen sie mit einem Schnellboot, aber sonst war es überall immer dieselbe Vorgehensweise. Und es waren immer dieselben Kanäle, um die Diamanten zu verhökern. Sie alle stammen aus Osteuropa, und weiterhin scheinen alle einen militärischen Hintergrund zu haben.«

»Worauf müssen wir uns also einstellen?«, wollte Lieutenant Cole wissen.

»Wenn Mira Cepic hier ist, dann können wir davon ausgehen, dass es eine ganze Crew ist. Ich würde mal davon ausgehen, dass die Truppe hier in Los Angeles versucht, das durchzuziehen, was sie kann: Diamanten klauen«, sagte Roche.

»Und wie sieht diese Crew aus?«

»Jedes Team besteht aus einer Frau und drei bis vier Männern. So viele, wie bequem in einer Limousine Platz finden. Sie haben ihren Raubzug bestens durchgeplant, inklusive der

Flucht. Sobald sie außer Sichtweite sind, teilen sie sich auf. Die Diamanten werden außer Landes geschmuggelt, vermutlich über die üblichen Kanäle, die die Panther seit nunmehr gut zwanzig Jahren nutzen.«

Sergeant Trevolino sagte: »Was wissen Sie über die Route, auf der sie in und außer Landes gelangen?«

»Darüber wissen wir bislang nichts«, entgegnete Roche. »Bisher haben sie noch nie in den USA oder in Kanada zugeschlagen. Wir überprüfen gerade, wie Mira Cepic herkam.«

»Wie gefährlich sind sie?«, erkundigte sich Miguel Fuentes.

»Das ist eine wichtige Frage«, antwortete Roche. »Sind die Panther zu Mord fähig? Sie alle sind für den Krieg ausgebildet, und die Ältesten von ihnen haben bestimmt den ein oder anderen Mord auf dem Gewissen. Sie waren Soldaten in einem unschönen Krieg. Bislang ist allerdings bei keinem dieser Überfälle ein Mord zu verzeichnen gewesen. Unsere größte Sorge gilt nicht diesen paar Juwelendieben, sondern ihren Kunden. Die Menschen, die Diamanten haben wollen, um auf diesem Weg große Mengen an Geld von einem Land in ein anderes zu verschieben, sind ein ziemlich übler Haufen und noch zu ganz anderen Dingen fähig als zu Raubüberfällen.«

Unter den Officers am Tisch breitete sich Schweigen aus, während sie abwogen, was das möglicherweise zu bedeuten hatte.

»Noch Fragen an Mr Roche?«, erkundigte sich Captain Albright und sah von einem zum anderen. »Nein? Dann treffen wir uns wieder um vier.« Sie hörte ein Geräusch hinter sich und drehte sich um. »Detective Hebert«, sagte sie. »Schade, dass Sie unser Briefing verpasst haben. Sergeant Trevolino wird Sie ins Bild setzen, wir sind hier fertig.«

Sie wandte sich wieder den Anwesenden zu. »Wir müssen jetzt eine Strategie entwickeln, wie wir herausfinden, welche anderen Mitglieder dieser Bande hier vor Ort sind und was sie vorhaben.«

Und sie fügte noch hinzu: »Mr und Mrs Abel, haben Sie vielen Dank für Ihre Unterstützung der Polizeibehörden. Wir werden Sie in wenigen Tagen wissen lassen, was dabei herausgekommen ist.«

# 23

Über eine Stunde lang waren Ed und Nicole Hoyt nun schon in dem von Unkraut überwucherten Garten eines alten Hauses, saßen hinter einer Garage, wo ein Boot auf einem Anhänger ihnen Deckung gab, sodass sie die zweite Adresse observieren konnten, auf die sie in einem der Handys der Russen gestoßen waren. Von dort aus hatten sie die Häuser des 5900-Blocks von Glenview Terrace im Blick. Ed war dran mit dem Fernglas. »Das Auto fährt von der Garage bei 5-9-6-0 los«, vermeldete er.

»Wie viele sind im Auto?«

»Zwei«, sagte er. »Ein Mann und eine Frau.«

»Also sieben leere Häuser bislang. Alle scheinen in etwa zur selben Zeit aufzubrechen.«

»Das könnte hilfreich sein.«

»Du willst da jetzt nicht gleich rein, oder?«

»Ich denke mal, dass wir es bei Tag machen müssen, wenn alle bei der Arbeit sind. Und das hier ist der richtige Ort. Alle drei Handys haben die Festnetznummer dieses Hauses angerufen oder Anrufe von dort erhalten.«

»Ehe wir etwas in Angriff nehmen, müssen wir das sehr sorgfältig planen«, sagte sie. »Wir müssen schnell sein – rein, raus, ehe einer von ihnen etwas mitbekommt. Wir müssen wissen, wo jeder von ihnen sich aufhält, und wir müssen vorausschauend handeln, um sicherzugehen, dass es keinen Stau auf dem Freeway gibt, der uns daran hindert, ungesehen von hier zu verschwinden. Wir sollten eine Strecke wählen, die sie nicht auf unsere Spur setzt.«

»Klar«, sagte Ed. »Machen wir alles.« Durch das Fernglas betrachtete er das Haus, auf das sie es abgesehen hatten. Seine Stimme war nur noch ein leises, angespanntes Flüstern. »Jetzt fährt ein weiteres Auto vom Haus weg.«

»Von welchem Haus?«

»*Dem* Haus.«

»59–80«, sagte sie. »Wie viele im Auto?«

»Zwei. Beides Männer«, sagte er. »Ich würde verdammt gerne wissen, wohin sie unterwegs sind.«

»Vermutlich suchen sie nach uns«, meinte sie. »Sie wollen uns nach wie vor umbringen.«

»Kannst du mal auf dem Handy die Verkehrs-Apps checken?«

»Darauf sehe ich nur den aktuellen Verkehrsstand.«

»Ist mir klar«, sagte er.

»Ich dachte, wir würden uns Zeit nehmen. Wir müssen jedes Detail berücksichtigen.«

Ed reichte ihr das Fernglas. »Sieh dir das Haus an. Das Fenster hinten rechts.«

»Ich sehe ihn. Er kocht was auf dem Herd. Sieht nach Suppe aus.«

»Er ist allein«, erklärte Ed. »Genau das meine ich. Die anderen sind bereits aus dem Haus.«

»Machst du Witze? Wir sind noch nicht so weit.«

»Bis wir das sind, sind die Freunde dieses Typen schon wieder zu Hause.«

»Weiß schon«, warf sie ein. »Es könnte lange dauern, bis wieder einer allein ist. Es ist nur so, dass …«

»Komm schon«, sagte er.

»Vergiss es. Ich hab nichts gesagt«, erwiderte sie. »Du hast recht. Wir müssen das machen, aber nicht sofort. Nimm dir einen Moment Zeit und erklär mir den Plan.«

»Es gibt keinen Plan«, sagte Ed. »Er ist da, er ist gerade allein, und das heißt, dass wir jetzt handeln müssen. Wir haben keine Wahl.« Er kam hinter dem Boot auf dem Anhänger hervor und lief los, ging tief gebückt durch das hochgewachsene Gestrüpp – Goldruten, Verwandte des Löwenzahns, die große hölzerne Stängel und Disteln aufwiesen.

Nicole saß einen Moment lang reglos da, dann folgte sie ihm. Sie kletterten über den Zaun. Es folgte ein Stück Freifläche, getrimmter Rasen, ehe der hintere Teil des Gartens anfing. Sie bewegten sich an der Seite entlang, statt quer darüber zu laufen, bis sie hinter dem Haus waren.

Ed zog seine MP5 aus dem Schulterholster, schob ein Magazin ein und lud durch. Den ausziehbaren Schaft ließ er eingefahren, damit die Waffe kurz blieb. Auch Nicole holte ihre MP5 hervor und lud durch, den Blick unablässig auf das Fenster an der Rückseite des Hauses gerichtet.

Während Nicole dorthin starrte, stellte sie überrascht fest, dass ihre Gefühle Achterbahn fuhren. Hätte sie einfach nur ins Haus gehen und den Mann umbringen müssen, wäre ihr das sehr viel leichter gefallen. Was sie jetzt vorhatten, schien viel persönlicher zu sein. Sie musste sich weit mehr auf die Sache einlassen.

Nicole schossen alle möglichen Gedanken durch den Kopf. Die drängendste Frage war, ob der Mann in der Küche sie bereits bemerkt und seine Freunde verständigt hatte, oder ob er sich umgedreht und das Haus verlassen hatte, oder vielleicht sogar eine dieser fiesen kleinen Maschinenpistolen aus dem Schrank geholt, sich damit hingekauert hatte und nun auf sie wartete. Die nächste Frage drehte sich darum, was Ed und sie danach tun würden, während der nächsten Minuten, sollten sie ihn überwältigen. Ihr Auto stand in der benachbarten Straße, zu weit weg, um dorthin zu rennen, falls jemand sie verfolgen sollte. Und natürlich musste auch daran gedacht werden, was anschließend passieren würde. Was zum Teufel wäre die Folge? Die Sekunden verrannen, und ihr Geist glich jemandem in einem brennenden Haus, der auf der Suche nach einem Ausweg alle Fenster und Türen abklappert, sie jedoch alle versperrt vorfindet.

Und dann lief Ed auch schon weiter. Einen kurzen Moment lang hatte sie das Gefühl, dass ihr Ich sich lieber in die entgegengesetzte Richtung aufmachen wollte, zurück zum Zaun, bevor Ed ihnen beiden den Tod brachte. Doch etwas – vielleicht die Angst vor dem Alleinsein – ließ sie ihm folgen. Sie wusste, solange sie an seiner Seite blieb, war sein Überleben wahrscheinlicher, auch wenn ihre Anwesenheit diese Wahrscheinlichkeit nicht wesentlich erhöhte. Ed vertraute darauf, dass seine Verwegenheit sich schon auszahlen würde.

Ed und Nicole liefen hinter das Haus und blieben zu je einer Seite der Küchentreppe stehen. Oben war die Küchentür, eine weiße Holztür mit vier kleinen Fensterflächen in der oberen Hälfte. Ed war groß genug, um einen Blick durch die untere Fensterreihe auf die Stelle vor dem Ofen werfen zu können, wo sie den Mann das erste Mal gesehen hatten.

Ed schüttelte den Kopf und ging zum nächsten Fenster weiter, wieder zum nächsten und schließlich die Längsseite des Hauses entlang. Dort sah er wieder hinein und nickte, kam zurück hinters Haus. Bei ihr angekommen, flüsterte er: »Er ist im Wohnzimmer, sieht sich ein Fußballspiel an.«

Nicole ließ sich von seiner Hoffnung anstecken. Die Geräusche des Fernsehers würden dabei helfen, den Lärm zu überdecken, den sie machen würden. Sie folgte ihm zur Küchentür, sah, wie er sein Messer aufklappte und die Klinge zwischen die Tür und den Rahmen schob, um den Riegel nach unten zu drücken. Er lehnte sich gegen die Tür und schob sie mit der Schulter auf. Nicole trat ein und schloss die Tür leise, damit der Luftzug und die andersartigen Geräusche von draußen nicht bis zu dem Mann vordrangen.

Sie ließ das Haus auf sich wirken. Sie roch Suppe, eine Mischung aus dem Geruch von Zwiebeln, Knoblauch und Huhn, die jeweils um Aufmerksamkeit buhlten. Alles köchelte zusammen in einem abgedeckten Topf. Die Vorstellung, dass der Mann die köchelnde Suppe als Waffe verwenden könnte, missfiel ihr, also stellte sie die Platte ab.

In gebückter Haltung, die Waffe an der Schulter, schlich Ed durch den Gang in den anderen Teil des Hauses. Er kam zur Treppe, die in den ersten Stock führte. Dort blieb er stehen und trat etwas zur Seite, bis Nicole bei ihm angekommen war.

Sie machten einen Bogen um die Treppe, hatten die Waffe im Anschlag.

Der Mann hatte einen blassen Teint und war um die dreißig, die Haare hatte er sich mit einem elektrischen Rasierer abrasiert, sodass Haare und Bart gleich lang waren. Er hatte eine fliehende Stirn und eine spitze Nase, doch sein Hinterkopf war gewölbt, also wirkte es ausgewogen. Er drehte sich zu ihnen um, und Nicole sah, wie sich seine Augen weiteten, ehe er sie wieder zusammenkniff. Langsam hob der Mann die Hände, als hätte man ihm beigebracht, es genau so zu machen, die Handflächen zu zeigen, wobei er sich überaus langsam bewegte, damit er einem nervösen Gegner keinen Grund gab, auf ihn zu schießen. Ihr fiel jedoch auf, dass er die Hände nicht sehr weit nach oben nahm, damit er sie einsetzen konnte, falls sich die Gelegenheit bot.

»Höher«, sagte sie, woraufhin der Mann sie etwas höher hielt.

»Wer sind Sie – *Polizei?*« Er wartete ab. »Cops?«

»Das wäre dir sicher lieber«, sagte Ed.

Der Blick des Mannes ruhte unverwandt auf Ed. Er machte den Eindruck, als wäre er dann etwas zuversichtlicher, als wäre Ed jemand, den er schon einmal gesehen hatte. Ed war groß, kräftig und gewaltbereit, und aus irgendeinem Grund schien sich der Mann damit besser zu fühlen. »Was wollt ihr?«

»Zunächst einmal lässt du die Hände oben und hältst den Mund, bis ich dir eine Frage stelle. Bist du allein im Haus?«

»Ja. Meine Freunde sind unterwegs, aber sie kommen wieder zurück.«

»Behalte ihn im Auge«, sagte Ed zu Nicole. Sie zielte auf den Mann, der auf den Lauf ihrer Waffe starrte, während Ed seine ins Schulterholster steckte und die .45-Pistole mit dem Schalldämpfer herausholte.

Dem Mann vor dem Fernseher gefiel nicht sonderlich, worauf das schließen ließ. »Hey«, sagte er. »Ich mache euch keinen Ärger. Es gibt keinen Grund, mich zu erschießen. Nehmt euch, was ihr wollt.«

Ed achtete darauf, sich nicht zwischen Nicole und den Mann zu begeben, als er die Waffe auf dem Tisch hinter der Couch ablegte und sich dem Mann näherte. Er holte ein paar Plastikfesseln aus der Tasche, drehte dem Mann erst die rechte, dann die linke Hand auf den Rücken und zog dann die Fessel um seine Handgelenke zu. Anschließend brachte er eine weitere Fessel um die Fußgelenke an, nahm die Pistole mit dem Schalldämpfer und zielte damit auf den Kopf des Mannes. »Für wen arbeitest du?«

»Für wen ich arbeite?«, wiederholte der Mann. »Für niemanden.«

Ed versetzte dem Mann einen Faustschlag oberhalb des Ohrs und schlug auf ihn ein, bis die Nase zu bluten begann und ihm das Blut vom Kinn tropfte.

»Moment, hör auf. Ich habe nicht verstanden, was du meintest. Sagt mir, was ihr wissen wollt.«

»Jemand hat ein paar von euch angeheuert, damit ihr zu uns nach Hause fahrt und uns mitten in der Nacht abknallt. Stattdessen haben wir aber drei von euch umgelegt. Kommt dir das irgendwie bekannt vor?«

Der Mann schien zu überlegen, was wohl passieren würde, sollte er Nein sagen. Er sah, wie Ed die Schultern straffte und die Fäuste ballte. »Ja«, sagte er. »Ich weiß davon.«

»Wer hat euch dafür angeheuert?«

»Hör mir bitte zu«, bat ihn der Mann. »Ich habe dich zunächst nicht verstanden. Eine Gruppe von acht Männern hat sich auf die Suche nach euch gemacht. Ihr heißt White.«

»Hoyt«, sagte Ed.

»Ja. White. Wir haben euch angeheuert. Wir haben euch dafür bezahlt, dass ihr euch um ein paar Privatdetektive kümmert. Das lief über einen Mittelsmann namens Boyland. Stimmt doch, oder?«

»Boylan, ja.«

»Und ihr habt stattdessen Mr Boyland umgebracht. Oder irre ich mich?«

»Nein, stimmt schon, wir haben ihn umgebracht. Er ist mitten in der Nacht mit einer Waffe in unserem Haus aufgetaucht und hat auf mich geschossen. Also habe ich ihn umgelegt.«

»Tut mir leid, ich verstehe das nicht so ganz. Aber ist er nicht bei sich zu Hause umgebracht worden? Und seine Frau auch? War sie auch dabei?«

»Nein«, sagte Nicole. »Wir haben ihn bei uns umgebracht, nachdem er uns verfolgt hatte. Wir haben die Leiche in seinem Auto zu seinem Haus gebracht und in der Garage gelassen. Wir wussten nicht, dass er verheiratet war. Ich musste sie umbringen, weil sie auf mich geschossen hat.«

Ed rückte drohend an den Mann heran. »Genug auf Zeit gespielt. Wir wollen wissen, wer versucht, uns umzubringen. Wer bezahlt euch? Wer hat euch beauftragt?«

Der Mann rang mit sich. »Ich weiß nicht, wie ich das sagen soll. Wir alle haben es beschlossen. Als Boyland tot war, war uns klar, dass wir niemals jemanden damit hätten beauftragen sollen, uns zu schützen. Also haben wir beschlossen, uns selbst darum zu kümmern.«

»Wovor musstet ihr euch verdammt noch mal schützen?«

»Als Erstes war da dieser Typ. Er hat was mit dieser Frau angefangen. Sie ist eine von uns. Sie hat zuerst niemandem davon erzählt, hat sich einfach nur mit ihm getroffen. Schon bald darauf übernachtete sie dann aber bei ihm oder ließ ihn bei sich übernachten.« Er sah Nicole an, als wollte er sie für sich gewinnen. »Ihr wisst doch, wie so was läuft.«

»Wer war dieser Mann?«, hakte Nicole nach.

»Ein Schwarzer namens Ballantine. Sie hat erzählt, dass er zunächst sehr nett zu ihr gewesen sei. Und sie hat versucht, vorsichtig zu sein. Aber auf einmal war er dann nicht mehr nett. Da war es aber schon zu spät, um einfach nur mit ihm Schluss zu machen und zu hoffen, dass er niemals jemandem von ihr erzählen würde. Also hat sie ihn umgebracht. Ein paar von uns – ihre Freunde – sind zu ihr gefahren und haben die Leiche für sie entsorgt. Ein paar Blocks vom Haus der Frau entfernt wurden Arbeiten an einem Wasserkanal durchgeführt, also war alles aufgegraben. Es hat geregnet in der Nacht, und das Wasser ist nur so durch das dicke Rohr geströmt. Also haben wir ihn da reingesteckt, und das Wasser hat ihn mitgerissen. Das war vor einem Jahr.«

»Und dann?«

»Vor ein paar Wochen war dann eine Belohnung ausgeschrieben, um denjenigen zu fassen, der diesen Mann umgebracht hat. Das kam von einer Privatdetektei. Einer unserer Freunde kannte Boyland. Er hat ihn gefragt, was die Leute in diesem Land in einem solchen Fall machen. Boyland sagte, gegen ein bisschen Geld würde er sich um die Detectives kümmern. Ein guter Deal. Also hat er euch angeheuert, oder nicht?«

»Richtig«, sagte Ed. »Aber seit wann stellst du hier die Fragen?«

Der Mann zuckte mit den Schultern. »Oder nicht, das sagt man doch einfach so. Ich weiß, dass er euch angeheuert hat.«

»Ich frage dich ein letztes Mal: Wer hat die Leute auf uns angesetzt, nachdem Boylan tot war?«

»Wir waren das. Alle zusammen.«

»Dann müssen wir also euch alle umbringen, oder wie?«

»Nein«, sagte der Mann. »Ihr habt aber auch nichts davon, wenn ihr einen von uns umbringt.«

»Und weshalb nicht?«, wollte Nicole wissen, die langsam ungehalten wurde.

»Wir sind …«, und dann sagte er zwei Worte, die sich wie *»panda lopova«* anhörten.

»Was zum Teufel soll das sein?«

»Diebe. Einfach nur Diebe. Wir sind vor etwa drei Jahren nach Kalifornien gekommen, weil wir uns hier zur Ruhe setzen wollen. Es ist warm, und die Sonne scheint. Wir gehen zum Strand, spielen Golf, besuchen einander, spielen Karten. Wir haben hier nichts Schlimmes gemacht. Wir haben nichts, was ihr haben wollt.«

»Jetzt sage ich dir mal was«, blaffte Nicole. »Ich will nicht tot sein. Es ist mir egal, wie viele ich umbringen muss, solange ich dann nicht sterbe. Und ich kann gleich bei dir anfangen.«

»Ich kann das in Ordnung bringen«, sagte der Mann. »Wirklich!« Er schwitzte, sein Atem ging schneller, aber er wirkte entschlossen, nicht furchtsam.

»Wie das?«

»Ihr gewinnt nichts, wenn ihr uns umbringt, und wir genauso wenig, wenn wir euch umbringen. Wir wollen einfach nur in Ruhe gelassen werden. Genau wie ihr.«

»Stimmt. Also?«

»Ihr habt bislang noch nichts verloren. Euer Geld habt ihr bereits. Wir haben drei Männer verloren, dazu das Geld, das wir ausgegeben haben, um uns ein paar Leute vom Hals zu halten.« Mit eindringlichem, regungslosem Blick beugte er sich vor. »Wir sind aber nicht auf Rache oder Vergeltung aus.«

»Was wollt ihr dann von uns?«, fragte Nicole.

»Nichts. Geht einfach wieder, ehe jemand anderes hier auftaucht. Ich erzähle meinen Freunden von unserem Deal, und ihr lebt euer Leben weiter. Ihr behelligt uns nicht. Und wir lassen euch in Ruhe.«

Ein paar Sekunden lang sah Nicole Ed an. Ed war einer der Männer, bei denen Nachdenken wie harte Arbeit aussah. Irgendwann wanderte sein Blick zu ihr. Sie zuckte mit den Schultern, wusste, dass er nur dann mit der Entscheidung zufrieden war, wenn er dachte, dass er sie getroffen hatte.

»Einverstanden«, meinte er.

Der Mann grinste, seine Zähne verliehen ihm einen eigentümlich wölfischen Ausdruck. Nicole fragte sich, ob diese Entscheidung ein Fehler war.

»Ihr seid schlau«, sagte er, als hätte er ihre Gedanken gelesen. »Ihr könnt gehen und müsst euch nicht darum sorgen, nächste Woche, nächsten Monat oder nächstes Jahr vielleicht tot zu sein. Wir werden euch nicht länger verfolgen.« Er wirkte so glücklich, dass Nicole sich fast umgehend schlechter fühlte. Sie redete sich ein, dass es einzig an seinen Zähnen lag. Er stammte aus einem Land, in dem die Leute nicht so viel Sinn für Zahnärzte hatten.

Gefolgt von Ed, machte sie einen Schritt zurück.

»Moment. Vergesst nicht, mich loszuschneiden«, sagte der Mann.

Ed ging wieder auf ihn zu und klappte sein Messer auf.

»Nein. Schneid ihn nicht los. Wenn wir ihn so zurücklassen, verschafft uns das noch ein paar Sekunden Vorsprung.«

Auf dem Weg zurück zur Treppe hörte Nicole, wie ein Auto in die Auffahrt fuhr. Eine Autotür wurde zugeschlagen, dann eine weitere. Sie machte auf dem Absatz kehrt und rannte zur Küchentür hinten im Haus. Eds schwere Schritte spürte sie mehr, als dass sie sie hörte. Die Dielen vibrierten und wippten leicht auf und ab, als er näher kam. Sie riss die Tür auf und drehte sich um, zielte mit ihrer Maschinenpistole in den Gang, Richtung Eingangstür, während Ed schon draußen war. Die Eingangstür ging auf, dann hörten sie die Stimme des gefesselten Mannes.

Er schrie etwas in einer anderen Sprache, rief seinen Freunden, die gerade zur Tür hereinkamen, etwas zu. Aufgrund der sich überschneidenden Stimmen und des Getrampels wusste sie, dass es mindestens zwei Männer waren, die hereinstürmten und ihn losbanden. Sie ging hinaus, schloss die Küchentür, sprang die Treppe hinunter und rannte hinter Ed durch den Garten zum Zaun.

Sie rannte, so schnell sie konnte, um ihn einzuholen und den Abstand zwischen der Hintertür des Hauses und der Stelle zwischen ihren Schultern, auf die sie zielen würden, zu vergrößern.

Nach ein paar Sekunden war sie nahe genug, dass Ed sie hören konnte. »Was, wenn er uns gelinkt hat?«, keuchte sie. »Wenn er gelogen hat?«

»Lass ihm ein bisschen Zeit, seinen Freunden von unserem Deal zu erzählen«, sagte er. »Aber wir können nicht hier warten, bis er das getan hat.«

Sie rannten ein Stück weiter, dann war ein Schuss zu hören. Ihr war klar, dass er zu hoch und zu weit nach rechts abgesetzt worden war, eher Ed als ihr galt. Es folgten drei weitere Schüsse rasch aufeinander.

Ed und Nicole warfen sich zu Boden und wandten den Blick dem Haus zu. Nicole zielte mit ihrer MP5 auf die Hintertür, während Ed seine Waffe aus der Umhängetasche holte und sie ausklappte, um die Schulterstütze anzulegen. Sie lagen einen Moment lang da und beobachteten Türen und Fenster. »Er hatte Zeit«, meinte sie.

»Was, glaubst du, hat er seinen Freunden zugerufen?«

»Die Hoyts sind hier. Bringt sie um.«

»Glaubst du wirklich?«

»Ja«, sagte sie. »Das glaube ich wirklich. Egal, wie beschissen ihre Sprache ist, ›nicht schießen‹ hätte er in deutlich weniger Zeit herausbringen können.«

»Sie warten, bis wir aufstehen und wegrennen«, sagte er.

Sie warf einen Blick auf die Uhr. »Erst in etwa sechs Stunden wird es dunkel.«

»Wenn wir versuchen, hierzubleiben, werden vierzig von ihnen hinter uns her sein«, erklärte er.

»Sind sie so viele?«

»Du weißt, was ich meine. Es gibt nur eine einzige Möglichkeit, wie wir das hinbekommen können«, sagte er. »Los.« Er kroch wieder auf das Haus zu, hielt die Waffe vor sich.

Nicole schloss sich ihm an, den Blick unverwandt auf das Haus gerichtet. Sie schlängelten sich vorwärts, blieben im wuchernden Gestrüpp und bewegten sich so rasch wie möglich. Sie versuchte, sich mit der Vorstellung anzufreunden, dass die Diebe sie jeden Moment entdecken und das Feuer eröffnen konnten. Eine Sekunde noch, und sie wäre tot. Aber nicht in dieser Sekunde. Auch nicht in der nächsten oder übernächsten. Jeden Moment dachte sie, im nächsten Augenblick müsste es so weit sein.

Doch dann war sie auf einmal wieder hinter dem Haus. Sie stand auf der einen Seite der Treppe, Ed auf der anderen. Ihre Knie und Ellbogen schmerzten, und sie war etwas erschöpft. Kurz kauerte sie einfach nur da, ruhte sich aus. Sie sah, dass es Ed genauso ging. Er rieb sich die Knie, und sie sah, wie seine Brust sich hob und senkte.

Zwei Minuten später schien er bereit zu sein. Sie sah ihn an und zog fragend die Augenbrauen hoch. Er nickte.

Ed klappte den Schaft seiner MP5 ein, holte den Tragegurt aus der Tasche, brachte ihn an der Maschinenpistole an und hängte sie sich über die Schulter. Dann griff er zu seiner .45er-Pistole mit Schalldämpfer. Nicole machte es genauso. Mit vorgehaltener Waffe gingen sie die Treppe hoch. Ed spähte durch das Fenster hinein, die Küche war leer. Geduckt schlichen sie hinein.

Der Mann, den sie einem Verhör unterzogen hatten, kam in die Küche. Als er sie entdeckte, riss er die Augen auf. Nicole feuerte mit ihrer schallgedämpften Waffe einen Schuss ab und traf ihn in die Brust; sie hatte auf sein Herz gezielt. Er sackte auf die Knie, kippte dann vornüber.

Ed und Nicole stiegen über seine Leiche und gingen den Gang hinunter zum Wohnzimmer. Als sie zur Treppe kamen, tauchte ein weiterer Mann auf. Er schien herausfinden zu wollen, was es mit dem dumpfen Schlag auf sich hatte, den sein Freund beim Fall verursacht hatte. Ed setzte zwei Schüsse auf ihn ab, ehe er seine kurzläufige Maschinenpistole hochreißen konnte. Rasch liefen sie um ihn und die Treppe herum und sahen den dritten Mann. Er war damit beschäftigt, ein Magazin in eine der Maschinenpistolen zu stecken. Eds nächste Kugel landete im Kopf des Mannes, während Nicole ihm in die Brust schoss.

Nicole und Ed tasteten die Hosentaschen der Leichen ab. Bei einem der Männer fand Nicole die Schlüssel. Sie hielt sie hoch, schüttelte sie. Ed schloss die Eingangstür damit ab und ging dann zum Seiteneingang, der zur Garage führte. Sie verließen das Haus, stiegen in das Auto, das die beiden Männer in der Garage abgestellt hatten. Ed fuhr rückwärts hinaus. Er widerstand der Versuchung, das Gaspedal durchzutreten und mit laut aufheulendem Motor die Straße hinunterzubrettern, beschleunigte stattdessen langsam.

Nicole hielt ihre MP5 fest, den Lauf nach unten gerichtet, die Pistole in der Hand. Im Seitenspiegel überprüfte sie, ob jemand aus einem Haus in der Straße trat. Sollte dem so sein, dann wusste sie, dass ein paar dieser Menschen aufgehen würde, dass nicht unbedingt ihre Freunde am Steuer saßen. Schließlich war die Straßenecke zu sehen, und während sie sich ihr näherten, saß Nicole voller Anspannung da. *Gleich ist es so weit,* dachte sie. *Noch fünf Sekunden, dann sind wir außer Sicht- und Reichweite. Vier. Drei. Geschafft.*

# 24

Mira Cepic ging zum zehnten Mal durch die Zimmer ihres Hauses, vergewisserte sich, dass sie alles eingepackt hatte, was sie mitnehmen wollte. Sie lief an den Familienfotos vorbei, die sie aufgehängt hatte, beachtete die meisten jedoch nicht. Sie warf einen Blick auf das Foto ihrer Mutter, einer sehr hübschen Frau in traditioneller Bauerntracht, das blonde Haar wie ein aufgerolltes Seil auf den Kopf gedreht, die in die Kamera lächelte, im Hintergrund ein altes, vergessenes Fest. Mira hatte sie aus einer alten Ausgabe der deutschen *Vogue* ausgeschnitten und als ihre Mutter erwählt. Was ihren Vater betraf, so hatte Mira einen Mann aus derselben Fotoreihe des Magazins ausgesucht. Ein Fotograf musste die beiden ausgeguckt haben, sie passten hervorragend zusammen. Auf einem anderen Foto hatte Mira mit Photoshop vier hübsche blonde Kinder in moderner Kleidung hinzugefügt, und Besuch erzählte sie immer, dass sie das kleine Mädchen sei, die Zweite von rechts – fast die Jüngste.

Mira machte es nichts aus, diese Fotos zurückzulassen. Sie wusste, welche Ausgabe der Zeitschrift es war und konnte sich alles erneut besorgen, sollte sie neue Familienporträts benötigen. Bei ein paar anderen Requisiten, die sie während der drei Jahre, die sie nun schon in Amerika war, angesammelt hatte, machte es ihr mehr aus. Sie hatte eine Küche, die auch in einem Williams-Sonoma-Laden hätte stehen können, mit guten, schweren französischen Kochtöpfen und Pfannen, Messern, so scharf, dass man damit Weintrauben schälen konnte, dazu allerhand Gerätschaften, die surrten und quirlten, und mit denen man aufschlagen, aufschäumen oder mischen konnte.

Sie hatte keine echten Fotos von sich selbst, mit Ausnahme der Fotos in den Führerscheinen und Pässen. Gerade besaß sie jeweils vier davon, für die USA, die Schweiz, Kanada und Frankreich. Frankreich erachtete sie als Notwendigkeit, weil die Franzosen niemanden auslieferten, der wegen eines Kapitalverbrechens in den USA gesucht wurde.

Sie füllte ihre Tasche mit den Dingen, die sie nicht zurücklassen konnte – Geld, ihre Scorpion-Evo-3-Maschinenpistole, ihre .45 ČZ-Pistole und Munition. Immer schon hatte sie ihr Vermögen in Diamanten angelegt, für einen Notfall wie diesen. Ein Juwelier in Belgrad hatte ein paar von ihnen für sie neu eingefasst. Sie hatte ein paar große Steine in Modeschmuck-Ohrringe einsetzen lassen, besaß eine hässliche Halskette mit zehn echten und zwanzig falschen Steinen, sodass alle falsch aussahen, eine Gürtelschnalle aus einem ausgehöhlten Silberstück, in dessen Innerem ein paar große Diamanten versteckt und mit Blei überdeckt waren. Außerdem hatte sie ein riesengroßes Feuerzeug, das mit gleich aussehenden Diamanten besetzt war, die zwar echt waren, aber falsch wirkten, weil es so viele waren.

Den Großteil dieser Dinge bewahrte Mira in ihrer Tasche auf, stets bereit zum Aufbruch. Die meiste Zeit hatte sie damit zugebracht, das Haus zu putzen, als wäre eingebrochen worden. Sie hatte alle angehäuften Dokumente geschreddert, verbrannt und die Toilette hinuntergespült. Sie hatte überall gesaugt, damit wirklich alle Haare und Fasern aufgesaugt waren, den Staubsauger geleert und dann in eine Mülltonne geworfen.

Mira blieb stehen, sah aus dem hinteren Fenster über das Spülbecken hinweg in den Garten. Da draußen hatte sie vor einiger Zeit James Ballantine mit einer kleinen, schallgedämpften Pistole Kaliber .22 in den Hinterkopf geschossen, und dann noch eine zweite Kugel hinterhergejagt, um sicherzugehen. In jener Nacht, nachdem ihre Freunde die Leiche weggeschafft hatten, hatte der Regen wieder eingesetzt, stärker als zuvor, und das Wasser hatte das Blut auf dem Rasen weggewaschen. Sie war in die Garage gegangen, hatte die Pistole auseinandergenommen und die Einzelteile mit einer elektrischen Metallsäge zerkleinert. Wenn sie an diese Nacht dachte, wurde sie noch immer traurig. Sie hatte James geliebt. Selbst nachdem ihr aufgegangen war, dass er nicht so war, wie er zu sein vorgab, hatte sie ihn dennoch gerne angesehen, berührt und gehofft, er wäre anders gewesen.

Als sie vor den großen Spiegel an der Badezimmertür trat, um ihr blondes Haar unter die Baseballkappe zu stopfen, fragte sie sich, ob sie sich vielleicht einfach allein davonmachen sollte. Aber die anderen würden bestimmt nachtragend sein. Ein paar von ihnen wären wahrscheinlich auch bereit, sie einfach umzubringen. Jeder von ihnen war Risiken eingegangen, hatte Geld ausgegeben und sich letztlich davon überzeugt, dass es ihm gelungen war, sich in Kalifornien auf sichere und angenehme Weise zur Ruhe zu setzen.

Sie hatte all ihre Pläne zunichtegemacht, und ihretwegen waren jetzt drei Russen tot. Letzte Nacht hatte Todor dann eine SMS geschickt, in der er ihr mitteilte, dass es bei Jovan zu weiteren Schwierigkeiten gekommen war. Direkt danach hatte sie die Batterie aus ihrem Handy entfernt, doch sie wusste, dass die anderen miteinander sprechen würden. Einige würden sagen, dass Mira Cepic ihnen diesen ganzen Ärger überhaupt erst eingebrockt hatte, weil sie die Finger nicht von Männern lassen konnte. Und es gab nicht viel, was sie zu ihrer Verteidigung vorbringen konnte, weil es stimmte.

Mira betrachtete ihr Spiegelbild. Es war ganz okay. Sie stellte sich lässig hin, zog die Kappe tief in die Stirn und richtete ihre Haltung so aus, dass sie etwas breitbeiniger dastand. Die weit geschnittenen Herrenjeans, die sie trug, waren nützlich dabei, genau wie das übergroße Shirt. Sie packte ihren Rucksack an einem Riemen, ging zur Hintertür hinaus und schloss zu.

Sie konzentrierte sich auf ihren Gang, als sie den Garten des leeren Hauses durchquerte, das sie vor ein paar Jahren gekauft hatte. Sie betrat es durch die Hintertür und ging durch die Küche, um in die angrenzende Garage zu gelangen. Sie stieg in den Pick-up, drückte auf die Fernbedienung für die Garagentür, startete den Motor und fuhr hinaus. Auf der Ladefläche waren drei weiße Plastikeimer mit Chemikalien für den Pool und einem langstieligen Poolkescher mit blauem Netz und ein Plastikschlauch. Sie hatte darauf geachtet, dass der Truck möglichst so aussah wie der eines Poolreinigers. Als sie durch ihre Straße fuhr, warf sie einen Blick auf ihr Haus. Es hatte das, was Immobilienmakler als perfekte Fassade anpriesen. Sie vermisste es schon jetzt. Ihr Blick wanderte zu dem weißen Transporter am Ende des Blocks, sie machte dort aber keinerlei Bewegung aus. Die Officers, die ihr Haus überwachten, sahen nur die Poolreinigerin, die vom Haus eines Kunden auf die nächstgelegene Straße fuhr.

Mira beäugte das Überwachungsfahrzeug eingehend, so lange, bis es nicht mehr zu sehen war, und konzentrierte sich dann aufs Fahren. Sie wusste, dass es geklappt hatte, weil ihr Truck so selbsterklärend war. Dennoch achtete sie darauf, nicht zu lange neben einem anderen Fahrzeug zu bleiben, und hoffte, dass alle davon ausgingen, sie wäre ein Mann. Sie versuchte, Abstand zu anderen Autos zu halten.

Mira fuhr in Richtung Auffahrt des Foothill Freeway, passte die Zeit zwischen den Ampeln ab und ihre Geschwindigkeit an, bis sie auf den nach Osten führenden Freeway gelangte. Danach fühlte sie sich besser, und es war einfach zu bewerkstelligen, dass die Blicke der anderen Fahrer nie zu lange auf ihr verweilten. In der Nähe von Gavrilos Haus in La Cañada, wo weniger Autos unterwegs waren und die Kreuzungen mit Stoppschildern versehen waren, fuhr sie ab. Als sie die lange Auffahrt zu seinem Haus hinauffuhr und den großen, flachen Ziegelbau erreichte, atmete sie tief durch und stieß einen Seufzer der Erleichterung aus. Sie nahm ihre Baseballkappe ab, schüttelte ihr Haar aus und ging dann mit dem Rucksack zur Seitentür.

Die Tür ging auf, und Gavrilos große, breitschultrige Silhouette erschien. Er hatte ein breites Gesicht wie ein Mastiff, empfing sie mit offenen Armen, jeder Arm so dick wie eines ihrer Beine, und zog sie an sich. »Mira«, sagte er. »Komm rein, komm rein. Warum hast du nicht angerufen? Wir haben angerufen, getextet und E-Mails geschickt, aber niemand hat eine Antwort bekommen.«

Sanft löste sie sich von ihm. »Ich habe gehört, dass es Ärger gibt, und wusste nicht, ob es sicher ist, mein Handy zu benutzen, also habe ich es unschädlich gemacht.« Sie schob sich an ihm vorbei ins Haus.

Er schloss die Tür und folgte ihr, als sie über den glänzend weißen Marmorboden ins weitläufige Wohnzimmer ging. »Vermutlich hast du recht«, sagte er. »Schwer abzuschätzen, was diese amerikanischen Killer alles anstellen werden, um uns zu finden.« Er trat auf einen etwa sechs Quadratmeter großen Perserteppich, der zu einem der großen weißen Sofas führte.

»Uns alle finden? Haben sie es darauf abgesehen?« Sie stellte ihren Rucksack gut sichtbar an der Wand ab.

»Weißt du es denn nicht?«

»Ich habe gehört, dass es bei Jovan drüben Ärger gegeben hat, mehr nicht.«

Mira kannte Gavrilo seit über zwanzig Jahren. Er hatte sie aufgenommen, als sie nirgendwo sonst in Belgrad untergekommen war, und ihr beigebracht, wie man klaute. Damals waren sie beide natürlich noch deutlich jünger gewesen, und es hatte ihr nichts ausgemacht, dass er sich im Gegenzug mit Sex bezahlen ließ. Er war noch immer ein enger Freund, auch nach all den Jahren. Er setzte sich auf die Couch und klopfte auf den Platz neben sich. Sie gesellte sich zu ihm.

»Wir haben Jovan, Mihailo und Bogdan in ihrem Haus gefunden. Nachmittags, die Mörder müssen durch die Küchentür reingekommen sein und sie mit schallgedämpften Waffen umgelegt haben. Jovan war allein in der Küche, hat gerade Suppe gemacht, als sie ihn erwischt haben. Die beiden anderen haben wir im Wohnzimmer gefunden. Der Fernseher lief noch immer.«

Mira barg das Gesicht in den Händen und wiegte sich vor und zurück. »O Gott, das tut mir schrecklich leid.«

Gavrilo tätschelte ihr mit seiner großen Hand den Oberschenkel. »Ich weiß, ich weiß. Diese Leute sind Barbaren. Unsere Freunde werden sich über die nächsten Stunden hier versammeln. Wir müssen beratschlagen, was wir als Nächstes tun.«

Mira meinte, seiner Stimme anzuhören, dass etwas nicht stimmte. »Was meinen die anderen?«

Er zuckte mit den Schultern. »Nur das, was ich gesagt habe. Was sollen sie sonst über die Arbeit von Profikillern sagen?«

»Nicht über die Killer. Über mich.« Sie beugte sich weiter nach vorn, reckte den Hals und sah ihm ins Gesicht. »Werden sie mir die Schuld dafür geben?«

Mit müden, traurigen Augen blickte er zurück. »Sie sind nicht gerade begeistert. Du hast uns Ärger eingebrockt. Stimmt.«

»Danke, dass du mir die Wahrheit sagst, Gavrilo. Ich werde jetzt gehen und zusehen, dass ich nicht noch für weiteren Ärger sorge. Ich werde das Land verlassen. Du weißt, dass ich niemals etwas sagen würde, falls sie mich schnappen sollten.«

»Nein, nein, nein«, sagte er. »Niemand wird dir etwas tun. Wir haben gemeinsam die Entscheidung getroffen, Vincent Boylan anzuheuern, damit er sich für uns um die Detectives kümmert. Und als seine eigenen Killer ihn ermordet und ausgeraubt haben, haben wir alle zusammen die Entscheidung getroffen, einen Trupp zu ihnen nach Hause zu schicken, um sie loszuwerden. Wir haben die Entscheidung gefällt, eine Dummheit zu begehen, und wollten uns aus der Affäre ziehen, indem wir eine weitere Dummheit begingen. Jetzt stecken wir mitten im Schlamassel. Und im Kampf bringt man doch seine eigenen Soldaten nicht um.«

»Danke, Gavrilo.« Sie stand auf, beugte sich hinunter und küsste ihn auf die Wange.

Skeptisch sah er sie an. »Hast du Waffen bei dir?«

»Meine Scorpion und eine .45er-Pistole. Warum?«

»Eine Waffe steht dir gut. Das wirkt hart und sexy. Kämm dir die Haare und leg ein bisschen Make-up auf.«

Sie verstand, ging zu ihrem Rucksack und hob ihn auf. »Sei selbstbewusst. Ruf ihnen in Erinnerung, dass du jemand bist, den man auf seiner Seite haben will, wenn es hart auf hart kommt.«

»Was glaubst du, wann kommen sie?«

Er warf einen Blick auf die Uhr. »In zehn Minuten, vielleicht auch früher.«

Sie ging mit dem Rucksack in das kleine Badezimmer gleich neben der Haustür und schloss ab. Sie holte die Pistole heraus und steckte sie in den Bund ihrer Jeans, kämmte sich die Haare und legte vor dem Spiegel Make-up auf. Dann trat sie einen Schritt zurück, richtete den Winkel der Pistole in ihrer Jeans aus. Es war nicht einfach und ziemlich unbequem, die Waffe so zu tragen, aber sie wusste, dass Gavrilo recht hatte, was die Wirkung betraf. Und es war wichtig, wie sie gleich aussah.

Sie war inzwischen älter, doch schön war sie noch immer, fast wie früher. Sie hatte so lange Zeit ihre Schönheit strapazieren und möglichst jugendliche Frische vortäuschen müssen, dass sie wusste, wie sie mit ein wenig Anstrengung noch immer vorteilhaft wirken konnte. Und die Männer, die auf dem Weg hierher waren, hatten sie alle gekannt, als sie jung gewesen war. Bei Männern, die eine Frau über einen langen Zeitraum kannten, konnte man darauf zählen, dass sie das sahen, was einst dort gewesen war, nicht das, was jetzt dort war.

Sie schaltete das Licht aus, trug ihren Rucksack in den Flur, wo sie ihn abstellte, und ging zurück ins Wohnzimmer. Durch den Seiteneingang sah sie Todor, Srdan und Tomislav hereinkommen. Sie hätte gerne schon im Wohnzimmer gesessen und einen gefassten, entspannten Eindruck gemacht, doch sie änderte ihren Plan und hastete zu ihnen, als sie durch die Tür traten.

»Bin ich froh, dass ihr hier seid!«, rief sie ihnen entgegen. »Ich habe mir solche Sorgen um euch gemacht.« Sie umarmte jeden von ihnen, drückte jedem einen Kuss auf die Wange. »Tomislav«, flüsterte sie. »Srdan … Todor.« So war ihr Gesicht jedem von ihnen einen kurzen Moment lang ganz nah, und sie erhaschten einen schwachen Duft ihres Haars. »Was für ein Albtraum!«

»Wohl wahr«, murmelte Tomislav. Doch die Art und Weise, wie er es herausbrachte, ließ sie hellhörig werden. Mihailo war in irgendeiner Weise mit Tomislavs Familie mütterlicherseits verbunden, zumindest durch Heirat.

Sie weinte. »Dieser ganze Mist ist meine Schuld. Ich dachte, wir hätten hier lange genug gelebt, sodass ich einen ausländischen Freund haben könnte. Ich dachte, es könnte uns vielleicht sogar nützlich sein, eine Verbindung zu Amerikanern aufzubauen, die uns mochten. Als das schiefging, habt ihr mir alle geholfen, seine Leiche und alles loszuwerden. Ich glaube, Mihailo war es, der die Idee mit dem Abwasserkanal hatte.«

Tomislav nickte. »Ja, so war das, glaube ich. Er hat versucht, dir zu helfen, Mira. Er wollte immer, dass du ihn magst.«

»Ich habe ihn immer gemocht«, beteuerte sie. »Wirklich.« Tatsächlich war es ihr niemals in den Sinn gekommen, dass er romantische Gefühle für sie hegen könnte. Er hatte ihr niemals Avancen gemacht.

Tomislav streckte die Hand aus und tätschelte ihr die Schulter. Das war kein Trost, gab ihr aber das Gefühl, seinen Test bestanden zu haben. Was die anderen betraf, so war sie sich noch immer unsicher, also zwang sie sich zu Tränen, auch indem sie sich in Erinnerung rief, was für eine schlimme Zeit sie als Kind in Bukarest gehabt hatte. Sie hatte eine streunende Katze auf der Straße aufgelesen, in ihre Jacke gepackt und sie in die Schule geschmuggelt. Zwei Tage lang hatte sie dem Tier einen Teil ihres Essens gegeben, doch am dritten Tag kam sie zurück in ihr Zimmer, das sie sich mit anderen Mädchen teilte, und die Katze war verschwunden. In ihrer Erinnerung wurde der Moment wieder wach, als die Hausmutter sie hinter das Gebäude führte, um ihr die tote Katze auf einem Müllhaufen zu zeigen. Ein Junge namens Kasimir hatte gehört, wie das Kätzchen miaute, und sie verpetzt.

Mira weinte noch ein bisschen, dann legte Todor den Arm um sie und zog sie an sich. Einen Moment verweilten ihre Gedanken bei dem Kätzchen. Mira hatte zu dem Zeitpunkt bereits begriffen, dass sie und die anderen Kinder für die Securitate trainiert wurden und dass ihre Aufgabe darin bestand, andere Menschen zu bespitzeln – ihre Lehrer, Freunde, Gefährten. Kasimir hatte lediglich eine schnellere Auffassungsgabe besessen als sie.

Ihre Gedanken wurden jäh ins Hier und Jetzt zurückgeholt, als sie spürte, wie Todors Hand nach unten zu ihrer Hüfte wanderte und aus der Umarmung eine Umklammerung wurde. Sie hob den Kopf von seiner Schulter, sodass ihr Scheitel vor seinem Gesicht war, und rieb sich die Augen, wobei sie die Ellbogen gegen seine Brust stemmte.

Sie ging zurück ins Badezimmer, um sich ein paar Tempos zu holen. Währenddessen gingen die Männer in Gavrilos Wohnzimmer und nahmen auf einem der weißen Sofas Platz. Die Hintertür ging erneut auf, und Mira sah, dass zwei weitere Paare hinzukamen, Anica und ihr Ehemann Dragan sowie Anton und Sonja Karadzic.

Mira fing sie ab, nahm jede der Frauen in den Arm, hielt sich umsichtig von den Männern fern, begrüßte sie aber, während sie die Frauen an sich zog. Die Frauen warfen sich Luftküsschen zu, um ihr Make-up nicht zu ruinieren. Dasselbe Ritual wiederholte sich, als die Schwestern Marija und Jelena Arkadic eintrafen.

Mira fühlte sich den Frauen näher als den meisten Männern. Mit jeder der Frauen hatte sie Dutzende Male gearbeitet, war in die am besten bewachten Juwelierläden der Welt marschiert, wo sie ihr Leben aufs Spiel gesetzt hatten, um Angestellte, Manager, Polizei und Sicherheitsleute an der Nase herumzuführen. Sie waren Rivalinnen, Freundinnen und

Feindinnen gewesen. Sie hatten gegeneinander gekämpft und intrigiert, gemeinsam echte Tränen geweint, die die Männer niemals zu sehen bekommen hatten. Jetzt, in ihren Mittdreißigern bis Fünfzigern, waren sie ihre Cousinen und Schwestern. Sollte sie in Rumänien irgendwelche lange verschollenen Verwandten haben, konnten diese ihr gerne gestohlen bleiben.

Die Frauen gingen ins Wohnzimmer und begrüßten einander. Die Gruppe hatte sich seit James Ballantines Tod zweimal gesehen, nachdem sich ihre Mitglieder einen Großteil der seitdem vergangenen zwei Jahre voneinander ferngehalten hatten. Beide Zusammenkünfte waren abgehalten worden, um die Krise in den Griff zu bekommen, die Mira Cepic verursacht hatte.

Mira wusste nicht recht, wie sie die herzliche Begrüßung der Frauen verstehen sollte. Nach einer zwanzigjährigen Karriere als Team für Raubüberfälle waren alle geübt darin, die anwesenden Männer zu manipulieren. Manche Männer waren mit ihnen verwandt, in der für Serben typischen, komplizierten Betrachtungsweise, andere waren ehemalige Liebhaber oder vor langer Zeit einfach nur One-Night-Stands während eines volltrunkenen Seitensprungs gewesen. Mit vielen der anwesenden Männer hatte auch Mira eine Beziehung gehabt, doch war es unmöglich zu sagen, wie stark diese Bindungen heute noch waren. Allerdings wusste sie, dass es gefährlich wäre, diese in Anwesenheit der Frauen einem Test zu unterziehen.

»Heute bin ich traurig.« Das Treffen begann mit Gavrilos tiefer, wohlklingender Stimme. »Wir haben drei weitere Freunde verloren, Mihailo, Jovan und Bogdan. Sie waren tüchtige, harte Kerle, strotzten vor Gesundheit und hatten vor so gut wie nichts Angst. Das ist einfach schrecklich. Es hat mir wehgetan, unsere drei russischen Freunde zu verlieren, Wolkonski, Gregorian und Malikow. Wir haben beim letzten Mal schon über diesen Verlust gesprochen, und wir fühlen uns noch immer schuldig, weil wir sie allein zurückgelassen haben, um das Haus in jener Nacht zu durchsuchen. Jetzt haben wir weitere drei Menschen verloren, die uns nahestanden. Mihailo war wie ein kleiner Bruder für mich. Als wir jung und hungrig waren, haben wir von einem Teller gegessen. Bogdan war ein großartiger Kumpel – furchtlos und schnell. Jovan habe ich in der Armee kennengelernt, und seitdem mochte ich ihn, weil er lustig und gerissen war. Wo sind ihre Leichen?«

»Zirko und ich haben sie dabei. Sie sind draußen im Transporter«, sagte Todor.

»Danke«, fuhr Gavrilo fort. »Wir können sie neben den anderen begraben. Es gefällt mir zwar ganz und gar nicht, einen Kameraden so fern der Heimat zu bestatten, aber wir alle wussten, als wir hergekommen sind, dass es jedem von uns früher oder später blühen kann.«

»Wir hätten niemals hierherkommen sollen«, meinte Srdan. »Wir gehören nicht in dieses Land.«

»Wir mussten es versuchen«, sagte Anica. »Zu Hause wollten die Leute immer wissen, woher das Geld kam.«

»Mein Urgroßvater war ein Prinz. Deiner etwa nicht?«, bemerkte Tomislav.

Die anderen stießen ein zustimmendes Gelächter aus. Sie hatten sich alle irgendwelche Geschichten ausgedacht, um das Vermögen, das sie im Lauf der Zeit angehäuft hatten, zu erklären. Alle waren sie viel zu gerissen, um eine solche Summe in Belgrad herumzuzeigen, aber keiner von ihnen war vorausschauend genug gewesen, einen festen Job zu haben, um einen Grund für den eigenen Lebensstil parat zu haben. Das, so schien es, hatte es unplausibel gemacht, weshalb sie Geld hatten. Also waren sie nach Kalifornien gezogen.

Mira war als eine der Ersten auf die Idee gekommen. Sie wusste noch, wie sie gesagt hatte: »Wir sind in Gefahr, weil wir viel Geld haben. Wir müssen keine neuen Überfälle mehr durchziehen. Wir brauchen nicht noch mehr Geld. Wir müssen nur irgendwohin ziehen, wo auch andere Leute ihr Geld ausgeben.«

Zunächst dachte sie, zwei der anderen sollten zusammen mit ihr nach Südamerika gehen. Es gab genügend Länder, in denen sie einen auf Touristen machen konnten, um dann irgendwann Aufenthaltspapiere zu kaufen. Zunächst war ihre Wahl auf Mihailo gefallen, der ruhig und zuverlässig war, und auf Dragan, weil er gut aussah. Als Dragan mit Anica zusammenkam, hatte Mira auch sie eingeladen. Zu viert war die Gruppe groß genug, um mit den meisten Notfällen im Ausland klarzukommen. Jeder von ihnen besaß mehrere Millionen Euro. Sie konnten gemeinsam ein Stück Land kaufen und vorgeben, eine Obstplantage oder eine Rinderfarm zu betreiben.

Während ihre Pläne Gestalt annahmen und sie ihre Suche ausweiteten, hörten immer mehr aus ihrem Kreis davon. Wurde ein neuer Name vorgeschlagen, gab es immer einen Grund, noch einen weiteren Namen zu ergänzen. Tomislav hatte mal eine Lehre als Zimmermann gemacht, könnte also die Errichtung ihrer Farmgebäude überwachen. Jovan war ausgebildeter Sanitäter und hatte im Krieg Leben gerettet. Marija war so wunderschön wie eine Schauspielerin und sprach fließend Spanisch. Aber natürlich müsste dann auch ihre ältere Schwester Jelena mitkommen. Die beiden waren auf einem Bauernhof groß geworden und könnten Maschinen reparieren und kochen. Das war so lange weitergegangen, bis die meisten Gruppenmitglieder einbezogen waren. Acht Crews waren aufgebrochen und hatten ihr Zuhause in Europa verlassen.

»Ich denke, es war ein guter Plan, hierherzukommen«, meinte Gavrilo, »aber Pech kann einen guten Plan eben auch zunichtemachen. Es wird Zeit, dass wir etwas anderes machen.«

Mira hob die Hand, wie eine Schülerin.

»Ja, Mira?«

Sie stellte sich kerzengerade auf, wie sie es bei der Securitate immer gemacht hatte. »Ich muss euch sagen, dass alles schlimmer ist, als euch klar ist. Als ich heute mein Haus verlassen habe, war das für immer. Die Polizei steht mit einem Transporter in meiner Straße und überwacht meine Eingangstür. Ich bin nur deshalb hier, weil ich als Poolboy verkleidet durch die Hintertür abhauen konnte.«

Die anderen sahen einander bestürzt an.

»Ich weiß nicht, wie man mich gefunden hat«, fuhr sie fort. »Ich war wachsam, für den Fall, dass die beiden Privatdetektive oder die beiden Killer auftauchen sollten, die wir angeheuert haben, um sie loszuwerden. Stattdessen waren diese Killer jedoch bei Jovan, Mihailo und Bogdan. Mit der Polizei habe ich nicht gerechnet. Ich glaube, dass die Polizei in James Ballantines Unterlagen oder in seinem Computer über meine Adresse gestolpert ist und jetzt annimmt, dass sich daraus eine Spur ergeben könnte. Ich habe mein Haus gründlich geputzt, meine Unterlagen geschreddert und verbrannt. Ich habe die Festplatte aus meinem Computer genommen, sie zerstört und ebenfalls verbrannt. Niemand sollte in Gefahr geraten, nur weil ich verschwunden bin. Ich weiß, dass ich euch auf der ganzen Linie die Chance genommen habe, euch hier zur Ruhe zu setzen. Das tut mir leid.«

Srdan Zrinski erkundigte sich: »Wie konnte das passieren? Das ist mir einfach nicht klar.«

Mira starrte ihn einen Moment lang an. »Ich dachte, das wüssten inzwischen alle.« Übertrieben erstaunt blickte sie in die Runde. »Bist du etwa vollkommen unbeleckt in Sachen Tratsch?«

Ein paar Frauen gefiel ihr Witz, doch sie bemerkte, dass sich Anica und Marija unversehens mehr für ihre Füße interessierten. Sie tat ihnen leid. »Ein bisschen Tratsch wäre netter gewesen. Srdan, du bist zu jung, um zu wissen, wie ich früher unterwegs war, aber ich war wohl schon immer eine kleine Schlampe. Vermutlich war ich deswegen besser in meinem Job. Wenn ich in einem Juweliergeschäft den Wachmann mit einem lasziven Klimpern der Augen bedachte, meinte ich das ein Stück weit ernst. Manchmal spürte der Wachmann wohl die Hitze und beäugte mich statt der Tür. Nach unserer Ankunft in Kalifornien habe ich mich fast zwei Jahre lang von Männern ferngehalten. Ich wollte mich nicht in einer Situation wiederfinden, in der jemand alles von mir wissen wollte. Ich redete nur dann mit Amerikanern, wenn ich beim Tennisspielen oder in meinem Country Club war. Dann fing ich an zu golfen. Traf eine Dreiergruppe ein, wies der Caddymaster mich ihnen zu, damit wir vier waren.«

»Eines Tages traf ich beim Golfspielen einen Mann, den ich mochte. Er arbeitete als Wissenschaftler bei einer Firma in der Nähe des Golfplatzes. Er besaß viele Eigenschaften, die ich mochte. Er war sehr intelligent, gebildet. Außerdem sah er gut aus. Von den Amerikanern, die ich kennengelernt hatte, waren die Schwarzen die coolsten und kultiviertesten, und das traf auch auf ihn zu. Ich habe mich in ihn verliebt. Ein paar Monate lang war alles okay. Wir haben uns meistens zum Abendessen getroffen und sind danach in seine Wohnung oder zu mir nach Hause gegangen. Wir sind ein paarmal übers Wochenende verreist, aber ich sagte ihm, dass ich Angst vorm Fliegen hätte, also nahmen wir das Auto, und ich musste keinen Ausweis vorzeigen und stand auf keiner Liste. Eines Tages veränderte sich alles. Er stellte klar, dass er der Boss wäre und ich ihm zu gehorchen hätte. Zunächst gefiel mir das sogar, und ich ließ mich darauf ein. Dann wurde mir klar, dass es kein Spiel war, sondern dass er es ernst meinte. Außerdem hatte er herausgefunden, dass ich etwas vor ihm verbarg – etwas, das damit zu tun hatte, wo mein Geld herkam –, und er dachte, dass ihm das Macht über mich verlieh. Also musste ich ihn aus dem Weg räumen. Ich habe ihn in meinem Garten mit meiner .22er erschossen, zwei Schüsse in den Kopf. Ein paar der Männer hier haben mir geholfen, seine Leiche zu entsorgen. Ein Jahr lang fühlte ich mich einsam und traurig, aber ich war mir sicher, den Ärger, den er mir eingebracht hätte, vermieden zu haben. Dann hat dieses Privatdetektiv-Pärchen angefangen herumzuschnüffeln.«

»Wir haben versucht zu helfen, doch wir haben es nur schlimmer gemacht. Und das war das eigentliche Problem«, sagte Tomislav zu Srdan.

Mira hörte, was er sagte, und es fühlte sich für sie an wie eine Investition, die sich nun bezahlt machte. Sie war froh, dass sie auf ihn zugestürzt war, als er hereingekommen war.

Gavrilo bemerkte: »Wir können bis in alle Ewigkeit darüber reden. Trotzdem glaube ich, dass Mira die richtige Entscheidung getroffen hat. Es ist an der Zeit, nach vorn zu blicken. Wenn wir die Jungs beerdigt haben, mache ich bei mir auch klar Schiff.«

Alle im Raum Versammelten nickten schweigend. Als Nächster sprach Todor: »Wohin geht ihr alle? Zurück nach Belgrad?«

»Ich nicht«, meinte Dragan. »Ich habe geschworen, nicht wieder zurückzugehen, und das tue ich hiermit erneut.«

»Wir spielen mit der Überlegung, nach Südamerika zu gehen. Irgendwo dorthin«, erklärte Marija.

»Wir müssen uns aufteilen«, sagte Jelena. »Genauso, wie wir es gemacht haben, als wir hierherkamen. Wir sollten uns auf ein paar Länder verständigen, und sobald jemand das richtige ausfindig gemacht hat, können wir anderen uns langsam auf den Weg dorthin begeben.«

»Das sehe ich genauso«, pflichtete Gavrilo ihr bei. »Wir brauchen einen Kontaktmann, jemanden, den wir anrufen und bei dem wir Nachrichten für die anderen hinterlassen können. Was ist mit Andrei Popovic? Wenn ihr da seid, wo ihr hinwolltet, dann ruft in Antwerpen an und sagt es ihm.«

Mira verbarg ihre Erleichterung und ihr Entzücken. Sie hatte ihren dummen Fehler zugegeben und sich erniedrigt. Jetzt konnte niemand ihr vorwerfen, gelogen zu haben. Was die anderen gesagt hatten, machte es sehr unwahrscheinlich, dass einer von ihnen sie umbringen würde. Sie hatten die Gelegenheit verstreichen lassen, sie umzubringen, ohne sich eine Blöße zu geben.

Die Gruppe spaltete sich in kleinere Grüppchen auf, die über mögliche Ziele redeten. Jelena und Marija waren für Argentinien oder Chile. Tomislav und Todor plädierten für Kanada. Mira sagte nichts mehr. Sie hatte für sich bereits beschlossen, in Belize neu anzufangen. Sie konnte kein Spanisch, und die Leute dort sprachen Englisch – aufgrund merkwürdiger historischer Umstände, über die sie mehr in Erfahrung bringen konnte, wenn sie erst einmal dort war. Sie wandte sich ab, ließ den großen Perserteppich hinter sich und ging zum Badezimmer, um ihr tränenverschmiertes Make-up in Ordnung zu bringen.

Der Schuss ging mitten durch ihren Schädel, und sie fiel zu Boden, die leuchtend rote Pfütze um ihren Kopf wurde immer größer. Die Blutspritzer reichten noch etwa drei Meter weiter und bildeten ein pinkfarbenes Dreieck auf den glänzend weißen Marmorfliesen.

Gavrilo warf einen Blick über die Schulter, die Waffe noch immer in der Hand. »Was?«, herrschte er die anderen an. »Ihr wisst, dass es für sie an der Zeit war, zu gehen. Jetzt können wir sie zusammen mit den anderen begraben. Sie waren schließlich gute Freunde.«

# 25

Sid und Ronnie Abel betraten das Polizeirevier von North Hollywood und sahen, dass Detective Miguel Fuentes bereits beim Empfangsschalter auf sie wartete.

»Es ist also dringend?«, sagte er. »Denn genau dieses Wort haben Sie doch benutzt, ›dringend‹.«

»Ich habe nur deshalb ›dringend‹ gesagt, weil mir ›zu spät‹ zu pessimistisch erschien.«

»Was ist los?«

»Mira Cepic ist verschwunden.«

»Kommen Sie mit nach hinten«, sagte Fuentes. »Ich muss ein paar Anrufe machen.« Er griff über den Tresen, nahm ein paar Besucherausweise aus der Schublade und reichte sie Sid und Ronnie. Er nahm sich ein Klemmbrett, schrieb sie ein und ging dann mit ihnen zu den Büros der Mordkommission.

Sobald sie in seinem Kabuff saßen, deutete er auf zwei Stühle vor seinem Schreibtisch, und sie nahmen Platz. »Woher wissen Sie, dass sie verschwunden ist?«

»Wir sind zu ihr nach Hause gefahren«, sagte Sid.

»Das hätten Sie nicht tun sollen, das wissen Sie.«

»Deshalb haben wir gar nicht erst gefragt. Beim ersten Mal sind wir durch den Garten des Nachbarhauses gegangen, das zur Parallelstraße hin liegt. Diesmal waren wir am helllichten Tag dort. Wir konnten durch ein Fenster an der Seite sehen, dass das Haus leer war. Kein Möbelstück im ganzen Erdgeschoss, mit Ausnahme von ein paar Lampen und Vorhängen. Uns kam die Idee, dass wir es mieten und so ein Auge auf sie haben könnten, während wir weiter recherchieren würden, in welcher Beziehung sie zu James Ballantine stand. Wir haben bei der Gemeindeverwaltung angerufen, um herauszufinden, wem das Haus gehört.«

»Ja, und?«

»Ihr«, sagte Ronnie. »Mira Cepic.«

»Also hatte sie genug Geld, um sich zwei teure Häuser zu leisten. Genug, um eines davon leer stehen zu lassen. Das ist das Plus als Diamantendieb. Denken Sie, sie hat das gemacht, damit niemand sie ausspionieren konnte?«

Sid zuckte mit den Schultern. »Von den Fenstern dieses Hauses hat man einen guten Blick auf ihr Haus. Außerdem hatte sie so eine Möglichkeit, ungesehen zu kommen und zu gehen. Sie konnte durch ihre Hintertür von einem Garten zum anderen, dort durch die Hintertür in die Garage gehen und dann über die Parallelstraße wegfahren.«

»Glauben Sie, das hat sie so gemacht?«

»Wir haben uns ihr Haus angesehen, tatsächlich beide Häuser, und haben sie nicht gesehen. Ihr Auto stand noch in ihrer Garage, in der Garage des zweiten Hauses stand jedoch keines. Aber dort waren Reifenspuren zu sehen und frische Tropfen einer Flüssigkeit, vermutlich das Kondenswasser der Klimaanlage eines Autos.«

»Und wieso sind Sie zu dem Schluss gekommen, dass sie nicht einfach nur beim Einkaufen ist?«

»Wir waren in beiden Häusern«, erläuterte Sid. »Im Haus hinter ihrem ist schon seit geraumer Zeit niemand mehr. Heizung und Klimaanlage sind abgeschaltet. Im ersten Stock gibt es keine Möbel, nur ein paar Lampen mit Zeitschaltuhr. In den letzten Monaten ist dort nicht Staub gewischt worden. Sie hatte wohl keinen Grund, nach oben zu gehen.«

»Wir haben ihr Haupthaus eine Zeit lang beobachtet«, ergänzte Ronnie, »dann sind wir reingegangen. Das Haus hat eine Doppelgarage, aber die eine Hälfte nutzte sie als Lagerraum – Gartengeräte, Töpfe, Säcke mit Erde und Mulch, ein Rasenmäher. Das Auto befand sich in perfektem Zustand und war vollgetankt. Ein Jahreswagen von Mercedes. Der Motor war kalt, also hatte sie ihn die letzten Stunden nicht gefahren. Sie konnte nicht gegangen oder zurückgekommen sein, ohne dass wir es mitbekommen hätten. Also sind wir zurück ins Haus und haben dort Hinweise gefunden, die darauf hindeuten, dass sie nicht zurückkommen würde.«

»Zum Beispiel?«

»Zum einen, dass sie keine Unterlagen mehr zu Hause hat«, fuhr Ronnie fort. »Die Frau besitzt keine mehr. In ihrem ansonsten blütenreinen Kamin ist jedoch ein großer Haufen Asche, wahrscheinlich hat sie da Rechnungen, Quittungen und solches Zeug verbrannt. Auf dem Küchentresen stand ein Mixer zum Trocknen, vielleicht hat sie den benutzt, um weitere Unterlagen zu vernichten. Der erledigt den Job besser als die meisten Schredder, und wenn man nicht vorhat, den Mixer noch einmal zu benutzen, kann man das so machen.«

»Okay«, sagte Fuentes. »Dann hat sie also ihr Haus leer geräumt, und Sie haben sie nicht angetroffen, als Sie bei ihr zu Hause waren. Doch wäre ich ein international agierender Dieb und wäre mal außer Haus, und sei es nur für einen Tag, würde ich auch darauf achten, dass nichts Belastendes herumliegt. Das ist der Nachteil, wenn man ein international gesuchter Dieb ist. Ganz ehrlich, würde sie wirklich einfach so ein drei Millionen Dollar teures Haus zurücklassen? Genauer gesagt, zwei Häuser, also sechs Millionen? Und ihr Auto?«

»Es gibt keine einzige Waffe im ganzen Haus, Miguel«, erklärte Sid. »Sie hat ihr Geld mit bewaffneten Raubüberfällen verdient. Sie lebt allein, und der Typ von Interpol hat uns gesagt, dass diese ganzen Leute ehemalige Soldaten sind. Es gibt nicht den einen Beweis, dass sie tatsächlich verschwunden ist, aber viele kleine Hinweise.«

»So langsam machen Sie mich nervös«, meinte Fuentes. »Wenn sie keine Waffen zurückgelassen hat, dann hat sie sie bei sich. Sind Sie bereit, Ihren kleinen Einbruch offiziell zu Protokoll zu geben?«

»Wenn wir jemals mit Mira Cepic sprechen wollen, haben wir wohl keine Wahl. Wir müssen sie finden.«

Fuentes griff zum Telefonhörer. »Captain? Fuentes hier. Mir ist da gerade was zu Ohren gekommen. Sid und Ronnie Abel sind vorbeigekommen und haben mir mitgeteilt, dass unsere Verdächtige Mira Cepic wohl die Koffer gepackt hat und verschwunden ist.« Er hörte seinem Gegenüber einen Moment lang zu und sagte dann: »Rechtfertigung? Denen fällt bestimmt was dazu ein. Ja, okay, er ist hier.« Er reichte den Hörer an Sid weiter. »Captain Albright möchte Sie sprechen.«

»Hallo, Captain.«

»Sie sind in das Haus der Frau eingebrochen, oder?«, wollte Captain Albright wissen.

»Sozusagen.«

»Sie sind doch ein ehemaliger Cop, Sid. Was haben Sie sich dabei gedacht?«

»Wir wussten, dass Mira Cepic allein lebt und ihren Lebensunterhalt mutmaßlich durch bewaffnete Raubüberfälle bestreitet. Das machte sie zu einem geeigneten Ziel für Raub, Entführung und Erpressung. Außerdem war sie besonders gefährdet, weil das Haus hinter ihrem unbewohnt war. Im hinteren Teil des Hauses gab es eine Tür, die ganz so aussah, als hätte man sie aufgebrochen, also haben wir geklopft, um nachzusehen, ob es ihr gut ging. Weil niemand aufmachte, sind wir hinein. Nachdem wir alle Räume überprüft hatten und sie nirgendwo tot oder verletzt herumlag, sind wir wieder raus. Danach sind wir geradewegs zur Polizei gegangen, um über den Vorfall zu berichten.«

»Keine schlechte Kurzfassung, Sid«, meinte Captain Albright. »Stimmt auch was davon?«

»Ich würde sagen, es gehört zur Verantwortung von ausgebildeten, erfahrenen Ex-Polizisten, wie wir es sind, nach dieser Frau zu sehen. Und da zuverlässige Berichterstatter wie wir erschrocken über das waren, was wir dort vorfanden, haben Ihre Leute vermutlich einen Grund, das Haus zu betreten. Ein Durchsuchungsbescheid dürfte leicht zu bekommen sein.«

»Vielen Dank, Sid. Sobald wir ihn haben, gebe ich unseren Leuten die entsprechende Anweisung.«

»Würde ich auch machen«, sagte Sid. »Sie vergeuden ihre Zeit da draußen in dem Transporter.« Er reichte Fuentes den Hörer zurück.

Fuentes war noch kurz am Apparat, dann legte er auf. »Da muss ich mich wohl bedanken.«

»Haben Sie inzwischen irgendwelche Namen? Von anderen Panthern, die in die Gegend von L. A. gezogen sind?«

»Mira Cepics Telefonrechnung zufolge sind es wohl nur drei weitere. Das waren die einzigen Nummern, die sie angerufen hat. Das Dezernat für Kapitalverbrechen hat die Namen und hat sie mit der Interpol-Liste der verdächtigen Panther abgeglichen.«

»Wer sind die Leute?«

»Sie haben noch keine Namen rausgerückt. Aber ich weiß, dass die Kollegen aufgrund der Anrufliste der Telefongesellschaft davon ausgehen, dass sie alle an derselben Adresse wohnen. Alle sind Serben und mit fragwürdigen Visa eingereist.«

»Fragwürdig?«

»Legal bewilligt, aber in der Sache vermutlich nicht begründet. Sie sind mit EB-5-Visa hergekommen. Das sind bekanntlich Visa, bei denen jemand ein gewisses Vermögen mitbringt, mit dem er ein Business aufziehen und Leute einstellen will. Ich bin mir sicher, dass sie das Geld dafür hatten, aber sie hatten drei Jahre Zeit, das Business zum Laufen zu bringen, und sie haben es nicht getan. Außerdem werden mindestens zwei von ihnen in Europa gesucht, was sie in den Anträgen nicht erwähnt haben.«

»Hat jemand sie mal einbestellt?«, hakte Ronnie nach.

»Anscheinend nicht«, sagte Fuentes. »Sie arbeiten immer noch die Liste der Panther von Interpol ab und versuchen herauszufinden, wer von ihnen in die USA gekommen ist, damit sie alle auf einmal schnappen können.«

»Ist wohl am sinnvollsten«, meinte Ronnie. »Man kann unmöglich wissen, welches Spiel hier gespielt wird, wenn man nicht weiß, wer alles mitspielt.«

»Ich weiß nicht so recht«, druckste Fuentes herum. »Es wäre nicht schlecht, einen groß angelegten Coup zu vereiteln, aber natürlich will ich auch nicht, dass jemand verletzt wird. Und wir haben noch keine Fortschritte bei dem Verbrechen gemacht, das Sie – und mich – angeht. Mit der Ermordung von James Ballantine hat es immer weniger zu tun.«

»Mag schon sein«, räumte Ronnie ein. »Aber vielleicht müssen wir uns hier erst durch all die Sachen hindurcharbeiten, die passiert sind, und sie verstehen, bevor wir die

Puzzleteile für das beieinanderhaben, was Ballantine zugestoßen ist.«

»Was werdet ihr machen?«, fragte Sid.

»Ich treffe hier nicht die Entscheidungen«, erwiderte Fuentes. »Aber ich gehe mal davon aus, dass sie das Haus der Diebe, die wir identifizieren konnten, observieren und vermutlich auch die Orte in der Stadt im Blick behalten werden, die sich für einen Diamantenraub am besten eignen.«

# 26

Nicole und Ed saßen einander an einem Picknicktisch aus Holz gegenüber, am Rand eines grünen Parks oberhalb des Pazifik entlang des Cabrillo Boulevard in Santa Barbara. Nachdem sie auf der vom Meer abgewandten Straßenseite im Hotel eingecheckt hatten, waren sie zu Fuß zur State Street gegangen, hatten sich in einem Restaurant ein paar Sandwiches und Bier zum Mitnehmen geholt und waren dann hierhergegangen.

Ihr Tisch befand sich am Rand der Rasenfläche, unterhalb einer Reihe hoher Kokospalmen. Der Sandstrand fing etwa zwei Meter von Nicole entfernt an, die barfuß war, und fiel dann sanft zum knapp fünfzig Meter entfernten, blauen Wasser ab. Nicole beobachtete eine Familie, die von weit her kam, wo die Menschen zu dieser Jahreszeit noch blass waren, mit Ausnahme des Nackens, des Rückens und der Schultern, die die Sonne bereits gerötet hatte. Sie ließen einen Kastendrachen steigen, der schnell in den blauen Himmel emporgestiegen war, sodass Nicole jetzt den hellen weißen Faden bis hin zum kleiner werdenden roten Punkt des Drachens verfolgen konnte.

Die Palmwedel über ihr erzeugten ein raschelndes, säuselndes Geräusch in der beständigen Brise. Während sie zu ihnen aufsah, musste sie an Filme denken, die sie gesehen hatte und die im Südpazifik spielten. Soviel sie wusste, waren sie alle hier irgendwo in der Gegend gedreht worden, nur etwa hundertfünfzig Kilometer von Hollywood entfernt. Ihr fielen ein paar grüne Flecken auf, wo die Wedel auf den Stamm trafen, und sie überlegte, welch schreckliche Ironie es doch wäre, zwei Schießereien mit den Insektenmenschen überlebt zu haben, um dann von einer Kokosnuss am Strand den Schädel eingeschlagen zu bekommen.

Sie senkte den Blick wieder und ließ ihn durch den Park schweifen, über den Bürgersteig und die Autos auf dem Cabrillo Boulevard. Sie sah, wie die Menschen über den Strand spazierten, wo die Brandung anlandete und sich wieder zurückzog, wobei sie eine feste, kühle Fläche für die Füße hinterließ. Keiner derjenigen, die sie dort sah, wirkte bedrohlich. Keiner von ihnen starrte zu lange oder zu eindringlich zu ihrem Tisch hinüber. Keines der auf den kleinen Stellplätzen entlang des Ozeans geparkten Autos hatte Insassen, die vorgaben, mit nichts beschäftigt zu sein. Was für ein überaus unheilvoller Anblick wäre das gewesen. Heute war ein atemberaubender, sonniger Tag mit einer schwachen Brise, die eine Mischung aus Salz, Luft und Wasser herbeitrug. Die abgestellten Autos waren aufgeheizt, standen dicht an dicht und rochen nach Plastik, und jeder, der es vorgezogen hätte, sich dort aufzuhalten, musste Übles im Schilde führen.

Sie fasste die Tasche an, die auf der Bank neben ihr lag, und das harte Metall einer MP5 mit abgeklapptem Schaft beruhigte sie. Dann sah sie wieder Ed an. Sein Gesicht war dem Kai und dem dahinterliegenden Hafen zugewandt, sodass er einen guten Blick auf die Autos hatte, die am Fuß der State Street abbogen. Ein Feind dürfte es schwer haben, sie zu überraschen.

»Und? Was denkst du?«

»Worüber?« Ed kaute an seinem Sandwich.

»Was wir jetzt tun sollten«, sagte sie. »Wir haben uns ein paar Tage bedeckt gehalten, aber was kommt als Nächstes?«

»Ich bin offen für Vorschläge«, sagte Ed.

So langsam nahm ihre Frustration zu. Er schien nichts als Essen im Kopf zu haben. »Wir können nicht nach Hause gehen. Sie wissen, wer wir sind, wo wir wohnen und so weiter. Ganz zu schweigen von den drei Typen – den letzten drei.«

»Stimmt«, gab Ed zu.

»Du stimmst mir zu, und trotzdem bleiben wir hier sitzen. Wir sind nur hundertfünfzig Kilometer von unserem Zuhause entfernt. Wir machen uns nicht einmal quer über den Kontinent aus dem Staub.«

»Auch das stimmt«, brummte Ed. »Sie sind uns noch nicht auf den Fersen. Also reicht das ja vielleicht.« Er biss erneut von seinem Sandwich ab und nahm einen weiteren Schluck aus der Bierflasche, die in der braunen Papiertüte des Restaurants steckte. »Wenn du darüber nachdenkst, ist es eigentlich egal, ob wir hundertfünfzig oder fünfzehntausend Kilometer weit weg sind, solange sie nicht wissen, welches von beiden zutrifft. Sie wissen nur, dass wir verschwunden sind, aber sie wissen nicht, in welche Richtung und wie weit weg wir verschwunden sind.«

Nicole starrte Ed einen Moment lang an. Sie wäre gerne weiterhin sauer und ungehalten gewesen, hatte sich bereits darauf eingestellt, doch was er sagte, ergab in gewisser Weise einen Sinn. Sie hatte sogar vorgehabt, ihm beim Essen zuzusehen, während sie ihre Rede schwang, und darüber nachzudenken, wie gierig und ekelhaft er aussah, wenn er sein Essen so hinunterschlang. Doch nicht einmal das traf zu. Er musste mehr essen als sie, um seinen großen Körper zu versorgen, außerdem war er immer recht höflich. Während sie ihn anstarrte, legte er sein Sandwich weg, sammelte den Abfall – auch ihren – ein und brachte ihn zum Mülleimer. Dann nahm er wieder ihr gegenüber Platz und wartete.

»Glaubst du, sie haben sich überhaupt die Mühe gemacht, uns zu suchen?«

»Ich an ihrer Stelle würde das nicht tun«, erwiderte er. »Und sie müssen schlauer sein als ich.«

»Warum sollten sie denn nicht nach uns suchen?«

»Der Typ hat uns gesagt, dass es sich bei ihnen um einen Haufen Diebe handelt. Wir wissen, dass sie es sich leisten konnten, Vincent Boylan das Geld zu geben, um uns anzuheuern. Wie der Typ sagte, haben wir nichts, was sie benötigen. Ganz offensichtlich haben sie immer noch genug Geld. Sie wollen einfach keinen Ärger mehr mit uns haben. Es ist ihnen nicht gelungen, das zu erreichen, indem sie uns beseitigen, doch wenn sie wissen, dass wir uns zurückziehen, läuft es für sie auf dasselbe hinaus. Warum also der Schlange auf den Schwanz treten?«

Sie wandte den Blick ab und sah einen Moment lang auf den Ozean hinaus. »Also belassen wir es dabei?«

»Die meisten Leute, die ihren Lebensunterhalt mit Raubüberfällen bestreiten, bekommen irgendwann Schwierigkeiten und landen im Gefängnis. Und viele von denen, die mit Waffen unterwegs sind, treffen auf andere Leute mit Waffen und kommen dabei um. Das ist einfach so. Wenn wir abwarten, verschwindet dieser Haufen vielleicht von selbst. Dann können wir wieder nach Hause.«

»Ich will nicht mehr als ein paar Tage in Santa Barbara bleiben. Es ist mir zu nah dran.«

»Was ist mit Las Vegas?«, fragte er sie. »Das ist doppelt so weit weg von zu Hause und sehr viel größer.«

»Okay, dann Las Vegas«, sagte sie. »Erst mal.«

»Dort sollte für uns alles okay sein. Die suchen nicht nach uns.«

Nicole zuckte mit den Schultern. »Natürlich nicht. Warum der Schlange auf den Schwanz treten?«

# 27

Die ganze Gruppe hatte sich am Ende des Gartens, knapp hundert Meter hinter Gavrilos Haus, versammelt. Es war ein ruhiger, friedlicher Ort, abgetrennt vom Haus durch ein paar alte Eichen, die man stehen gelassen hatte, als das Haus gebaut wurde. Als sie die drei Russen beerdigten, hatten sie festgestellt, dass es nahezu unmöglich war, ein Grab in der Nähe der alten Eichen auszuheben, weil sich die Wurzeln auf der Suche nach Wasser weit ausgebreitet hatten.

Gavrilo hatte die Bäume nicht fällen lassen, weil sie groß genug waren, um Schatten zu spenden. Südkalifornien war eine ausgedörrte, heiße Gegend, also hatte er kreisförmige Holzbänke um ein paar der Baumstämme angebracht, damit er dort sitzen, seinen Wein trinken und dem Gesang der Spottdrosseln lauschen konnte. Auf diesen Bänken saßen die meisten von ihnen jetzt und warteten darauf, dass sie mit dem Graben an der Reihe waren.

Sie hoben nicht vier Einzelgräber aus, weil eine Reihe mannsgroßer Erdhügel von Polizeihubschraubern zu sehen war und verdächtig wäre. Die drei Russen, die bei dem Angriff auf das Haus der Killer ums Leben kamen, hatten sie zusammen in ein Grab gelegt, und diese vier hier würden zusammen in einem zweiten begraben werden. Das Grab war ein einziges tiefes Loch mit einem schmalen Trittpfad, der nach unten führte, damit jedes Grabungsteam in die Grube und wieder herauskonnte. Die Männer erledigten die meiste Arbeit, doch ein paar Frauen, darunter Mira Cepics alte Reisegefährtin Anica und ihre engste Freundin Marija, stiegen ebenfalls zum Graben nach unten.

Als das Loch etwa zwei Meter tief und zweieinhalb Meter breit war, standen drei Männer Wache, um sicherzugehen, dass gerade kein Hubschrauber über sie hinwegflog, und ein paar andere brachten die Leichen auf Tragen nach unten.

Marija war fünfundvierzig, aber immer noch attraktiv genug, um von den Leuten angestarrt zu werden, wenn sie durch Beverly Hills lief. Heute hatte sie ihre langen, gewellten dunklen Haare zusammengebunden, und ihre hellgrünen Augen waren hinter den dunklen Gläsern einer Sonnenbrille versteckt. Zum Graben trug sie Jeans und ein T-Shirt, und während der anstrengenden, harten Arbeit hatte sie sich ziemlich dreckig gemacht. Ihr war bewusst, dass sie gerade wie die arme Bäuerin aussah, die sie tatsächlich war, doch sie bemerkte auch, dass die Blicke der Männer trotz des bisschen Drecks ihr galten. Als sie als Kind zum ersten Mal ihrer selbst gewahr wurde, war sie bereits mit Schönheit gesegnet, und diese war ihr geblieben.

Sie blickte nach unten, auf die eingehüllte Leiche ihrer Freundin Mira. Vor acht Monaten hatte sie alles in ihrer Macht Stehende getan, um Mira zu helfen. Es war ein riesiger Gefallen gewesen, und Teil dieses Gefallens war es, ihr nichts davon zu sagen. In den Zeitungen hatte sie den Namen von Detective Kapp gelesen, dem Officer, der die Ermittlungen im Fall James Ballantine leitete, und sie hatte angefangen, nach ihm zu suchen. Als sie ihn gefunden hatte, stellte sie ihm aus der Ferne nach. Sie fand heraus, dass er ein Trinker war – kein typischer Gesellschaftstrinker, sondern jemand, der nach der Arbeit allein in eine Kneipe ging und sich einen Drink nach dem anderen genehmigte, bis er nicht mehr gerade gehen konnte. Hatte er genug getrunken und seinen wie auch immer gearteten Schmerz ruhiggestellt, verließ er die Bar, setzte sich ins Auto und fuhr in seine kleine Wohnung in einem großen stuckverzierten Gebäude in Van Nuys. Wäre er kein Detective gewesen, hätte man ihn sicher schon festgenommen und ins Gefängnis gesteckt, vielleicht auch auf Entzug geschickt. Marija war froh, dass es nicht so war, denn bei einem anderen Cop wäre es vermutlich nicht so einfach für sie gewesen.

Marija hatte ihre Vorkehrungen getroffen. Als sie so weit war, richtete sie es so ein, dass sie allein in der Bar war, die er am meisten mochte, dem heruntergekommensten und abgelegensten Laden, den er aufsuchte. Sie musste gar nichts weiter tun, um ihn anzulocken. Sie hatte noch nie etwas unternehmen müssen. Sie musste lediglich reagieren, wenn ein Mann sie ansprach. Sie lächelte, redete mit ihm, trank mit ihm, wie sie es mit so vielen anderen über die Jahre getan hatte. Statt Kapp Fragen zu den Juwelieren zu stellen und dann in der Nacht zu verschwinden, war sie lange genug geblieben, um ihm eine Dosis Rohypnol in seinen Drink zu mischen, und begleitete ihn schließlich nach draußen zu seinem Auto.

Dort warteten Dragan und einer der Russen in Dragans Auto, doch Marija war diejenige, die gewusst hatte, wie es ablaufen musste. Diese Methode hatte sie von ihrem Vater gelernt. Sie war mit Kapps Auto aus der Stadt gefahren, wo sie am Seitenstreifen einer kurvenreichen Straße in den Hügeln gehalten hatte. Sie wischte ihre Fingerabdrücke ab, und die beiden Männer halfen ihr, Kapp auf den Fahrersitz zu hieven. Kapps Schuh benutzte sie als Keil, um damit das Gaspedal nach unten zu drücken. Ihr Vater hatte ihr beigebracht, dass der Mann betrunken sein musste, ehe er ins Auto stieg, und dass die Droge, die sie benutzte, am besten ein Stoff sein musste, der schnell abgebaut wurde, somit nur schwer im Blut oder im Gewebe nachweisbar war. Nichts im Auto durfte fehl am Platz sein, nichts, was nicht auch dort gewesen wäre,

wäre der Mann allein von der Straße abgekommen und in den Abgrund gestürzt. Bei Autounfällen verloren die Opfer häufig einen oder beide Schuhe.

Marija betrachtete Miras Leiche. *Inzwischen ist dir klar, wie sehr ich versucht habe, dir zu helfen,* dachte sie. *Und ich weiß, du hättest dasselbe für mich getan. Ruhe nun. Ich werde dich schon wiedersehen.*

Marija nahm die Schaufel und warf einen Schwung Erde auf Mira, einen auf Jovan, einen auf Mihailo und einen auf Bogdan. Dann reichte sie die Schaufel weiter an ihre Schwester Jelena. Sie ging den Trittpfad zum Rasen hinauf und sah sich zu den Bäumen um. Wie schade es doch war, Kalifornien verlassen zu müssen. Die Luft hier war so lau wie der Atem eines Neugeborenen. Fast überall in Europa war die Erde gerade noch immer von einer Schneedecke überzogen.

Am Grab, während die anderen ihre Schaufel voll Erde auf die vier Leichen häuften, zitierte Anton Karadzic aus dem Gedächtnis in etwa das, was sein Vater, ein orthodoxer Priester, immer gesagt hatte. Als kleiner Junge hatte Anton ihn oft begleitet, um sein Priestergewand im Auge zu behalten oder als tatkräftige Unterstützung, wenn die Sargträger zwar alt genug waren, dass ihnen diese Ehre zuteilwurde, sie jedoch zu alt waren, um den Sarg allein zu tragen. Anton konnte auch eine ganz passable Hochzeitszeremonie vollziehen, doch anders als die Beerdigung war diese nicht maßgebend.

Seine Worte waren gefühlvoll. Er hatte eine wohlklingende Stimme geerbt, und ihn verband eine aufrichtige Freundschaft mit den vier Toten. Er redete so lange, bis die Trauernden die Leichen mit gut einem Meter Erde bedeckt hatten. Als er geendet hatte, nahmen die kräftigsten Männer die Schaufeln und warfen energisch die restliche Erde darauf. Als das Grab gefüllt und alles verscharrt und ebenerdig festgetreten war, nahm Todor die vier Kupferteller, in die er die Namen der vier toten Diebe eingeätzt hatte, und legte sie ans Kopfende. Dann schaufelte er auch über sie Erde, damit sie nicht allzu leicht gefunden werden konnten.

Sie sprachen darüber, dass sie die Leichen eines Tages vielleicht nach Europa überführen und dort begraben könnten, aber niemand glaubte wirklich daran. Es war schon schwierig genug, sich als Dieb lebend über eine Staatsgrenze zu schmuggeln. Bei den meisten war das ohnehin nicht wichtig. Wer auch immer Miras Verwandte in Rumänien waren, sie hatten sie nie gekannt. Und Jovans, Mihailos und Bogdans engste Verwandte waren vermutlich diejenigen, die gerade um das Grab herumstanden.

Nachdem die Grabmarkierungen zugeschüttet waren, gingen ein paar Männer über den Rasen, holten Säcke mit Kies von der Ladefläche und schütteten den Kies auf die Grabstätte. Todor und Tomislav verteilten ihn mit Rechen. Die Männer, die den Kies hergetragen hatten, hoben die vorgefertigte Gartenlaube, die sie zusammengebaut hatten, hoch und stellten sie auf das Grab.

Als die Arbeiten abgeschlossen waren, versammelte sich die Gruppe im Schatten der Eichen und setzte sich auf die Bänke. Sie öffneten Wein- und Bierflaschen und tranken auf das Wohl ihrer toten Freunde.

Gavrilo, der offenbar als Redner ausersehen war, erhob sich. »Vielen Dank, meine Freunde. Ich hoffe, jemand hat sich um die Dinge gekümmert, die die vier für ihre Zukunft beiseitegelegt hatten.« Seine halb geschlossenen Augen schweiften über die Versammelten, um zu sehen, wer reagierte. Tomislav, Todor, Srdan und Jelena nickten und hoben die Hand, um zu bedeuten, dass sie, als enge Verwandte, für das Geld und die Wertsachen der Toten Sorge getragen hatten.

Gavrilo wusste, dass die anderen davon ausgingen, dass eine von ihnen auch die Wertgegenstände in Miras Besitz an sich genommen hatte, vermutlich Marija oder Anica. Doch während ein paar der jüngeren Männer Miras Leiche gestern aus seinem Wohnzimmer getragen und ein paar andere das Blut vom Marmorboden aufgewischt hatten, hatte er fünf Minuten für sich gehabt und den Rucksack durchwühlt, den sie im Gang hatte stehen lassen. Einen Großteil des darin enthaltenen Geldes und der Diamanten hatte er an sich genommen, bevor einer der anderen auf die Idee kam, danach zu fragen. Marija war später vorbeigekommen und hatte Miras Bündel mitgenommen, ohne einen Blick hineinzuwerfen. Gavrilo fühlte sich wegen des Diebstahls nicht schuldig. Alle hier waren Diebe – Mira, Marija, Tomislav und auch die anderen. Miras Geld an sich zu nehmen, war, als würde er auf dem Schlachtfeld die heruntergefallene Munition eines Soldaten aufheben. Sie brauchte es nicht mehr, doch dank dieser Sachen konnte er weitermachen.

»Jetzt, wo wir getan haben, was wir für unsere Freunde tun konnten, müssen wir uns selbst Gedanken über die Zukunft machen. Wer hat einen Plan? Wie wäre es zum Beispiel, wenn wir ganz einfach über die Grenze nach Mexiko gingen?«

Todor schnaubte. »Ich schleiche mich doch nicht in ein Land davon, das kurz davorsteht, in Anarchie zu versinken. Wir würden dort kein Jahr überleben.«

»Und ich habe keine Lust darauf, nach Serbien zurückzugehen«, sagte Sonja. »Wo sollte ich da auch hingehen? In mein altes Dorf? Das habe ich damals gehasst, und das hasse ich auch heute noch.«

»Wir sollten uns alle für einen Ort entscheiden«, sagte Anica. »Ich will nicht getrennt von all den Leuten leben, die mir etwas bedeuten.«

Dragan, der einen Arm um sie gelegt hatte, zog ihn theatralisch zurück und sagte: »Du wärst immer noch mit mir zusammen. Zählt dein Mann etwa nicht?«

»Ich meinte meine Freundinnen. Schlechten Sex kann ich überall haben.«

Die anderen lachten leise und dankten ihr auf diese Weise dafür, dass sie die Stimmung etwas auflockern wollte, doch die tiefe Traurigkeit, die sie alle durchdrang, war einfach zu stark. Als sie vor drei Jahren hergekommen waren, waren sie alle so optimistisch gewesen. Sie hatten vorgehabt, ihr restliches Leben in Kalifornien zu verbringen. Jetzt würden sie wieder einmal weiterziehen, sich vielleicht in alle Winde verstreuen müssen. Das war keine neue Großtat. Es war ein Rückzug.

»Gerade weil wir immer sorgfältig geplant haben, sind wir am Leben und reich. Nie haben wir etwas ohne einen ausgeklügelten Plan gemacht, den wir dann exakt umgesetzt haben. Also lasst uns auch diesmal einen Plan machen«, sagte Jelena.

»Ich bin bereit, die ganze Nacht durchzuquatschen, wenn's sein muss«, pflichtete Gavrilo ihr bei. »Wer hat eine Idee, mit der wir anfangen können? Es muss kein fertiger Plan sein, nur eine Idee. Nennt einfach ein Land, in das ihr gerne gehen würdet.« Sein Blick wanderte von einem zum anderen, und er sah, wie sich erst vier, dann fünf Männer und Frauen von ihrem Platz unter den Bäumen erhoben.

# 28

Sie sind alle verschwunden«, sagte Fuentes.

»Was?«, platzte Sid heraus. Er drückte auf das Lautsprechersymbol des Handys, damit Ronnie zuhören konnte.

»Die Panther. Mira Cepic ist nicht die Einzige. Wir haben die Namen und Rechnungsadressen der Leute überprüft, mit denen Mira Cepic vor Kurzem am Telefon gesprochen hat. Wir haben ihre Namen mit denen auf der Liste von Interpol abgeglichen und dabei fünf weitere Übereinstimmungen gefunden. Dann haben wir Officers mit Durchsuchungsbefehl zu diesen Adressen geschickt. Doch nun sind alle verschwunden.«

»Wie verschwunden?«, wollte Ronnie wissen.

»So wie Mira Cepic. Ihre Betten waren nicht benutzt, der Mülleimer war leer, der Staubsauger ordentlich im Einsatz gewesen, und den Beutel hatten sie ausgetauscht, nicht ein Papierschnipsel mehr. Jedes Haus wurde so zurückgelassen, dass es aussieht, als wäre es bewohnt. Licht, Fernseher und andere Gerätschaften werden durch Zeitschaltuhren aktiviert. Bei den Häusern, die mit einer Alarmanlage ausgestattet sind, war diese eingeschaltet.«

»Woher wissen Sie das alles?«

»Ich habe mit den Beamten gesprochen, die den Durchsuchungsbefehl zugestellt haben.«

»Haben Sie nach Fingerabdrücken gesucht?«, erkundigte sich Sid.

»Sie sagten, sie hätten die Spurensicherung informiert, doch bislang hat sich nichts Nützliches ergeben.«

»Was, glaubt die Polizei, geht hier vor?«, fragte Ronnie.

»Die Beamten von der Zentrale denken alle, dass sich daraus auf einen geplanten Raubüberfall der Panther schließen lässt. Sie gehen davon aus, dass es heute passiert«, erklärte Fuentes.

»Die Panther sollen über drei Jahre hinweg einen Überfall geplant haben?«, sagte Sid verwundert. »Einen einzigen Überfall?«

»Laut Captain Albright sind seine Leute felsenfest davon überzeugt. Mit dem Auszug der Panther hat der Countdown begonnen. Sie werden wohl kaum an einer Straßenecke herumlungern und darauf warten, dass nächste Woche irgendwann mal der passende Moment kommen wird, um ihren Überfall durchzuziehen. So zumindest lauten die Überlegungen.«

»Und was unternimmt die Polizei, was sie nicht schon vorher getan hat?«, hakte Ronnie nach.

»Sie schicken Officers zu den wahrscheinlichsten Tatorten – zu den bedeutendsten Juwelierläden und ins Juwelierviertel der Stadt. Man kann die Hill Street nicht entlanglaufen, ohne von einer Einheit in Zivil überrannt zu werden. Wahrscheinlich stehen auf jedem Parkplatz lauter Autos mit Polizeikennzeichen.«

»Was ist mit Beverly Hills?«

»Die Einheit in Beverly Hills verfügt über einhundertsiebenundzwanzig Beamte, verteilt auf drei Schichten. Allerdings reicht das nicht aus, um alles abzudecken, also helfen wir ihnen aus. Im 300er-Block des North Rodeo Drive befinden sich, Nummer 300, die Läden Van Cleef und Arpels, Harry Winston hat die Hausnummer 310 und Cartier die 370. Eine Diebesbande könnte hier das Bruttoinlandsprodukt so mancher Länder einsacken und müsste dafür nicht einmal die Straße überqueren. Inzwischen sind Beamte des

LAPD in und vor den Läden und auf allen umgebenden Straßen.«

»Was sollen sie da machen? Sie auf frischer Tat ertappen oder sie vergraulen?«, erkundigte sich Ronnie.

»Die Beamten sind präsent, damit die Diebe auf niemanden schießen und keine Geiseln nehmen. Für eine ausgetüftelte Vorgehensweise ist es zu spät. Sie sind bereits unterwegs.«

»Wie wäre es, wenn man sie einfach am Verschwinden hindert?«, warf Sid ein.

»Das wäre ein ganz anderer Einsatz. Die Behörde für Öffentliche Sicherheit im Verkehr und die Flughafenpolizei sind durch zahlreiche Beamte des LAPD verstärkt worden, die Namenslisten und Fahndungsfotos von den Leuten haben, von denen wir wissen, dass sie sich hier aufhalten. Sie kontrollieren sogar in den Bereichen für Kurzzeitparken und in den Shuttle-Terminals für die Langzeitparker. Basierend auf der Überlegung, dass Europäer es gewohnt sind, mit dem Zug zu fahren, ist die Zahl der Deputys in der Union Station vervierfacht worden, und auch die Anzahl der Beamten in jeder U-Bahn-Station wurde erhöht, für den Fall, dass sie die Subway zumachen müssen. Die Highway Patrol ist darauf vorbereitet, einen oder mehrere Freeways zu blockieren, sobald sie einen entsprechenden Anruf bekommt.«

»Wo Sie gerade Mira Cepic ansprechen. Wir würden nur zu gerne wissen, was sie zu James Ballantine zu sagen hat«, bemerkte Sid.

»Geht mir genauso«, sagte Fuentes. »Sollten wir sie aufgreifen, dann hoffe ich, dass ich sie einen Moment zur Seite nehmen und sie danach fragen kann, was sie über ihn weiß. Ich gebe Ihnen Bescheid, sobald sich in dieser Sache etwas tut.«

»Danke. Wir sind gespannt.« Sid legte auf und sah Ronnie an.

»Ich weiß«, meinte sie. »Es ist frustrierend.«

»Von all denen, die wir ausfindig gemacht haben, ob nun Mann oder Frau, ist sie die Einzige, die für mich als Verdächtige infrage kommt«, sagte Sid. »Keiner der anderen, mit denen wir gesprochen haben, hat den entsprechenden Biss.«

»Wir wissen nicht mal, ob Mira Cepic ihn hat.«

»Nein. Aber falls nicht, war es vielleicht einer ihrer Kumpels, die Ballantine als Rivalen betrachteten. Vielleicht war der Mörder auch ein Feind von ihr. Wir sprechen hier schließlich von Leuten, die es fertigbringen, einem Menschen mehrfach in den Kopf zu schießen und seine Leiche dann in einen Kanal zu stecken.«

Die Frauen und Männer der Bande hatten keinen Namen für ihre Organisation oder für das größere, ältere Syndikat der Diamantendiebe, das Interpol die Pink Panther nannte. In Europa hatten sie von ihrer Gruppe die meiste Zeit indirekt gesprochen, hatten die anderen ihre Freunde genannt, ihren Kreis, oder sie einfach nur als Bekannte bezeichnet. Wenn sie ihre Heimatstadt Belgrad verließen, um einen Raubüberfall zu verüben, dann nannten sie das in den Urlaub fahren oder einen Verwandtenbesuch machen. Seit sie nach Los Angeles gezogen waren, hatten sie beschlossen, dass es am sichersten wäre, einander nicht zu oft zu sehen, aber wann immer es irgendwelchen Ärger gab, rotteten sie sich instinktiv zusammen.

Gavrilo war noch dabei, die restlichen Vorkehrungen für die Abreise zu treffen, als sich die Mitglieder der Gruppe bereits wieder bei ihm versammelten. Es hatte Zeiten in seinem Leben gegeben, da hatte er sich gewünscht, er hätte sein Diebesdasein nicht so früh an den Nagel gehängt. Er hatte viel Geld angespart, doch hätte er noch ein paar Jahre weitergemacht, dann hätte er jetzt mehr, und das wäre noch besser.

Genau das ging ihm durch den Kopf, während die anderen bei ihm eintrafen, jeder mit einem Rucksack, einem Koffer oder einer Umhängetasche.

Alle hatten sie ihre Verstecke aufgesucht, hatten ihre Wertsachen zusammengesammelt und sich darauf vorbereitet, das Land zu verlassen. Durch Erfahrung und Beobachtung wusste er, dass Menschen, die über Jahre hinweg überaus vorsichtig gewesen waren, in einem Notfall häufig panisch wurden. Er hatte auch gelernt, dass Taschendiebe ihre Opfer häufig zunächst erschreckten, um herauszufinden, wo das Opfer hinfasste, um sich zu vergewissern, dass der Geldbeutel noch dort war. Als Gavrilo als junger Mann allein in einem Dorf seiner Profession nachgegangen war, hatte er Feuer in einem kleinen Hotel gelegt, um herauszufinden, wohin der Eigentümer hastete, um sein gehamstertes Geld zu retten.

Aber das war nur ein flüchtiger Gedanke, eine Art Automatismus. Er dachte nicht ernsthaft darüber nach, seine Freunde auszurauben, zumindest machte er keinen Plan dafür. Er hatte bereits den Großteil des Geldes und der Diamanten geerbt, die Mira in ihrem Rucksack bei sich gehabt hatte, und darüber freute er sich. Er war gut genug in der Beurteilung von Diamanten, um zu erkennen, dass es sich um ausgezeichnete Steine handelte. Er war zwar nicht gut genug, einen Preis zu beziffern, aber er konnte zählen, und er hatte zweihundert Steine gezählt, die zwischen fünf und zehn Karat hatten, und außerdem noch viele kleinere Steine gesehen. Darüber hinaus hatte Mira einen ordentlichen Batzen Geld bei sich gehabt, lauter Hundertdollarscheine, und ein paar ihrer Steine waren zur Tarnung in billigen Modeschmuck eingesetzt.

Gavrilo war abgelenkt, weil er ein Dieb war. Er hatte nicht aufgehört, ein Dieb zu sein, nur weil er Europa verlassen hatte, also hatte er auch nicht aufgehört, Möglichkeiten zu sehen, wie er sich bereichern konnte. Die Türklingel erinnerte ihn daran, dass er nicht oben bleiben und packen konnte, während er unten Gäste hatte. Auf dem Weg die Treppe hinunter dachte er an die Mitglieder seiner Bande. Sie verließen das Land, also waren alle bei der Bank gewesen und hatten ihre Schließfächer geleert, danach die geheimsten Verstecke bei sich zu Hause ausgeräumt – Hohlräume in Möbelstücken oder Skulpturen, Spielzeug, Küchengeräte, den Untersatz von Pflanztöpfen. Ihr gesamtes Vermögen steckte in den Schultertaschen und Rucksäcken, die gerade zu ihm gebracht wurden.

Als er unten ankam, überraschte ihn die Zahl der Leute, die sich bereits versammelt hatte. Er war nicht in der Stimmung für Umarmungen oder Händeschütteln, also winkte er allen nur zu und führte die Gruppe ins Wohnzimmer.

Die anderen folgten ihm, ließen ihm kaum eine Verschnaufpause. Alle redeten sie gleichzeitig, doch er schnappte ein paar Sätze auf.

»Hunderte von Polizisten sind auf der Suche nach uns. Der Flughafen ist voll von ihnen!«

»Sie observieren Züge und Busse!«

»Als ich bei mir vorbeigefahren bin, standen Polizeiwagen vor meinem Haus. Sie durchsuchen es gerade.«

Gavrilo sah die Furcht und die Sorge in ihren Blicken und wusste, dass das Universum ihn auf die Probe stellte. »Kommt rein, kommt erst mal alle rein«, rief er. »Steht nicht im Flur rum, kommt rein und setzt euch. Wir finden einen Weg, wie wir damit klarkommen. Wir dürfen nicht panisch werden, sonst ist alles verloren. Sie werden ein paar Häuser durchsuchen und an den Flughäfen herumstehen. Aber sie werden bei uns zu Hause nichts finden, genauso wenig, wie sie uns an einem Flughafen finden werden. Wir müssen einfach so lange an einem sicheren Ort bleiben, bis sie aufgeben, und ein paar Tage später können wir dann verschwinden. Macht euch keine Sorgen. Es ist ein Geduldsspiel.«

»Sie haben im Fernsehen gezeigt, wie die Polizei in mein Haus vordringt. Sie trugen Körperpanzer und Helme, als wären sie Soldaten. Das hat gar nicht nach Amerika ausgesehen«, beklagte sich Tomislav.

»Das tut mir leid, Tomislav«, sagte Gavrilo. »Schon bald werden sie alle Häuser durchkämmt haben. Auch meines.« Er sprach etwas lauter weiter. »Bleibt bitte alle ruhig. Wir haben das schon einmal mitgemacht. Wir müssen nur lange genug warten, sodass die Polizei davon ausgeht, dass wir bereits verschwunden sind. Dann teilen wir uns auf und verschwinden unbemerkt, jeder für sich.«

»Aber wie sollen wir das in Los Angeles hinkriegen?«, fragte Jelena. »Und wohin sollen wir gehen? Sie sind bereits in unseren Häusern, und sie werden schon bald hier sein. Wo also können wir das aussitzen? Von ein paar von uns wurden schon Fotos im Fernsehen gezeigt.«

»Wir sind alle schon mal gejagt worden«, sagte Todor. »Wir haben uns einfach daran gewöhnt, seit ein paar Jahren wie die Reichen zu leben. Wir sind weich geworden. Und ich hoffe, das werden wir auch wieder sein. Aber jetzt müssen wir wieder wie Diebe denken – präzise und clever. Kennt einer hier einen Ort, wo wir für ein paar Tage sicher unterkommen können?«

»Wir müssen dieses Haus sofort verlassen. So viel ist sicher«, sagte Sonja. »Wenn die Polizei herkommt und die Gräber findet, dann werden sie denken, dass wir unsere eigenen Leute umgebracht haben.«

Betretenes Schweigen machte sich breit, als die Männer und Frauen den Blick zu Gavrilo wandern ließen, ihn aus dem Augenwinkel musterten. Er wusste nicht, wie er ihre Blicke interpretieren sollte, aber er wusste, dass er ihre Gedanken besser auf etwas anderes lenkte. »Jetzt überlegt doch mal alle. Kennt jemand einen Ort, an dem wir das hier aussitzen können?«

Srdan, der etwas weiter hinten in der Gruppe stand, hob leicht die Hand, ließ sie jedoch sofort wieder sinken.

Doch Gavrilo brauchte dringend ein Ablenkungsmanöver. »Srdan. Ich habe deine Hand gesehen. Woran denkst du?«

»Ich habe da eine Idee, gewissermaßen.«

# 29

Ed Hoyt lehnte sich in seinem Clubsessel nach hinten und starrte auf die Ausgabe der *Los Angeles Times*. Beim Lesen bewegten sich seine großen behaarten Füße, er krallte die Zehen zusammen und streckte sie dann wieder. Nicoles Augen waren hinter einer dunklen Sonnenbrille verborgen, sie musterte ihn.

Sie hatte entspannt neben dem kleinen Pool am Ende einer ganzen Reihe von Pools im Bellagio Hotel gelegen und das angenehme Gefühl der trockenen Wüstensonne genossen. Sie hatte ein paar Bahnen im Pool gezogen, ein Kunststück, das nur so früh am Morgen möglich war, ehe die anderen Gäste aufstanden und dann wie Pfosten im Pool herumstanden. Anschließend war sie zurückgekommen, hatte sich auf die Liege neben Ed gelegt und gespürt, wie die heiße, sengende Hitze das Wasser von ihrer Haut regelrecht aufsaugte. Die schwache Brise schien mikroskopisch kleine Sandpartikel herbeizuwehen, die ihre Haut polierten und sie frisch und sauber wirken ließen.

Dreimal hatte Nicole nun diesem Ritual gefrönt, und als sie sich nach dem dritten Mal wieder neben Ed gelegt hatte, hatte er die Zeitung in der Hand gehabt. Das mochte sie an Las Vegas – wenn man so aussah, als würde man ein halbwegs vernünftiges Trinkgeld geben, brachten einem die Leute alles, was man haben wollte. Wieder sah sie ihn an. Sie hatte gemischte Gefühle, wenn sie so im Badeanzug neben Ed lag.

Ed war groß, ungefähr eins neunzig. Er war behaart, hatte schwarzes Brusthaar, das sich als schmaler Streifen über seinen Bauch bis unter den Bauchnabel zog. Außerdem war er sehr muskulös. Und das war tatsächlich eine gute Sache. Ihr Mann war top in Form, insbesondere für einen Mann über vierzig. Allerdings fühlte sie sich auch leicht deklassiert, wenn er so viel von sich zeigte. Sie waren hier in einem schicken Hotel – in einem der wenigen in Las Vegas, die immer noch extravagant waren, jetzt, wo die Stadt sich offenbar das Ziel gesetzt hatte, jungen Paaren mit Kindern gefallen zu wollen –, doch Ed sah nicht wie ein Mann aus, der Niveau hatte. Reiche Anwälte, die CEOs großer Firmen und Männer, die ein Vermögen geerbt hatten, sahen nicht aus wie Ed. Diese Männer hatten keine Körperbehaarung. Sie ließen sich wachsen oder rasierten sich, damit sie so glatt wie Mädchen waren. Und sie waren zwar gut in Schuss, aber nicht so wie Ed Hoyt. Er sah aus wie ein Wrestler oder ein Lehrer für Kampfsport, vielleicht sogar wie das, was er auch tatsächlich war. Er war sehr männlich, sehr kräftig, aber vielleicht auch ein kleines bisschen zu halbseiden, zu aufdringlich.

Er entsprach in etwa der männlichen Version jenes Typs Frau, den sie an den Pools von Las Vegas öfter gesehen hatte. Frauen mit wunderschönen, vollen Brüsten, einer schmalen Taille und einem Hintern mit perfekten Rundungen. Mutter Natur war gut zu ihnen gewesen, aber vielleicht auch ein bisschen zu großzügig. Vielleicht traf diese Frauen keinerlei Schuld, viele von ihnen hatten nicht bezahlt für ihre Üppigkeit. Aber war der Blick erst auf sie gefallen, sagte das Gehirn natürlich nicht unbedingt »Wissenschaftlerin«. Ed war genau wie diese Frauen. Nichts an ihm war subtil, und er war in etwa so reflektiert wie ein Hund.

Sie schloss die Augen und lag da, ermahnte sich, ihn so zu nehmen, wie er war. Sie war mit ihm zusammen, und sie beide waren gesund und am Leben. Im Hotel hatten sie eine Suite mit zwei Zimmern nehmen müssen, damit sie zwei Hotelsafes und nicht nur einen hatten und das ganze Bargeld verstecken konnten, das sie bei sich hatten.

»Weißt du, was in der Zeitung steht?«, sagte Ed.

»Meine Augen sind gerade zu. Ich habe seit vier Tagen keine Zeitung in der Hand gehabt. Also nein.«

»Die bizarren Typen, die uns angeheuert haben, sind nicht einfach nur Diebe. Sie gehören zu einer berühmten Bande von Juwelendieben. Die Polizei sucht nach ihnen. Sie waren wohl hier im Land, um die Juwelierläden am Rodeo Drive auszurauben, zusammen mit einem Haufen Juweliergeschäften im Juwelierviertel in der Innenstadt.«

»Es kann nicht so gut gelaufen sein, wenn die *LA Times* weiß, wer sie sind.«

»Die Bullen haben einen von ihnen erkannt und dann herausgefunden, dass eine ganze Horde von ihnen hier ist, also haben sie an allen Ecken Bullen postiert, ehe die Gangster ihren Coup durchziehen konnten«, sagte Ed. »Die Polizei hat die Läden ein paar Tage lang überwacht und darauf gewartet, dass sie auftauchen, aber sie haben sich nicht blicken lassen.«

Nicole lag noch immer mit geschlossenen Augen da, fest entschlossen, den Großteil ihrer Gedanken der Empfindung zu widmen, wie ihr Körper von der Wärme und der Brise umschmeichelt wurde und ihre Muskeln sich entspannten. »Wie viele sind es denn?«

»Die Bullen gehen von vierzig aus.«

Sie riss die Augen auf, um sicherzustellen, dass sich niemand in der Nähe aufhielt. »Du hast ein paar von denen um die Ecke gebracht, vergiss das nicht.« Sie selbst hatte mindestens drei auf dem Gewissen, aber das tat hier nichts zur Sache.

»Laut Polizei hat jeder von ihnen über die Jahre hinweg und überall auf der Welt Juwelen in Höhe von mehreren Millionen gestohlen. Sie nehmen nur Diamanten.«

»Ach, du weißt doch, wie das ist«, sagte Nicole. »Da werden in einem Laden zwei Dollar geklaut. Der Polizei und der Versicherung gegenüber wird aber angegeben, es wären zwanzig gewesen. Die Angestellten lassen die Diebe davonkommen, ehe sie Alarm schlagen, so können sie sich achtzehn Dollar in die eigene Tasche stecken, ehe die Bullen aufkreuzen.«

»Wir sprechen hier nicht von einem Spirituosenladen in Bakersfield«, erläuterte Ed. »Sondern von Läden wie Harry Winston in London. Oder anderen in Paris und Tokio. Sie gehen einfach rein und schnappen sich die Diamanten.«

»Seit wann interessierst du dich eigentlich so für Diamanten? Ich musste dich quasi anbetteln, damit du mir Diamantohrringe kaufst.«

»Es geht nicht um die Diamanten«, sagte Ed. »Sondern um die Tatsache, dass es sich um diese Menschen handelt. Wir haben für sie gearbeitet, auch wenn uns das nicht sofort klar war. Wir haben uns an die Fersen der Abels geheftet und sie ganz schön auf Trab gehalten, während diese Leute einen Jahrhundertcoup geplant und vielleicht auch umgesetzt haben. Soweit wir wissen, haben sie es durchgezogen, die Bullen wissen es nur noch nicht. Nachdem wir unser Leben für sie aufs Spiel gesetzt hatten, haben sie uns hängen lassen. Wir wurden angeschmiert.«

Nicole schüttelte den Kopf. »Ich kann nicht nachvollziehen, wie du das, was ihnen zugestoßen ist, so verdrehen und etwas daraus machen kannst, was mit uns zu tun hat. Wir waren nicht ihre Partner oder so. Vince Boylan hat uns angeheuert, um einen Job für sie zu übernehmen. Und wir haben uns von Boylans Geld ein sehr ordentliches Honorar gezahlt. Ende.«

»Sie haben auf uns geschossen.«

»Und wir haben auf sie geschossen und sind nicht tot.«

»Willst du wissen, wer die Mitglieder der Bande identifiziert hat? Das waren Mr und Mrs Abel. Hätten uns diese durchgeknallten Typen weiterbeschäftigt und ordentlich behandelt, dann hätten sie nun nicht alles verloren. Sie hätten inzwischen doppelt so viel Geld machen können, und die Bullen würden nicht all ihre Häuser durchsuchen und ihre Fahndungsfotos in Zügen und Flughafenterminals herumzeigen.«

»Klar«, sagte Nicole. »Mit uns wären sie besser dran gewesen als ohne uns. Keine Frage.«

»Das ist meiner Meinung nach noch längst nicht alles«, meinte Ed.

»Was gibt es da noch zu sagen?«

»Uns steht eine Entschädigung zu.«

Nicole prustete ein lautes »Hah!« in die Welt hinaus, bevor sie sich wieder beruhigte. Und dann, weil ihr Lachen so heftig und unerwartet herausgeplatzt war und Ed so schockiert wirkte, lachte sie noch lauter, ganz unverhohlen. Sie hob beschwichtigend eine Hand, presste sich die andere auf den Mund. Nach einem kurzen Moment ging es dann wieder. »Entschuldige bitte. Das hat mich gerade einfach überrumpelt. Es klang so, als wolltest du sie verklagen.«

»Natürlich nicht«, sagte Ed.

»Bist du sicher, dass du keinen Anwalt anrufen willst?«

Er faltete die Zeitung zusammen und warf sie ihr auf den Bauch. »Wenn du das liest, wirst du feststellen, dass jetzt vierzig von ihnen mit den ganzen Diamanten irgendwo unterwegs sind. Sie wollten mit ihnen außer Landes, aber das hat nicht geklappt. Das hat mit Sicherheit nicht hingehauen.«

Nicole schlug die Zeitung auf, fand den Artikel und fing an zu lesen. Nach ein paar Minuten sah sie Ed an, der mit geschlossenen Augen dalag, das Gesicht entspannt dem blauen Himmel zugewandt. »Warum können sie es nicht geschafft haben?«

»Die Polizei wurde vorgewarnt, von den Abels, aber darum geht es nicht. Die Polizei hat mit allen Mitteln versucht, die Diebe daran zu hindern, ein Flugzeug, ein Schiff, einen Zug oder einen Bus zu besteigen, und sie hatten genug Zeit, um die Fahndungsfotos aller Beteiligten an die ausländischen Zollbehörden zu schicken. Bislang haben sie keinen von ihnen gefunden.«

»Du glaubst also, dass sie in Kauf genommen haben, sich einzuigeln?«

»Sie haben es in Kauf genommen – oder es war so geplant.«

»Geplant? Echt jetzt?«

»Du hast doch das Haus gesehen, in dem die drei Typen gewohnt haben«, sagte Ed. »Sie haben im Vorfeld, über Monate, vielleicht sogar Jahre hinweg, Geld hierherströmen lassen und sind dann erst hergezogen.«

»Laut Zeitung haben sie das gemacht, damit sie genug Zeit hatten, die Juwelierläden auszukundschaften und ihre Raubzüge bis ins kleinste Detail durchzuplanen.«

»Stimmt«, pflichtete er ihr bei. »Ich bin mir sicher, dass sie genau das gemacht haben. Sie hatten herausgefunden, dass man in diesem Land am sichersten lebt, wenn man eine ruhige Straße in einem der äußeren Vororte wählt. Haben sie das alles nur für einen Coup gemacht? Oder für einen Tag mit mehreren Jobs?«

Sie legte die Zeitung weg. »Um Himmels willen, was, wenn du recht hast?«

»Das klingt jetzt so, als wäre meine Annahme einfach nur ein Zufallstreffer.«

»So habe ich das nicht gemeint«, sagte sie. Schweigend saß sie da und starrte auf die palmengesäumten Pools und barocken Brunnen, die entlang der Imitation einer Piazza standen. Im Geist ging sie alle Details durch, die sie über diese Diebesbande wusste. Hin und wieder dachte sie laut nach.

»Als diese Idioten den Mann umgebracht und seine Leiche in den Kanal gesteckt hatten, hätten die meisten Leute ihr Vorhaben abgeblasen und sich nach etwas anderem umgesehen. Dann haben die Abels angefangen, nach den Spinnern zu suchen, haben Belohnungen und alles Mögliche versprochen. Da hätten sie verschwinden sollen.«

Ed machte die Augen nicht auf und rührte sich auch nicht. »Mm-hmm.«

»Stattdessen sind sie geblieben und haben jemanden angeheuert, um die Schnüffler loszuwerden. Uns – nein, Vincent Boylan, der dann uns angeheuert hat. Sie waren fest entschlossen, zu bleiben und dieses Geheimnis nicht zu lüften.«

Sie konnte bei Ed keine Reaktion erkennen, fuhr aber dennoch fort: »Sie haben diese Raubüberfälle von langer Hand geplant, und bei diesen Läden handelt es sich um die schwierigsten Ziele in ganz Kalifornien. Wir gehen immer davon aus, dass die Gangster nach einem solchen Coup so schnell wie möglich abhauen. Aber diese Leute sind nicht dumm. Die meisten werden in der Tat geschnappt, weil sie sich davonmachen. Abhauen ist aber ein ganz eigener Job. Das will geplant sein, braucht Zeit, um organisiert zu werden. Dabei gibt es keinen Grund, überhaupt abzuhauen, und dann noch sofort.«

Noch immer sagte Ed nichts, doch sie bemerkte ein leichtes Zucken um seine Mundwinkel.

Nicole stand auf und ging quer über das sonnengewärmte, glatte Pflaster, vorbei an dem Pool mit der Fontäne, die an vier Seiten mit einem Wasser speienden bärtigen Gesicht versehen war, das einen Schwall auf die Badenden entließ, weiter zum dahinter liegenden rechteckigen Pool. Die Frühstückszeit musste so langsam vorbei sein, denn es saßen bereits Gäste auf den Unterwasserbänken, die sich zu beiden Seiten entlang des Pools erstreckten. Sie schwamm zum anderen Ende und wieder zurück, dreimal, lehnte sich mit dem Rücken an den Rand, um wieder zu Atem zu kommen, und kehrte dann zu ihrer Liege neben Ed zurück.

Ruhig lag sie da, spürte, wie das Wasser auf ihrem Körper verdunstete, den sanften Abrieb des Windes und die Lockerheit ihrer Arme und Beine. »Wo sind sie deiner Meinung nach jetzt?«

»Ihre Häuser kommen nicht infrage. Die wurden vorher bereits von der Polizei observiert. Also müssen sie etwas anderes aufgetan haben. Sie sind Ausländer. Noch dazu eine ziemlich große Gruppe. Da gibt es nicht so viele Möglichkeiten.«

»Nämlich?«

»Ein Haus, von dem sie sicher wissen, dass es leer steht und die Eigentümer nicht zurückkommen. Vincent Boylans Haus oder unseres.«

»Verdammt«, raunte sie.

Sie drehte sich um, sah ihn wieder an. Wie er so dalag, erinnerte er an einen großen einfältigen Typen, der schon in so manche Schlägerei verwickelt gewesen war. Und das stimmte auch. Doch er war auch noch etwas anderes. Sie setzte sich auf, beugte sich zu ihm hinüber und küsste ihn auf die Wange. »Komm mit«, sagte sie.

»Weshalb?«

»Ich will dir was zeigen.«

Er machte die Augen auf. »Wo ist es?«

Sie stand auf, zog sich ihren Strandkimono über und schlüpfte in ihre Sandalen. »Es ist oben im Zimmer.« Sie ging auf den Rundbogen zu, der ins Hotel führte. Einen kurzen Augenblick später merkte sie, wie er zu ihr aufschloss.

# 30

Es war später Nachmittag, als Ronnie Abel bei der Post am Tujunga Canyon Boulevard Schlange stand. Sie trug eine blonde Perücke, die zwar unbequem war, jedoch mit der Farbe und dem Haarschnitt gut zu den Fotos von Mira Cepic passte, die Sid und sie von ihr gemacht hatten. Auf den Informationsblättern von dem Treffen mit Agent Roche von Interpol waren die ersten Seiten ihres Passes inklusive des Fotos zu sehen gewesen. Das Foto von ihrem kalifornischen Führerschein war noch besser, weil die schreckliche Digitalkamera in der Zulassungsstelle Mira Cepic überrascht hatte und weil die Beleuchtung offenbarte, wie sehr ihre Haut gealtert war. Ronnie und sie könnten ohne Weiteres als gleich alt durchgehen. Beide hatten sie strahlend blaue Augen, außerdem waren sie in etwa gleich groß und gleich schwer.

Ronnie war sich nicht sicher, ob es funktionieren würde. Doch Sid und sie hatten einen Großteil ihres Lebens damit zugebracht, nach Leuten zu suchen, die keine Spuren hinterlassen wollten, aus denen die Polizei schließen könnte, wo sie zu finden waren. Mira Cepic war nicht die Erste, die ein Haus so blitzsauber verließ, dass es schwierig war, auch nur einen vollständigen Fingerabdruck zu finden, ganz zu schweigen von irgendwelchen Unterlagen. Papier wegzuwerfen war einfach. Schwieriger war es, keine neuen Unterlagen auftauchen zu lassen – neue Kreditkartenabrechnungen, auf denen Flugzeugtickets ausgewiesen waren, Lastschriften für Geschäfte in anderen Städten, monatliche Kontoauszüge.

Das schaffte man am einfachsten, indem man die Post abbestellte.

Geduldig wartete Ronnie, während die drei Leute vor ihr nacheinander an der Reihe waren. Die gelangweilten Postbeamten kamen methodisch und höflich den Bitten der Kunden nach, wogen Päckchen ab, verkauften Briefmarken, nahmen Geld und Kreditkarten entgegen. Sie befürchtete, sie könnte zu der Frau rechts außen kommen, hoffte aber auf den Mann zu ihrer Linken. Er schien in Gedanken ganz woanders zu sein, einer von denen, die quasi automatisiert vorgingen und ihren Händen das Denken überließen. Die Frau hingegen machte einen wacheren Eindruck, schien nicht in Tagträume verstrickt, musterte die Kunden genau, damit ihr Geist nicht einschlief. Nach Ronnies Erfahrung waren Frauen besser darin, kleine Unstimmigkeiten im Erscheinungsbild ihres Gegenübers auszumachen. Männer ließen den Blick darüberschweifen und machten einfach weiter.

Die beiden Angestellten kamen in etwa in derselben Geschwindigkeit mit den Kunden voran, dann kam bei der Frau ein Mann dran, der per Kreditkarte nur eine Briefmarkenbox kaufen wollte. Sie bediente ihn rasch, als Nächste war Ronnie an der Reihe. Ronnie sah sich um und entdeckte eine junge Frau mit zwei Kleinkindern. Sie hatte ein paar Päckchen im linken Arm, und die Kinder klammerten sich jeweils an einen Finger ihrer rechten Hand. Die Frau machte einen erschöpften Eindruck. »Bitte, Sie können gerne vorgehen«, sagte Ronnie mit leichtem Akzent.

Die junge Frau lächelte und wirkte zugleich misstrauisch. »Wirklich?«

»Klar.« Sie deutete zum Schalter. Als die Frau mit den Kindern dort ankam, warf die gelangweilte Postbeamtin Ronnie einen Blick zu, als wollte sie sagen: »Das haben wir beide doch auch schon mitgemacht, nicht wahr?« Ronnie und sie lächelten.

Der Mann am anderen Ende des Schalters verabschiedete sich von seinem Kunden mit einer Quittung für einen Einschreibebrief, dann trat Ronnie zu ihm. »Ich habe meine Postzustellung abbestellt und würde sie nun gerne abholen.« Sie achtete darauf, es mit dem Akzent nicht allzu sehr zu übertreiben, doch sie hatte ihn eingeübt, für den Fall, dass sie so tun musste, als hätte sie die Vereinbarung nicht verstanden. Sie setzte ihn schon jetzt ein, damit er nicht dann, wenn es nötig war, unvermittelt auftauchte.

»Dafür brauche ich einen Ausweis.«

Ronnie holte die Kopie des kalifornischen Führerscheins aus ihrem Geldbeutel, zusammen mit der Kopie der ersten beiden Seiten von Mira Cepics Ausweis und legte beides auf den Tresen. »Mein Geldbeutel wurde gestohlen, als ich in Europa war, also habe ich nur Kopien.«

Der Mann sah Ronnie an, dann die Kopien und wieder Ronnie. Sein Gehirn schien stillzustehen. »Einen Augenblick, bitte.« Er nahm die Kopien und verließ den Schalter. Ronnies Hoffnung wuchs.

Der Mann ging zum Schalter der Frau, zeigte ihr die Kopien und sagte: »Man hat dieser Dame den Geldbeutel gestohlen. Ist das okay? Können wir das so akzeptieren und ihr die Post geben?«

Während die Frau die Kopien betrachtete, machte sie ein ernstes Gesicht. Dann sah sie Ronnie an, lächelte wieder und nickte. »Sicher doch. Das ist in Ordnung.«

Einen Moment später unterschrieb Ronnie einen gelben Empfangsschein und nahm den Stapel Briefe entgegen, die an Mira Cepic adressiert waren und von einem Gummiband zusammengehalten wurden.

Eine halbe Stunde später nahm Ronnie die blonde Perücke ab und kämmte ihre Haare. Die heiße, enge Perücke war schrecklich gewesen, und es war eine Erleichterung, sie loszuwerden. Sie sah zu, wie Sid Mira Cepics Briefe auf dem Tisch ihres Hotelzimmers sortierte. Darunter waren ein paar Rechnungen, viel Werbung und Kataloge, ein paar Anfragen von allen möglichen Wohltätigkeitsorganisationen, ein paar Frauenzeitschriften. Er legte eines nach dem anderen weg, dann hielt er inne.

»Veronica«, sagte er.

»Was gibt's, Sidney?«

»Sieht so aus, als hätte sie Post von einem Freund bekommen.« Er hielt einen rechteckigen weißen Umschlag hoch, schlitzte ihn mit dem Messer an seiner Schlüsselkette auf. Dabei achtete er darauf, die Absenderadresse nicht zu zerschneiden, und zog eine Geburtstagskarte heraus.

Ronnie trat hinter ihn und sah ihm über die Schulter. »Aber klar doch. Ich habe gerade einen Blick auf ihren Führerschein geworfen. Sie hat in zwei Tagen Geburtstag.« Sie nahm den Umschlag. »Alexej Malikow. Diese Adresse ist nordwestlich von hier. Kannst du raussuchen, wie man dorthin kommt, und es mir aufs Handy schicken, während ich ein paar bequeme Schuhe anziehe?«

»Klar.«

Er gab die Adresse auf einer Navigationsseite im Internet ein und wartete, bis die Wegbeschreibung dorthin auftauchte.

»Wir müssen unterwegs anhalten und OP-Handschuhe und so weiter kaufen. Vielleicht sollten wir uns auch ein Stemmeisen besorgen.«

»Der Krempel, den wir für Mira Cepics Haus verwendet haben, ist im Auto«, sagte Sid. »Ich hoffe, die Gegend da ist auch wie bei Mira Cepic.«

Ein paar Minuten später saßen sie in ihrem neuesten Mietauto und fuhren Richtung Westen zur Adresse von Alexej Malikow. Sid saß am Steuer, Ronnie betrachtete die Straßenkarte auf dem Handy.

»Der Freeway sieht ziemlich leer aus. Du musst einfach nur auf die 101 fahren und dann bis zur Ausfahrt nach Topanga drauf bleiben. Anschließend biegst du nach Norden ab, und ich sag dir dann, wie es weitergeht. Malikow. Der Name klingt russisch, findest du nicht?«

»Für mich schon«, sagte Sid. »Aber ich spreche kein Serbisch oder Russisch, da fragst du den Falschen.«

»Ich habe aber niemanden außer dir. Agent Roche erwähnte, dass die Diebe aus verschiedenen Ländern stammen, also passt es schon.«

»Mal abwarten, was wir dort rauskriegen«, sagte Sid. »Vielleicht ist der Typ zu Hause und wartet nur darauf, uns zu sagen, wo Mira Cepic ist.«

Eine halbe Stunde später trafen sie bei Malikows Haus ein. Es handelte sich um ein relativ neues Viertel, bestehend aus zweistöckigen Häusern, die ihr Grundstück fast vollständig ausfüllten und kaum genug Raum ließen, um mit einer Schubkarre zwischen ihnen hindurchzufahren. Sid und Ronnie blieben in einiger Entfernung stehen und beobachteten das Haus, während es langsam Abend wurde. Das Licht wurde nicht eingeschaltet, kein Auto fuhr in die Garage oder aus ihr heraus. Ronnie warf einen Blick auf die Uhr.

»Was denkst du?«

Sid sah auf seine Uhr. »Denke schon. Mr Malikow ist offensichtlich nicht zu Hause. Und es sind keine Polizisten zu sehen, die das Haus beobachten.« Er öffnete die Autotür und stieg aus, Ronnie folgte ihm auf ihrer Seite.

Sie gingen einmal um den Block bis zur nächsten Straße und nutzten die Dunkelheit zwischen zwei Häusern, um sich Malikows Haus von hinten zu nähern.

An der Hintertür angekommen, zogen beide ihre Latexhandschuhe über. Sid nahm den kräftigen Magneten, den er im Eisenwarenladen gekauft hatte, kniete sich neben die Tür und bewegte ihn langsam an der Tür entlang, bis er auf Widerstand stieß. Er hatte den kleinen Magneten lokalisiert, den die Überwachungsfirma an der Tür angebracht hatte. Er hatte die Funktion, den darunterliegenden Schalter in einer bestimmten Position zu halten, bis die Tür geöffnet wurde. Sobald der Magnet seine Position verließ, schloss sich der Schalter, und der Alarm wurde ausgelöst. Sid brachte den Magneten sorgfältig so an, dass er den Alarm-Magneten in der Tür eher anzog als abstieß, dann richtete er sich auf. Er klappte sein Taschenmesser auf, schob die Klinge beim Türknauf hinein, sodass sie den Verriegelungsbolzen zurückdrückte, und hielt dann inne.

Sid nickte Ronnie zu. Sie übernahm den Messergriff mit dem zurückgeschobenen Bolzen, während Sid sich wieder hinkniete. Langsam schob er die Tür auf. Als sich die Tür bewegte, schob er den Magneten ein kleines Stück weiter nach innen, um sicherzustellen, dass der Alarmknopf weiterhin nach oben gezogen wurde. Dann traten sie ein und zogen die Tür zu, ließen sie nur einen winzigen Spalt offen stehen.

Sid und Ronnie zogen die Vorhänge zu und ließen die Jalousien herunter, während sie von einem Raum zum nächsten gingen. Als sie es ihrer Meinung nach ausreichend schwierig gestaltet hatten, um aus egal welchem Winkel von draußen einen Blick ins Innere zu erhaschen, schalteten sie eine Lampe ein.

Sie suchten das Haus sorgfältig und gründlich ab. Ihnen war bewusst, dass jeder Moment, der verstrich, seit sie in das Haus eingebrochen waren, die Wahrscheinlichkeit erhöhte, entdeckt zu werden.

Umgehend wurde deutlich, dass in diesem Haus nicht so groß reinegemacht worden war wie in dem von Mira Cepic. Es war staubig, im Recyclingeimer in der Küche lagen Dosen, über den Boden im ersten Schlafzimmer waren Herrenklamotten verteilt. Dann fanden sie ein zweites Schlafzimmer und ein drittes, doch schienen diese weder bewohnt noch geputzt worden zu sein.

Ronnie ging zurück in die Küche, öffnete den Kühlschrank und schloss ihn rasch wieder. »Er ist verschwunden, aber er hat das Haus unter Zeitdruck verlassen«, sagte Ronnie. »Und zwar vor ein paar Tagen. Hier im Kühlschrank ist altes Essen.«

Im ersten Schlafzimmer stand ein Schreibtisch, auf dem alte Quittungen und ein Kalender lagen. Sid setzte sich auf den Stuhl und fing an, die Unterlagen durchzusehen. »Die Hälfte davon ist in kyrillischer Schrift verfasst.«

»Nimm alles, was dir in irgendeiner Form persönlich vorkommt und keine Strom- oder Wasserrechnung ist. Wir kriegen dann später schon raus, was es damit auf sich hat.«

Nachdem Sid die ganzen Unterlagen auf dem Schreibtisch eingesammelt hatte, sah er sich den Abreißkalender an. »Der Dreiundzwanzigste«, sagte er.

»Was ist damit?«

»Das ist der letzte Tag im Kalender. Das Blatt, das nicht abgerissen wurde. Und seine Aufstellung der ausgestellten Schecks zeigt, dass das auch der letzte Tag war, an dem er einen ausgefertigt hat.« Er öffnete die nächste Schublade. »Munition. Lauter Neun-Millimeter-Patronen.« Er zog die nächste

Schublade auf. »Hier ist nur Schreibmaterial – Hefter und Umschläge.«

»Okay«, sagte Ronnie. »Ich fange mit den anderen Räumen an.«

Eine halbe Stunde später fand Sid sie in einem der anderen Schlafzimmer vor. Als sie ihn sah, sagte sie: »Hier ist es das Gleiche, Neun-Millimeter-Patronen, ein Reinigungsset für Waffen, aber keine Waffen. Ein bisschen Bargeld, aber nichts Außergewöhnliches.«

»Hören wir auf?«

»Sollten wir wohl besser«, sagte Ronnie. »Wir fordern hier wirklich unser Glück heraus.«

Sie gingen nach unten, schlichen zur Tür, drückten den Knopf am Türknauf hinein, damit der Knauf sich von außen nicht drehen ließ, und zogen die Tür hinter sich zu. Als Nächstes entfernte Sid seinen Magneten wieder und hielt dabei den Atem an, aber der Alarm ertönte nicht.

Auf dem Rückweg sagte Ronnie: »Denkst du, wir sollten Miguel Fuentes sagen, was wir gefunden haben?«

»Wir wissen nicht, ob wir etwas gefunden haben oder ob wir einfach nur dem Typen geholfen haben, zu Hause ein bisschen klar Schiff zu machen.«

»Du weißt, was ich meine. Sollten wir Miguel nicht besser sagen, dass wir im Haus waren und uns dort umgesehen haben?«

»Ich wüsste nicht, wie das gehen sollte«, entgegnete Sid. »Brenda Albright und er haben bereits ein Auge zugedrückt, als wir bei Mira Cepic eingebrochen sind. Das tun sie nicht noch einmal. Außerdem ist ohnehin das ganze Dezernat mit dem Fall beschäftigt. Drei Tage lang mussten die Beamten lange Schichten schieben und abwarten, ob die Panther etwas anstellen oder die Stadt verlassen. Sollte jemand herausfinden, dass wir in dem Haus waren, wandern wir in den Knast.«

»Dann fahren wir wohl besser zum Hotel zurück und sehen mal, wozu wir ein solches Risiko auf uns genommen haben.«

# 31

Von Las Vegas nach Los Angeles waren es ungefähr vierhundertdreißig Kilometer, und das machte Nicole immer ein bisschen nervös. Es war eine mindestens vierstündige Fahrt mit der risikofreudigsten Gruppe von Reisenden, die auf öffentlichen Highways unterwegs waren. Die Tatsache, dass die meisten von ihnen soeben eine Lektion in Sachen unangebrachtem Optimismus erteilt bekommen hatten, machte sie nur umso ungeduldiger, und ein paar von ihnen auch gemein.

Sie hatte einmal gelesen, dass es auf einem langen Abschnitt in der Mitte keine örtlichen Krankenwagen gab, auch keine Krankenhäuser, wo man eingeliefert werden konnte. Hatte man also einen Unfall auf der Interstate 15, waren die Leute, die einen letztlich einsammelten, die Häftlinge eines nahe gelegenen Gefängnisses. Diese Vorstellung hatte ihre Nervosität zwar nicht verringert, doch in ihr das Bild wachgerufen, dass eine solche Freiwilligenarbeit, sollte sie im Gefängnis landen, doch eine willkommene Abwechslung sein könnte.

Nicole lehnte sich zurück und ließ Ed fahren. Ed und sie hatten einen ganzen Tag zusätzlich in Las Vegas verbracht, ehe sie sich ein Herz gefasst hatten und losgefahren waren.

Als Ed sagte, dass sich diese Juwelendiebe im Haus eines anderen verstecken mussten, hatte er sie damit so beeindruckt, dass sie den ganzen Nachmittag in ihrer Suite um ihn herumgeschwirrt war und mit ihm herumgealbert hatte. Und dann, ehe sie groß darüber nachdenken konnte, war ihr klar geworden, dass sie besser nicht mitten am Tag getrunken hätten. Doch da waren sie beide schon viel zu betrunken, um noch am selben Tag nach Los Angeles aufzubrechen. Schließlich wollte Nicole unbedingt vermeiden, dass die Highway Patrol sie auf der Interstate 15 rechts rauswinkte.

Sollte das passieren, würde Ed sicherlich alles unternehmen, um den Cop zu beseitigen und dann abzuhauen. Doch sie wusste auch, dass Ed zu langsam reagieren würde und zu schludrig wäre, um den Job ordentlich zu erledigen. Durchaus möglich, dass sie beide bei einer solchen Aktion dran glauben mussten. Denn selbst wenn es ihm gelingen sollte, ganz simpel die Pistole ans Fenster zu halten und abzudrücken, und selbst wenn er sich verkneifen konnte, die restliche Fahrt über eine Dummheit zu machen, wenn sie an anderen Cops vorbeikamen, die nach ihnen suchten – was hätten sie dadurch gewonnen? In dem Zustand, in dem er zu Hause angekommen wäre, hätte er es in dieser Nacht niemals mit einer Bande von Juwelendieben aufnehmen können. Wozu also?

Also beschloss Nicole, den restlichen Abend lieber damit zuzubringen, Ed auf Trab und bei Laune zu halten. Das entpuppte sich als Mammutaufgabe. Ed war ein Mann mit ungezügeltem Appetit, und er war in einer manischen Stimmung. Er hatte ein paar Drinks auf dem Zimmer gehabt, ein paar mehr während des ausufernden Lunchs, den er im Restaurant des Aria Hotels geordert hatte, wo sie unter bunten Schmetterlingsattrappen mit einer Flügelspannweite von über einem Meter saßen. Er schien sich von einer Gruppe Chinesen inspirieren zu lassen, die an einem großen runden Tisch neben ihnen saß, offensichtlich alles bestellt hatten, was die Speisekarte hergab, und dann damit beschäftigt war, jedes Gericht sofort zu verschlingen.

Ed hatte über die Schulter zu ihrem Tisch hinübergesehen und gemeint: »Das sieht aber gut aus.« Natürlich hatte es gut ausgesehen. Sie hatten Hummer in der einen Hand, ein Steak in der anderen und liebäugelten bereits mit dem Huhn und dem Fisch auf der nächsten Platte. Ed hatte bestellt, als wollte er sie übertrumpfen, und damit durchaus den ein oder anderen in den Schatten gestellt – Einzelne, nicht aber die Gruppe.

Dann hatte Ed ihnen ein Taxi nach Mandala Bay gerufen. Der Abend hatte aus einem Durcheinander von Casinos und Bars bestanden, dann war es zurück an den Pool im Bellagio gegangen, wo Ed beschloss, die beste Methode, nüchtern zu werden, bestünde darin, ein paar Runden zu schwimmen.

Nicole hatte ihr Wickeltuch umgebunden und war etwas hinter ihm über den Innenhof spaziert, hatte dabei aber stets ein Auge auf ihn gehabt, für den Fall, dass er sich im betrunkenen Zustand den Kopf anstieß und unterging, oder sich auf eine stumpfsinnige Auseinandersetzung mit einem der Männer einließ, die noch immer wie Models im Wasser herumstanden.

Vielleicht war es ein Fehler von ihr gewesen, ihm beim Schwimmen zuzusehen. Denn auch in betrunkenem Zustand war er immer noch ein überraschend kräftiger, eleganter Schwimmer und gab mit seiner kräftigen Schultermuskulatur ein großartiges Bild ab. Und da er in Las Vegas schon ein paar Tage faul in der Sonne gelegen hatte, war er gebräunt und sah gesund aus. Er hatte kräftige gleichmäßige Zähne wie ein Pferd, und sie waren strahlend weiß, weil er keinen Kaffee mochte und nie geraucht hatte. Als er sie bei einer Kehre sah und sie angrinste, spürte sie, wie ihre Knie weich wurden, und ihr war, als wäre sie neu verliebt.

Das führte zur nächsten Verlockung für Ed, mit Nicoles Körper als Hauptakteur. Dann gab es weitere Drinks, noch mehr Essen und noch mehr Nicole, ehe sie beide in sich zusammensackten und etwa zwölf Stunden am Stück durchschliefen.

Am Morgen hatte sie ihn ins Auto bekommen, und jetzt waren sie auf dem Weg zurück nach Los Angeles. Nicole war immer noch erschöpft, schlief eine weitere Stunde auf der Heimfahrt, doch Ed war keine Müdigkeit anzusehen. Saß er am Steuer, hörte Ed kein Radio und redete auch nicht viel. Er hielt den Wagen in der Spur und starrte in die Ferne, bewegte sich stur vorwärts, wie ein Kojote, der in der Mittagshitze durch eine Wüste zockelt.

Sowie sie beim Glen Helen Park die halbwegs zivilisierten Vororte von San Bernardino erreichten, wurde der Verkehrsstrom zu beiden Seiten immer dichter. Sie brach das Schweigen. »Wenigstens ist der Verkehr in die Stadt zu dieser Tageszeit nicht so schlimm wie der aus der Stadt heraus.«

»Stimmt«, sagte er. »Wir kommen zur richtigen Zeit an. Wir können uns was zum Abendessen holen und uns vielleicht kurz hinlegen, ehe wir uns an die Arbeit machen.«

Sie streckte sich und rieb über seine verhärteten Nackenmuskeln. »Wirst du müde, Süßer? Ich kann gerne das Steuer übernehmen.«

»Alles bestens«, brummte er.

»Ich wollte es ja nur gesagt haben.«

Er sagte nichts, doch sie wusste, dass es keiner Antwort bedurfte. Sie fühlte sich immer nicht so gut, wenn sie diesen Part der Strecke erreichten. Die Wüste war so riesig, sauber und leer, und ab hier verwandelte sich die Welt in einen Brei aus Menschenmassen, Markenreklame, hässlichen Gebäuden und rollendem Blech.

Nicole fing an, darüber nachzudenken, was sie heute Abend vorhatten. In vielerlei Hinsicht war das nicht besonders schlau. Ed und sie hatten bereits viel Geld in ihren Reisetaschen, und sie verfügten über ein paar Schließfächer und Bankkonten in anderen Städten. Das ließ sich natürlich nicht mit der Summe vergleichen, die die Diamantendiebe vermutlich in Form von hübschen Steinchen besaßen, aber es war viel in Anbetracht dessen, womit sie angefangen hatte.

Über ein paar Dinge, über die sie sich hätten austauschen sollen, hatten beide noch nicht gesprochen. Sie besaßen immer noch das Haus. Es war kein sehr wertvolles Haus, weil es in einer eher schäbigen Gegend stand, halb ländlich, halb irgendwas anderes, und es war nichts Schickes. Sie sollten etwas damit machen – es verkaufen, vermieten, sich selbst überlassen –, doch das war bislang noch nicht Thema gewesen. Es gehörte zum Großteil noch der Bank und lief auf einen falschen Namen. Sie ging also davon aus, dass es nicht weiter schlimm wäre, wenn sie es einfach zurückließen.

Ein weitaus gewichtigerer Punkt war der, wohin sie gehen würden, wenn sie den Gangstern aus Europa erst einmal ihren Anteil an Diamanten abgenommen hatten. Seit sie Ed Hoyt kennengelernt hatte, hatte sie sich damit abgefunden, dass sie vermutlich irgendwann auf der Flucht sein würden. Der Gedanke war eine solche Konstante gewesen, dass sie es sich ab und an ausgemalt hatte, wobei ihre Hirngespinste sie immer nach Europa geführt hatten. Ed und sie würden einen großen Coup landen, und die Kulisse waren Hotelzimmer in Paris, Barcelona, Prag oder Amsterdam, je nachdem, welche Stadt sie als letzte in einer Zeitschrift oder einer Reisewerbung im Internet gesehen hatte. Jetzt jedoch hatten sie vor, die Mitglieder eines großen europäischen Verbrechersyndikats auszurauben, und somit kam Europa als Start in ein neues Leben nicht infrage. Sollte man sie dort erkennen, wären sie so gut wie tot.

Sie ahnte bereits, dass es keine einfache Unterhaltung werden würde. Wie immer würde Ed nur mit den Schultern zucken und sagen: »Dann gehen wir eben über die Grenze nach Mexiko.« Aber sie wollte nicht nach Mexiko. Das gesamte Land war voller Drogenkartelle mit Armeen von Killern, und die Schergen, die vorübergehend ohne Job waren, bestritten ihren Lebensunterhalt damit, Leute zu entführen. Alle anderen waren bereit, Flüsse zu durchschwimmen, Stahlwände zu erklimmen und durch Wüsten zu kriechen, um ihr Land hinter sich zu lassen. Sie musste Ed von vornherein eine Alternative bieten, ehe er sich zu sehr auf Mexiko versteifte. Wohin also? Nach Kanada? Sie musste nachdenken.

Ein weiteres Problem stellten die Diamanten dar, um die es bei diesem Job ging. In der Zeitung hatte sie ebenso wie Ed gelesen, dass Diamanten eine einfache Möglichkeit darstellten, problemlos viel Geld zu verschieben. Diamanten konnten neu geschliffen oder zerkleinert werden, damit sie wie neue Steine aussahen, oder von einem Land ins nächste geschafft und in unterschiedliche Schmuckstücke eingesetzt werden. Doch Ed und sie hatten nicht die Verbindungen, um in einem anderen Land Diamanten zu verhökern. Und selbst in Amerika war der Erlös bei den wenigen Malen, die sie bei einem Einbruch etwas hatten mitgehen lassen, das sie später zum Verkauf anboten, nur ein Viertel des eigentlichen Wertes gewesen. Diamanten waren noch deutlich schwieriger zu verkaufen, und in einem fremden Land mit irgendwelchen eigenartigen Ausländern zu verhandeln, war mehr als nur ein gewagtes Unterfangen. Sie seufzte und sah Ed an.

Er schien ganz auf das Fahren konzentriert zu sein, starrte nach vorn, fuhr immer weiter. Wie so oft, beneidete sie ihn darum. Er schien in der Lage, ganze Teile seines Gehirns über einen gewissen Zeitraum abzuschalten und tatsächlich nur an eine Sache zu denken. Offensichtlich lebte er ganz im Hier und Jetzt, erledigte die Aufgabe, die sich ihm gerade stellte, ohne über Dinge nachzudenken, die drei Punkte weiter unten auf der To-do-Liste auftauchen würden.

Als sie Glendale erreichten, hielten sie auf einem Parkplatz in der Nähe des Alex Theatre und gingen zu Fuß zu einem Restaurant am Brand Boulevard. Auch ohne das alte Theater war ihr dieser Teil von Glendale immer wie etwas vorgekommen, das aus der Zeit gefallen war – Restaurants in Familienbesitz mit kleinen Leuchtreklamen in Pink und Grün in den Schaufenstern, Straßen, in denen die Autos noch schräg zum Bordstein parkten. Sie erinnerte sich an solche Dinge aus ihrer Zeit als Teenager in einer Kleinstadt in Arizona. Der Abend in Glendale war wie eine Befreiung der Sinne, fast umgehend verspürte sie so etwas wie Erleichterung.

Später fuhren sie wieder auf den Freeway, von dort nach Universal City und checkten in einem Hotel ein, in dem sie ihr Auto neben dem Zimmer abstellen konnten und Ed ihre Reisetaschen einfach aus dem Kofferraum ins Zimmer werfen konnte. Sie legten sich eine Weile hin und wachten um Mitternacht auf.

Dann zogen sie dunkle Sachen und Schuhe an, luden ihre Waffen durch und verbargen sie unter ihren Jacken, legten ihre Maschinenpistolen und zusätzliche Munition oben in ihre Reisetaschen, sodass sie sofort griffbereit waren. Sie brachten die Taschen zurück zum Auto, räumten das Zimmer auf, checkten aber nicht aus, sondern stiegen in den Wagen und fuhren los.

Ed nahm den Ventura Boulevard Richtung Westen, fuhr durch Studio City und Sherman Oaks. Als er in Dixie Canyon Richtung Valley Vista abbog, sagte Nicole: »Du glaubst also, sie verstecken sich in Boylans Haus?«

»Ich weiß es nicht«, meinte Ed. »Es gibt einiges, was für dieses Haus spricht. Es liegt nicht an einer der Hauptstraßen, ist aber trotzdem nicht weit von ihnen entfernt. Es ist gehobener Standard, liegt abgeschieden in einer Gegend mit vielen Bäumen und so, ist also nicht sehr auffällig. Außerdem gibt es in der Umgebung genug Platz für die Autos der Panther.«

»Und du meinst, dass es dort auch genug Schlafplätze für so viele Leute gibt?«

»Im ersten Stock waren mindestens vier Schlafzimmer, oder? Unten gibt es einen Hobbyraum und mindestens zwei Sofas im Wohnzimmer. Wahrscheinlich schlafen sie nicht alle zur gleichen Zeit. Ich würde das zumindest nicht tun. Ich würde die Leute in drei Schichten einteilen und darauf gefasst sein, dass jemand wie wir dort auftaucht.«

Nicole fand sich damit ab, Ed die Entscheidung zu überlassen. Sie würden wahrscheinlich beide Orte auskundschaften müssen, denn die Juwelendiebe konnten auch ganz woanders sein, waren vielleicht sogar schon außer Landes. Doch Ed hatte durchaus ein Anrecht darauf, dass seine Theorie eine Chance bekam.

An der letzten Kurve vor dem Haus stellte Ed das Auto ab, sodass die Panther, sollte jemand von ihnen Wache schieben, nicht sahen, dass die Hoyts anrückten. Schon allein daran vorbeizufahren, könnte sie bereits misstrauisch machen.

Ed und Nicole holten die Maschinenpistolen aus ihren Reisetaschen, legten sich den Riemen um die Schulter und verbargen sie unter ihren Windjacken. Sollte ein Nachbar sie sehen, wirkten sie einfach wie ein nettes Pärchen, das von einer Party in der Nachbarschaft nach Hause ging. Sie verließen die Straße kurz vor der Kurve und gingen im Garten eines Nachbargrundstücks hügelaufwärts. Als sie hinter dem

Haus am Hügel angelangt waren, änderten sie die Richtung und gingen wieder auf Boylans Haus zu, weiter nach oben, sodass sie einen guten Blick auf die Fenster im ersten Stock hatten.

Ed und Nicole liefen hinten an vier weiteren Häusern vorbei, ehe der Blick auf Boylans Haus frei war. Sie entdeckten eine gute Stelle hinter einem alten Bergahorn, um den kreisförmig Gebüsch angepflanzt war, und kauerten sich dort hin.

In keinem der Fenster von Boylans Haus war Licht. Das einzige Licht kam von einer Vorrichtung über der Garagentür und von einer weiteren, die über der Haustür angebracht war. Beide waren mit Lichtsensoren versehen, die sich bei Einbruch der Dunkelheit ein- und in der Morgendämmerung wieder ausschalteten. Ed und Nicole saßen da und beobachteten, ob sich etwas im Haus tat, sich vielleicht eine Silhouette am Fenster abzeichnete. Nach etwa zwanzig Minuten war immer noch nichts passiert.

Bereits im Hotel hatte Nicole das Nachtvisier auf ihre MP5 geschraubt. Sie schaltete es ein, legte die Waffe an und visierte damit ein Fenster nach dem anderen an, versuchte herauszufinden, ob etwas, das die Form eines menschlichen Körpers hatte, durch die dünnen weißen Vorhänge schimmerte, die Boylans Frau im zweiten Stock aufgehängt hatte. Aus ihrem Blickwinkel ließ sich niemand erkennen.

»Siehst du was?«, flüsterte Ed.

»Nicht von hier aus. Wir müssen näher ran. Wie wäre es, wenn wir da hochgehen?«

Ed stand auf und ging weiter hügelaufwärts, etwas näher an das Haus heran. Nicole suchte mit ihren Blicken den Garten um Boylans Haus ab, ob nicht doch jemand auf der Lauer lag, doch sie sah niemanden. Dann folgte sie Ed. Als sie eine Stelle erreicht hatten, von der aus sie ihr Nachtvisier einsetzen konnte, um alle Fenster im zweiten Stock hinten und an der Seite im Blick zu behalten, blieb sie stehen, stützte ihr Gewehr auf einem Knie auf und ließ ihren Blick abermals über die ganze Szenerie wandern. In zwei Schlafzimmern waren die Betten zu sehen. »Da ist niemand«, flüsterte sie.

»Lass uns noch näher rangehen.«

Sie gingen weiter auf das Haus zu, und je näher sie kamen, umso mehr war Nicole davon überzeugt, dass die Panther dieses Haus nicht als Versteck benutzten. Nichts rührte sich, nichts wies auf Menschen hin, nichts schien in Gebrauch zu sein, und nichts hatte sich verändert, seit sie das letzte Mal hier gewesen waren.

Als sie am Haus entlang nach vorn gingen, konnte Nicole benennen, was sie spürte. Boylan war tot, seine Frau war tot, und das Haus war tot. »Sie sind nicht hier«, raunte sie. »Meinetwegen können wir verschwinden.«

»Ich will erst sehen, ob sie hier gewesen und wieder weg sind, oder ob sie überhaupt nie hier waren«, zischte Ed zurück.

Nicole wusste, dass es wichtig war. Sollten sie hier gewesen und wieder verschwunden sein, würde das bedeuten, dass sie sich wieder gefangen, sich aufgeteilt und begonnen hatten, ihren Plan B in die Tat umzusetzen. Sie könnten Südkalifornien bereits verlassen haben und inzwischen auf dem Weg in ein anderes Land sein. Waren sie jedoch nicht hierhergekommen, um sich zu verstecken, dann mussten sie einen anderen Ort gewählt haben.

Ed ging zur Hintertür, starrte durch das Fenster in die Küche und entdeckte die Tasten des Alarmsystems. »Sieht nicht so aus, als hätte jemand den Alarm angeschaltet.«

»Weil sie tot sind.«

»Damit meinte ich die Bullen.« Er klappte sein Taschenmesser aus und hebelte die Tür auf.

Während er das tat, wartete etwas in Nicole nur auf einen Schuss oder den einsetzenden schrillen Alarm. Doch nichts geschah. Ed ging hinein, und sie folgte ihm.

Sie öffnete den Kühlschrank, um nachzusehen, ob sich darin frische Nahrungsmittel befanden, stieß aber nur auf gräulich angelaufenes Fleisch und ein paar ungeöffnete Packungen Mandelmilch, die vermutlich bis zum Ende aller Zeiten nicht schlecht würden, sowie auf ein paar Dinge, die schwer zu datieren waren, wie Bier und Tiefkühlkost, und auf ein paar Tomaten mit mumienartig verschrumpelter Haut. Sie fasste den Herd an, auch der war kalt. Kein Geschirr im Geschirrspüler, und auch kein Hauch von Feuchtigkeit, der auf kürzlichen Gebrauch hingewiesen hätte.

Die beiden gingen in den ersten Stock. Auch dort gab es keinen Hinweis darauf, dass jemand hier gewesen wäre. Als Nicole durch ihr Nachtvisier den Gang betrachtete, bemerkte sie, dass dieser Stock noch immer mit Tape abgesperrt und das Blut von Boylans Frau nicht aufgewischt worden, sondern als dunkler Fleck auf dem Teppichboden weiterhin zu sehen war.

In normaler Lautstärke sagte sie: »Hier war niemand, seit die Polizei gegangen ist. Lass uns abhauen.«

»Ja, du hast recht.« Ed ließ den Lauf seiner Maschinenpistole sinken und zog seine Windjacke darüber. »Vielleicht habe ich diese Typen auch überschätzt. Das wäre ein großartiges Versteck gewesen, um abzuwarten, bis sich alles beruhigt hat und jeder sich einredet, dass sie sich inzwischen sicherlich in irgendein beschissenes Land verdrückt haben.«

Ed tat so, als würde er sich umsehen. »Ich bin mir ziemlich sicher, dass dieses Haus billig auf den Markt kommt, weil hier jemand ermordet wurde.«

»Mir egal, auch wenn es nur einen Dollar kostet, ich bin nicht interessiert.«

Er zuckte mit den Schultern. »Du hast dein Bestes gegeben, um sie nicht umbringen zu müssen. Sie hat quasi darum gebettelt.« Er warf einen Blick auf seine Uhr. »Okay, wir müssen heute Nacht noch einen weiteren Stopp machen.«

# 32

Hier ist eine Adresse«, sagte Sid. »Malikow hat die Rückseite dieser Immobilienanzeige als Schmierpapier benutzt. Sie lautet 2-9-9-5 Quillivray Way in Chatsworth.« Er sah zu Ronnie. »Wo ist das?«

Ronnie klappte ihren Laptop auf und gab die Adresse ein. »Das ist im äußersten Nordwesten von Chatsworth.« Sie betrachtete das Blatt, das Sid in der Hand hielt. »Was steht da, in der Ecke?«

»Ich weiß es nicht. Das ist entweder Russisch, oder es sind Initialen. Es sieht aus wie ein M, ein gespiegeltes N, ein kleines p und ein kleines a.«

»Lass es uns mit Google-Übersetzer versuchen. Vom Russischen ins Englische.« Sie tippte M-N-p-a in das Feld ein. »Nichts. Vielleicht erkennt das Programm es nicht, solange der russische Buchstabe, das gespiegelte N, nicht drinsteht. Lass es uns mal so versuchen.« Sie tippte in das englische Feld ein. »M-I-R-A.« Im russischen Feld tauchten ein M, ein gespiegeltes N, ein kleines p und ein kleines a auf.

»Was sagt das Programm?«, fragte Sid.

Sie klickte das Anhören-Symbol an, und eine russische Stimme sagte: »Mira.«

Sid legte das Blatt weg. »Vielleicht ist sie dort. Wir gehen jetzt besser mal los und sehen uns das an.«

Als Sid und Ronnie Abel gegen ein Uhr nachts in den nordwestlichen Teil des San Fernando Valley fuhren, begegneten ihnen unterwegs immer weniger Autos. Die lange, schnurgerade Straße ermöglichte es, hier und da ein paar vereinzelte

Scheinwerfer zu erkennen, hin und wieder auch das gelegentliche Aufblitzen von Farbe, wenn ein Auto in der Ferne unter einer Straßenlaterne hindurchfuhr, doch sie waren so gut wie allein. In diesem Teil des Valley lagen die Straßen dunkel und verlassen da.

Sie fuhren bis zur Moliere Road und blieben stehen, bevor diese den 2400-Block des Quillivray Way kreuzte. Sie stellten ihren Mietwagen ab, stiegen aus und traten hinaus in die alles verschlingende Dunkelheit. Sie gingen über die Moliere in die Quillivray. Es gab keine Straßenlaternen, nicht einmal Gehwege. Nach etwa dreißig Metern kamen sie an einem Holzschild am Straßenrand vorbei. Sid beleuchtete es einen Moment lang mit seinem Handy: *Quillivray. Das Viertel der Reiter. Vorsicht, bitte.*

»Das heißt einfach nur, pass auf, wo du hintrittst«, sagte Ronnie.

»Ziemlich ländlich. Ein passender Ort, um unterzutauchen und abzuwarten, bis der Fahndung der Polizei die Luft ausgeht.«

»Sei still. Jedes Mal, wenn du etwas in der Art sagst, meine ich, ich müsste in Deckung gehen. Das letzte Mal war das so bei: ›Das hier wäre ein guter Ort, um jemanden umzubringen‹.«

»Der Ort hier wäre dafür auch wirklich nicht schlecht.«

»Vielen Dank auch, Sid.«

Sie schwiegen und achteten auf die Umgebung, als sie auf den Quillivray Way abbogen. Die Häuser standen in großer Entfernung zueinander auf riesigen Grundstücken, aber sie waren weder hübsch noch sehr groß. Ein paar hatten Nebengebäude, möglicherweise einen Stall, ein Atelier oder eine Werkstatt.

Viele Häuser hatten denselben Zwanzigerjahre-Stil, ein einstöckiges Farmhaus aus Backstein oder Schindeln, dazu eine lange, betonierte Veranda mit überhängendem Dach entlang der Vorderseite. Die Zäune bestanden fast überall aus Maschendraht, vielleicht um einen Hund oder ein paar Hühner auf dem staubigen Stück Garten zu halten. Viele Häuser waren irgendwann um schachtelartige Anbauten erweitert worden.

Als Sid und Ronnie die Straße entlang auf den 2900er-Block zugingen, wurden die Häuser unübersehbar immer neuer und größer. Die Straßenränder waren nicht mehr nur einfach ein abfallendes Stück Gelände wie an einem Flussufer, es gab Abschnitte mit Bordstein und Bürgersteigen. Doch noch immer waren die Grundstücke riesig, Überreste einer Zeit, als es noch eine vernünftige Idee war, die überbevölkerte Stadt zu verlassen und ein Haus mit einem Obstgarten und genug Platz für einen Gemüsegarten zu kaufen.

Eingehend betrachteten Sid und Ronnie jedes Haus, an dem sie vorbeikamen, bauten auf ihre Erfahrung als Polizeibeamte und suchten nach Anzeichen dafür, dass sich in einem der Häuser eine Gruppe von Menschen aufhielt und sich dort versteckte.

In keinem der Häuser brannte zu dieser Stunde Licht, und es waren auch keine Veränderungen vorgenommen worden, um die Fenster zu verdunkeln. Es gab auch keine Häuser mit verstärkten Türen, und vor keinem waren sperrige Barrieren aufgeschichtet worden, um es kugelsicher zu machen. Wohnte eine ungewöhnlich große Zahl von Menschen in einem Haus, so zeigte sich das in der Regel an der Menge des Abfalls, die anfiel. Doch auch darauf wies nichts hin.

Ein paar Mal wagten sie sich in die Gärten hinter den Häusern, um nachzusehen, ob es dort etwas zu entdecken gab, was von vorne nicht zu sehen war – verborgene Fahrzeuge,

Licht in einem Fenster, Wachposten, die die Straße im Auge behalten sollten.

Sie arbeiteten sich von einem Block zum nächsten vor, versuchten, möglichst nicht aufzufallen und kein Geräusch zu verursachen. Das hier war ein ruhiges Viertel, umgeben von anderen ruhigen Vierteln, und dahinter kamen Hügel, gefolgt von einer Kette mit gezackten Gipfeln, von eintönigem Grau, mit Ausnahme des Kamms, wo drei rote Lichter an einem Funkmast aufblinkten, um tief fliegende Flugzeuge zu warnen.

Das Haus Nummer 2995 stand etwas abseits der anderen und war von mehr Freifläche umgeben, da das Gebäude auf dem übergroßen Grundstück links daneben irgendwann abgerissen worden war. Bei dem Haus rechts davon stand noch immer ein breiter Streifen Obstbäume neben dem Maschendrahtzaun. Es folgten sechzig Meter nicht genutzter Grund, ehe am Ende einer Auffahrt, die aus zwei parallel verlaufenden, betonierten Streifen bestand, eine winzige Garage auftauchte.

Haus Nummer 2995 wies ein paar der Eigenschaften auf, nach denen Sid und Ronnie Ausschau gehalten hatten. Die gemauerte Fassade schien später errichtet worden zu sein und passte nicht zum ursprünglichen Stil. An den Fenstern hingen farblich abgestimmte Vorhänge, doch fünfzehn Zentimeter dahinter schien man bei jedem Fenster auf eine undurchsichtige Fläche zu stoßen, als handelte es sich um Verdunklungsvorhänge.

Ein großer schwarzer Pick-up-Truck mit riesigen Reifen stand mit der Nase nach vorn in der Ausfahrt. Er erinnerte Ronnie an einen Wachhund, vielleicht ein Pitbull mit einer großen stumpfen Schnauze. Sie dachte daran, dass ein solcher Truck nicht zwangsläufig ein Hinweis darauf war, dass die Europäer hier waren. In den Augen eines Europäers würde dieser Truck vermutlich lächerlich aussehen, und er würde einem Dieb auch nicht dabei helfen, unbemerkt zu bleiben. Doch sie wusste, dass durchaus die Möglichkeit bestand, dass die Besitzer des Hauses von den Panthern ermordet worden waren und dieser Truck tatsächlich einem Toten gehörte. Vielleicht hatten sie den Truck auch als Fluchtwagen behalten. Mit diesem Gefährt wirkte das Haus bewohnt, gleichzeitig war es ein Truck, mit dem man abseits der Wege quer durch die Wüste bis zur mexikanischen Grenze fahren konnte.

Sid und Ronnie blieben in der Nähe des Hauses stehen, verständigten sich schweigend über Zeichen und teilten sich dann auf, um das Grundstück zu betreten. Sid lief rechts von der Auffahrt entlang, wo der Obstgarten des Nachbarn die Silhouette seines Körpers verbergen würde, Ronnie nahm die linke Seite in der Nähe des Rasenstreifens, wo das leere Grundstück anfing.

Beide fanden sie eine Stelle, wo man sie nur schwer ausmachen konnte, kauerten sich hin und warteten. Während der vereinbarten Viertelstunde blieben sie reglos sitzen, lauschten den Geräuschen und beobachteten ihre Umgebung. Nach fünfzehn Minuten bewegten sie sich weiter, dieses Mal gingen sie ganz nah an das Haus heran.

Auf Ronnies Seite waren alle Fenster durch Verdunkelungsvorhänge blockiert, und als sie das Ohr an ein Fenster presste, hörte sie nichts. Sie lief weiter am Haus entlang bis zur hinteren Ecke und warf einen Blick in den zwei Morgen großen Garten. Auf dem Rasen hinter dem Haus standen vier Autos. Sie hielt die Stellung.

Sid ging zu dem großen schwarzen Pick-up-Truck vor der Garage und warf einen Blick hinein. Das Innere des Trucks sah auf der Fahrerseite makellos aus. Selbst im Mondlicht erkannte er, dass nichts auf den Sitzen oder dem Boden herumlag. Er ging nach hinten zur Pritsche, doch sie war mit einem Hartschalendeckel versehen, der abgeschlossen war, also ging er weiter zur Beifahrerseite. Hier wirkte etwas leicht eigenartig. Das Gummi an der unteren Fensterseite der rechten Tür schien verkratzt zu sein. Er fuhr mit den Fingern darüber, es war leicht rau. Vielleicht hatte jemand einen Drahtbügel verwendet, um die Tür ohne Schlüssel zu öffnen. Er schirmte die Augen mit den Händen ab und presste das Gesicht ans Fenster. Der Zylinder des Zündschlosses war aus der Lenksäule herausgezogen, die Kabel hingen ein paar Zentimeter heraus. Der Truck war kurzgeschlossen worden.

Er überlegte einen Augenblick. Wenn er versuchte, Ronnie zu kontaktieren, würde er möglicherweise ihre Position verraten. Die Tatsache, dass jemand den Truck kurzgeschlossen hatte, würde der Polizei vermutlich einen Grund für eine Durchsuchung liefern, doch es bewies nicht, dass jemand im Haus war, und Ronnie das jetzt mitzuteilen, würde ihre Sicherheit gefährden. Inzwischen kauerte sie wahrscheinlich schon irgendwo hinter dem Haus und war auf alles gefasst.

Sid ging weiter. Die Fenster auf seiner Seite des Hauses waren alle dunkel. Die Garage war abgeschlossen und hatte keine Fenster, also ging er um sie herum und weiter zur Rückseite des Hauses. Gleich würde er wieder auf Ronnie treffen, dann würden sie entscheiden, ob sie versuchen sollten, ins Haus einzudringen oder nicht.

Bei seinem nächsten Schritt ertönte ein unerwartetes Geräusch in der Ferne. Es wurde langsam lauter – Motorengeräusche und das Rauschen von Reifen auf Asphalt. Er machte kehrt, ging zurück, vorbei an der Garage zur vorderen Hausecke, versteckte sich und wartete.

Es waren drei SUVs. Weiter unten auf der Straße bogen sie um die Ecke und kamen auf den 2900er-Block zu. Sobald sie um die Kurve fuhren, schalteten sie ihre Scheinwerfer aus und fuhren in der Mitte der Straße hintereinanderher. Sie bewegten sich langsam vorwärts, um keinen Lärm zu machen, fuhren die letzten hundert Meter fast schon im Leerlauf. Das einzige Licht stammte von den roten Bremslichtern, als die Fahrer vor Nummer 2955 stehen blieben. Sid konnte nur hoffen, dass Ronnie sie ebenfalls gehört hatte und rechtzeitig in Deckung gegangen war.

In jedem SUV saß nur ein Fahrer. Als diese Fahrer die Türen öffneten und ausstiegen, sah Sid, dass sie das Innenlicht ausgeschaltet hatten, damit das Wageninnere im Dunkeln blieb. Sie gingen zur Treppe an der Vorderseite, doch nur ein Mann ging nach oben zur Tür und klopfte.

Sofort ging die Tür auf, Leute kamen aus dem Haus heraus. Irgendwo aus dem Inneren des Hauses drang schwaches Licht, sodass Sid, wenn sie sich umdrehten oder einem Kumpel etwas zuraunten, ein paar Gesichter erkennen konnte. Zuerst kamen ein paar jüngere Männer, dann drei Frauen und schließlich drei weitere Männer. Nach ihnen eine weitere Frau und noch ein paar Männer. Jeder von ihnen hatte eine große Schultertasche, einen Rucksack oder einen kleinen Koffer bei sich.

Es folgte eine Pause, welche die Schatten, die das Licht aus dem Inneren nach draußen warf, sehr geschäftig wirken ließ. Schließlich ging das Licht aus, und zum Schluss kam ein Dutzend Männer heraus. Der Letzte schloss die Tür.

Sid starrte sie an. Ohne jeden Zweifel waren das die Panther, aber sie waren drauf und dran zu verschwinden. In einer Minute säßen sie in den Autos und würden losfahren. Und er wusste, dass sie dann Grund zu der Annahme hatten, einer

Verhaftung dauerhaft entgangen zu sein. Wenn er etwas unternehmen wollte, dann musste es jetzt sein.

Sid entfernte sich etwas von der Vorderseite des Hauses, nahm sein Handy und wählte den Notruf. Als sich die Vermittlung meldete, sagte er leise: »Ich bin Sid Abel, ein ehemaliger Mordermittler des LAPD. Ich bin am Quillivray Way 2995 in Chatsworth. Die Gruppe Juwelendiebe, die das LAPD sucht, ist hier. Sie steigen gerade in ihre Fahrzeuge und fahren gleich weg. Es sind mindestens dreißig, es ist also dringend. Bitte leiten Sie den Anruf an alle Dienststellen im nordwestlichen Teil des Valley weiter.«

Er beendete den Anruf und steckte das Handy ein, spürte jedoch, dass bereits etwas schiefgelaufen war. Einen Moment zuvor waren noch leises Gemurmel und eine geflüsterte Unterhaltung zu hören gewesen, doch das hatte aufgehört. Es war totenstill geworden, als wäre jede Bewegung erstarrt, als würde jeder lauschen, um herauszufinden, wo er war. Er nahm seine Pistole und stand reglos da, hoffte, dass er damit falschlag.

Dann ein scharfes Flüstern und Schritte vom Haus her. Sid konnte nicht um das Haus herum nach hinten rennen, sonst würde er sie geradewegs zu Ronnie führen. Er machte ein paar Schritte und wuchtete sich über den Maschendrahtzaun auf das angrenzende Grundstück.

Schon tauchten die beiden ersten Panther an der Ecke der Garage auf, wo er einen Moment zuvor noch gestanden hatte. Sie hatten gehört, wie er am Zaun gerüttelt hatte, als er sich auf die andere Seite hievte. Einer von ihnen schaltete eine Taschenlampe ein und richtete den Strahl in Sids Richtung, doch Sid hatte bereits etwas in der Art geahnt und lag im Obstgarten flach auf dem Boden, in einer Mulde zwischen zwei Baumreihen. Als der Lichtstrahl ihn nicht sofort fand, wanderte er weiter. Er schweifte am Zaun entlang, versuchte gierig, einen Blick auf ihn zu erhaschen. Auch nachdem der Lichtstrahl über ihn hinweggestreift war, blieb er flach auf dem Boden liegen, mit dem Gesicht nach unten.

Unvermittelt kehrte der Strahl zu Sids Versteck zurück, verharrte etwa drei Sekunden dort, und wanderte dann weiter. Die Stille wurde vom lauten Knattern einer automatischen Schusswaffe durchbrochen, das Mündungsfeuer erhellte die Bäume um ihn herum. Abgeplatzte Rindenstückchen und Splitter flogen durch den Obstgarten, während die Kugeln in die Bäume einschlugen.

Einen Moment später war es wieder still, und Sid spürte, dass der Schütze eine Pause eingelegt hatte, um sein Magazin auszutauschen. Sid zielte und schoss mit seiner Pistole zweimal auf den Oberkörper des menschlichen Umrisses neben dem Mann mit der Taschenlampe. Dann visierte er die Taschenlampe an, gerade als der Mann sie ausschaltete. Sid gab drei Schüsse ab, war sich aber nicht sicher, ob eine der Kugeln ihr Ziel getroffen hatte.

Als Nächstes hörte Sid das Geräusch, das er befürchtet hatte – das vertraute Ploppen einer Glock. Es musste Ronnie sein, vom anderen Ende des Hauses aus. Rasch aufeinander folgten drei Schüsse, dann noch einmal zwei. Sid stand auf und rannte an der Gruppe von Obstbäumen vorbei auf das Geräusch zu. Doch da explodierte förmlich alles um ihn herum, Rinden- und Holzstückchen flogen umher, Schüsse kamen von der vorderen Ecke der Garage. Er warf sich auf den Bauch, während die Schüsse in die Bäume über ihm sirrten.

Am anderen Ende des Hauses presste Ronnie den Rücken gegen die Mauer, während sie in den Garten zielte. Ganz sicher war das die Stelle, wo die nächsten Panther zu erwarten waren. Eine Gruppe hatte sie bereits daran gehindert, durch die Hintertür nach draußen und zu ihren Fahrzeugen zu gelangen. Außerdem hatte sie eine Attacke von der Vorderseite abgewehrt, und jetzt war es an der Zeit, dass die anderen versuchen würden, sie ins Kreuzfeuer zu nehmen.

Die ersten beiden kamen um die hintere Ecke, genau wie sie erwartet hatte. Sie gab rasch vier Schüsse hintereinander ab, und sie ließen sich absichtlich oder auch getroffen fallen und waren nicht mehr zu sehen.

Sie wandte den Kopf wieder der Vorderseite des Hauses zu, als das Rattern einer Automatikwaffe von dem leer stehenden Grundstück nebenan ertönte. Zunächst dachte Ronnie, man würde auf sie zielen, doch dann sah sie, dass Splitter und Steinbrocken von der vorderen Ecke des Hauses abplatzten. Jemand, der sich dort aufhielt, erwiderte das Feuer einen Moment lang, dann schoss derjenige auf dem leeren Grundstück zurück, und die Schüsse hörten auf.

Ronnie bemerkte eine Bewegung und kniff die Augen zusammen, erkannte eine kleine Gestalt, die mit einer Waffe mit kurzem Lauf und langem Magazin, das darunter hervorstand, auf das Haus zulief.

Die Frau flitzte über die freie Fläche dorthin, wo Ronnie kauerte, und kniete sich neben sie. Sie war blond und klein, hatte eine H&K MP5 in der Hand. Über der Schulter trug sie eine Art Tasche, in der Ronnie Munition vermutete. Die Frau sagte: »Wir können hier nicht bleiben. Sie werden weitermachen. Komm mit.«

Die Frau lief am Haus entlang, die Waffe im Anschlag. Neben einer kleinen, rechteckigen Öffnung im Fundament, die mit einem Metallgitter verschlossen war, blieb sie stehen. Sie warf Ronnie einen Blick zu, um sich zu vergewissern, dass diese ihr Deckung gab, entsperrte dann das Gitter und schob es zur Seite. Mit den Füßen voran glitt sie in die Öffnung und bedeutete Ronnie, ihr zu folgen. Dann schnappte sie sich ihre Maschinenpistole und zog sie ebenfalls hinein. Nicole wartete in der Öffnung auf sie. Sie hatte gesehen, dass Veronica Abel in der Falle saß und jeden Moment ums Leben kommen konnte. Sie brauchte sie jedoch vorerst lebendig. »Schnell«, flüsterte sie.

Als die Frau verschwand, zögerte Ronnie einen Moment lang. Hier draußen war sie exponiert, da drinnen wäre sie durch das Fundament des Hauses geschützt. Sie atmete tief durch, kauerte sich hin, legte sich auf den Bauch und schob sich in das dunkle Rechteck.

Die Frau rutschte eng an sie heran, griff nach draußen und zog das Metallgitter wieder an seinen Platz, sodass es die Öffnung verdeckte. Dann rollte sie sich auf den Bauch und robbte weg.

Sie lagen unter dem Haus auf einer Erdschicht. Ronnie sah drei weitere, mit Gittern versehene Öffnungen, denn sie waren alle etwas heller als der niedrige Kriechkeller, in dem Ronnie sich nun befand. In der nahezu vollständigen Dunkelheit konnte sie über sich einen Dielenboden ausmachen und dicke Trägerbalken. Über ihr verliefen Wasserleitungen aus Kupfer, außerdem ein paar Abflussrohre aus Keramik, die von oben nach unten führten, wo sie in die dicken Abflussrohre mündeten, die unterirdisch bis zum Abwasserkanal führten.

Die Frau kroch weiter, und Ronnie folgte ihr. Sie krochen so lange weiter, bis sie eine Stelle erreicht hatten, wo der Boden abzufallen schien. Ronnie spähte über den Rand, konnte aber nicht sonderlich viel erkennen. Schließlich ließ sich die Frau in einen kleinen Raum gleiten, quasi ein Betonkasten, drei mal drei Meter groß.

Ronnie schob sich neben sie. Hier gab es einen Heißwasserbereiter, ein Gewirr aus Telefonkabeln und Drähten, dazu ein paar Holzstufen, die zu einer Tür führten. Die Frau flüsterte: »Ich bin Nicole.«

»Ronnie.« Sie streckte ihr die Hand hin, doch die andere ergriff sie nicht.

»Wir müssen da hoch, ins Haus, und sicherstellen, dass keiner von ihnen mehr drin ist. Ich gehe an der Tür nach rechts, du nach links. Dann gehen wir zusammen zur Eingangstür und räumen das Haus. Du weißt, wie man das macht, oder?«

»Ja«, sagte Ronnie. Sie fühlte sich leicht benommen seit dem unerwarteten Auftauchen der Frau – oder dem unvermittelten Wiederauftauchen. Nicole war eindeutig die Frau, die auf den Videoaufnahmen zu sehen war, die die Bombe in dem Haus in Burbank gelegt hatte. Sie trug eine MP5, in etwa die Waffe, mit der man bei den nächtlichen Angriffen auf Sid und Ronnie geschossen hatte. Ronnie kam der Gedanke, dass sie der Frau geradewegs ihre Glock an den Kopf halten und ihr Handschellen anlegen könnte. Doch Nicole hatte Ronnie soeben aus einem Kreuzfeuer gerettet. Und da oben gab es noch immer ein Dutzend Leute, die sie beide tot sehen wollten.

Die Frau tätschelte Ronnies Schulter. »Bereit?«

»Bereit.«

Nicole ging als Erste nach oben, setzte einen Fuß auf die oberste Stufe und wartete, bis Ronnie zu ihr aufschloss. Dann drehte Nicole langsam den Türknauf, schob die Tür auf und sprang mit einer flüssigen Bewegung hinaus. Sie flitzte nach rechts, Ronnie nach links. Ronnie sah keine möglichen Ziele – keine Bewegung, keine menschlichen Umrisse. Sie wartete, hielt ihre Waffe auf den Gang zur Vordertür gerichtet, während Nicole die Küche hinter ihr absuchte.

Als Nicole wieder zu ihr kam, gingen sie gemeinsam nach vorn, von einem Raum zum nächsten, vergewisserten sich, dass niemand mehr im Haus war. Anschließend kehrten sie ins Wohnzimmer zurück. Es war ein großer offener Raum mit mehreren Fenstern. Nicole kauerte sich neben das Fenster, das ihr am nächsten war, griff nach dem Verdunkelungsvorhang und zog ihn einen Spaltbreit auf. Sie kniete sich neben das Fenster, schob den Vorhang etwas zur Seite und sah über den Lauf ihrer Waffe nach draußen.

Ronnie verfuhr mit dem Fenster auf der gegenüberliegenden Seite genauso und öffnete das Fenster, hatte somit die Auffahrt und den Obstgarten im Blick, wo Sid zuletzt gewesen war.

Vor dem Haus war erneut das Rattern einer automatischen Waffe zu hören, gleich darauf folgten fünf Schüsse aus einer Pistole. Ronnie schob den Vorhang ganz zur Seite und suchte nach einem Ziel, doch sie sah nichts. Sie hielt ihre Pistole schussbereit, suchte überall nach einer Zielperson.

Ein weiteres Rattern kam aus der Richtung, wo die Autos vor dem Haus standen. Nicole lehnte sich mit ihrem Gewehr nach draußen und feuerte aus dem Fenster in Richtung der Autos, dann zog sie sich rasch wieder zurück. Schüsse hallten vor dem Haus wider, andere schlugen in den Vorhang von Nicoles Fenster ein.

Ronnie rannte zum nächsten Seitenfenster, sah nach draußen, doch noch immer war nichts zu sehen. Wieder das Rattern eines Automatikgewehrs, woraufhin sie fünf Schüsse in Richtung des Mündungsfeuers abfeuerte, dann ging sie im Haus in Deckung. Kugeln hagelten durch das Fenster herein oder prallten an den Ziegelsteinen draußen ab.

»Versuch, meinen Mann nicht umzubringen. Er ist groß – größer und kräftiger als die Diebe, schwarz gekleidet wie ich, okay?«, sagte Nicole.

»Ich weiß, wie er aussieht«, erwiderte Ronnie.

Nicole war wie versteinert, starrte sie an.

»Und dich kenne ich auch«, fuhr Ronnie fort. »Ihr habt ein paar Überwachungskameras in Burbank übersehen.«

»Was hast du vor?«

»Dasselbe wie du – ich versuche, meinem Mann das Leben zu retten.« Ronnie spähte aus dem Fenster in den dunklen Garten.

Draußen hinter dem Haus blieb Gavrilo in Deckung hinter der Reihe geparkter Autos. Er trug seine Skorpion auf dem Rücken, weil er die Hände voll hatte. Einer der Eindringlinge hatte Srdan und Tomislav vom Obstgarten nebenan aus erschossen. Bei der vorderen Ecke der Garage war er auf sie gestoßen. Gavrilo hatte Srdans Rucksack an sich genommen und Tomislav die Weste ausgezogen, die er trug. Sie hatte etwa fünfzehn Taschen, und alle waren mit Geld oder Diamanten gefüllt. Die Weste war Gavrilo ein wenig zu klein und schränkte ihn in seiner Bewegungsfreiheit ein, insbesondere jetzt, mit einem Rucksack auf jeder Schulter. Als er Jelena fand, hatte er auch ihren Rucksack an sich genommen. Er versuchte es bei der Tür des ersten Autos, doch es war abgeschlossen. Er ging weiter zum nächsten, das offen war, doch er fand die Schlüssel nicht.

Der Plan hatte gelautet, die Schlüssel für jedes Auto auf dem Sitz liegen zu lassen. Wo also waren die Schlüssel? Er beugte sich tief nach unten, tastete den Boden vor dem Sitz ab, fuhr zwischen die Sitze, doch die Schlüssel waren nicht da. Er ging ein paar Schritte weiter, behindert durch das Gewicht des eigenen Rucksacks und der anderen, die er bei seinen gefallenen Freunden eingesammelt hatte. Wenigstens bei einem der Autos mussten doch Schlüssel da sein. Bestimmt beim nächsten.

Er ging zur Beifahrerseite, um sich nicht in die Schusslinie zu begeben, und entdeckte die Schlüssel im Zündschloss. Er schob einen Rucksack von der Schulter, den nächsten von der anderen, und fühlte sich schon etwas leichter. Dann ließ er Jelenas Schultertasche nach unten gleiten, öffnete die Tür zur Rückbank und legte alles darauf ab. Inzwischen hatte er sich an Tomislavs Weste gewöhnt, doch falls er irgendwohin fahren wollte, war es keine gute Idee, sie weiter anzubehalten, das wusste er. Er streckte sich, um sie auszuziehen. Während er die Weste auszog, hörte er ein Geräusch hinter sich. Er drehte sich um und sah einen Mann, den er nicht kannte. Er zog am Riemen seiner Maschinenpistole, um sie nach vorn zu holen und in die Hände zu bekommen, doch noch ehe er anlegen konnte, traf ihn der Schuss des Mannes in die Brust.

Gavrilo sackte gegen das Auto, sah hoch zu dem großen, muskulösen Amerikaner. Einen Moment lang wunderte er sich über ihn. Seit wann benutzte die amerikanische Polizei Schalldämpfer? Dann starb er, an das Auto gelehnt.

Ronnie und Nicole kauerten im Wohnzimmer. Es waren weitere Schüsse abgegeben worden, alle davon hoch, direkt oberhalb des Mauerwerks, sodass sie die Wand durchschlugen und die gegenüberliegende über ihren Köpfen mit Einschusslöchern übersäten.

»Du kennst dieses Haus, oder? Ist es eures?«, fragte Ronnie.

Nicole sagte nichts.

»Beantworte mir einfach eine Frage. Warum musste James Ballantine sterben?«

»Wer ist das?«

»Der Schwarze aus dem Abwasserkanal. Man hat euch angeheuert, damit wir mit den Ermittlungen nicht vorankommen.«

»Ich weiß nicht alles. Ich habe gehört, dass er mit einer der Frauen ausgegangen ist. Er hatte herausgefunden, dass sie jemand mit viel Geld und noch mehr Geheimnissen war. Vielleicht wusste er, wer sie war, nämlich eine der Juwelendiebinnen. Er hat versucht, sie herumzukommandieren und ihr Geld abzuknöpfen. Das hat ihr nicht gefallen, also hat sie ihn beseitigt.«

»Wo ist sie? Weißt du das?«

»Nein. Ich kenne keinen von denen«, sagte Nicole.

»Okay, das muss fürs Erste genügen. Ich muss jetzt da raus und meinem Mann helfen.«

Ronnie erhob sich und ging durch die Hintertür, die Stufen hinunter. Sie rannte in die Richtung, wo Sid zuvor gewesen war, am Obstgarten entlang. Sie sah, wie er seine Deckung verließ, verspürte Erleichterung und Furcht in gleichem Maße. Er war am Leben, aber was machte er da?

Als Sid über den Zaun kletterte, sah er sie, blieb mit einer Waffe in jeder Hand stehen und zielte nach vorn, um ihr Deckung zu geben. Sobald sie bei ihm war, rannten sie beide gemeinsam zur Vorderseite des Hauses.

Dort herrschte Chaos. Leichen lagen auf dem Boden, Menschen rannten zu Autos, die auf sie warteten. Aus der Ferne waren Sirenen zu hören. Sid nahm eine Bewegung hinter sich wahr und wandte sich um, doch was er sah, ergab keinen Sinn. Ein großer Kerl hatte fünf Bündel geschultert – drei Rucksäcke und zwei Schultertaschen. Er stieg in den großen Pick-up-Truck. Einen Moment später tauchte eine blonde Frau auf der anderen Seite auf und warf sich auf den Beifahrersitz. Sid zielte auf ihn, aber Ronnie hielt seinen Arm fest und sagte: »Nicht. Das habe ich versprochen.«

Ein Heulton, gefolgt von einer Sirene, war vom anderen Ende des Quillivray Way zu hören. Die beiden im Pick-up-Truck duckten sich und zogen den Kopf ein. Zwei der am Bordstein abgestellten SUVs der Panther fuhren los, machten kehrt und rasten davon. Die drei ersten Streifenwagen, die am Haus Nummer 2995 eintrafen, jagten hinterher.

Als er in Deckung ging, schien der Mann im schwarzen Pick-up das hervorspringende Zündschloss und die losen Drähte an der Lenksäule zu bemerken. Der Anlasser war zu hören, der Motor startete, dann richtete der Mann sich auf und fuhr die Auffahrt hinunter. Der SUV bog um die erste Ecke, als wollte er die Streifenwagen verfolgen, und verschwand.

Sid und Ronnie hasteten zu dem Ersten der auf dem Rasen liegenden Männer. Sid kniete sich neben ihn, um nachzusehen, ob er noch am Leben war, während Ronnie schon zum Nächsten weiterging. Weitere Streifenwagen trafen ein und tauchten die Häuser in der Straße mit ihrem Blaulicht und den grellweißen Scheinwerfern in gleißende Helligkeit.

Genau in dem Moment ging der Sprengstoff im Haus hoch. Als Ronnie von der Wucht der Explosion umgeworfen wurde, war ihr klar, dass Nicole dafür verantwortlich war. Sie war als Erste aus dem Kriechkeller unter dem Haus herausgekommen, hatte also ein paar Augenblicke für sich gehabt, in denen Ronnie sie nicht sehen konnte, hatte sich außerdem in der Küche nach rechts gewandt.

Als Ronnie sich aufsetzte, sah sie Feuer hinter den offenen Fenstern aufflackern, und sie beobachtete, wie es sich rasch ausbreitete und das Haus verschlang. Die Küche, rief Ronnie sich wieder ins Gedächtnis. Vermutlich hatte Nicole eine Rohrbombe aus ihrem Munitionssack geholt und hinter dem Herd angebracht, wo Gas ausströmen und dazu beitragen würde, dass die Flammen schnell um sich griffen. Es war Nicoles Haus gewesen, und sie hatte genau gewusst, wie sie es am wirksamsten zerstörte.

»Geht's dir gut?«, fragte Sid.

Sie nickte, stützte sich auf ein Knie auf. Sid winkte die Sanitäter heran und rief: »Dieser Mann hier ist am Leben.«

Zu Ronnie sagte er: »Na los, die Sanitäter brauchen Platz.« Er half ihr auf und führte sie zur Straße.

»Ich weiß, was mit ihm passiert ist«, erklärte Ronnie.

»Mit wem?«

»Ballantine. Mira hat ihn umgebracht. Morgen können wir unseren Bericht schreiben und uns das Honorar abholen. Dann will ich Janice besuchen, und danach Mitch. Wenn wir das gemacht haben, dann weiß ich auch nicht. Ich denke, wir suchen uns dann erst mal ein Haus zur Miete, während wir unseres wieder aufbauen. Ich kann keine Hotels mehr sehen.«

# 33

Nicole Hoyt saß auf dem Balkon ihrer Suite im Many Glacier Hotel im Glacier National Park, Montana, und blickte über den Swiftcurrent Lake auf die gezackten Berggipfel und Kiefernwälder dahinter. Es sah ganz nach einem Fotopuzzle aus, wie diese Puzzles aus tausend Teilen, die sie als Kind so gern gelegt hatte. Tatsächlich war es durchaus möglich, dass sie genau das, was sie jetzt sah, einmal als Puzzle vor sich gehabt hatte. Etwas weiter nördlich, bereits in Kanada, lag der Waterton Lakes Nationalpark, doch der Blick auf die Wälder zwischen einem Haufen Berge verriet ihr nicht, wo die Grenze verlief. Vermutlich war genau das der Grund, weshalb sie hier waren.

Ed kam aus der Dusche und stapfte durch die Suite, das Handtuch um den Hals.

»Darf ich dich daran erinnern, dass die Vorhänge auf sind.«

»Macht mir nichts aus«, sagte er. »Ich bin nicht schüchtern.«

»Wenn du so nackt herumstapfst, hält dich vielleicht jemand für einen Bären und schießt auf dich.«

»Das wäre nicht das erste und ganz sicher auch nicht das letzte Mal.«

»Wenn sie deinen dicken Hintern erwischen, dann wäre es das erste Mal.«

Ed ging zurück ins Badezimmer.

Nicole ging in die Suite, zog die Vorhänge zu und folgte ihm. Sie sah zu, wie er den Deckel von ihrer Flasche mit Bodylotion schraubte und ein paar lose Diamanten auf ein Bord schüttete.

»Hör auf, mit den Dingern zu spielen«, ermahnte sie ihn. »Du verlierst noch einen hier im Zimmer, und dann sind uns irgendwelche FBI-Agenten bis in alle Ewigkeit auf den Fersen.«

»Ich muss sie einfach immer wieder ansehen, weil ich nicht glauben kann, dass wir es geschafft haben. Wenn wir schon so viele ergattert haben, wie viele, glaubst du, hatten sie dann wohl insgesamt?«, sagte er. »Und das hier sind die guten, die großen, die besten.«

»Stimmt«, pflichtete Nicole ihm bei. »Jetzt sind wir so richtig, richtig reich. Davor waren wir einfach nur reich.«

»Habe trotzdem nicht vor, mir einen Ring für den kleinen Finger mit einem Diamanten besetzen zu lassen.«

»Nein. Die kommen alle für die nächsten paar Jahre in einen Safe, du weißt schon.«

»Stimmt.«

»Vielleicht für die nächsten hundert Jahre.«

»Trotzdem ein schönes Gefühl, dass wir sie haben.«

Sie nickte. »Außerdem reicht es mir.«

»Was?« Er sah sie im Spiegel an.

»Ich reiche meine Kündigung ein, Ed. Es ist Schluss.«

»Schluss womit? Mit mir?«

Nicole starrte zurück in den Spiegel. »Nein, du Spinner. Ich will Kinder, dafür brauche ich dich. Wir haben ganz schön hoch gepokert. Ich will das nicht mehr. Wenn ich jetzt nachts ein Geräusch höre, dann möchte ich ganz sicher sein, dass es niemand ist, der mich umbringen will wegen etwas, das ich irgendwann mal getan habe. Das wird vermutlich Jahre brauchen, aber so lange warte ich eben.«

Ed runzelte die Stirn. Er sah ihr über den Badezimmerspiegel in die Augen, sagte aber nichts. Sie wartete und dachte an all die Dinge, die im nächsten Moment so passieren konnten, spürte, wie die Zeit verrann, die ihr etwas entgegenschleudern würde, über das sie nun keine Gewalt mehr hatte.

»Spuck es schon aus«, sagte sie.

»Wo sollen wir deiner Meinung nach leben?«

»Irgendwo, wo ich ganz sicher nie wieder Ronnie Abel in die Arme laufe.«

Todor stand neben Anica und Dragan an der Reling des Kreuzfahrtschiffs *Empress of the Waves,* während die Crew-Mitglieder in strahlend weißen Uniformen über die Gangways huschten und sich auf das Anlegen des Schiffes im Hafen von Cartagena vorbereiteten. Er sah an ihnen vorbei zu den anderen Passagieren hinüber, die ebenfalls an der Reling standen und ihre Blicke über den Hafen oder die Stadt schweifen ließen. Er konnte Marija, Anton, Sonja und mindestens zwanzig Mitglieder ihrer Truppe sehen, ohne sich groß anstrengen zu müssen. Auf Serbisch sagte er: »Tja, wir machen jetzt einen neuen Versuch in einem anderen Land. Erstaunlich, dass so viele von uns abhauen konnten. Niemals wieder werde ich einen Fuß in dieses Land setzen. Es steckt voller Krimineller.« Anica und Dragan warfen einander einen Blick zu, widersprachen ihm aber nicht.

*Wir töten deine Feinde –*
*wenn du dafür einen Fremden tötest.*
*Bist du bereit?*

WENDY HEARD

# Kill Club

Thriller

Jazz würde alles tun, um ihren Bruder zu retten. Joaquins Adoptivmutter Carol war schon immer schwer erträglich, aber jetzt setzt sie sein Leben aufs Spiel. Das Jugendamt weigert sich einzugreifen, und langsam wird die Zeit knapp. Da erhält Jazz einen anonymen Anruf: Es gebe viele, die vom Gesetz keine Gerechtigkeit erwarten könnten. Der »Kill Club« könnte dafür sorgen, dass ein Unbekannter Carol aus dem Weg räumt. Schon jetzt zieht sich eine Spur scheinbar willkürlicher Morde durch Los Angeles.
Der Kill Club ist Jazz' letzte Chance. Alles, was sie tun muss, ist, selbst einen Fremden zu töten.

»Sie können ja mal versuchen, diesen Thriller aus der Hand zu legen.« *Kirkus Reviews*

KNAUR